蘇える金狼

野望篇

大藪春彦

角川文庫
21512

蘇える金狼　野望篇

目次

1 独り者 7
2 導火線 19
3 第一歩 30
4 ホット・マネー 42
5 遠 征 54
6 誤 算 65
7 経理部長 78
8 墓 穴 90
9 片道切符 102
10 海辺の花 115
11 尾 行 127
12 女 139
13 埋 葬 150
14 投 資 162
15 接 近 175
16 ストライク 187
17 毒 200
18 豪 邸 212
19 交 渉 225
20 カービン銃 238
21 足 枷 251
22 休 息 264

23 調　査 276
24 アジト 289
25 説　得 301
26 張込み 314
27 真昼の闇 327
28 試　射 339
29 交　渉 350
30 約束の夜 363
31 ダブル・プレイ 375
32 ライヴァル 387
33 決断の時 399
34 重役会議 412
35 偽刑事 424
36 侵　入 437
37 ピンハネ 450
38 京　子 462
39 FNモーゼル 475
40 試行錯誤 488
41 狙　撃 499
解説　森村誠一 513

蘇える金狼　完結篇　目次

42 人形
43 会議室
44 焦慮
45 トライアンフ
46 軽機
47 鑑別
48 情報
49 切迫
50 優雅な脅迫者
51 罠に……
52 お茶とケーキ
53 気転
54 尋問
55 約束
56 宣誓
57 丘の上の巣
58 バーナー
59 報告
60 捨てた仮面
61 社長の館
62 株券
63 あがき
64 不安
65 株主
66 囮
67 非常線
68 小危機
69 営業部
70 乗取り屋
71 絵理子
72 深夜のレース
73 裏切り
74 注射器
75 事故
76 山荘
77 捕われ
78 地下室
79 苦悩
80 裏工作
81 長い別れ
解説　森村誠一

1　独り者

灰色の壁に嵌《は》め込《こ》まれた電気時計の針が、午後五時に近づいていた。京橋二丁目に建つ新東洋工業ビルの五階にある、東和油脂東京本社の経理部の部屋だ。

埼玉県の川越《かわごえ》郊外に工場を持つ東和油脂は、工業油、食用油、薬用油、灯油などは勿論《もちろん》のこと、アルコール、プラスチック、ゴム、化粧品原料、タール、マーガリン、化学洗剤、グリセリン——そしてカーリット、ダイナマイト、銃砲用火薬にまで至る、油脂に関係のあるすべての製品を扱っている。その方面では一流会社と言えるだろう。

だが、資本金十五億の東和油脂も、親会社の新東洋工業とくらべれば見劣りする。鉄鋼、各種機器類、建設機械の大メーカーである新東洋工業は——戦前は紡織《ぼうしょく》機、戦中は帝国軍隊の火器一切の製造、戦後は在日米軍と防衛庁の火器の部品製造と修理で当て、現在は無音ベアリングの成功で、それだけでも年間輸出額五十億円をくだらない……。

東和油脂経理部の部屋は中央通りを見下ろしている。しかし厚い防音材と二重ガラスにはばまれて、都電の音や車のクラクションのわめき声は入ってこない。エア・コンディショナーのかすかな唸《うな》りが部屋の空気をかき混ぜている。

部屋のなかに三列に並んだデスクについている経理部員の数は三十人ほどだ。彼等の背後で大金庫を背にした部長と次長がデスクを並べている。つまり、部下たちを背後から監視するような格好だ。

衰弱した十一月の太陽は、もう筋向いの銀行の蔭《かげ》に沈んでいた。二人の女を交えた経理部員たちは、腕時計と柱時計を見くらべてみてソワソワしだした。

「さあ、ラスト・スパートだ。時計を睨《にら》んでたって、針が早く進んだりはしませんよ」

部長が穏やかだが皮肉な声で言った。五十に近い灰色の髪の男だ。太い鼻柱にロイド眼鏡をかけている。血は濃くはつながらないが社長の従兄弟《いとこ》に当たる。小泉《こいずみ》という名だ。

経理部の連中は首をすくめ、帳簿や計算器を熱心そうに扱ったり、電話の受話器を取り上げたりした。

「サラリーマンは気楽な稼業《かぎょう》ときたもんか知らないが、君たちに朝倉《あさくら》君の真面目《まじめ》さを望むのは無理かな?」

部長の小泉は言って、隅《すみ》のデスクでひっそりとペンを動かしている男のほうに顎《あご》をしゃくった。

「それに熱心ですよ、朝倉君は。残業をやりたがらないのが珠《たま》に瑕《きず》ですがね」

次長の金子が追従《ついしょう》気味に調子を合わせた。

「いやあ……」

隅のデスクで、朝倉は照れた気弱そうな笑いを浮かべた。

朝倉哲也《てつや》は二十九歳だ。無駄肉《むだ》のない浅黒く整った顔は、甘い唇《くちびる》と濃い睫《まつげ》に縁取《ふちど》られた人なつっこい瞳《ひとみ》が、精悍《せいかん》さを柔らげている。軽い猫背《ねこぜ》だが、圧倒的な分厚い胸はうまく背広で隠されている。

五時の終業のベルが、壁のスピーカーから流れてきた。皮肉を言った部長の機嫌《きげん》を損《そこ》ねまいとして経理部の連中は、わざとそのベルが聞えない振りをしている。

「みんな、私に遠慮する事はない。今日は残業をしなくてもいいんだよ」

部長は細身の葉巻にダンヒルの火をつけた。

「じゃあ、お先に失礼させて頂きます」

係長の粕谷《かすや》が立ち上がった。定年までにそう長くなさそうな年だ。粕谷に続いて平社員たちも立ち上がった。

三分後、朝倉は同僚たちと共にビルの玄関から吐きだされていた。ビルの前の中央通りは、日本橋から新橋にかけてのネオンの渦《うず》と絶え間なく行き交う車のライトで眩《まばゆ》い。

歩道では、家路をたどるサラリーマンの群れが、国電や地下鉄の駅に向けて蟻《あり》の巣がえのように流れていく。そのなかにあって、耳から上だけ群れから突き出した長身の朝倉は、猫背の背をさらに丸めるようにしていた。地下鉄京橋駅のホームに降りる朝倉の左右には、経理部の同僚の石田《いしだ》と湯沢《ゆざわ》の姿があった。三人とも渋谷《しぶや》まで乗るのだ。

石田は度の強い眼鏡を蒼白《あおじろ》い顔につけ、蝶《ちょう》ネクタイを結んだ痩身《そうしん》の男だ。

「さっきは部長が珍しく褒《ほ》めてたじゃないか。部長の目にとまったんだから、君の出世コースは短縮されるよ。ともかく、役付きにならんことには何にもならんからな。せいぜい頑張《がんば》ってくれよ」

と、羨望《せんぼう》を嘲笑《ちょうしょう》にすり替えた。後から人波に押されてよろめいた。

「本当だ。君には一歩差をつけられたよ。一杯おごってもらわないとな」

湯沢が言った。小柄な男だ。石田と同じように朝倉と同年配だ。

「僕なんか駄目《だめ》だよ。夜学出だし、毛並みは悪いからな。でも、汚《きたな》い飲み屋でよかったら渋谷で付き合ってくれ。月給前なんで……」

朝倉は答えた。気弱そうな表情になっている。

「そうこなくちゃ。出世するには、まず何よりも付き合いがよくなくてはな」

石田は説教するような口調で言った。

白々しい蛍光灯《けいこうとう》の光のなかに埃《ほこり》の舞い立つホームでは、くたびれた顔付きのホワイト・カラーが行列を作っていた。朝倉たちは一電車待ってやっと乗りこめたが、スシ詰めのなかで離れて話を交わせる状態ではなかった。

赤坂見附《みつけ》でやっと体の自由を取り戻《もど》した。終点の渋谷東横《とうよこ》で降りると、再び石田たちと一緒になった。

地下街を通って道玄坂《どうげんざか》に出た。いがらっぽい煙霧《えんむ》がネオンを潤《うる》ませる渋谷の街も人でふくれあがり、店々から流れる食い物の匂《にお》いが人々の足を引きとめようとした。

朝倉哲也が二人を誘ったのは、狭い大和田通りにあるホルモン焼きの店〝アリラン〟であった。薄汚い店だ。肉汁《にくじゅう》の燃える煙が立ちこめる店内ではジャンパーや作業服姿の目付きの鋭い男たちが、声高にわめき合っている。

三人は隅のテーブルに着いた。石田と湯沢は場違いなところに放りこまれたように不安な表情を浮かべた。

「ここのホルモン焼きは本物のトンチャンを出すんですよ。飲みものは？」

朝倉は二人に愛想よく尋ねた。

「ビールでも貰《もら》おうか」

「俺《おれ》も」

二人は体を縮めながら答えた。先客たちは背広姿の彼等に鋭い視線を送ってよこす。

注文をとりに来た女中に、朝倉はホルモン焼きを三人前とビールと泡盛《あわもり》を頼んだ。石田は作業服の男たちと視線を合わさないようにしながら、

「学生時代を想《おも》い出すよ」

と、顔を引きつらせて笑って見せた。

やがて、炭火の熾《おこ》った七輪と共に注文の品が運ばれた。ビールの栓《せん》を抜いて女中は去っていく。

大きな容器に入れられているのは、朝倉の言葉通りに本物であった。赤や紫の臓物《ぞうもつ》が血の泡《あわ》

の匂《にお》いがした。

のなかでのたくり、それには分厚く唐ガラシの粉がへばりついている。タレは強烈なニンニク

「こ、これを食うのか？」

「え、遠慮させてもらうよ」

石田と湯沢は辟易《へきえき》したようだ。顔色まで蒼《あお》ざめた。

「そう毛嫌《けぎら》いしないで試してみては？　生だとなおさら元気が出ますよ」

朝倉は血の淀《よど》みから子袋の切れはしを箸《はし》でつまみ上げて口に放りこみ、強靭《きょうじん》な歯で嚙《か》み裂いた。口のまわりが血と唐ガラシで赤く染まる。

「も、もういいよ。ちょっと用事を思い出したんで先に失敬する」

「こっちも、女房に頼まれてた買い物があるもんだから。どうも御馳走《ごちそう》さま」

二人は慌《あわ》てて立ち上がった。朝倉も立ち上がった。心《しん》から残念そうに、

「残念ですね……またお暇なとき付き合ってくださいよ」

と、呟《つぶや》いた。

二人が逃げるように店から出ていくと、朝倉は慣れた手つきで臓物を炙《あぶ》り、旺盛《おうせい》な食欲でそれらを胃に送りこんでいった。これで、石田たちは朝倉を飲みに誘わなくなるであろう。貴重な夜の時間を浪費するには、朝倉はやらなければならない事が多すぎるのだ。

たちまち三人前の臓物を平らげた。その精分が細胞の一つ一つに吸収されていくような気がする。ビールや泡盛のコップには手をつけず、代りに水を飲む。

勘定を払って店を出た朝倉は、タクシーを拾って上目黒のアパートに戻った。教育大附属中学のそばの住宅街に朝倉が借りているそのアパートは、井《い》の頭《かしら》線東大前、玉電大橋、トロリー・バス大橋車庫——そのいずれで降りたとしても大して歩かずに済むが、タクシーにしたところで渋谷からは基本料金で着く。

〝清風荘〟と書かれたその建物は、屋敷と屋敷の塀《へい》にはさまれたお粗末な二階建てであった。裏側に新しく付け足したような非常階段がついている。部屋数は全部で十だ。

アパートの玄関のドアは、二十四時間じゅう開けっぱなしであった。管理人を兼ねたアパートの持主は、六メーター幅の道路をへだてた向かいの花屋なのだ。

タクシーから降りた朝倉は、アパートに入り、廊下に捨てられる水でいつも濡《ぬ》れているコンクリートの階段を昇った。焼魚の煙や糠味噌《ぬかみそ》の匂いが壁にしみついている。

二階に上がった朝倉は、左の端の部屋のドアを鍵《かぎ》で開いた。八畳の洋室だ。もっとも洋室と言えば聞こえがいいが、板張りの部屋にすぎない。薄い壁を透《とお》して、隣室のステレオの音が漏れてくる。

部屋のなかは殺風景であった。窓ぎわに大きいが粗末なベッドが置かれ、その反対側にテレビのセットがある。ベッドの下には法学と経済学の本が積まれていた。

部屋の左隅が簡単な流し台とガス・レンジになって電気洗濯機《せんたくき》が見える。朝倉は部屋に入ると素っ裸になり、脱いだ背広や下着をベッドに投げた。

裸になると、果たして競走馬のようでありながら柔らかい筋肉が光った。毛深いほうではないが、胸毛は下腹に続いている。

押入れから出した新しい下着をつけた朝倉は、トレーニング・パンツをはき、セーム革のジャンパーをつけた。ジャンパーのポケットに小銭と縄跳《なわと》び用のスキッピング・ロープをねじこみ、バスケット・シューズをはいて外に出た。

下目黒の不動様の近くにあるボクシング・ジムまでの三キロほども、縄跳びで走った。ジャンパーのジッパーを首のところまで締めあげているので、着替えたばかりのシャツは汗で重くなった。

ジムの名前は目蒲拳《めかまけん》という。練習生のために夜の九時まで開放している。鉄筋の三階建てで、一階が三つのリングと狭い観覧席、二階が四面鏡張りの基本練習場、三階が会長の家族とジムのメイン・エベンターの宿舎になっている。

朝倉がジムに着いたときには七時であった。受付の女の子に会員証を示した朝倉は異臭の漂うロッカー・ルームに入り、自分のロッカーを開いた。パンツ一枚になってからトランクスをはく。

リングでは、フライやバンタムの選手がバッタのように跳びはねていた。朝倉は練習用の革手袋を提《さ》げ、首と肩を厚いタオルでおおって二階に登っていった。

鏡張りの広い部屋に入ると、血と汗と革とグリースの匂いが鼻を刺した。三十個を越える若い肉体が、エキスパンダーを引いたり、腹筋《ふっきん》を鍛えたり、パンチング・ボールやサンド・バッグを叩《たた》いたりしている。鏡を相手にシャドウ・ボクシングをやっている者もいる。

椅子《いす》に馬乗りになって怒鳴っているコーチの沢野《さわの》に挨拶《あいさつ》してから、朝倉は部屋の隅《すみ》の計量器に乗った。

針は大きく動き、百七十ポンドを示した。約七十七キロ、二十貫半だ。ライト・ヘヴィの体重がある。

それからの一時間、朝倉はパンチング・ボールを叩き、あとの一時間はサンド・バッグを叩いた。朝倉の鋭いジャブを受けたパンチング・ボールは千切《ちぎ》れそうな悲鳴をあげ、全体重を乗せた右のパンチの衝撃をくらった重いサンド・バッグは一発ごとに擂鉢《すりばち》のように窪《くぼ》んだ。

「どうだね、あと十ポンド体重を絞ってみては？　そうすればミドルで試合に出られるんだが」

サンド・バッグにアッパーを突きあげて水平位置までフッとばした朝倉の背後に、コーチの沢野が立っていた。

「僕だって練習ばかしでなく、試合をやりたくてウズウズしてるんです。でも、前にお話したように、僕は鼻血が出るととまらなくなる病気があるもんですから……」

小刻みなジャブを出しながら朝倉は答えた。

「残念だな。本当に残念だ。君のパンチなら、一発で相手は倒れるだろう。ただし、当ったらの話だが……」

沢野は溜息《ためいき》をつき、頭を振りながら歩み去った。

うなだれた朝倉は、タオルで顔の汗を拭《ふ》きながら、タオルの下でふてぶてしい薄笑いを浮かべた。鼻血がとまらない病気などは嘘《うそ》の口実で、試合に出るのを怖《おそ》れているのだ。

負け犬の口惜《くや》しさを味わいたくないからではない。その反対とも言える。試合に勝ったりして、重量級のホープ現われるなどとスポーツ新聞に書きたてられて顔写真が載ったり、それからの試合がテレビで中継されたりして、自分の顔を世間が知ったりしたら、これから実行に移そうとしているある計画が躓《つまず》いてしまうのだ。

九時に練習が終わると、男たちは地下の浴室でシャワーを浴びた。朝倉と並んで熱いしぶきを浴びる男たちのなかには軽量級のチャンピオンもいたが、彼等は恥知らずなほど発達した朝倉の筋肉を見て目をそむけた。

洗わなければならない下着がロッカーのなかにたまったので、素肌《すはだ》にトレパンとジャンパーをつけた朝倉は洗濯《せんたく》物を抱えてタクシーを拾った。

アパートに戻ると、それらをベッドの上の下着と一緒に洗濯機に放りこみ、タオル地のガウンに着替えた。

食器棚《だな》からウオツカの壜《びん》と乾涸《ひから》びたサラミ・ソーセージを出して、ベッドのそばのサイド・テーブルに運んだ。ベッドに腰をおろし、平手で壜の首を叩《たた》き折ると、サラミをかじりながらウオツカを胃に流しこんだ。

喉《のど》が熱くなったが、すぐ慣れた。そして、壜の中身が半分ほど空《から》になったころ、やっとアルコールが血管を駆けまわりはじめた。

「朝倉君のように真面目《まじめ》に……か」

と、夕方の部長の口調を真似《まね》してみて、苦い笑いに頰《ほお》を歪《ゆが》める。背は真っすぐのび、その顔には会社で見せていた控え目な微笑の影もない。

五年前に朝倉哲也は私大の法学部を卒業した。第二部と呼ばれる夜間部を出たのだ。成績は抜群であった。そうでなければ、高校のとき両親を失い、新聞の勧誘員からタクシーの運転手までやりながら夜間部を卒業出来た朝倉を、東和油脂が採用する筈《はず》がない。

無論、入社出来たからと言って、朝倉は前途にバラ色の栄光を夢見たわけではなかった。どんなに真面目に働き続けたところで末は次長どまりだし、この会社がそれまでに潰《つぶ》れてしまわないという保証はない。

朝倉は絶望には慣れている。希望を砕かれたときの苦杯を舐《な》めるよりは、はじめから何も期待しないほうがましだと思っていた。だが入社してから五年、会社の内情を摑《つか》みかけてきた朝倉には、別種の暗い希望が湧《わ》いてきているのだ。

東和油脂の経営陣は、親会社の新東洋工業の片岡社長の一族と、通産省や農林省から天下りで迎えられた役人あがりによって固められている。

そして、彼等は会社という熟《う》れきった果物《くだもの》のなかに巣食っている蛆虫《うじむし》であった。片岡の義弟である清水社長は全株の半分の提供を受けた下請け会社から割高な不良品を納品させて、年間数億の私利をむさぼっている。無論、専務取締役の竹島や経理部長と共謀して分け前を渡しているのだ。

専務の一人である経理部長は、そのほかにもトンネル会社を通じてプール会社に東和油脂の融通手形を落とさせ、それを導入預金して裏金利を稼《かせ》ぎまくっている。資材部長は巨額のリベートをとり、営業部長は水増し請求書で稼ぎ、広告部長は代理店から月数十万の手当てをもらっている。

だが、それに対して朝倉が義憤を感じているなどと言えば嘘《うそ》になる。その反対に、朝倉の計画は、彼自身が会社を食いものに出来る立場にのし上がることであった。

まともな手段で野望が達成出来ないことは承知だ。しかし、暴力と奸計《かんけい》によれば、その野望が実現する可能性も無いとは言えないわけだ。

だから朝倉は、表面は平凡で真面目な社員のポーズを崩さずに、チャンスをうかがっているのだ。週に二日、ジムに通っているのも暇潰《ひまつぶ》しのためではない。朝倉はこの二年間、生活費以外の月給のほとんどを、体力の養成と特殊技術を身につけるために費してきたのだ。敗れてももともとの勝負だから賭《か》けてみても悪くない。

ウオツカの壜《びん》を置いた朝倉は、立ち上がって流し台のところに歩んだ。流し台の下の棚《たな》を開き、ブリキの米櫃《こめびつ》の蓋《ふた》を取った。米のなかに手を突っこみ、ビニールの袋にくるまったものを取り出す。

ベッドに戻り、不透明なビニール袋の口を開いて、中身を毛布の上にブチまける。一丁の自動拳銃《けんじゅう》と五十発入りのボール紙の弾《たま》箱が三つ転がり出た。

拳銃は三十八口径のコルト・スーパー・オート九連発、弾箱に入っているのは、それに使用する三十八スーパー弾なのだ。朝倉は拳銃の撃鉄を親指で起こし、壁のシミに狙《ねら》いをつけて空《から》打《う》ちする。把式安全子《グリップ・セーフティ》がついているので、引金は非常に軽い。

この拳銃を東松山にある新東洋工業の銃器部門の工場から盗み出すのに、朝倉は今年の春一杯をかけたのだ。

構内に射程三百メーターのトンネル試射場を持つ東松山工場は、ライフルやカービンを含めて月に数千丁の銃を扱う。朝鮮や沖縄などで米軍が使用している銃も、修理のときはここまで送られてくるのだ。

だから工場の管理は厳しい。工場は高いコンクリート塀《べい》にかこまれて、その要所要所に監視台がそびえ、工員は工場を出るときは弁当箱のなかからパンツのなかまで調べられるほどだ。倉庫の扉《とびら》は二重になり、夜は十数人の守衛がパトロールしていた。

それに較《くら》べると、弾の入手のほうは簡単に出来た。東和油脂の火薬工場に行けば、試験課の研究室にゴロゴロしているのだ。

2　導火線

翌朝――朝倉哲也は枕許《まくらもと》に置いた目覚し時計のベルの音によって、眠りの国から現実に引き戻《もど》された。タバコをくわえながら時計に視線を移す。午前六時半だ。
昨夜はあれからウオツカの壜《びん》を空にしたのだが、二日酔いの頭痛は免れたようだ。ただ、口のなかが苦く、無性に喉《のど》がかわいているだけだ。

皺《しわ》だらけのタオルのガウンを着けたまま朝倉はベッドから降りた。カーテンとブラインドを開くと、鉛色を帯びて濁った空に黒い帆船の形をした雲が物憂《ものう》げに漂っていた。電車の警笛が眠気を誘って、もう一度ベッドにもぐりたくなる。

朝倉は部屋の左隅《すみ》についた極度に簡単な台所で、水道の水を貪《むさぼ》り飲んだ。いくら飲んでも喉の渇《かわ》きは鎮まらない。胃が水でダブダブしてきたので、喉に指を突っこんでそれを吐いた。苦《にが》酸《ず》っぱい液体が逆流してきて、歯が浮いた。

朝倉の借りているこの部屋には、洗面台などというものはついていない。食器を洗うのも流し台だし、顔を洗うのも同じ流し台なのだ。

洗顔を終った朝倉は大きなコップの水にインスタント・コーヒーの粉末を放りこみ、そのままブラックで飲み干した。喉の渇きは鎮まってきたような気がする。

戸棚《とだな》から卵を五つ取り出し、それを生で胃に収めた。手早く服をつけ、カバンを持って部屋を出る。

薄暗いアパートの廊下を降りていくときの朝倉の表情は、社に向うサラリーマンのそれ以外ではなかった。自分の部屋のなかでは毅然《きぜん》とのばしていた体が再び猫背《ねこぜ》になり、長身がいささかでも人目を引くのを恥じているかのように見える。だが、朝倉が勤めている東和油脂は、午前九時始業なのだ。

放射四号の玉電通りにくだってくるまでの道には、左右の邸宅の塀から突きだした樹木の落葉が散り敷かれていた。犬に朝の運動をさせている人々に幾度か出会った。

玉電通りに出て、大橋の停留所に歩く。午前七時ちょっと前だ。車の数は増えてきたが、まだラッシュには時間がある。

空車のタクシーが来たので、咄嗟《とっさ》にそれを呼びとめて渋谷に出た。体を甘やかす積りはないが、この時刻なら玉電やバスよりは、はるかにタクシーのほうが早い。

渋谷からは地下鉄に乗った。ただし、京橋に向う銀座線から赤坂見附で丸の内線に乗りかえた。

車内はまだ混んでいなかった。空いた座席を見つけて、そこに腰を落ち着けた朝倉は売店で買ったスポーツ新聞に目を通しながら、退屈な一日のはじまりにうんざりしているような表情であった。

西銀座駅で地下鉄から降りた。駅の上のデパートは通らずに脇《わき》から地上に出た。数寄屋橋《すきやばし》の風景はやっと眠気を捨てはじめている。

国電のガードをくぐり、朝倉は日比谷側に歩いた。日活会館の手前で右に折れる。その通りに交差した道の左右のパーキング・メーターの下には、近所の商社の車がまだ眠っていた。無論、八時になるまでは料金はいらない。

朝倉は左に折れて、帝劇と東京会館のあいだの通りに入っていった。この通りは車なら日比《ひび》谷濠《やぼり》に向けての一方通行路だ。

ビルの谷間のようなこの通りにも、左右に車が駐《と》まっていた。そして、左手に近頃《ちかごろ》では珍しくなった電話ボックスが残っていた。

朝倉はそのなかに入った。受話器を取り上げ、二二三番にダイヤルを廻す。テープに録音された女の声が、只今《ただいま》から七時三十一分二十秒をお知らせします……とさえずった。

朝倉は受話器を耳に当てて、刻々と伝わってくる時報を聞く振りをしながら、視線をボックスの外に向ける。

通りをへだてて、共立銀行本店ビルを正面から見渡すことが出来た。とりたてて大きな建物ではなく、五階建てなのでむしろまわりのビルから見れば低いほうだが、銀行らしい落ち着きを持っている。

共立銀行は、玄関の石段の前に顧客用の駐車スペース、左手に銀行関係者用の駐車場を持っている。共立銀行はランクは二流のAといったところだろうが、それでも都内だけでも四十の支店を持っている。

銀行の正面鎧戸《よろいど》は、まだ固く閉じられている。だが、銀行関係者の通用口を兼ねた左手の駐車場の網戸は開かれ、次々にそのなかに乗用車が吸いこまれていく。そこに入りきれない車は、玄関前の駐車スペースや空いているパーキング・メーターの下に駐《と》まった。

どの車にも、キチンとネクタイを結んだ男が二人ずつ乗っていた。一人がハンドルを握り、一人が助手席に坐《すわ》っていた。みんな、銀行マン特有の物腰を持っていた。車がとまると、助手席に乗っていた男は、それぞれ車から降り、通用門をくぐって、ビルの横手についた出入り口から銀行のなかに消えていく。それぞれ、左手に黒の大型のスーツ・ケースを提《さ》げている。

朝倉は一度電話を切り、再び受話器を取り上げた。発信音だけを伝えてくる受話器に向って、もっともらしく返事の声を出しながら、銀行とその周辺の観察を続ける。

やがて、ビル街の角を曲って、徒歩の銀行マンが三人共立銀行に近づいてきた。三人とも別々の方角からだが、やはり大きく黒いスーツ・ケースを提げ、通用門から銀行のなかに消えていく。

スーツ・ケースを提げた男たちは、各支店から本店に金を受け取りに来た行員なのだ。物々しい現金輸送車が各支店を廻るよりも能率的なので、共立銀行はこのシステムをとっている。歩いて本店に来た人は、丸の内、日比谷、大手町の各支店の行員だ。

その三つの支店は、それぞれ本店から五百メーターと離れていない。特に丸の内支店など、本店が丸の内三丁目にあるのに対して二丁目だから、車のエンジンを暖めるあいだに歩いたほうが早い。

もっとも、共立銀行といえども、午後に各支店から集金してくるときには現金輸送車を使う。それは、その時刻がラッシュ・アワーにかかるために各支店がそれぞれ車を出したのではかえって手間どるし、本店にやってきても駐車難のためなのだ。

午前八時になり、付近のビルが表の鎧戸を開きはじめたとき——共立銀行ビルの横手の出入り口から、先ほどバラバラに入っていった各支店の行員たちがひとかたまりになって吐き出された。

左手に提げたスーツ・ケースは、中身が詰まっているらしい重量感がある。彼等はそのスーツ・ケースの把《にぎ》りに細いが強靭《きょうじん》な鎖をつけ、その鎖の鉤《かぎ》を手首に捲《ま》いて、ワイシャツのカフスで隠した革帯の輪にひっかけている。引ったくりや暴力スリを警戒しているのだ。

彼等のほとんどはそれぞれが待たせてある支店の車に乗りこんだ。朝倉は電話ボックスを離れ、さり気ない足取りで歩きだす。

本店の近くの三つの支店の行員だけは、スーツ・ケースを提げたまま、車に乗らずに銀行をあとにした。朝倉は通りを横切り、三十メーターほどの間隔を置いて、大手町支店のほうに戻《もど》っていく行員を尾行しはじめた。

何日ずつかの間隔を置いてではあったが、朝倉はこの二か月のあいだ、共立銀行をマークして観察をくり返してきたのだ。

丸の内支店と日比谷支店の行員の通るコースは、すでに調べ終っている。だが、その二人が本店から支店に戻るコースのなかには、朝倉の気にいらない点が幾つかあった。そのうちでも最も不満なのは、その二つのコースが短かすぎる事だ。

東和油脂の経営陣にくいこんでいくためには、それなりの軍資金が必要だ、と朝倉は思っている。徒手空拳《としゅくうけん》でぶつかっていくといえば勇ましいだろうが、これから朝倉がやろうと計画している仕事は遊び事ではないのだ……。

大手町支店の現金運搬員は三十五、六歳の大柄な男であった。柔道でもやっているのか、耳《みみ》朶《たぶ》にタコが出来、脚が軽く彎曲《わんきょく》している。ガニ股《また》だが足早に歩く。

共立銀行大手町支店は都電大手町停留所の前にある。つまり、住友ビルの一階の一部を借りているわけだ。

朝倉に尾行《つけ》られているのに気付かないらしく、スーツ・ケースを重そうに提げた行員は、一度もあとを振りかえらず、足早な歩調も乱さない。

そのコースは、二列に並んだ古めかしい仲館《ビル》のあいだを抜けて丸ビルの裏手に出る。東京駅前の大通りを渡って新丸ビルの裏手から東京銀行と勧業銀行のあいだに出て、左に折れて住友ビルに着くといった順序であった。

行員が住友ビルに入るのを見とどけて、朝倉は尾行《つけ》てきたコースをあと戻りする。都電通りには勤め人の姿が増えてきていたが、仲館《ビル》のあたりに戻ると、まだ人影は数えるほどであった。共立銀行の本店の前まで戻らずに、朝倉は左に折れ、有楽町のガードをくぐった。京橋二丁目の東和油脂の会社に向けて、ゆっくりと歩いていく。会社がはじまるまでに、まだ十二分に時間がある。

有楽橋のそばに、モーニング・サービスのグリルがあった。小さな店で、テーブルは置いてない。細長いカウンターの奥で、一人きりで働いている禿頭《はげあたま》のマスターはコック兼用で、朝倉がハム・ステーキを注文するとすぐ眼の前で作ってくれた。フライパンから跳《は》ねた脂《あぶら》に火がついて、炎が高くのぼる。

カウンターの隅では、前夜泊った温泉マークから直行してきたような若いカップルが、白《しら》けた顔つきでベーコン・エッグを突ついていた。女のほうは朝倉の会社の親会社である新東洋工業のI・B・Mのキー・パンチャーのようだが、朝倉は他人の情事には関心が無い。ただし、それを利用して一稼《かせ》ぎするのなら話は別だが。

「お待ちどおさま」

マスターは焼きたてのステーキにバターの塊りを乗せて、朝倉の前のカウンターに置いた。旺盛《おうせい》な食欲でそれを胃に送りこみながら、朝倉は札束でふくらんだスーツ・ケースのことを考えていた。

八時四十五分がきたので、朝倉は店を出た。会社まで歩く。その頃には車道はクラクションのわめきと排気ガスに満ち、人波でふくれあがった歩道からは埃《ほこり》が舞いあがっていた。

新東洋工業ビルの五階にある東和油脂経理部の部屋に朝倉が着いたときは、九時五分前だ。ロッカー・ルームの入口のそばにあるタイム・カードのパンチを押し、ロッカーにカバンを仕舞うと、気弱そうな微笑で上役や同僚たちに朝の挨拶《あいさつ》をする。部長の小泉はまだ姿を現わしていない。小泉の出勤は十時過ぎになるのが毎日だ。

隅《すみ》にある自分のデスクについた朝倉は、女の事務員が運んできた馬の小便のような番茶を飲んだ。これから五時までの時間と自由は給料と引き替えに会社に売り渡してあるわけだ。

朝倉の給料は三万一千七百円、しかし、税金をはじめ諸経費を天引きされると、手取りは二万五千円ほどだ。年《ねん》に給料の五か月分のボーナスがあるので、やっと人間並みの生活が出来るわけだ。

「昨日の晩は失礼した」

「君、いつもあんなの食ってるの？」

石田と湯沢がニヤニヤしながら声をかけてきた。昨夜のモツ焼きのことを言っているのだ。朝倉がデスクに着く前に二人が部屋の連中に吹聴《ふいちょう》してあったらしく、部屋じゅうに笑い声があがった。

「いつも、と言うわけじゃないが……」

朝倉は照れ臭そうに笑って見せた。

そのとき始業のベルが鳴った。朝倉は帳簿にかがみこみ、ほかの連中も仕事にかかった。次長の金子は、もっぱらゴルフのクラブを磨《みが》いたり、電話の応答だ。

部長の小泉が入ってきたのは、十一時を過ぎてからであった。ロイド眼鏡の下で瞼《まぶた》が黒ずんでいる。

「やあ、御苦労。銀行のほうを廻ってたんでね……」

と次長の金子に声をかけて、奥の自分の回転椅子《いす》に腰をおろす。金子は小声で、これまでに掛かってきた電話の内容を小泉に報告する。頷《うなず》きながらそれを聞く小泉の態度は、いかにも大儀そうだ。

朝倉は、デスクに積まれたファイルに大型のライターを立てかけた。アメ横で買ってきたそのジポー型ライターは片面が鏡になっている。朝倉はライターを立てかける角度を調節して、バック・ミラーのように部長を写した。

何曜とはきまっていないが週に二度ほどは部長の出社時間が十一時を過ぎる。午後になることもある。半年ほど前からそうなのだ。宴席疲れもあるだろうが、遅れて出社したとき、いつも部長が皮膚にただよわせている強精剤の匂《にお》いから、朝倉は情事の名残《なご》りを嗅《か》ぎつけている。

部長の小泉は社長の従兄弟に当たるのは事実である。しかし、従兄弟とは言っても、血は濃くはつながっていない。小泉が社内で実権を握りはじめたキッカケは、清水社長の妻の妹を後妻にもらった事だということは、社内で知らない者はいない。今から七年ほど前、前妻を交通事故で失ってやもめ暮しをしていた頃の小泉は、係長待遇とは言え、一介の社員にすぎなかった。

それが、社長の口ききで、今の妻を迎えてからは、一気に出世コースに乗ったのだ。その女は片足が不自由なハンディキャップを極端なほどの自尊心にすり替えて肩を張って生きてきたので、気位《きぐらい》の高い美貌《びぼう》がかえって男の反感をそそり、婚期を逸してきたと言われている。

いま、小泉とその後妻とのあいだには子供が二人いる。前妻とのあいだの子は親戚《しんせき》に預けてある。家庭での小泉は、誇り高い妻にいつも頭があがらないという噂《うわさ》であった。

そんな小泉が、妻に隠れて情事を持たない筈《はず》はない。そうでなければ、小泉が経理部長の地位を利用して私腹をこやしている動機が成立しない。社長と共謀しての背任行為だけで月に百万は入ってくるのだから、その上に社長に内緒で会社の金を動かすこともない。

朝倉は、小泉の女が誰《だれ》であるかを探ろうとして尾行したことがあった。これから先、小泉に対して有利な切り札を揃《そろ》えておくに越した事はない。

しかし、小泉はひどく用心深く、タクシーを何台も乗りかえ、ホテルや商店に表から入っては裏口から抜けて、容易なことで尻《し》っ尾《ぽ》を摑《つか》ませなかった。朝倉の尾行に気付いたせいでなく、それが習慣になっているらしかった。ともかく、朝倉は軍資金が続かずに、このところ小泉の女を捜す仕事を中断している。

やがて、十二時のベルが鳴った。経理部の部屋の連中は仕事を中断し、伸びをしたりタバコに火をつけたりした。部長と次長、それに月給以外に収入のある連中は近所のレストランに食事に出かけ、部屋には五、六人だけが残った。

朝倉も残留組の一人だ。これも居残った係長の粕谷が、皆の昼食の注文を集めはじめた。出前が人手不足なので、まとめて店に注文するのだ。

「君は例の奴《やつ》だね？」

粕谷は朝倉に向けて言った。

「ええ、ラーメンにしときましょう」

朝倉は答えた。会社での昼食は安いラーメンに決めているのだ。これならどの店にもあるし、ほかの物を食ったところで大して栄養がとれるわけではない。

「毎日ラーメンとモツ焼きじゃ、大分残したろう。一度貸してもらいに押しかけるからな」

石田が野次った。

朝倉は苦笑《にがわら》いしただけで、否定も肯定もしない。朝倉はボクシングのジムに通っていることさえも会社の同僚には秘してあるのだ。ジムのほうにも勤め先を伏せてある。

昼食が終ると、朝倉はビルの屋上に出た。かつては屋上一杯が運動場として使えたが、いまはその三分の二ほどが巨大な金網の籠《かご》でおおわれ、そのなかがゴルフの練習場となっていた。

籠のなかで、腹の突き出た重役たちや、朝倉のパンチを胃にくらったら背骨までへし折れてしまいそうな取巻きどもが、ちっぽけな球《たま》の行くえに一喜一憂し、パン助のように厚化粧したB・Gが情婦気取りで拍手を送っている。

朝倉は彼等に背を向け、屋上の囲いの鉄柵《てっさく》に手をかけて、ビル街のむこうへ雑然と拡《ひろ》がる街に、憎悪と嘲笑《ちょうしょう》をむきだしにした、燃えるような瞳《ひとみ》を放つ。空は鈍く曇り、雨雲が足早に流れていた。

風が、ヘア・クリームを軽くつけただけの朝倉の髪を乱した。やがて、冷たい大粒の雨が頬《ほお》を乱打しだした。

ゴルフの練習場にいた薄汚い連中は、罵声《ばせい》や嬌声《きょうせい》をあげて降りていった。しかし、朝倉は雨に搏《う》たれたまま動かない。押さえていた暗い怒りの血が騒ぎ、目的のためには殺人も辞さない気分になってきた。

もし、悪霊《あくりょう》という破壊と邪悪な願いの成就《じょうじゅ》の神があるとすれば、悪霊よ、頼むから自分に乗り移ってくれ。乗り移って俺《おれ》に力を貸してくれ……髪からしたたり落ちる雨をぬぐおうともせずに、朝倉は焼き尽すように燃える瞳を据《す》えて祈った。

3　第一歩

翌朝になっても、雨はやまなかった。風が、凍るような雨をまじえて、暗色のビル街に吹きつけてくる。

丸の内に明治時代の面影を残している三菱《みつびし》地所の貸しビルの群れ。風雨と戦火に耐えてきた、その煉瓦《れんが》と石のビルのなかでも、二列に並んだ十数個の仲ビルは、日比谷通りに近いほうが奇数、東京駅寄りのほうに偶数の番号がつけられている。

二列の仲ビルのあいだの通りはそう広くない。日比谷側から大手町方面に向けての一方通行路になり、右側の歩道に沿ってパーキング・メーターが並んでいる。

午前八時近く――くすんだ仲ビル通りも、飛沫《しぶき》をあげる雨に包まれていた。あと三十分もすれば雨傘《あまがさ》があふれるだろうが、いまは、人通りはほとんどない。

だが、パーキング・メーターは三分の二以上がふさがっていた。午後八時から午前八時までは無料なので、昨夜から路上駐車したままの車が多いのだ。

車の屋根やフロント・グラスには、枯葉が舞い落ちては流されていた。仲十二号館の前に、シボレー・ベルエアーとオペル・レコルトに前後をはさまれた格好で六十一年型のクラウンが駐《と》まっていた。

黒塗りの、ありふれた車だ。車内にこもった水蒸気のためか、車窓は曇って、車内を見透《みとお》せない。

その車のタイヤやホイール・キャップやドアの下部は、泥《どろ》に汚《よご》れていた。ナンバー・プレートにも頑固《がんこ》に泥がこびりついて、雨にも流されない。もっとも、前後の車が邪魔になって、通りすがりの者にはナンバー・プレートは目に入らない。

その車はエンジンを掛けっ放しにしていた。前の座席に朝倉の姿がある。褐色《かっしょく》のレイン・コートにフードをかぶり、ゴムの長靴《ながぐつ》をはいている。

手には薄いゴムの手袋をはめ、フードで輪郭を隠した顔には、褐色のサン・グラスまでかけていた。カー・ヒーターのボタンを時どき押して、ガラスの曇りが消えぬようにしている。

後のシートにはボストン・バッグが置かれている。そして、エンジンは低く回転しているのに、ダッシュ板のイグニッション・スイッチに鍵《かぎ》は差しこまれてない。バッテリーとイグニッションを、コードで直結しているのだ。

それで分かるように、そのクラウンは盗品だ。渋谷の東急本社近く、いまは野天駐車場となっている放射二十二号道路の中間地帯に雨ざらしになっていた車だ。

車のドアのロックを開くには、先端を潰《つぶ》した二本の針金を使った。今朝の五時半頃のことだ。

鍵なしで錠を開く技術に熟練するまでに、朝倉はこの二年間に百個以上の錠前をバラバラにしている。簡単な南京錠《ナンキンじょう》からはじめ、次第に複雑な機構の錠に……と進んできた。接点が二つ以上ある自動車のロックは、シリンダー錠の変形だ。

午前八時——朝倉は腕時計から目を離すとゴム手袋をつけた手で歩道側の車窓とフロント・グラスの曇りを少し拭《ふ》いた。歩道を通る者が判別出来る程度にだ。

シートに横ざまに坐り、朝倉は歩道を見つめて待つ。口のなかが不快に渇いてきて、無性にタバコが吸いたい。

朝倉は、ズボンのバンドに差しこんであった拳銃《けんじゅう》を抜いた。コルト三十八口径スーパーの自動拳銃だ。それを、レイン・コートのポケットに移す。

　そのとき朝倉は、大手町寄りの丸ビルのほうから歩いてくる人影を、曇りをぬぐったフロント・グラスの一隅《いちぐう》から視線で捕えた。雨合羽《がっぱ》に、ビニールをかぶせた帽子を着けている。その姿も歩きかたも、警官のものであった。

　近くの交番からパトロールに出た警官だ。朝倉の予定に入ってないことであった。いつもなら、その警官は七時半に見廻りに来るのだが、今朝は雨のために不精《ぶしよう》したのか、それとも用事で遅れたかしたのであろう。

　左手で直結のコードを引き千切《ちぎ》ってエンジンの回転をとめた朝倉の体が、一瞬固くなった。だが次の瞬間には無意識のうちに体の力を抜き、意思の通りに筋肉が反応する体勢をととのえた。コートのポケットのなかで重く握った拳銃の撃鉄に親指を掛け、人差し指は引金のそばに遊ばせる。

　もし、その警官が盗難車の手配を受けて捜しているのなら、気の毒なことになる……と、朝倉は胸のなかで呟《つぶや》いた。警官が雨合羽の下から、警棒なり制式拳銃なりを取り出すまでに自分の拳銃の全弾倉分は楽に射ちこめるが、そんな大袈裟《おおげさ》なことをしなくても、顎《あご》に一発右の拳《こぶし》を叩《たた》きこんでやれば、ここから安全に逃げられるだけの時間を稼《かせ》げる。

　しかし、その四十近い警官は、早く日課を済ませたいようであった。合羽の襟《えり》を立て、横なぐりの雨に背を丸めながら朝倉が身をひそめたクラウンの横を足早に過ぎ去っていった。

　朝倉は、口を開いて喘《あえ》ぐように呼吸している自分に気づき、喉《のど》の奥から低く柔らかな笑い声を絞りだした。

三角窓のガラスを拭《ぬぐ》ってみる。筋をなして流れる雨水のためにフェンダー・ミラーに歪《ゆが》んで写る警官の後姿が、馬場先門と都庁前を結ぶ都電通りのほうに消えていくのが見える。

朝倉は腕時計を覗《のぞ》いてみた。車のダッシュ・ボードに電気時計がついているがこれは当てにならない。

腕時計は八時三分を示していた。朝倉はバッテリーとイグニッションを結ぶコードを再びつなぎ、スターターからのばしたコードをバッテリーからのものに接触させた。

スターターのモーターが唸《うな》り、ギアが調子の悪い機銃のような音をたてると、エンジンは再び回転をはじめた。朝倉はスターターからのコードを離す。

右側のフェンダー・ミラーに、待っていた男の姿が写って、わずかに揺れた。朝倉の唇《くちびる》に優しいほどの微笑が浮かんだ。

その男は、濡《ぬ》れたゴム引きの合羽とフードを、アザラシのように光らせていた。四十歳にはなっていない。そして左手には、これも濡れ光った革のスーツ・ケースを提げている。

雨合羽のフードと風雨で、その男の顔は定かにはわからない。しかし、ガニ股《また》気味に足早に歩を運んでくる姿と黒いスーツ・ケースを見れば、それが共立銀行の現金運搬人であることは間違いない。

足早な歩調を乱さずに、現金運搬人は朝倉のひそんだクラウンの横を歩み過ぎた。朝倉は静かにドアを開くと歩道に立った。ドアを開いたままにしてパーキング・メーターに十円玉を幾つも入れ、現金運搬人を追った。レイン・コートのポケットのなかで、拳銃を握っている。

朝倉の足音が背後に迫ったとき、現金運搬人は足をとめ、素早く振り向こうとした。

「動くんじゃない。そのままじっとしてるんだ！」

朝倉は、低いが鋭い声で命じた。現金運搬人の左手からスーツ・ケースが滑《すべ》り落ちた。しかし、手首のバンドと鎖で結ばれているために、スーツ・ケースは宙に垂れて、合羽から水滴を振りおとした。

「馬鹿なことはよせ」

と、言って、朝倉のほうに向き直ろうとする。

「言う通りにするんだ……俺《おれ》は射《う》つ積りはなくても、下手《へた》に動かされるとこいつが勝手に火を吹く」

朝倉は、レイン・コートのポケットに突っこんだままの自動拳銃の銃口を、その男の背に強く押しつけた。

「…………」

その現金運搬人の背が硬直した。

「よし、後を向け。左廻りに、ゆっくりとだぜ」

朝倉は命じた。

「こんなことをやって、逃げられると思ってるのか？」

運搬人は言った。声は上《うわ》ずっているがまだ震えてない。

「そんなことは、あんたの知った事じゃないさ。さあ、言われた通りにするんだ」

朝倉の声は冷たく凄味《すごみ》を帯びた。

「馬鹿な奴《やつ》……すぐ足がつくのに……」

男は呟《つぶや》いたが、操《あやつ》り人形のようにギクシャクした動きで、左廻りに後向きになる。朝倉も廻って、姿を見られないように気をつけた。

「このまま歩くんだ。もっと気楽にしろ。自然に振る舞うんだ」

朝倉は言った。

現金運搬人は、宙に垂れさがったスーツ・ケースを提げ直してから歩きだした。しかし、その動きは不自然に硬《こわ》ばっている。

歩道には人影が見える。だが、彼等は傘《かさ》を斜めに傾けて横なぐりの雨をよけ石畳に視線を落して水たまりを避けるのに注意を奪われて、朝倉と運搬人に関心はないようだ。

二人は盗品のクラウンの横に来た。

「よし、そこで止まれ。後の座席に乗るんだ。ドアのロックはかかってない」

朝倉は命じた。

雨水が筋をなして流れる車窓に、引きつった顔面に瞳《ひとみ》をギラギラ光らせた現金運搬人と、レイン・コートのフードとサン・グラスで顔の半分を隠した朝倉が、ぼんやり写っていた。

現金運搬人は車の後部ドアにかがみこみ、ノブに手をかけた。次の瞬間、捨て身の肘突《ひじつ》きを朝倉の腹に放った。

不意をつかれた朝倉は、危うく横に体をねじってその打撃をかわした。だが、その拍子にサン・グラスが顔から飛んで石畳にぶつかった。

その眼鏡のレンズはガラスでなく、合成樹脂系統のものだから割れはしない。だが朝倉は、こちらに向き直った運搬人に、まともに顔をさらすことになった。

朝倉の顔に浮かんだ狼狽《ろうばい》の表情を認めて、その男は自分が優位に立ったと思ったらしい。

「行け。悪い夢から醒《さ》めて、このまま大人《おとな》しく引きさがるんだ。そうしたら、貴様の顔を忘れてやる。警察にも届け出ないから」

と説教じみた口調で呟く。

「顔を見たな……」

朝倉の顔は暗かった。自分の暗い素顔を知ったものは生かしておけない。

「さあ、行け。行かないと、警察に突き出してやる」

男は朝倉に迫ってきた。

コートのポケットのなかで握った拳銃の撃鉄を起こし、引金を絞りさえすれば方《かた》はつくのだ。だが朝倉は銃声を誰《だれ》にも聞かれたくなかった。

朝倉の右手はポケットから抜き出された。薄いゴムの手袋をつけている以外には何も持ってない。その右の拳《こぶし》が、目にもとまらぬスピードと体重を乗せて、男の胃に叩《たた》きこまれた。

肘のあたりまで、右のフックは運搬人の腹に埋まった感じであった。背骨が折れる無気味な音がした。

男はナイフのように体を折って尻餅《しりもち》をついた。パーキング・メーターの柱に頭をぶっつけて、横倒しになりそうになる。

朝倉の右手のゴム手袋は裂けていた。朝倉は横倒しになりかけている運搬人の首筋に、強烈な左のチョップを叩きおろした。

石畳に頭を突っこんだまま、その男は身動きもしない。

おびただしい血の塊りが口と鼻から押しだされ、雨に溶けて石畳に吸いこまれていく。

現金運搬人の体を後部座席に移して、朝倉はドアを閉じた。サン・グラスを拾い、自分も運転席に乗りこんだ。

ドアを開いてあったので、車窓の内側からの曇りは薄れかけていた。朝倉は再びヒーター・スイッチの最強の段のボタンを押し、シートに後向きになって、運搬人の手首につながったスーツ・ケースを開いてみようとする。

予想した通り、分厚い革のスーツ・ケースには岩乗《がんじょう》な鍵《かぎ》がかかっていた。運搬人はその鍵を持っていないはずだ。鍵は本店と支店に置かれてある。

運搬人の服をさぐって朝倉はそれを確かめた。運搬人の呼吸はとぎれとぎれで、脈も弱く遅い。

朝倉は内ポケットから、長い飛び出しナイフを出した。ボタンを押して刃を閃《ひら》めかす。

二十センチの刃渡りを持つ、その細身のナイフは、胸に刺しこむと軽々と背中に抜けそうなほど鋭利だ。

鋼材も優秀らしく、内から秘めやかに放射するような光がある。

朝倉はそのナイフを走らせ、スーツ・ケースを断ち切っていく。丈夫な革も、ボール紙のように切れていく。スーツ・ケースの片面が剝《は》がれた。内部には、一万円札、五千円札、千円札の札束が詰まっていた。

朝倉の唇《くちびる》は口笛を吹く格好にすぼめられ、瞳の奥に蒼《あお》い炎が躍った。その札束を、用意してあるボストン・バッグに移した。少し手が震えた。

羽織っている自分のレイン・コートからフードを外《はず》した。長靴《ながぐつ》も脱ぐ。それらと拳銃とゴムの手袋も、ボストン・バッグにつめこんだ。

助手席の床に、大きな風呂敷《ふろしき》で包んだものがある。それを開くと、雨傘《あまがさ》と短靴が入っていた。

短靴をはいた朝倉は、風呂敷を畳んでポケットに捩《ね》じこみ、後のシートに転がっている現金運搬人の脈を再びとってみた。脈も呼吸もとまっていた。

ナイフを使う必要もなさそうだ。朝倉はナイフを畳んで内ポケットに戻《もど》し、コートの袖口《そでぐち》でおおって、車道側のドアを開いた。左手でボストンを提げ、右手で傘をさして車道に降りると、尻《しり》でドアを閉じた。

車道を横切り、もう一つ通りを抜けると、内外ビルの横でボストンを大きな風呂敷で包んだ。傘で顔を隠している。

濠《ほり》沿いの日比谷通りに出た。しぶきをあげる濠には小鴨《こがも》の姿は無く、皇居の杜《もり》は雨にけぶって煙に包まれているように見える。

日比谷通りには車の数が多かった。朝倉はサン・グラスを外し、空車のタクシーをとめて乗りこんだ。

車はクリーム色のセドリックで、徹夜明けの疲れのためもあるらしく、若い運転手は不機嫌《ふきげん》であった。行先も尋《き》かずに走りだしたまま黙り続けている。

「虎《とら》の門《もん》……停留所のそばでいい」

朝倉は言った。興奮は大分さめている。

バック・ミラーのそばに掛けてあるそのタクシーの会社名と運転手の名前を、頭の隅《すみ》に刻みこむ。

虎の門までは近かった。疲労で脂汗《あぶらあせ》を浮かせた運転手は、都電のレールでスリップするのも気にかけず飛ばした。

虎の門の停留所のそばで降りた朝倉は少し歩いてから別のタクシーに乗りかえた。そして、渋谷駅に着いたときが、ちょうど八時半であった。

渋谷駅に来ると、手荷物預かり所に風呂敷包みを預けた。東横デパートの階段をのぼり、地下鉄の満員電車に乗りこんだ。

勤め先である、京橋の東和油脂東京本社に着いて、タイム・カードのパンチを入れたのが、九時の定刻ギリギリであった。

経理部の部屋に入ったときの朝倉はいつもの気弱そうな微笑を浮かべていた。雨のためか遅刻者が多く、部屋の半分は空いていた。

朝倉は楽な気持で自分のデスクに着くことが出来た。

帳簿をひろげてそれをチェックしていきながらも、朝倉の心はボストン・バッグにつめこんだ札束にとどまっている。一千万？　いや、もっとあるのか？

会社の取り引きで、数千万の小切手や現金を扱うことは、経理部員としての朝倉にとって珍しいことではなかった。だが、あのボストン・バッグのなかの札束は会社のものではない。自分だけのための札束だ。この金を軍資金にして、誰にも頭を下げずに済むだけの金を集めてやるのだ。

昼食には、朝倉はいつものようにラーメンを注文した。

金が入ったからと言って急に贅沢《ぜいたく》をはじめたのでは、自分から犯行を告白するようなものだ。

同僚の田中がデスクの上に置いたトランジスター・ラジオが昼のニュースを伝えていた。

大蔵大臣の株価対策のニュースにつづいて、

「――今朝八時頃、雨の丸の内ビル街で銀行員が惨殺され、千八百万円もの現金が奪われるという事件が起こりました。殺されたのは共立銀行大手町支店の原良夫《はらよしお》さん三十七歳で、本店から現金を運んでくる途中の出来事でした。内臓破裂《はれつ》と脊椎《せきつい》骨折、それに鎖骨《さこつ》粉砕と後部頭蓋《ずがい》骨の陥没が死因と見られますが、頭部の傷をのぞくあとの傷は素手で強打されたものらしく、犯人は屈強な男と思われます……」

「凄《すご》い。もっとヴォリュームを上げてくれ」

　経理の男たちは口々に叫んだ。

「死体は午前九時半頃に発見されました。発見したのは、都パーキング・メーターの料金徴集係り佐藤さんで、死体は料金不足のまま駐車していたトヨペット・クラウンの後部座席にありました。そのクラウンは盗難車とわかりましたが、犯人、その他については捜査にかかったばかりで不明です――」

　ニュースは別のテーマに移った。

　それから昼休みの終るまで、経理部の部屋に残った男たちは、勝手な推測を交わし、興奮を高めていった。朝倉もそれに加わり、当たりさわりのない事をのべた。

　一時のベルで午後の仕事がはじまった。

　三十分ほど遅れて入ってきた部長の小泉は、紙袋を抱えた、五十近い痩身《そうしん》の男を連れていた。

「みなさん。よく聞いてください。この方は共立銀行の専務の兵庫《ひょうご》さんです――」

　小泉は痩身の男を部下たちに紹介した。

　朝倉の唇のまわりがかすかに白っぽくなった。

4　ホット・マネー

「お仕事中、まことにあい済みません。私が紹介をいただきました兵庫でして――」

共立銀行の専務は頭をさげ、

「あるいはニュースでお聞きになったかとも思いますが、今朝がた私どもの銀行の大手町支店の現金運搬人が襲われまして、千八百万円にのぼる現金が奪われた次第です」

と、言った。

東和油脂の経理部員たちは、強くうなずいたり、小さな呟《つぶや》きを漏らしたりした。一様に、露骨な興味を表情に出して兵庫を見つめる。朝倉はデスクの下で、痛くなるほど拳を握りしめていた。

「奪われた千八百万円は、一万円札で四百枚、五千円札で千枚、千円札で九千枚という内訳になっております――」

兵庫は言った。左腕に抱えていた紙袋から、ガリ版刷りの数字が見える紙綴《かみつづり》を幾組か取り出し、

「そこで、まことに厚かましいと思いますが、皆様がたにお願いがあるのです……と申しますのは、奪われた紙幣のナンバーは全部本店に控えられてあったわけでして、この紙に、その番号が写されています。すぐにお分かりになりますが、かなりの額が続きナンバーになっています」

と、その紙綴を経理部長の小泉に渡した。

小泉はそれを次長の金子に廻し、「みんなに配ってくれ」と、呟く。

「承知しました」

立ち上がった金子は、一組ずつ紙綴を部下のデスクに置いていく。朝倉もそれを受け取ったが、金子に向けた微笑は無理に作ったものとは思えないほど自然であった。

兵庫は話し続けていた。

「私どもは、各銀行や証券会社、それに大きな商社やデパート、それに駅の窓口などに、お願いして歩いているわけです。どうか、そこに書いてあるナンバーに該当する紙幣が出てきましたら、すぐにお知らせ願いたいと思いまして……」

「一般の人には、ナンバーを伏せておくのですか?」

次長の金子が口をはさんだ。

「はあ……つまり、奪われた紙幣のナンバーを新聞とかテレビなどで一般に発表してしまうと、犯人に用心されます。犯人は安全な時期がくるまで金を使うのを待つでしょう。そうすると、犯人の逮捕も奪われた金の回収も非常に困難になります。ですから、私たちは報道関係の方々にも特にお願いして奪われた紙幣のナンバーの控えはとってなかったということにして、犯人を油断させる方法をとります。どうか、皆様がたも御協力をお願いいたします」

兵庫は髪が薄くなった頭を幾度もさげた。

それからも三分ほどしゃべって、兵庫は経理の部屋を去った。部長の小泉がそれを送って出た。部屋に残った連中は、ひとしきり私語を交わした。

「共立銀行から見れば千八百万なんて金は大した事もないだろうに、大袈裟《おおげさ》な騒ぎをやるんだな」

「そうだな。どうせ銀行なんて、他人の褌《ふんどし》で角力《すもう》をとってるんだから、大した痛手でもないだろう」

「だから、奴《やっこ》さんたちが一番怖《おそ》れてるのは、犯人がこの一回だけでなく、これから先、何回も同じような手口で銀行の金を持っていってしまうかも知れないってことだろう。そうなると痛いから、どうやってでも犯人を捕えたいわけだ」

私語は部長が戻ってくるまで続いた。

部長の小泉は一番奥の自分のデスクに着くと、

「共立さんの言われたとおりだ。問題のナンバーに該当する紙幣を集金のなかから発見したとしたら、それがどんな経路で渡ってきたかを出来るだけ調べるように……勿論《もちろん》、社としても報奨金は出します。うちの会社も共立さんから融資を受けていることを忘れないことですね」

と、大して熱の入らない口調で言った。

朝倉は、デスクに置かれた紙綴を開いてみる。奪われた紙幣のナンバーが数の若い順からギッシリと並んでいる。朝倉は胸のなかで罵《ののし》った。

五時の定刻に会社は終った。雨はやんでいる。京橋から地下鉄に乗った朝倉は吊革《つりかわ》に左手をあずけながら、駅のスタンドで買ってきた幾種類かの新聞の社会面を拾い読みしながら渋谷に抜けた。

渋谷で、同じ電車に乗ってきた二人の同僚と別れた。朝倉は時間潰《つぶ》しに、東横デパートに上った。

喫煙具や時計売り場の前で閉店までねばった。かねてから渇望しているオメガ・コンステレーションやローレックス・オイスターのカレンダー付きが、ショー・ケースのなかで朝倉の心をゆさぶる。三十万を越すユリシス・ナルダンや六十万のパテック・フィリップは朝倉の趣味に合わない。

手をのばして、それらの時計を無造作に店員に包ませる事が、もう少しで出来たのだ。だが、紙幣のナンバーを控えられているという障害が、それを砕いてしまった。さし当たっての朝倉の目標は、その障害を砕き返すことだ。閉店を告げるアナウンスの声に送られて、朝倉はデパートを出た。国鉄駅の手荷物預かり所で、朝方預けておいた大きな風呂敷包みを受け取った。

玉電に乗りかえて、上目黒のアパートに向かう。乗りあわせた連中が、この風呂敷包みのなかに千八百万の現金が眠っていることを知ったら、どんな反応を見せるだろう、と想像して朝倉は苦笑いした。

オリンピック道路である放射四号の拡張工事で荒れている大橋で、朝倉はノロノロ電車から降りた。風呂敷包みを抱えて、教育大附属中学のそばの住宅街にあるアパート〝清風荘〟の裏手に廻る。

鉄のパイプが錆《さび》を吹いた非常階段を通って、二階の端の自分の部屋に入る。風呂敷包みをベッドの下に突っこんでから一度部屋を出て、商店街で食料品を買いこんだ。

今度はアパートの玄関を通って部屋に戻った。郵便受けに入っている新聞を持って上る。緊張を続けていたために凝《こ》っていた肩が、住み慣れた質素な部屋のベッドに寝転がると急速にほぐれていった。

缶詰《かんづめ》のスープを暖め、コッペにはさんだサンマのフライとリンゴを齧《かじ》りながら、音量を低くしたテレビを前にして、夕刊を丹念《たんねん》に読み返す。犯行に関する記事は、まだ想像の域を出ていなかった。

七時が来てテレビはニュースをはじめた。朝倉はヴォリュームを上げた。タバコに火をつけて画面を見つめる。

政治関係のニュースが終ると、朝倉が犯行に使った盗品のクラウンが大写しになった。舞台は丸の内の犯行現場だ。それに、アナウンサーのナレーションが入る。

画面は犯行現場の見取り図に変った。そして次に、朝倉が見覚えのある男の写真が顔を出した。

それを見たとき、朝倉は低く呻《うめ》いた。男の写真は、犯行後に朝倉が乗ったタクシーの運転手の顔だ。

あのタクシーに指紋を残さなかっただろうか……一瞬のうちに朝倉は考えてみた。だが、あのセドリックのタクシーは運転手がスイッチで操作する自動ドアであったからドア・ハンドルに自分の指紋が残っている筈《はず》は無い。

「これまでのところ、犯人の手がかりは無いのに等しかったのですが、ここに有力な証人が現われました――」

アナウンサーはしゃべっていた。

「ミリオン・タクシー浜松町営業所の運転手冬木《ふゆき》悟郎《ごろう》さんで、冬木さんは犯行が行なわれたと推定される時刻のすぐあとに、現場から近い日比谷通りの明治生命ビルの前で、ドシャ降りだったので傘《かさ》をさして大きな風呂敷包みを抱えた青年を乗せています。その青年は虎の門で降りています。冬木さんは夜勤明けのため、それからすぐあとに営業所の宿舎で寝こんでしまったため、午後になってニュースを知って警察に届け出たもので、捜査当局としましてはタクシーを拾った青年を容疑者と断定は出来ないが、その可能性は考えられるとして、なおも冬木さんから事情を聞いています。青年は大柄で、サラリーマン風としか冬木さんの記憶に残っていませんが、会えばはっきりと指摘出来るということです。なお、青年はタクシーの料金を百円硬貨で払っていますが、営業所に集められた料金は銀行に収められたり、昼勤の運転手に釣《つ》り銭用として渡されたりしているために、硬貨から指紋を検出することは非常に困難と見られています——」

アナウンサーは言った。別のニュースに移る。

畜生、あの下種《げす》野郎め……朝倉はセドリックのタクシーの運転手を罵《ののし》った。交通違反のお目こぼしをしてもらいたい一心で警察に駆けこんだのだな。

奴の目当ては、白バイや交通巡査に捕《つか》まったとき威力を発する警視総監賞だ。違反の書きこみで免許証が汚れたタクシーの運転手が、轢《ひ》き逃げ車を追いかけるとき期待しているものと同じ代償だ。

だが、今度だけは、奴の代償は死の国への片道切符になるのだ。自分の暗い顔を覚えているらしい冬木という運転手を抹殺《まっさつ》することを、朝倉は心のなかで誓った。

だが——朝倉は同時に不安に怯《おび》える。冬木の口を閉じさせただけでは片づかないかも知れないのだ。冬木のタクシーから乗りかえた別のタクシー、それに渋谷駅の手荷物預かり所の職員たちの顔が浮かんできた。

不安をまぎらわせるように、朝倉はベッドの下から、風呂敷包みを引っぱり出した。風呂敷を解き、それを切り裂いてガス台で燃やす。安物の木綿《もめんじ》地なので、かえって悪臭もたてずに煙の灰になった。

風呂敷に包んであったボストン・バッグを開き、そのなかに入れてあった雨傘と長靴とレイン・コートのフードをベッドの下に放り込む。破れたゴムの手袋をサイド・テーブルに置き、ボストン・バッグの残りの中身をベッドの上にぶちまける。

おびただしい紙幣と鈍く光る三十八口径のスーパーの自動拳銃《けんじゅう》が無心に転がり出た。暗い翳《かげ》が瞳《ひとみ》をおおう。朝倉は長いあいだ身じろぎもせずに、下手に扱えば必ず火傷《やけど》をする、その熱い紙幣の山を見つめていた。それを、安全な涼しい札束に替える手段について考えをめぐらす。

三時間ほどして朝倉は紙幣をボストン・バッグに戻し、拳銃を枕《まくら》の下に突っこんだが、瞳の暗い翳は消えなかった。

十一時四十分にテレビは最終のニュースを伝えた。だが、その内容は七時のものと変りばえがしなかった。

テレビを消した朝倉は服を脱いだ。ベッドに仰《あおむ》けになると、顎《あご》の上にまで掛蒲団《かけぶとん》を引きあげた。

スタンドの灯を豆ランプに切りかえて瞼《まぶた》を閉じたが、寝つかれるものではない。これが最後の一本だと自分に言い聞かせながらも、朝倉は五本のタバコを灰にした。

午前二時になった。朝倉は眠るのをやめて起き上がろうとした。そのとき、一つの考えに突き当たって朝倉は身震いした。

テレビが冬木運転手の証言をまともに取り上げているのは、捜査当局が僥倖《ぎょうこう》を頼んで仕掛けた罠《わな》ではなかろうか。いまのところでは、冬木の証言は捜査側から見て、野のものとも山のものともつかぬ筈なのだ。

それなのに、わざと発表しているのは犯人である自分がおびき寄せられて、冬木を襲うのを待っているようだ。捜査当局にとって万に一つのチャンスではあるが、いまのところは、それ以外に方法は無いのであろう。

無論、捜査当局は冬木が乗せた客以外のものが犯人であるとも考えているだろう。だが、彼等としてもバクチを打ってみることがある筈だ……朝倉は天井を睨《にら》みつけながら考え続けた。

三時間ほど眠ったらしい。目が覚めたときは七時であった。跳《は》ね起きると、冷気で毛孔《けあな》が縮まった。

水道の水で手早く顔を洗い、ズボンにスェーターをつけて廊下に出ると、ほかの部屋から、

す。
　階下の玄関近くの郵便受けから朝刊を取って戻った朝倉は、軽く血走った瞳を社会面に走ら
味噌《みそ》や葱《ねぎ》の香りが漂ってきていた。

朝倉の犯行の記事は、紙面の広告をのぞく部分の四分の一を占めていた。無論トップ記事だ。
朝倉が懸念《けねん》していた二台目のタクシーの運転手のことや、渋谷駅の手荷物預かり所について
は、記事は何も触れてなかった。
　だが、新聞も冬木の証言を大きく取り上げていた。やはり、捜査当局が仕組んだ罠《わな》にちがい
ないと朝倉は確信した。
　しかし、その記事を読んでも、もう朝倉は不安も怯《おび》えも感じない。冬木を抹殺《まっさつ》する誓いを捨
てはしない。ただ、その決行に際して慎重に行動するだけだ。
　缶詰《かんづめ》と固くなったパンで腹ごしらえをし朝倉は九時の定刻に会社へ出た。今日は土曜日だ。
　会社の経理部の部屋での半日は、別に何事も無く過ぎた。共立銀行から渡されたナンバー表
と営業から回ってきた現金を形式的に照らし合わせるぐらいのところが普段と違うが、回って
くる金のほとんどが手形や小切手だから、それにはそう時間はとられない。朝倉にとって時が
過ぎるのが待ちどおしいように、同僚たちもデートやドライブを控えてソワソワしていた。
　部長は十一時頃《ごろ》に一度部屋に顔を出した時、次長と短く打ち合わせをしただけで、ロッカー
にいつも用意してある予備のゴルフ・バッグを給仕にかつがせて、すぐに姿を消した。
　十二時のベルで計算器と帳簿と電話から解放された朝倉は、ひとまず有楽町のソバ屋に入っ

た。

掛けソバ一杯でその店を出た。奪った金がしばらくのあいだ使えないので、生活費を倹約しなければならない。そうでないと、質屋の厄介《やっかい》にならなければならない。

朝倉は国電で浜松町に出た。ミリオン・タクシー浜松町営業所は金杉橋に近い場所にあった。港にも遠くなく、まわりを町工場と商店が雑然と取りかこんで、港からの風はオゾンではなく、タールとメタンの腐臭を運んできた。

営業所の斜め向かいには、バーを兼ねた喫茶店があった。〝アムール〟という名前だ。薄暗い店内に入ると、二組のアベックがコーヒー・カップをはさんで向かいあっていた。だが、彼等が刑事と婦人警官でないとは断言出来ない。

しかし、あまりビクビクしていたのでは何も出来ない。朝倉は窓に近い席に着き、レモン・ティーを注文した。

薄い紗《しゃ》のカーテンを透して、斜め向かいのミリオン・タクシー浜松町営業所が見渡せた。営業所の規模は大きいとは言えない。いまはほとんどの車が出払っているが、敷地の真ん中を占める駐車スペースは、十五台ほどしか収容する能力がないらしい。

敷地の右側に専用の小さな修理工場、左側が事務所で、その二階と三階が仮眠所を兼ねた宿舎になっているらしい。

冬木が営業所に残っているのか、それともタクシーで街を流しているのか、朝倉には見当がつかない。

朝倉が大学時代にアルバイトで働いていたタクシー会社では、丸一日乗車すると一日半休み、早番と遅番をくりかえしながら、月に三日の休暇があるというシステムであった。

つまり、今日の午前八時に乗車すると三時間の仮眠を含めて翌朝の午前八時まで働き、次は今日から数えて二日後の午後八時からその翌日の午後八時まで乗るというわけだ。

だが、ミリオン・タクシーが、どのようなシステムをとっているのかは分からない。

もっとも、新聞や雑誌社の記者か、あるいは冬木の友人の名を騙《かた》って営業所に電話を入れれば、冬木が営業所に残っているかどうかはすぐに分かる。しかし、朝倉は警察が営業所にかかってくる電話を録音している可能性を怖れているのだ。

喫茶店では半時間ほどしか朝倉はねばれなかった。坐り続けているアベックが自分を見張っているような気がして落ち着かない。

喫茶店を出た朝倉は、少し歩いて都電と郊外に向かう車で混雑する第一京浜に出た。歩道をブラブラしながら冬木の車を見張ろうかと考えているとき、空車札を立てて流しているミリオン・タクシーのブルーバードを見つけた。

朝倉は反射的に手をあげた。そのタクシーの運転手は三十歳を越していた。冬木とは対照的に愛想がよく、

「毎度有り難うございます」

と、笑顔《えがお》を見せてドアを開き、個人タクシーのような口をきく。口が軽そうな男だ。

朝倉は、この男に賭《か》けてみることにした。財布の中身を考えてから、

「横浜にやってくれ」

と、呟《つぶや》く。帰りの電車賃ぐらいは残るだろう。

「承知しました」

運転手の声はますます愛想よくなった。

タクシーが走りだしてから、しばらくして、朝倉ははじめて気がついたように、

「ミリオン・タクシーか。昨日から派手に新聞にのっているのは、君のとこの運転手だろう？」

と、尋ねた。

「冬木のことですか？　いや、まったくマスコミは怖い。奴《やっこ》さんのことをお尋ねになったのは、朝からお客さんで十何人目ですよ……」

運転手は得意気に答えた。

5　遠征

バック・ミラーのそばに、そのミリオン・タクシーの運転手の名前を書いたプレートが差しこまれている。平井誠《ひらいまこと》というのが名前らしい。

朝倉哲也は後のシートでタバコに火をつけようとした。助手席に二つ三つマッチが転がっているのに気がついた。

それらは、みな芳来軒《ほうらいけん》という中華料理店の広告マッチであった。レッテルには、芝浦にある

その店が鮨屋《すしや》と飲み屋も兼業していることが書かれている。

指紋を残すことを警戒して、朝倉は自分のライターでタバコに火をつけた。煙を吐きだしながら、さり気なく、

「なるほどね。そんな有様じゃあ、まだ刑事や新聞記者がつめかけているのかい？」

と、探りをいれてみる。

「そうですな。あたしは、朝方、営業所を出たきりで、それからずっと流してるんでよくは分かりませんが、ともかく大袈裟《おおげさ》ですな。冬木のことを保護するっていうんでしょうか、二人の刑事が奴のそばにつきっきりだし、奴にかかってくる電話まで、一緒になって聞いてましたよ」

平井という中年の運転手は鼻を鳴らした。タクシーは、車の渦《うず》のなかを、札《ふだ》の辻《つじ》を過ぎていく。

「すると、冬木という目撃者は、今日は車に乗らないわけか？」

朝倉は尋ねた。

「そうですが？」

「いや、何でもないがね。僕たちはたまに車をころがすだけで疲れてしょうがないんだけど、君たち本職はよく体が続くもんだね、休みはどうなっているの？」

朝倉は、冬木のスケジュールが知りたかった。

「慣れると、どうってこともありませんや。うちんところは、十二時間車に乗ると、あとは丸一日休みです。早番と遅番があって、あたしは早番の組、冬木は遅番の組になってますよ。ま

あ、つらいのは仕事が終ってから車を洗ったり、ワックスをかけたりしなけりゃならんことでしょうな」

運転手は答えた。

それから横浜までの半時間、朝倉と運転手は雑談を交わした。朝倉は雑談のあい間に、さり気なく質問をはさみ、知りたいことの答を得た。

横浜の街も車の洪水《こうずい》であった。朝倉は横浜駅の前でタクシーから降りた。

駅の構内の柱によりかかり、朝倉は、これからどんな行動をとろうかと考える。財布には、まだ千円札が一枚残っていた。

騒音と埃《ほこり》が朝倉を包む。しばらく瞼《まぶた》を閉じていた朝倉は、かつてアルバイトでタクシーの運転をやっていたとき、明らかに麻薬中毒と分かるジャズ・マンや芸能人を乗せて、深夜横須賀にたびたび飛ばしたことを想いだした。

柱から身を離した朝倉は、京浜急行の切符売り場で、横須賀行きの切符を求めた。

電車は混んでいた。シートに坐れたのは富岡を過ぎてからであった。低い山や丘のあいだを突っ走っていく電車のなかで、朝倉はじっと瞼を閉じて身じろぎもしなかった。

トンネルを幾つも過ぎた。横須賀汐留《しおどめ》駅に電車が滑りこみ、駅名を告げるアナウンスの声がスピーカーを通してガナりたてると、朝倉はやっと瞼を開いてホームに降り立った。

改札口から吐き出されるときの朝倉は家路をいそぐサラリーマンに見えた。午後の陽《ひ》は、すでに熱気を失っていた。

駅前の通りを、朝倉は右に取って歩く。変わりばえしない商店街だ。だが、それをしばらく歩いてT字路に来ると、左側の路地の左右と突き当たりに、米兵相手のバーやキャバレーが密集している。

まだ昼間なので、ネオンを消したそれらの店々は、厚化粧を落した醜い女のように見えた。朝倉はT字路を右に折れた。

すぐに下士官クラブの前の大通りとも広場ともつかぬ場所に出た。下士官クラブとほとんど向かいあって、浦賀ドックの大工場が港のほうからのびてきている。

白い大きな下士官クラブの前方、浦賀ドックの左手にある広い通りは、陸橋をくぐって国鉄横須賀駅に通じる。また、その道の左側に平行して、横須賀街道——すなわち国道十六号線上り一方通行路が走っている。

朝倉の記憶は呼び起こされてきた。国鉄駅の方に歩かずに、そのまま下士官クラブの前を過ぎる。この通りも横須賀街道の続きで、市の一方のメイン・ストリートだ。

右手の商店街は、ほとんどが上陸してくる米兵目当ての土産物屋《みやげものや》や服屋や飲食店であった。写真屋や似顔絵屋の数も多い。

基地の街という印象は、いまも変わっていないな、と朝倉は思う。少し歩くと、道をはさんで浦賀ドックの工場の続きの横に、米海軍の基地のゲートが現われ、拳銃を吊《つ》った門衛が施設のなかに入る車を調べている。

基地のゲートと街道をはさんだこちら側の奥が、水兵相手の大歓楽街だ。それを南北に貫く道は、ブロードウェイ・アヴェニューと名付けられている始末だ。諏訪《すわ》神社の参道の手前に当たる。

朝倉は右に折れて、その大通りに入っていった。左右はキャバレー、バー、ヌード・スタジオ、深夜喫茶、ダンス・ホールなどだが、灯を消したネオンもガラスに書かれた文字もほとんどが英語だ。まだ水兵の姿は見えぬが、堅気《かたぎ》の日本人が容易には踏みこめぬ特殊な雰囲気《ふんいき》を持っている。

そのアヴェニューの突き当たりが諏訪神社への参道になっているが、その細い道は、ケバケバしいヌード・スタジオとピザ・ハウスにはさまれて見分けがつかぬほどだ。

ブロードウェイ・アヴェニューに交差する数本の太い道の左右も、その裏通りも、クラブやキャバレーやバーのたぐいであった。ほとんどが、オール・ナイトの看板を出している。

歓楽街には、まだ人影は少なかった。朝倉はそのなかを出鱈目《でたらめ》に歩きまわる。ネクタイを外してズボンのポケットに両手を突っこみ、背を丸めて睨《にら》み上げるようなポーズをとっている。瞳《ひとみ》は凄味《すごみ》を帯びて、その朝倉からは駅を出たときのサラリーマンの面影は完全に消えていた。

まだ寝呆《ねぼ》けているような歓楽街も、しかし、裏通りに入ると暗い活気を放っていた。電柱の蔭《かげ》や路地の入口に、見張りらしいチンピラがたむろして、朝倉に対して警戒の瞳を光らせている。

路地のなかでは、男たちが圧《お》し殺したような声で話を交わしていた。黄色っぽい男が中毒者で、ふてぶてしい表情をしているほうが売人《バイニン》だ。

朝倉が裏通りへと廻ると、警戒の鋭い口笛が乱れとんだ。路地の奥の人影はかき消すように見えなくなる。

朝倉は一時間ほど、その歓楽街をうろついた。朝倉の正体が摑《つか》めないので、どのチンピラも襲ってこない。だが朝倉は、今もこの街で麻薬の売買が行なわれていることを知った。

入港する米艦によって、台湾や沖縄、それに生産国であるタイやフィリピンから、ひそかに大量の麻薬が持ちこまれる。朝鮮戦線で味わった恐怖をモルヒネでごまかしたのが、モルヒネではすぐに効かなくなり、ヘロインに走った米兵は意外に多いのだ。彼等は日本にヘロインを持ちこみさえすれば、金と女に不自由しないことを知っている。無論、酒にも不自由はしないが、麻薬に犯されると、アルコールをあまり好まなくなる。

特別の場合をのぞいて、彼等が持ちこむヘロインは一人がせいぜい五十グラムぐらいなものだ。

だが、純度の高いヘロインの五十グラムは、決して少量とは言えない。彼等が日本のブローカーに渡して得る金額は割安かも知れないが、末端の中毒者に渡っていくときには、五十グラムで五百万も一千万以上になることもある。

しかも、麻薬を運んでくるのは一人の兵隊だけでないということだ。一人が十グラムずつでも、百人が運べば一キロにもなる。

ブローカーの手に渡った麻薬は一度元締めのところに集められ、膝元《ひざもと》で売る一部をのぞいて、東京の暴力団に売られるのだ。その卸し値はグラム当たり一万円と言われるが、その段階ですでにブドー糖などを混ぜて嵩《かさ》を倍に増してある……。

ブロードウェイ・アヴェニューを去った朝倉は、横須賀街道を横切り、浦賀ドックの横を通って、国鉄横須賀駅のほうに向かう。すぐに、港に面した臨海公園が見えてきた。小ぢんまりと整っている。

公園の先がS・P、すなわちショア・パトロールと称する米海軍の陸上憲兵隊の詰所だ。金網と柵《さく》で仕切られている。そして、その先にバス・ターミナルと国電の駅があった。

朝倉は、臨海公園のなかに入った。ベンチに腰を下ろし、潮風を防ぐために背広の襟《えり》を立てた。入江に揺れる船と、対岸の倉庫や工場の列が寒々としている対岸の奥には低い山が幾つも見えた。

タバコに火をつけたが、風に吹き散らされて、煙はほとんど認められない。朝倉は火口《ひぐち》を掌でおおい、続けざまにタバコを灰にしながら、熱い札束——共立銀行の現金運搬人から奪いながら、紙幣ナンバーが控えられているために使うことが出来ない千八百万のホット・マネーを安全な札束に替える手段が解決出来たと思った。

熱い札束を一度麻薬に替え、それを再び安全な紙幣に替えるわけだ。面倒な方法だが、それが最も安全と思える。朝倉から熱い札束を摑まされた連中は、たとえ警察の追及を受けたところで、それをどこから入手したかをしゃべるわけにはいかない。

だが——そのかわり、俺《おれ》を待つのは、暴力組織の執拗《しつよう》な復讐《ふくしゅう》だ、と朝倉は心を曇らす。しかし、それに対しては別の手段を講ずればいい。怖れているだけでは何も産むことが出来ない。

それから二時間後――朝倉は京浜急行を使って戻《もど》っていた。品川で国電に乗り替える。夜の帷《とばり》はネオンとヘッド・ライトに押しかえされていた。

次の田町で朝倉は国電から降りた。ミリオン・タクシーのなかに幾つもあったマッチの中華料理店〝芳来軒〟は、芝浦でも都電東京港口の近くにあった。ミリオン・タクシーの金杉橋営業所とあまり離れてはいない。都電通りをはずれた裏通りにある。

その通りの角に交番があった。そして芳来軒の前には十数台のタクシーが駐車していた。ミリオンのタクシーもあればそうでないのもある。

朝倉は腕時計を覗《のぞ》いてみた。七時を過ぎている。遅い夕食の時間だ。朝倉はその店に入っていく。

店の左側が中華料理の席、右側が鮨《すし》のカウンターになっている。壁にはってあるメニューを見てもわかるように中華料理とはいってもラーメンに毛がはえた程度だ。鮨のタネの鮮度もあまりよくはない。

その代わりか、料金のほうは市価よりも二割がた安く書いてある。そして、酌婦《しゃくふ》という古めかしい言葉がピッタリする垢抜《あかぬ》けしない女たちが三、四人、派手な嬌声《きょうせい》や蓮《はす》っ葉《ぱ》な笑いをたてて焼きソバや餃子《ぎょうざ》をサカナに、焼酎《しょうちゅう》とビールのカクテルを飲む運転手たちの相手をしている。

隅《すみ》のテーブルに坐った朝倉は、五目ソバを注文した。この店を見張っていれば、必ず冬木に会えると確信した。

翌日は日曜日だ。

午後の三時過ぎまでゆっくりと睡眠をとった朝倉哲也は、空腹に耐えかねてベッドを離れた。顔を洗うとシャツにスェーターを引っかけ、不用の本をあるだけ風呂敷に包んで、近くの古本屋に行った。

本は全部で二千五百円に売れた。

肉屋でボロニア・ソーセージを半キロと卵を五個買いこむと、そのうちの五百円が消えた。アパートに戻ると、半キロのボロニアはフライパンで炙《あぶ》り、五個の卵は目玉焼きにして、その全部をゆっくりと胃におさめた。

これで、たとえ明日まで何も食わなくても体力は続くだろう。

食事を終ったのが四時半であった。それから半時間ほどテレビを眺《なが》めて胃を落ち着け、窓のカーテンをはぐってみると外はもう日暮れであった。

しばらく柔軟体操をしたあと、朝倉はスポーツ・シャツと黒っぽい背広に着替えた。背広の胸ポケットに褐色《かっしょく》のサン・グラスをおさめた。手には薄い絹の手袋をつける。

米櫃《こめびつ》のなかから、ビニールの袋に包まれた自動拳銃と弾箱を出した。ビニール袋を開き、そのコルト・スーパー三十八口径の自動拳銃の弾倉を抜き、強い弾倉バネを軽々と圧《お》しつけながら、八発の弾をつめていく。

拳銃の撃鉄と引金の具合いを試してみてから、薬室に一発装塡《そうてん》し、銃把《じゅうは》の弾倉枠《わく》に、装弾した弾倉を叩《たた》きこむ。薬室は空《あ》けたまま、その拳銃をズボンのバンドに差した。

上着の裾《すそ》をおろすと、外からは拳銃のふくらみが目立たないのは、朝倉の体格のせいだ。

ベッドの下から、ボストン・バッグを引きずり出した。

蓋《ふた》を開き、そのなかにつまっている一万枚ほどの熱い紙幣のなかから、一万円札を五十枚取り出してそろえ、内ポケットに捩《ね》じこんだ。

運転免許証や、身許《みもと》を知られる手がかりになる物を、すべて部屋に残した。弾箱を一つズボンの尻《しり》のポケットに突っこみ、先端を潰《つぶ》した二本の短い針金とコードをポケットに入れた。暗色のコートを羽織る。

部屋には電灯をつけっぱなしにしておき、朝倉は裏の非常階段を通ってアパートを出た。

近くの渋谷の空は、夜になっても去らぬスモッグに映るネオンで、赤紫に染まっている。

アパートを遠ざかった朝倉は、歩いて三宿の裏通りに出た。路上駐車している車のなかで、ラジオのアンテナを完全に畳んでいない車をさがす。

人通りの少ない三宿神社のそばで、アンテナを突きだしたまま駐《と》まっている、黒塗りのコンテッサを見つけた。朝倉はアンテナを一杯に引きのばし、その根元をコートの裾で包んでへし折った。アンテナの折れる音は、そのためにあまり響かない。

そのコンテッサは、スタンダード・タイプで、ガソリン・タンクのキャップに錠はなかった。

朝倉はキャップを開くとタンクのなかにアンテナを突っこんでみる。

アンテナを引き出して、それについたガソリンから、うまい具合いに満タンに近いことが分かった。

朝倉はアンテナの針金を使って、コンテッサのドアのロックを開く。ハンド・ブレーキを外し、車を押して百メーターほど移動させた。

そこは、小学校の校庭の横であった。朝倉はバッテリーとイグニッションを直結してエンジンを始動させた。ルノー系に特有の排気音をたてて車は震動した。

はじめに駐めてあった場所と違うので車の持主は何も気付いていないらしい。誰《だれ》も道に跳《と》び出してこなかった。朝倉は十分にエンジンが暖まらないうちに、そのコンテッサを発車させた。

コンテッサの切れのいいハンドルと小柄なボディ・サイズを朝倉は好んでいる。この車のエンジンを倍の七十馬力ぐらいにして、ディスク・ブレーキをつけることが出来たら楽しいのに、と朝倉は思う。

放射四号に出て上馬《かみうま》で左に折れ、その環状七号をくだって洗足池の近くで中原街道に入った。制限速度をあまりオーヴァーしないように気をつけながら、丸子橋に向けて車を進めていく。

郊外から都内に入ってくる車は多かったが、その反対は少なかった。丸子橋で多摩川を渡ったコンテッサは、舗装のよくなった中原街道を進んでいく。朝倉は七十キロにスピードを押えている。こんなところでパトカーに追っかけられたくない。

温泉マークの立ち並ぶ綱島を過ぎ、菊名を通って、六角橋から横浜に入った。国道十六号を択《えら》び、本牧《ほんもく》のあたりに来ると、道の左右に米海軍の施設がいつ果てるともなく続く。ほとんどが、北埠頭《きたふとう》設置のために働いている独身の米海兵の住むマンモス・アパートが並んでいる。磯子に入ると、あとは横須賀までは一本道であった。

朝倉はかすかに火照《ほて》る額《ひたい》を、細く開いた車窓から吹きこむ風で冷しながら穏やかな瞳《ひとみ》をヘッド・ライトの光芒《こうぼう》の先に放っている。

アスファルトの道はタイプライターのリボンのようにうねって後に流れさっていき、それは幾か所かの道路工事で中断された。

田浦のあたりから、幾つもトンネルをくぐった。

七つか八つ目のトンネルを外れて上り道を上がりきると、突然視界がひらけ、左手に赤い灯、緑《あお》い灯をゆらめき写す港が瞳にとびこんできた。

対岸の山をかこんだ真紅《しんく》の灯が鮮かだ。

朝倉の運転するコンテッサは、国鉄横須賀駅行きの道と立体交差する、下り一方通行路の陸橋に出たのだ。浦賀ドックの巨大な黄色いネオンが、すぐ目の前にあった。

6　誤　算

朝倉の運転するコンテッサは、立体交差の陸橋をくだった。国鉄横須賀駅前の道路に入ると、車は左に折れ、臨海公園のなかに進んでいく。

公園は広くない。だが、公園に接した海は、ほかの港のようなメタンやタールの悪臭がなく、新鮮な潮の香りさえも含んでいた。朝倉は、公園のなかの邪魔にならぬ位置に車をとめた。

車から降りた朝倉は、背広の胸ポケットから出した褐色のサン・グラスをかけた。コートのポケットに両手を突っこんで歩きだす。襟《えり》を立てたコートの裾《すそ》が翻《ひるが》えった。

左手に長々と続く浦賀ドックに沿って歩くと、前方に下士官クラブの白いビルが照明に輝いていた。クラブの入口では白い警棒を吊《つ》ったS・Pが、裾の短い制服に白い帽子の水兵が日本娘を連れて繰りこんでくるのを見守っている。

下士官クラブだけでなく、あたりの街も昼間と様子を一変していた。上陸してきた米艦の水兵が街にあふれ、貪婪《どんらん》に快楽を求めて彷徨《ほうこう》している。そのうちの多くは、もうアルコールに瞳を血走らせていた。

朝倉は浦賀ドックに続く米海軍の基地の前で、米水兵と日本娘を乗せた神風タクシーが疾走する大通りを横切った。ブロードウェイ・アヴェニューに入っていく。

軒を並べたバーやキャバレーや終夜営業のクラブ。この通りでは、日本人の客を捜すほうが困難なほど、米水兵が流れこんでいた。あるグループは肩で風を切ってのし歩き、あるいは店の軒先にたむろし、またS・Pと呼ばれる海軍陸上憲兵隊のパトロールと小ぜりあいをやっている者もいる。

ホットな音楽が、淫蕩《いんとう》な血をかきたてるように店々から流れてくる。酔った水兵が三人、道の真ん中に立ちふさがって好戦的な瞳を据《す》えていた。用あって、このアヴェニューを通らねばならぬ日本人は彼等を避けて廻り道している。

だが、その彼等も——サン・グラスに瞳を隠してはいるが浅黒く不敵な朝倉の表情と、肩のあたりから漂う不気味な静けさを直感して、黙って道をゆずった。各国の港で喧嘩馴《けんかな》れしている彼等は、朝倉のなかにくすぶっている凶暴さを見抜いたのだ。

十字路の手前で朝倉は左に折れ、路地に入った。見張りのチンピラが二人、朝倉のほうにすり寄ってくる。

「誰《だれ》だい、あんたは？　道を間違えたのか？」

「おい、お兄さん。ここらで見かけねえ顔だが、腰が立つうちに帰ったほうがよくねえのかい？」

と、上目遣《うわめ》いに朝倉を見上げて威嚇《いかく》する。二人とも、二十三、四の肉の薄い男だ。右側の方は、鎖についた銀のペンダントをクルクル振りまわしている。

「余計な世話はよしてくれ」

微笑が、朝倉の浅黒い顔に白く閃《ひらめ》いた。ポケットに両手を突っこんだまま、路地の奥に進んでいく。見張りの二人は毒気を抜かれたように顔を見合わせた。路地は途中で曲っていた。だから、その先の薄暗がりは表通りからは見えない。そのなかで、ダスター・コートの売人とバンドマン風の中毒者が、近づいてきた朝倉を認めて表情を硬《こわ》ばらせた。中毒者は、あわてて注射器を捨て、それを靴《くつ》で踏み砕く。

見張りの男たちは我に戻り、

「待て！」

と、叫びながら朝倉に追いついてきた。

「俺に用か？」

売人と中毒者のそばを二、三歩通りすぎてから、朝倉はゆっくりと追っ手のほうに振りかえった。昏のまわりには、苦く気《け》だるげな微笑さえ浮かべている。

「貴様は、どこの身内だ？　縄張《なわば》りを荒そうったって、そうはいかねえ」

見張りの一人が怒鳴った。腹巻きに手を突っこんでいる。

「俺のことを尋《き》くのなら、まずあんたのほうから名乗るのが礼儀じゃないかな」

朝倉の声は穏やかであった。ポケットから両手を出す。指紋を残さぬための絹手袋の白さが薄闇《うすやみ》に鮮かだ。

「でけえ口を叩《たた》きやがって！——」

見張りの男は歯ぎしりしたが、

「俺たちは海神組のものだ。俺は田所、連れは今野ってえんだ。分かったか、チンピラめ、分かったんなら、手をついて謝《あやま》って、とっとと失《う》せやがれ！」

と、吠《ほ》えたてた。

「この一帯は、海神組の縄張りなんだな」

「何を寝呆《ねぼ》けたことを言ってやがる。そんなことも知らねえで、ここに迷いこんできやがったのか？　さあ、命のあるうちに出ていけ。言うことをきかねえと、叩き出してやるからな」

田所はわめいた。逃げだしかけた売人と中毒者は、朝倉が血まみれになって倒れる光景を想像して楽しんでいるらしく、その場に釘《くぎ》づけになって動かない。

「面白い、やってみな」

朝倉は微笑を崩さなかった。

だが、くつろいでいるかに見えるほど気《け》だるげな微笑の下で、朝倉の強靭《きょうじん》な筋肉は、暴力に飢えて疼《うず》いている。一瞬にして破壊の行動に移るべく、バネのような脚は完璧《かんぺき》に体重のバランスをはかっている。

田所と今野の血走った瞳は、目尻《めじり》が裂けそうに吊《つ》りあがった。タバコのヤニが茶色にシミついた歯をむきだし、

「くたばれ！」

と、呻《うめ》くと、腹巻きから同時に短刀を鞘走《さやばし》らせた。刺殺専用の細身で切っ先が鋭い、ヤクザの最も愛好する型だ。

異様なわめき声をあげ、田所は両手で握った短刀を突きだした。そのまま、固く目をつむって、短刀から先に朝倉に体当たりしてくる。

朝倉の右足が閃いた。患部にメスを入れる名医よりも正確に、靴先《くつさき》は鋭く夜気を衝《つ》いて田所の下腹部にめりこみ、睾丸《こうがん》の組織を破壊した。

絶叫をあげる形に口を開き、田所は短刀を握ったままの両手を下腹部に走らせながら、地面に膝《ひざ》をついた。そのまま前のめりに倒れて、二、三度痙攣《けいれん》したまま動かない。

握ったままの短刀が腹から刺さって、背中に切っ先を覗《のぞ》かせていた。切っ先にとまった血の雫《しずく》が、光線の加減でルビーのように輝いた。

その田所の悲惨な姿を見て、売人と中毒者は、酸素不足の金魚のように喘《あえ》いだ。開いた唇《くちびる》が紫色になっている。

今野のほうは狼狽《ろうばい》しきっていた。短刀を右手に持ち直すと、それを水車のように振りまわしながら、意味の掴《つか》めぬわめき声をあげて後じさりしていく。

「落ち着くんだ。話がしたい。その刃物を捨ててこっちに来れば殺しはしない」

朝倉は今野に声をかけた。

「だ、騙《だま》されるもんか……」

今野は口から泡《あわ》を吹いていた。膝がガクガクして、後退も思うにまかせない。

「じゃあ、この田所と言う男のような目に会いたいんだな」

朝倉の微笑は一瞬にして消え、酷薄な殺気に唇のまわりが白っぽく引きしまった。

「な、何の話だ……」

今野の膝は、体重を支えるだけの力を失った。今野は湿った地面に坐りこみ、震える手から短刀を離すまいとしている。

「ちょっと待ってくれよ」

朝倉は呟《つぶや》いた。次の瞬間、右の拳《こぶし》を肘《ひじ》のあたりまで埋まるほど売人の胃にのめりこませ、左拳を中毒者のコメカミに叩きこんだ。

二人の男は悲鳴をあげる余裕もなく昏倒《こんとう》した。田所が流した血に濡《ぬ》れた土に、顔を突っこんで動けない。

「さあ、これで邪魔はのいた。あんたが何をしゃべろうと、誰もそれを聞くことは出来ないんだ。ただし、俺だけは別だがね」

朝倉は呟いた。何気ない振りで今野に歩みよる。

「寄るな、それ以上近づくと叩っ切ってやる……本気なんだ！」

今野は、心臓が喉《のど》から跳《と》びだしそうな表情をしていた。

「口が多過ぎるようだな。肝腎《かんじん》の質問に答えるためにとっておけ」

朝倉は言い捨てると、左の足で今野を蹴《け》った。

「………」

今野は夢中で朝倉の左足に斬《き》りつけてきた。朝倉は素早く左足をそらすと、右の靴先で今野の手首を蹴《け》り砕いた。

短刀が飛んだ。今度は朝倉の右の靴先が今野の顎《あご》を砕いた。次の動作で、朝倉は素早く短刀を拾いあげた。

横倒しになった今野は、口から折れた歯を血と共に吐きだして呻いていた。朝倉はその髪を左手で摑んで坐らせ、喉に短刀の切っ先を当てた。

「忠告しといた筈《はず》だ。俺はあんたとチャンバラごっこをする積りはない。殺すと決めた以上は容赦しない」

朝倉の声は穏やかであった。しかし、その穏やかさが、内部に秘めた鋼鉄の意思を示して、下手に凄《すご》むのよりもはるかに不気味だ。

瞳を発狂しそうに吊りあげ、今野は激しく身震いした。顎を伝ってしたたり落ちた血が喉に突きつけた短刀に当たって撥《は》ねっかえる。

「や、やめてくれ。何でも、あんたに言われた通りにする……。助けてくれ。お袋は俺がいないと、生きていけないんだ!」

今野は必死に哀願した。

「お袋? 笑わせるな。そんな者は、あんたが死んじゃえば、厄介《やっかい》払い出来たと思って俺に感謝するんじゃないかな」

「頼む……」

今野の頰《ほお》で、涙が血と混った。

「よし、それでは俺の尋《き》くことに答えるんだ。海神組の組長と会いたい……」

「事務所に行けば……」

「馬鹿な。そんなことなら、あんたに尋くまでもない。二人きりで会いたいんだ。対等に話しあえる場所でな──」

朝倉は言い、

「断っておくが、俺は海神組に何の恨みも無い。組長と会うのも、商売の話がしたいからだ。あんた達がこんなことになったのは、俺が売られた喧嘩《けんか》を買ったというだけの結果なんだ」

命が助かると知って、今野は長い溜息《ためいき》をついた。しばらく肩で喘《あえ》いでから、

「商売の話と言うと、薬《ヤク》のことか？」

と、呟いた。

「それ以外にある筈がない。さっきの俺の質問に答えろ」

「知らん。本当だ。俺たち下《した》っ端《ぱ》が、そんなことまで知るわけがない。組長と顔をあわすことさえ、月に一、二度なんだ」

今野は熱心に言った。嘘《うそ》ではないらしい。血の塊りの混った唾《つば》を吐いてから、

「そんなことなら、幹部連中に聞いてくれ。もうすぐ幹部の浜口兄貴が、ここに見廻りに来る筈だ。浜口兄貴がやってきたら、俺は気絶している振りをするから、うまく調子を合わせてくれ。お願いだ。俺が何かしゃべったことは言わないで……あとで半殺しの目に会わされるから。そのかわり、俺の頼みを聞いてくれたら、何でもしゃべる……」

「オーケイ、約束しよう。海神組がアメちゃんの水兵から薬《ヤク》を仕入れる方法は？」

朝倉は尋ねた。木彫りのように無表情になっている。

「くわしくは知らん。けれど、海軍の連中は、〝クラブ・ドミンゴ〟に行ってカウンターに坐れば金と替わると言っている」

今野は早口にしゃべった。

「それだけか？」

朝倉は声に鋭さを加えた。

「そのほかに……」

言いかけた今野は、路地の入口のほうを振りむいた。その顔が、さらに激しく歪《ゆが》んだ。

朝倉は地面に身を投げた。そうしながら短刀を捨て、ズボンのバンドに差した三十八口径の自動拳銃を抜きだしていた。路地の入口のほうから銃声が続けざまに響いた。重なりあうような銃声は、ただのライフルの発射音でなく、自動小銃の掃射音だ。それも、M2《ツー》カービンをフル・オートマチックで連射した音であった。

路地は途中で曲がっている。その曲がり角に近く坐っている今野の顔面が、次の瞬間、顎から下だけを残して消失した。路地を囲む塀《へい》に、血塊と頭蓋骨《ずがいこつ》が叩きつけられて転がり落ちる。

路地の入口にいるらしい射手は、朝倉にとって死角に当たる。同様に、自動小銃の射手も、朝倉を射《う》つことは出来ない。

路地の入口の銃声はすぐに沈黙した。アクセルをふかす音と、激しくタイヤを鳴らしながら車を発進させる音がした。仰天したらしい米兵のわめき声も聞こえてくる。

朝倉は、路地の奥に走った。走りながら自動拳銃の撃鉄を親指で起こす。頬が生暖かいので左手で触れてみると、手袋が血に染まった。飛びちった今野の血らしい。朝倉はそれをハンカチでぬぐった。

路地は再び曲がっていた。拳銃を腰だめにしていつでもブッ放せるようにして、朝倉はその角をまがった。

路地の出口はすぐ目の前にあった。銃撃のまき添えをくいたくないためか、そこから見える横丁には誰の姿も見当たらない。みな、店のなかに跳びこんだらしい。

コートのポケットに拳銃を握った右手を突っこみ、朝倉は路地から跳びだした。弾は襲ってこず、まだパトカーのサイレンの咆哮《ほうこう》も聞こえない。

だが、立てたコートの襟《えり》に顔を埋め、無人と化したタッチ・バーの並びの横丁を走り抜ける朝倉は、サン・グラスの下で頬に血がのぼっていた。海神組が、こんなに迅速《じんそく》かつ無鉄砲な反撃に出てくるとは計算に無かったことだ。しかも、たかが見張りのチンピラ一人の口を閉ざすために。

横丁から路地、また横丁と抜けて、朝倉は裏通りに出た。そこに来ると目立つサン・グラスを外し、駆けるのをやめて普通の歩調で歩く。現場から離れているため、騒音に消されてカービンの銃声は聞こえなかったらしく、ここまで来ると通りの様子は普段とかわっていない。

今度は国鉄駅側に抜けずに、朝倉は反対側の京急線横須賀中央駅のほうに歩く。パトカーのサイレンが吠《ほ》え狂いはじめていたが、誰も朝倉に注意を払う者はいない。もしそんな者がいたとしても、熱っぽい視線を走らせてくる女ぐらいのものだ。

緑屋デパートのそばを過ぎた。中央駅に近づくにつれ、基地の街といった印象はなくなる。日本人の街だ。大して特長もない中都市の平凡な情景だ。

ポケットのなかで朝倉は自動拳銃の撃鉄を戻して暴発を防ぎ、血に汚れた左手の手袋を脱いでいた。今夜は一度引きさがったほうがいいらしい。

だが、臨海公園に置いてきた盗品の車のことが気にかかる。あのコンテッサと朝倉を結びつけるものは何も無いとして翌朝にでも、警察が東京ナンバーのあの車が盗難車であることを知って、それを路地での事件に結びつけて考えたりすると、朝倉に面倒事がふりかかって来そうな気がする。

臨海公園に戻るには、必然的に基地の街を通らなければならない。と言うことは、さっきの現場に近づくことだ。それを嫌《きら》った朝倉は、少しのあいだでも時間を潰《つぶ》すことにした。

中央駅のそばにも水商売の店が集まっている。こちらは、小料理、焼き鳥、オデン、お好み焼きなどの日本的な飲み屋が多い。

朝倉は、外から見てもはやっているように見える一軒の鮨屋《すしや》に入った。〝浜鮨〟という名だ。カウンターではこの店のオヤジらしいのが受話器を握って応答している。ほとんどカウンター一杯に並んだ客が、熱心にオヤジの表情を見つめている。

「いらっしゃい。何を差し上げましょう?」

そこだけあいているカウンターの端に位置を占めた朝倉に、お絞りを出した板前は、上《うわ》の空といった調子で尋ねた。

「ビール。それからトロを切ってくれ。大トロのところだ」

朝倉は値段の心配のないものを注文した。

オヤジは、また情報を頼むぜ、と言って電話を切った。朝倉に、いらっしゃいと愛想笑いしてから皆を見廻し、

「まだ犯人を捕《つか》まえるどころじゃないらしいですぜ。どうやらナンバー・プレートをボール紙

で隠した車が路地の先まで乗りつけると、覆面をした奴が車の窓から機関銃をブッ放して、そのまま逃げちまったらしいですな。弟の知りあいの刑事は、三浦組の仕業じゃないかって言ってるそうです」

と電話の内容を得々と伝えた。現場の近くに兄弟が店を出しているらしい。

「三浦組か。やりそうなことだな」

「そうさ。あそこは、あとになってからのしてきた海神組にすっかり甘い汁を吸われてしまって、身内は減る一方だ。勿論《もちろん》、縄張《なわば》りにしたって……」

「しかも、三浦組から跳びだした連中はみんな海神組にクラ替えときてる。海神組はそいつらを使って三浦組を潰そうとしてるし」

「ゼニのほうもままならねえのが三浦組だ。ヤケになって一暴れしたんだろう」

客たちは口々に意見をのべた。

朝倉は、この鮨屋に跳びこんだことの幸運を悪霊《あくりょう》の神に感謝した。

海神組には三浦組という敵があるらしい。

無論、直感として朝倉は、今野を射殺したのは海神組の上層部の命を受けた刺客だと信じている。だが、捜査の目がくらんで三浦組に主力を置き、朝倉の存在を軽視してくれれば有り難い。それと共に三浦組をどうにか自分の取り引きのために利用出来ないものかと朝倉は考えはじめていた。

7　経理部長

それから三時間ほど横須賀中央駅のまわりの安酒屋を廻って、朝倉は時間潰しをした。そうしながら、店の客からさり気なく三浦組のことを尋《き》きだした。

午前零時近く、朝倉はタクシーを拾い、国鉄横須賀駅まで行ってくれ、と言った。手袋を脱いでいるので、タクシーのドアやシートに手を触れないようにする。

国鉄横須賀駅へ行くには、東は米海軍基地の正面ゲートの前を通らなければならない。したがって、国道十六号の大通りをはさんでゲートと向かいあっているブロードウェイ・アヴェニューを左手に見ることが出来るわけだ。

朝倉の乗ったタクシーはコロナであった。運転手はトヨタ系に特有のゴーッと唸《うな》るエンジンを乱暴に扱い、効きのいいブレーキを頼りにして、軽いが鈍いハンドルを大袈裟《おおげさ》に廻しながら、白ナンバーを追い越していく。

ブロードウェイ・アヴェニューの入口の横を通った。窓ガラス越しに覗《のぞ》いてみると、現場の近くはもうほとんど平常の様子を取り戻していた。米艦隊の水兵がのし歩き、ネオンはけばけばしさを増したようであった。

ただ、現場の路地のあたりにロープで囲いがしてあった。そして、制服の武装警官が十人近く、その近くに立っている。パトカーや鑑識車の姿は見えなかった。

「さっき、その奥の路地で殺しがありましてね。なあに、ヤクザの縄張り争いですよ。トンネルのところで検問をやってるそうです」

タクシーの運転手は、事も無げに言った。

「聞いたよ、物騒な事だな」

朝倉は当たりさわりのない返事をした。検問のことを心にとめておいた。

たちまちタクシーは、陸橋の下をくぐった。右手に、朝倉が盗品のコンテッサを駐《と》めてある臨海公園が見える。疾走するタクシーから覗いたところでは、公園に刑事が張り込んでいるのかどうかは見当もつけられない。

タクシーは駅前の広場にとまった。タクシー料金を払うと、朝倉のポケットには東京までの電車賃程度しか残らなかった。

寒々と蛍光灯《けいこうとう》がまたたく駅の待合室は閑散としていた。タクシーが駅から出た客を拾って去って行くのを見送った朝倉は、待合室のベンチに坐って迷った。だが、どうしても公園に駐めてある車を放っておくわけにはいかなかった。念のために切符だけは買っておき、朝倉は駅を出た。駅に刑事が張り込んでいることも考えられたが、誰も朝倉を尾行《つけ》てくる気配はない。

公園の手前のS・Pの詰所では歩哨《ほしょう》がアクビをしていた。朝倉はタバコに火をつけ、それを横ぐわえにして歩き続ける。

公園の入口でタバコを捨てた。靴で入念に吸殻《すいがら》を踏みにじる。覚悟は決めてある。最悪の事態が待ち伏せていたら、背広とコートで隠して、ズボンのバンドに差してある拳銃を使えばいいことだ。

黒塗りのコンテッサは、駐めた位置にひっそりと蹲《うずく》まっていた。朝倉はコートと背広のボタンを外し、素早く拳銃を抜き出せる体勢をととのえてから、公園に足を踏みいれた。

はじめはわざと車に近寄らない。一度岸壁のところまで歩き、それから狭い公園のなかを廻って車に向かう。

公園のなかに人影は見当たらなかった。朝倉は右手に手袋をつけたが、左の手袋は血で汚《よご》れていて使えない。仕方なく左手にハンカチを巻きつけた。

車の運転席にもぐりこんだ。車内の空気は冷えていて、誰かがそのなかで待ち伏せた形跡もない。

闇《やみ》のなかに朝倉の皎《しろ》い歯がきらめいた。直結コードを結んでエンジンを始動させた。誰も近づいてはこなかった。

エンジンを十分に暖めてから、朝倉はそのコンテッサを発車させた。ガソリンはまだ二十リッターは残っているのが燃料計で分かる。

公園から車を出した朝倉は、車首を市内に向けた。そのまま国道十六号をくだっていく。東上すれば、トンネルの入口でやっているという検問にひっかかるからだ。

横須賀中央駅のほうに戻り、それを過ぎたところで坂を上り、しばらく行って左折した。衣笠駅のそばの踏切りを渡り、そのまま進んでいく。次第に人家がまばらになっていった。三浦半島を横断して小田和湾側の武山に抜ける。程度のいい舗装路だ。遠まわりだが安全な道を択《えら》んで都内に入りたい。

武山から、二級国道百三十四号を葉山に出た。鎌倉の市街を抜け、北鎌倉で右折して、照明に浮かぶ大船観音像を左手に見ながら、上大岡、弘明寺を通って横浜桜木町に抜けるガタガタ道を進む。

第一京浜から六号環状を通り、途中で右折して目黒の自然教育園のそばでコンテッサをとめた。ハンドルとチェンジ・レヴァーやスイッチ・ボタン類についた左手の指紋をハンカチで入念にぬぐい、そこで車を捨てた。午前二時近かった。

歩いても、上目黒八丁目のアパートまで二十分とかからないが、時間が時間なので警官の不審尋問をくうのが嫌《いや》だ。それに、ポケットにはまだ百円玉が残っている。六環に戻《もど》って少し歩いた朝倉はタクシーを拾った。

アパートの二階の自分の部屋には、そこを出るときにつけっ放しにしておいた電灯の光が、カーテンの隙間《すきま》から鈍く漏れている。

アパートの裏手の非常階段を通って自分の部屋に戻った。いささか疲れてはいたが、二十貫を超す体重を軽々と扱って老朽しかかった非常階段に軋《きし》みの音をたてさせない。

部屋のなかは、いつもながら殺風景であった。小さな台所のガスに火をつけた朝倉は、血に汚れた左の手袋を焼いた。絹なので、煙には悪臭があった。切符も焼く。

服を脱ぎ、電灯を消すと、拳銃を枕《まくら》の下に突っこんでベッドにもぐりこんだ。ベッドは冷えきっていて、しばらくのあいだ朝倉の震えはとまらなかった。

眠らねば、明日の会社の仕事に差しつかえると思いながらも、頭は冴《さ》える一方であった。横須賀で飲んだ安酒のアルコールも、朝倉の脳細胞にはあまり影響力がないようだ。

朝の微光が夜を押しのけかけた頃、朝倉は眠りにおちた。それでも、習慣の力で七時半には目を覚ますことが出来た。

二時間ほどの短い眠りなので、気分爽快《そうかい》というわけにはいかなかった。しかし洗面器に水を満たしてそれに顔を突っこんでいると、眼の充血は去っていった。ガス台にかけたヤカンが湯気をたてはじめた。

階下の壁に並んだ郵便受けの自分のぶんから、新聞を取って部屋に戻った。大きな陶器のコップに入れたインスタント・コーヒーに沸騰する湯をそそぎ、それに一塊りのバターをとかした。

舌を焦がすようなバター・コーヒーを啜《すす》りながら、朝倉は朝刊の社会面に目を走らす。昨夜の事件は、横須賀発として、三段組みだがあまり大きくなく載っていた。今野の顔写真も出ている。

記事によると、今野の顔面を吹っとばした凶弾は、やはり朝倉が銃声で判断したようにカービン銃から発射されたらしい。朝倉が短刀で刺した田所は、救急車で病院に運ばれる途中、出血多量で死んでいる。

現場の路地で気絶していた海神組の麻薬売人と客である中毒者は、署に同行され、靴底《くつぞこ》やタバコの箱のなかに麻薬を所持していることを発見され、緊急逮捕に切り替えられて留置されているが、二人とも口を噤《つぐ》んで何もしゃべらない。しかし、中毒者のほうは禁断症状を呈してくると、薬欲しさの一心から何もかもブチまけるに違いないと新聞は書いていた。

カービン銃の刺客は、鮨屋で聞いたように、ナンバー・プレートをボール紙で隠した車で路地の入口に乗りこんできたのだ。車の種類は目撃者のある米水兵やバーの従業員などの話を総合すると、黒のクラウンらしい。覆面した別の男が運転していた。

車の種類の識別では不確かな証言をする米兵たちも、刺客が使ったのが三十口径のカービン銃であることだけは見あやまらなかった。

もっとも道路に散乱している空薬莢《からやっきょう》を見れば、そのことはすぐに確かめられる。

新聞も、麻薬ルートの奪いあいから、三浦組が海神組に殴りこみをかけたのではないかと匂《にお》わせていた。そして、事件の直後、路地から去っていった謎《なぞ》の男がいたが、その男が事件の鍵《かぎ》を握っているのではないか、と朝倉のことを伝えていた。

コーヒーだけで朝飯を終えた。戸棚《とだな》には、もう缶詰《かんづめ》は残ってないのだ。それでも、押入れのなかの夏服のポケットや机の抽出《ひきだ》しを引っかきまわしてみると、二枚の百円玉と一枚の五十円玉、それに四十枚の十円玉が出てきた。

昨夜とは別の服を着けて、朝倉はアパートを出た。東大前から井の頭線に乗って渋谷で地下鉄に移るいつものコースをとって、京橋の会社に出た。購読しているのと別の朝刊を三種類ほど駅の売店で買って、電車のなかで読んだが、それらに出ている横須賀の事件の記事は、さして変わりばえのしないものであった。共立銀行の現金運搬人が朝倉の手で襲われたことについては、どの新聞も、もうわずかなスペースしか提供していなかったし、その記事にしても、何も重要な情報を朝倉に教えてくれなかった。

東和油脂の経理部の部屋に着いてみると、同僚たちは、ウイーク・エンドを遊び疲れたような顔つきをしていた。

昨夜の横須賀の事件のことは誰《だれ》の口にものぼらない。新聞で読んだ者もいるのだろうが、関心が無いらしい。話題になったのは、早くこの会社も米国並みに週五日制にならないか、ということであった。それと、暮れのボーナスはいくら出るかの予想だ。

経理部長の小泉は、いつものように、始業のベルが鳴ってもやってこない。部員たちも、月曜の午前中は、なかなか仕事が手につかない。

給料日の二十五日まであと十日ほどある。朝倉は次長の金子に申し出て、給料の前借をしょうかと弱気を起こしたが、すぐに自分を叱《しか》った。会社での自分は、あくまでも真面目《まじめ》な社員としてのポーズを崩してはならない。

午前十一時、部長の小泉が部屋に入ってきた。今日は目の下に黒い隈《くま》はない。しばらくして、朝倉のデスクにパイロット・ランプがつき、低くブザーが鳴った。

受話器を取り上げた朝倉の耳に、

「共立銀行からお電話です……」

と言う、交換嬢の人工的な声が聞こえてきた。朝倉の頰《ほお》がかすかに硬《こわ》ばった。

「どうぞ」

と、呟《つぶや》くように答える。切り替えの音がして、共立銀行の専務の声が聞えた。親しげに、

「小泉君？　兵庫だよ。いま、南海薬事っていう、あんまり聞いたことのない会社から、東和油脂の融通手形を八百万ほどうちの銀行に割りに来てるんだが、ひょっとすると南海薬事っていうのは、君が別口でやっている例の会社が名義を変えたもんじゃないかと思いついたんで、君に一応問いあわせとこうと思ってね……」

と、言う。

「失礼します。すぐ部長とかわりますから。ちょっとお待ちください」

朝倉は答えた。交換台に通じるブザーのボタンを押す。兵庫が狼狽《ろうばい》気味に何か口走る声がしたが、電話は交換嬢の声にかわって、

「何か御用でも？」

「ブザーを押しちがえたようだね。ここは部長のデスクと違うよ」

朝倉は答えた。

「あら……御免なさい」

交換嬢の声が人間臭くなると朝倉の電話は無音になり、かわって部長のデスクのブザーが鳴った。朝倉は受話器を戻して耳を澄ます。受話器を取り上げた部長の、

「うん……うん……そうなんだよ……弱ったな……いや、心配ない……そう、うちの社員には……そんな分かりましたよ……そうなんだ。あなたには言いはぐれてね……よろしく頼む。お

願いしますよ。どう、今晩でも一席設けますから……じゃあ、例の所でお待ちしていますよ……」

と、低い早口でしゃべる声が聞こえた。

経理部員である朝倉にしても、東和油脂が南海薬事などという会社と取引きしていることを知らない。ましてや、東和油脂がそこに融通手形を渡したなどとは、普通の常識では考えられないことだ。

しかし、共立銀行の専務兵庫と、東和油脂経理部長小泉の電話の声からして、南海薬事というのは、小泉が職権を利用して東和油脂から自分のための金を引き出すためのトンネル、あるいはプール用の幽霊会社であることは朝倉に容易に推定出来た。

そして、兵庫は小泉のあくどいやり方を知っていながら、便宜を計ってやっているのだ。その金を共立銀行に導入預金してくれないかぎり、嫌味《いやみ》の一つも言って小泉に報酬を要求するらしい。さっきの電話にしても、ていのいい強請《ゆすり》と言えないこともない。

電話を終った小泉は、革張りの回転椅子《いす》に埋まり、何事も無かったような表情を作って、マニキュア用の小さなファイルで爪《つめ》を磨《みが》いていた。しかし、ロイド眼鏡の下で不機嫌《ふきげん》な翳《かげ》は隠せない。

これで少なくとも、小泉が作った幽霊会社の一つの名前は分かった……と、計算器のボタンを押しながら朝倉は考える。それにしても、年間数億の私利を貪《むさぼ》る社長は別格として、会社を食いものにする重役たちを見ていると、自分が腹立たしくなってくる。

小泉が年間に自分の懐《ふところ》に捩《ね》じこむ会社の金は数千万に達するであろう。ところが、自分は命を的にしてわずか千八百万の金を手に入れたとはいえ、その金を使うことが出来なくて、いまは明日の飯代の心配をしなければならない始末だ。

千八百万の熱い紙幣を、安全な札束に替えるための資金が欲しい。あれを安全な札束として使うことが出来れば、自分も会社を食い潰《つぶ》すネズミの一匹と化すことが出来るのに……。

やがて十二時のサイレンがビル街を走り抜け、経理部の部屋にも昼休みのベルが鳴った。立ち上がった小泉は、朝倉と視線が会うと、ついて来るようにと目くばせした。

朝倉は、わざととまどった表情を浮かべてデスクから離れた。小泉は朝倉に背を向けて廊下へ歩いていく。

「今日は腹をこわしてるんで、昼飯抜きにしときます」

朝倉は、店屋物《てんやもの》の昼食の注文係を引き受けている係長の粕谷に声をかけ、大股《おおまた》に足を運んで廊下に出た。

小泉は、外に昼食をとりに出かける連中の挨拶《あいさつ》を受けながら、廊下の壁にもたれて腕組みをしていた。近づいた朝倉は、

「何の御用でしょうか」

と、慎ましく視線を伏せて見せる。

「いやあ、呼びだてするのも大袈裟《おおげさ》だとは思ったんだが、ほかの連中をひがましたくなかった

んでね」

小泉は囁《ささや》くように言った。視線を朝倉から外している。

「………？」

「君はよく真面目に働く。私はいつも感心するよ。これは少ないが、会社とは別に私のポケット・マネーでボーナスをあげようと思ってね。遠慮しないでいい。受け取ってくれたまえ」

小泉は素早く左右を見廻した。廊下から二人をのぞく人影が絶えたのを見きわめると、数枚の紙幣を朝倉のポケットに捩《ね》じこんだ。口止め料の積りらしい。

「とんでもありません。こんなことをして頂いては勿体《もったい》なさすぎて……」

朝倉は、自分のポケットに差しこまれた小泉の右手を柔らかく押し返そうとした。

「まあ、まあ、そう言わずに……まさか私の好意をしりぞける積りじゃないだろうな？　さあ、受け取ってくれたまえ」

小泉は強引《ごういん》であった。

「おそれ入ります。それでは、有り難く頂戴《ちょうだい》させてもらいます」

朝倉は頭をさげた。

「これからも、しっかり働いてくれよ」

小泉は恩着せがましく言い、朝倉に背を向けて自動エレベーターのなかに消えていった。朝倉は米つきバッタのように頭を下げてそれを見送りながら、唇《くちびる》の端に薄笑いを浮かべていた。

トイレに入り、ポケットに突っこまれた紙幣を調べてみると、紙幣は三枚であった。全部一万円札だ。朝倉は電話を間違って自分のデスクのそれにつないだ社の交換嬢に香水壜《びん》でもプレゼントしてやりたいほどの気分になった。ともかく、この三万円があれば、前借や質入れをしなくても、月給日までの運動資金が確保出来たようなものだ。

トイレを出て、階段を駆け降りた。ビルのロビーに来てみると、小泉は親会社の新東洋工業の専務の一人と立話をしていた。

朝倉は鉢《はち》植えのゴムの樹《き》の蔭に佇《たたず》んで待った。小泉は専務と別れてビルから歩み出る。朝倉はゆっくりとそのあとを追った。

人波を楯《たて》として、朝倉は小泉を尾行する。日本橋寄りにしばらく歩いた小泉はタバコ屋の赤電話を使ってしばらく通話してから、近くのドイツ料理の店に入った。〝ピルゼン〟という化粧煉瓦《れんが》造りのレストランだ。

朝倉はタバコ屋でネーヴィ・カットを一缶《かん》買い、一万円札で釣りをもらった。失敗したらそのときの事だと思いながら〝ピルゼン〟に入った。

店内の照明は薄暗い。小泉は、一番奥の隅のテーブルで、戸口に背を向けるようにして坐っていた。朝倉は仔牛の腿《もも》のステーキと黒ビールを注文した。腹がすききっているので、朝倉はまたたく間に食物を胃におさめた。小泉は、シチューのスプーンをまずそうに口に運んでいる。

十二時半頃、三十四、五の頬骨の尖《とが》った男が店に入ってきて、小泉の向かいに腰をおろした。注文をとりにきたウエイトレスに手を振って断わり、内ポケットからふくらんだ厚手の大型の紙袋を小泉に渡すと、すぐに店から出て行った。朝倉はレジスターに伝票と千円札を投げつけ、その男をつける。

その男が入ったのは、室町一丁目の都電通りに面した薄暗い貸しビルであった。その小さなビルには二十数社の看板が出ている。南海薬事の看板もあった。男は南海薬事の社員で、電話で命令を受けて、小泉が兵庫に贈る金をレストランに運んでいたのであろうと朝倉は直感した。

8 墓穴

五分ほど待って、朝倉はその貸しビルに入ってみた。ビルにはエレベーターもついてなく、急角度の階段の踊り場には、残り汁にタバコの吸殻《すいがら》の沈んだ丼《どんぶり》が放り出されている。

南海薬事と扉《とびら》のガラスに書かれた部屋は三階にあった。五メーター四方ぐらいの小さな事務所だ。内部を覗《のぞ》くわけにはいかなかったが、電話を二、三本とデスクを置いてあるだけであろう。

しばらく様子をうかがっていたが扉が開く様子がないので、朝倉はヤケに足音が反響する冷たい階段を降りた。

ゆっくり歩いて、自分の会社がある新東洋工業ビルに戻った。防音と冷暖房のととのったこの巨大なビルは、外来者が見れば富と発展の象徴のように思うであろう。

経理部の部屋に入り、同僚と他愛のない雑談を交わしているうちに、一時のベルが鳴った。屋上のゴルフの練習場に行っていた連中や、外に食事に出かけていた連中も戻ってくる。再び面白くもない仕事のはじまりだ。

午後の小泉部長は部屋を出たり入ったりして落ち着かなかった。そして、五時の終業のベルが鳴るより三十分も前に、

「じゃあ、あとを頼むよ」

と、次長の金子に声をかけ、その耳に小声で囁《ささや》くと、デスクを片附けて帰っていった。小泉を尾行して、共立銀行の兵庫専務と彼が密会する料亭《りょうてい》をつきとめようとした朝倉は、当てが外れた。

定時に退社した朝倉は、一度アパートに戻り、それから下目黒の目蒲拳《めかまけん》のジムまで走って二時間ほどジムで練習に熱中した。シャワーを浴びてから、アパートに戻ったときは八時半を過ぎていた。

アパートへの帰路、朝倉はスーパー・マーケットで十数キロの食料を買いこんでいた。缶詰《かんづめ》類とビタミン補給のレモンと安ウイスキー二本が主なものだが、それで五千円近くの金が消えた。だが、これで三、四日は食い物の心配はいらない。

鯨肉の缶詰を主食にし、レモンを皮ごと齧《かじ》りながら夕刊を読んだ。横須賀で海神組と三浦組のチンピラが衝突し、重傷者二人を出したことが小さく書かれてあった。海神組の売人と客の中毒者が警察で何をしゃべったかについては、何ものっていなかった。

食事を終えた朝倉は、地味な目立たない服をつけ、井の頭線と国電を使って池袋に出た。混んでいる店を択んで薄い絹手袋を買った。荒物屋では、ゴム手袋を求めた。別の荒物屋でシャ

ベルを買った。

あとは、アパートに戻って眠るだけであった。久しぶりにぐっすりと眠ったので、朝倉はおびただしい量の夢精をした。

翌日——会社から上目黒のアパートに戻った朝倉は、包装されたままのシャベルと懐中電灯を持って、井の頭線に乗った。半年ほど前にアメ横で手にいれてあった、すり切れかかったデニムのジャンパーと、ジーン・パンツという労働者風の身なりをしていた。それに、古ぼけて色の変わったスキー帽を目深《まぶか》にかむっている。靴はバスケット・シューズだ。勤め帰りの乗客で電車はまだ混んでいる。いくら帽子と立てたジャンパーの襟《えり》で顔を隠すようにしていても、朝倉は数えきれぬ人々に顔をさらしているわけだ。

自分の車が欲しい、と朝倉は痛切に思った。無論、大仕事のときは自分の車を使うことは危険だ。しかし仕事の準備のこまごましたことに使うのにまで、一々車を盗んで乗り捨てていたのでは、捕まる確率が増えすぎる。

下北沢で小田急に乗りかえた。自動車を運転しているときは自分が行動しているという意識があって、何時間続けざまに乗っていても疲れないが、自分が一つの物体として電車に揺られていると苛立《いらだ》ってくる。

多摩川を渡った。月は細く、荒寥《こうりょう》とした河原と河面《かわも》を風が吹き渡っている。このあたりまで来ると、車内はかなり空いていた。

刈ったばかしのような稲株の田圃《たんぼ》のなかを電車は走った。朝倉は西生田《にしいくた》で降りた。誰も注目する者はいない。

駅を降りると、厚木に通じる大山街道に一度出た。道の両側にまばらに商店が見え、ダンプがディーゼルの唸《うな》りと黒煙を吐いて疾走する暗い街道をしばらく歩き交番の手前で左に折れる。

交番は赤いバルブを輝かしているだけで、夕食時のせいか警官の姿は見えなかった。朝倉は踏切りを渡り、凹凸《おうとつ》の激しい砂利道を進んでいった。道はわずかながら上りになっている。

前方より心持ち右手に立ちふさがるような雑木林の丘に、墓地春秋園の大きな看板があるが、暗くて字がぼんやりしている。丘をはさむようにして、道はV字型に分かれている。

駅を降りてから朝倉と前後して歩いていたサラリーマンの一団は、右手の道に分かれていった。朝倉はシャベルを肩にかついで、真っすぐに歩いていく。

左手にも丘がつらなっている。砂利道を時たま通る車は、埃《ほこり》で視界をせばめられているため、黄色のフォッグ・ランプを照射していた。

右手の丘は、横腹を切り崩した急角度の分譲地の集団になった。家はほとんど建っていない。丘は雑木林に戻り、再び分譲地になった。

今度の分譲地には人家が見える。しかし、土地値の安いらしい頂上のほうから建てはじめているため、その窓からの光はとても砂利道まではとどかない。墓地はもう少し先だ。

朝倉は砂利道に人影のないのを見とどけてから、左手の丘を目ざし、畔《あぜ》を伝って田圃を横切った。

急角度の丘の雑木の下枝を強引にかき分けて台地に登った。胸のあたりまでとどく枯草の原と、農家が副業にしていて、いまは値下がりしたので放ったらかしになっている芝生畑《しばふばたけ》が広がっていた。このあたりは、かつて朝倉が、ひそかに拳銃を試射するために度々訪れたことがあるから、様子はよく分かっている。

かなりの広さの台地を横切ると両側を森にはさまれた谷に出る。水は流れてないから窪地《くぼち》と言ったほうが正確だ。左手には狭い田圃があるが、右側は湿原と、密生した木々の小ジャングルだ。

滑りやすい細道をくだって田圃に降りた朝倉は、畔《あぜ》を歩いて右手の湿原に入った。草を踏んで歩くと、靴底が濡《ぬ》れる程度で済んだ。

湿原が切れ、木々と蔓草《つるくさ》が複雑に入りくんだ小ジャングルの手前まで来て、朝倉ははじめて懐中電灯をつけた。シャベルの刃の部分を包んでいた包装紙をはがし、丸めてポケットに捩じこんだ。足にまつわりついて、どうしようもない蔓草をシャベルの刃で断ち切りながら、小ジャングルの奥へ進んでいった。

屈曲しながら五十メーターほど入ったとき、三メーター四方ほどの空き地が見つかった。その上には、まわりの木々の枝が隙間の無いほどかぶさっている。

まわりの幹の一つに捲《ま》きついた蔓で懐中電灯をしばり、その光を頼りにして、朝倉は穴を掘っていく。迷路のように地下に入りくんだ木々の根も、朝倉が二十貫の体重をシャベルに乗せてふんばると牛蒡《ごぼう》のように切断された。

一時間後——深さ一メーター、縦横一メーターに二メーターの穴が出来あがった。穴の底に滲《にじ》み出た地下水がたまっていく。朝倉のジーパンもバスケット・シューズも泥水で汚れていた。

朝倉はシャベルを穴の近くに隠し、光度が弱まってきた懐中電灯を持った。入ったときのあとをたどって、小ジャングルから抜けだした。

これで冬木の墓穴は出来た。墓碑まで用意する必要はないだろう。冬木の護衛の刑事にしたところで、永久に冬木のそばにいるわけではない。

翌日の夜、朝倉哲也の姿は再び横須賀にあった。その夜の朝倉は、バックスキンのジャンパーに黒褐色《こっかっしょく》の厚手のズボンをはき、サン・グラスも以前のとは別の、濃いグリーンのものをポケットのなかに仕舞っている。

ブロードウェイ・アヴェニューには制服警官の姿は見当たらなかった。私服は張り込んでいるのだろうが、自分から刑事だとのレッテルを貼《は》っているわけではないから、朝倉には誰が私服なのかは分からない。

今夜も軍艦が寄港したらしく、ブロードウェイ・アヴェニューを中心とする基地の街には米軍の水兵があふれていた。午後九時半のことだ。

カービン銃の掃射を浴びて顔面を吹っとばされた今野が、死ぬ前に言いのこしたクラブ・ドミンゴは——ブロードウェイ・アヴェニューと諏訪神社参道の手前で交差する、これも米兵相手の歓楽街の通りにある。海軍基地の正門ゲートから向かうと、奥の右手に当たる位置だ。

薬を仕入れて上陸してきた海軍の連中は、その店に行ってカウンターに坐ると、薬を金に替えることが出来る、と今野は言っていたのだ。

朝倉はあふれる水兵で異様な熱気をはらんだ街を、そのクラブに向けて歩いていく。無論、危険が待ちうけていることは承知の上であった。

クラブ・ドミンゴの外壁は白く塗られていた。点滅するそのネオンを浴びた店頭では、白い帽子の水兵が、緑色の作業服の通信隊員と、親指を立てて威嚇《いかく》しながら罵《ののし》りあっていた。喧嘩《けんか》の原因は、そのそばでタバコをふかしている女給風の日本女にあるらしい。

朝倉はポケットからサン・グラスを出し、それで瞳《ひとみ》を隠した。濃い紫色のガラスのドアを肩で開いて、なかに入った。金モールつきの制服を着た二人のドア・ボーイは、朝倉が日本人と知って困惑したような顔をした。それでも、二世かも知らぬと思ってか、

「ウエルカム、ジョー……」

と、聞き覚えの捲《ま》き舌で叫ぶ。

「…………」

朝倉は無言で頷《うなず》いた。紫色のカーペットが敷かれた回廊では、休憩用のソファで用心棒らしい黒服の男が漫画の本を読んでいる。

「プリーズ・フォロー・ミー……メニー・ギャルズ、マッチ・ハッピー」

ドア・ボーイの一人は、長身の朝倉の背を抱かんばかりにして回廊の奥に案内していく。ソファの用心棒がさり気なく朝倉を一瞥《いちべつ》した。

回廊の突き当たりにクロークがあった。眼鏡をかけた係りの女に、何も預けるものは無い、

と言うしるしに朝倉は手を振った。

クロークの手前の左手に、岩乗《がんじょう》そうなドアがあった。

「プリーズ……」

と腰をかがめたボーイがドアを開くと地を這《は》うようなドラムの響きとテナー・サックスの悲鳴、それに麻薬タバコと葉巻の煙が一緒くたになって襲ってきた。

客席は薄暗い。上映中の映画館よりは少しましな程度だ。ただ、黒人のように顔を真っ黒に塗りたくり、ご丁寧《ていねい》にグリースで光らせた五人編成のバンド・メンが演奏するステージと、隅に馬蹄形《ばていけい》にのびたバー・カウンター、それに提灯《ちょうちん》をともして屋台風にしつらえた鮨《すし》のカウンターだけが、ある程度の明るさを保っている。

薄暗さにとまどったのは一瞬のことだけであった。夜行動物のような視力を持つ朝倉は、この店で遊び慣れている者のように、真っすぐにバーのカウンターに歩み寄った。

カウンターには、獲物《えもの》を物色する、この店の専属同様の洋パンが三人いるだけで、兵隊の姿はない。カウンターの内側には、白いバー・コートをつけたバーテンが五人、退屈した表情で立っていた。

朝倉は隅のスツールに腰を降ろした。

「ホワリュー・ウオン？」

目の前の若いバーテンが、米兵訛《なま》りで朝倉に注文を聞いた。

「キャナディアン……ダブルで水割りにしてくれ」

朝倉は歯切れのいい言葉使いをした。

日本語を聞いた洋パンが、非難するような視線を朝倉に向けた。苦労して黄色に染めたらしい彼女等の髪は、朝倉には悲惨なものに見えた。

バーテンはかすかに眉《まゆ》を吊《つ》りあげたが、

「失礼しました。日本の方がお見えになるのは滅多にないことですので」

と、見くだしたような造り笑いを浮かべて、背後の酒棚《さかだな》に手をのばした。

香りのきついキャナディアンのグラスを口に運びながら、朝倉はカウンターに片肘《かたひじ》をついた格好で、ボックスの店のほうを眺《なが》める。

ズボンの裏の腿《もも》の内側にくくりつけた拳銃の重みにも慣れた。

二十五ほどあるボックスは、すべて背もたれが高く、衝立《ついた》ての役をしていた。そして、ボックスでは、麻薬タバコやアルコールに血を狂わされた水兵たちが、ホステスを抱えてネッキングにふけり、あるいは膝《ひざ》の上に、洋パンを乗せて本番に及んでいる。

女たちの淫蕩《いんとう》な呻《うめ》きと水兵たちの快感を叫ぶ怒号のような声が交錯し、マリファナの煙でも消えぬ精液の匂いをカウンターにまで運んでくる。

フロアでは、金色の毛が腹の上にまで密生したイギリス女のストリップ・ティーズがはじまっていた。だが、見るよりも現実の楽しみに熱中する水兵たちは、フロアのほうに視線を移さない。

侮辱されたストリッパーは、客席からビール壜《びん》を取り上げた。フロアに仰向けになり、ビール壜で自分を愛撫《あいぶ》する行為を熱演した。それは、口笛とまばらな拍手でむくわれた。

「派手なもんだな。警察のほうは大丈夫かい？」

朝倉はバーテンに向けて呟いた。

「まあね。海軍の連中は、日本のポリなんか朝鮮兵と同じだと思ってますから。ポリさんにしたって命が惜しいんでしょう」

バーテンはせせら笑った。

ストリッパーは、罵声《ばせい》を残して引っこんだ。

朝倉は二杯目のキャナディアンを注文した。

そのとき、中南米系の浅黒い顔をした水兵が一人カウンターに入ってきた。手がかすかに震えている。朝倉に警戒するような茶色の瞳を向けてから、その男はラムをバーテンに頼んだ。

バーテンは壜ごとカウンターに置いた。

水兵は壜に口をつけてラムをラッパ飲みした。半分ほど飲むと、満足気な長い吐息をつく。吐息のなかに霧状にアルコールが混って、マッチを近づければ引火しそうな感じであった。

壜をカウンターに降ろした水兵の手はもう震えていなかった。朝倉にブチこまれて今まで禁足が解けなかった、という意味のことを、しわがれた声で呟き、

「ここは、スチーヴと一緒に来たことのある店だな」

と、尻上がりの英語で付け加える。

「いや。スィーニーと一緒でした」

バーテンは答えた。

それが取り引きの合言葉らしかった。水兵はニヤリと笑うと、内ポケットから封を切ったキャメルの袋を取り出し、カウンターの上をバーテンのほうに滑らせた。

「サンクス……」

バーテンは、ラクダのデザインのキャメルの袋を受け取ると、酒棚の横手についた潜り戸《くぐど》を開いて、その奥に消えた。

カウンターの洋パンたちは、値踏みするような目で、その水兵を見つめる。水兵は壜の残りのラムを二口で飲み干した。ほかのバーテンがその壜を片づけ、新しいラムの壜の栓《せん》を抜いてカウンターに置く。

奥に引っこんだバーテンは五、六分ほどたって出てきた。

「プレゼント……」

と言って、持ってきたボール紙の小箱を水兵の前に置く。

水兵は小箱を膝の上に降ろし、リボンを引き千切って蓋《ふた》を取った。箱のなかを覗《のぞ》いてみて、二十万ほどの日本円が入っているのを確かめてから、

「オーケイ……」

と呟いて、その紙幣をポケットに捩《ね》じこんだ。空き箱をバーテンに戻す。

値踏みしていた三人の洋パンが、素早くその水兵を取りかこんだ。水兵に抱きつき、鼻声で

誘いをかける。

水兵は、そのうちの一番肥《ふと》った女を選んだ。左手にラムの壜を提げ、右手に女を抱えてボックスに去った。残された二人の女は舌を突きだしてから、もとの場所に戻った。

朝倉は、こんなにも堂々と麻薬が取り引きされていることに、いささか驚いていた。だが、表情には全然あらわさない。

三杯目のキャナディアンを注文するとき、バーテンがトイレの出入口に近い階段の中段の東洋人と、しきりに目くばせを交わしていることに、朝倉は気づいた。それにも、朝倉は気づかない振りをした。

並んだバーテンが、一斉《いっせい》に朝倉に向けて嘲笑《ちょうしょう》を投げつけたのは、朝倉の背後に足音が迫り、そしてとまったときであった。

「声を出すな。もっとも、悲鳴をあげたところで、俺達《おれたち》はかまいはしねえが、アメ公連中の楽しみを邪魔するのも悪いからな」

圧《お》し殺したような声が、タバコのヤニ臭い息とともに朝倉の首筋に吐きかけられ、背骨に固く冷たいものが押しつけられた。拳銃の銃口であった。

「何の真似《まね》だ」

朝倉は動かなかった。待っていたものが来たのだ。

「自分の胸に尋《き》いてみるんだな。さあ、立て。ゆっくりとだぜ。おかしな真似をしやがるとブッ放すからな」

朝倉の背後の男は言った。カウンターの奥に鏡がついてないから、その男の顔を見ることは出来ない。

「何かの人違いだろう。こんなところでブッ放したりしたら、どんな事が起こるか分かってるのか？」

朝倉は言った。ズボンのジッパーを少しゆるめる。

「分かってるさ。だから、ブッ放してやると言ってるんだ。銃声でアメ公連中が騒ぎたてたら、ポリが跳びこんできても収拾がつかねえ。騒ぎがおさまった頃には、俺はどこか遠いところで一杯機嫌《きげん》さ。さあ、俺の言う通りに立つんだ。世話を焼かせるんじゃねえぜ」

朝倉の背に拳銃を突きつけた男の声は自信たっぷりであった。

9 片道切符

クラブのトイレの出入口のそばに、二階に通じる階段がある。その右側に、分厚そうなスチールのドアがあった。

背を拳銃の銃口で小突かれ、朝倉は、そのスチールのドアのほうに歩かされた。階段の途中に立っていた派手な服装の男が降りてスチールのドアを開く。開いたドアの奥も薄暗かった。

客席の米兵たちはネッキングに夢中で、朝倉たちに注意を払う者はいない。

「グズグズするな！」

朝倉の背後の男が、圧《お》し殺したような声で命じる。

朝倉はドアの奥に足を踏みいれた。

その通路の左側には、ビールやウイスキーの壜が木箱に詰めこまれて積まれてあった。湿った黴臭《かびくさ》い空気が淀《よど》んでいる。天井からは小さな裸電球がぶらさがっていた。

背後でスチールのドアが閉じられた。通路の奥に、もう一つのドアがある。これは樫《かし》で出来ていた。

朝倉の横をすり抜けて、階段にいた男がそのドアに走り寄った。朝倉はその男を摑《つか》んで素早く体の位置を入れかえ、拳銃に対する楯《たて》とする自信はあったが、わざと動かなかった。

その男は樫のドアを開き、自分からなかに入った。拳銃の銃口に追いたてられて、朝倉もなかに入る。

かなりの広さの地下室であった。隅に梱包《こんぽう》した荷が積んである。そこには、飲み屋のオヤジのような風体の男と、頰骨《ほおぼね》が鋭く突き出した黒服の男が立っていた。それと、朝倉より先に入った派手な服の男だ。

「よし、そのまま動くなよ」

朝倉の背後から銃口で威嚇していた男が、樫のドアを後手に閉じた。ゆっくりした足の運びで朝倉の前にまわる。クラブの回廊のソファで漫画本を読んでいた用心棒であった。拳銃は新品のコルト・ディテクチヴ・スペシャルの輪胴式。それも、銃身の極端に短いスナッブ・ノーズだ。

「この男か？」

頰のこけた黒服の男が、朝倉のほうに顎《あご》をしゃくってから、飲み屋のオヤジのほうに視線を移した。深く窪《くぼ》んだ目は、窖《あなぐら》のようであった。

「へい、確かにこの野郎で──」

頭の禿《は》げかけたオヤジは、落ち着きなく瞳を左右に走らせながらしゃべりはじめた。揉《も》み手をして、

「あたしが裏の窓から覗いてたときは、こんなジャンパーは着てませんでしたけど、確かに路地で暴《あば》れたのはこの野郎で……三浦組のことなど知らねえ、などとトボけてやがったが、こいつは確かに三浦組の雇われ殺し屋にちがいねえ」

「お前さんの余計な意見は聞いていない。ご苦労だったな」

黒服の男は、細長い財布から一万円札を取り出して、オヤジに渡した。

愛想笑いを浮かべて両手を差し出していたオヤジの顔が曇った。

「あの……シケ張りが口を割りそうだと教えてあげた分は？」

と、口ごもる。

「うるせえ。これで不服だと言うのか」

「そ、そんな積りでは……」

オヤジは蒼《あお》くなった。

「じゃあ、大人《おとな》しくそれを収めなよ。どうもご苦労だった。出て行って商売に戻りな。客が待

ってるぜ」

黒服の男は、唇を歪《ゆが》めて笑った。薄い唇はパン切りナイフのようであった。

「へ、へい。どうもお邪魔さんでした。このことは、三浦組には内緒でしょうな。三浦組に知れたら、あたしの命が一番に狙《ねら》われちまう」

「当たり前のことさ。もっともあんたがゼニのことでブーブー言ったりしたら、あんたのことを三浦組に知らす。どうだい、オヤジさんよ？」

黒服の男は、唇の歪みを深めた。窖のような瞳は一杯に見開いて瞬きもしない。

「め、滅相もない。あたしは何も……」

オヤジは呟き、米搗《こめつ》きバッタのように腰をかがめながら後じさった。

地下室の左右にも樫のドアがある。派手な服の男が左側のドアを開いてやるとオヤジは逃げるようにその向こうに消えた。派手な服の男はドアを閉じた。

「さてと……」

頰骨の尖《とが》った男は、朝倉に瞳を据《す》えた。右手をダランと垂らして遊ばせたまま、左手でポケットのタバコをさぐって唇に運び、同時に取り出した黄燐《おうりん》マッチの頭を爪《つめ》ではじいて火をつける。

「どうした、俺を殺《や》らないのか？」

朝倉は挑《いど》んでみせた。向こうが射《う》とうとすれば、ズボンの下の腿の内側につけた拳銃を抜くだけのことだ。

「まあ、待てよ。そう易々《やすやす》とは殺せねえ。ゆっくりと可愛がってからのことだ――」

頰の尖った男はタバコの煙を長く吐き、

「吉村、こいつの服を調べてみろ」

と、言う。

吉村というのは用心棒の名前らしい。その男はスナッブ・ノーズの輪胴式を構えたまま朝倉の後に廻り、尻ポケットや腋《わき》の下などを左手で軽く叩く。胸の内ポケットもさぐってみて、

「心臓の強い野郎だ。ハジキを身につけてないようですぜ、坂本さん」

と、呟く。

「ビクビクするなよ。ズボンのポケットも探してみたか？　それに、ポケットのなかのものを、全部取り上げるんだ」

坂本と呼ばれた、頰のこけた男が言った。

「このクラブは強盗もやるとは知らなかった」

朝倉は言った。怒らせれば隙《すき》が出来る。

「まあ、生きてるうちに、せいぜい軽口を叩いておけ」

坂本は取り合わなかった。

吉村は朝倉のズボンのポケットをさぐった。朝倉が腿《もも》の内側に隠した自動拳銃に、吉村の手がとどきそうになる。朝倉の心臓の鼓動が激しくなった。

だが、坂本が目《ま》ばたきもせずに見つめているので、朝倉は動揺を表情に表わすわけにはいか

ない。わざと薄ら笑いさえも漏らしてみせた。

吉村の手は、しかし、ライターを取り出しただけで朝倉のズボンのポケットを離れた。朝倉は溜《た》めていた息をそっと吐き出した。

吉村は朝倉のバック・スキンのジャンパーから、細々《こまごま》した携帯品や数枚の紙幣とバラ銭を取り上げ、

「どうやら、これで全部のようですぜ」

と言って朝倉から離れ、坂本に歩み寄って、それを示す。無論、朝倉はサン・グラスも奪われた。

それを一瞥《いちべつ》した坂本は鼻に皺《しわ》を寄せて笑い、

「用心深いところもあるんだな。身許を知らせる品は身に付けねえ主義らしい。だけど、俺たちが待ち伏せている場所にノコノコとやってくるとは、オツムのほうがどうかしてるぜ――」

と、ほとんど唇を動かさずに言い、

「さあ、もう覚悟は出来たろう。トボけねえで、まともな答えをするんだ。貴様どこから三浦組に傭《やと》われた？　名前は何と言うんだ？」

「忘れたよ」

朝倉の返事は素っ気なかった。

「なるほど。いまに想い出させてやる。じゃあ、もう一つ尋《き》くが、わざわざこのクラブにお出

ましになった狙いは何なんだ？　それも忘れたと言うのか？」

「ああ、忘れたね」

朝倉は答えた。吉村は朝倉から取り上げた品を自分のポケットにおさめた。

「そうかい？」

坂本の顔が無表情になった。くわえていたタバコを朝倉の顔に向けて、吹きつける。朝倉は、かすかに顔をそらせて、火のついたそのタバコをよける。

その間に、坂本は背広の襟《えり》の内側に右手を閃《ひらめ》かすと腋の下に吊ったホルスターから、〇・三八〇口径のブローニングを抜き出した。

「見事だ。だけども、そんなことで俺はしゃべりはしない」

朝倉は言った。

「だろうと思ってた。ここで痛めつけてやりたいところだが、悲鳴や銃声は客席までとどかなくても、死体を運ぶとなると面倒だ。これから、ちょいとばかしドライヴを楽しんでもらおう。帰りの無いドライヴをな――」

坂本は楽しそうに笑い、

「用意は出来てるか、野坂」

と、呟く。

「いつでもオーケイです。例の所に車を廻しときますから、三分たったら出てきてください」

左側のドアにもたれ、細身のズボンをはいて足を組んでいた、派手な服装の男が答えた。

褐色《かっしょく》を帯びた皮膚とドングリ眼の、フィリピン系の顔をしている。アクセントも少しおかしかった。

ドアを開いて、野坂と呼ばれたその男は出ていった。

坂本は、ブローニング・ポケット・モデルの安全装置を、乾いた音をたてて掛けたり外したりして、朝倉の表情に変化が起こるのを待っている。

だが、朝倉が表情を変えぬままに、二分の時が過ぎた。

「よし、歩け。走って逃げようなんて気は起こさねえだろうな」

坂本は銃口で、半開きになっている左側のドアを示した。

朝倉は素直に命令にしたがった。ドアの奥の通路は、粗いコンクリートの天井から、かなりの間隙《かんげき》を置いて雫《しずく》が垂れていた。朝倉のあとに吉村、坂本の順で続く。

天井の低い通路は、まがりくねって、少なくとも百メートルはのびていた。突き当たりの石段の上で、野坂がドアを開いて待っている。

石段を登ったところは、車が五台ほど収容出来るガレージであった。だが、いまは一台のフィアット二三〇〇ベルナーリがマフラーから淡い煙を吐いているだけだ。

野坂がハンドルを握った。ガレージの扉は閉まっている。後の座席に、朝倉を真ん中にはさんで、坂本と吉村が腰を降ろした。

振り向いた野坂が、助手席に置いてあったソフトを目深にかぶせる。ソフトのサイズは朝倉には大きすぎるので、朝倉の顔は庇《ひさし》に隠れた。

坂本と吉村は、その朝倉の脇腹《わきばら》に銃口を圧《お》しつけ、拳銃の上からコートの裾《すそ》をかぶせた。

「オーケイ、出発だ。切符は片道だけしかないがな」

坂本は呟いた。

野坂はダッシュ・ボードについたボタンの一つを押した。遠隔操作されたガレージの鎧扉《よろいど》は、電気モーターの軽い唸《うな》りと共に捲《ま》きあげられた。

黒塗りのフィアット二三〇〇は、イタリア車特有のスポーティーな排気音をあとに、気が狂ったようなダッシュで跳び出した。加速時の圧力でシートに押しつけられた振りをして、朝倉は頭をうしろに傾ける。

目にかぶさっているソフトの庇の下から、素早くまわりの光景を読みとる。クラブ〝ドミンゴ〟からはかなり離れた場所にガレージはあった。刑事が店の前に張り込んでいたとしても、このフィアットには気がつかないであろう。

頭をまっすぐにすると、再び大きすぎるソフトが顔にかぶさって、朝倉の視界は閉ざされた。朝倉は左の腿の内側に隠した自動拳銃をズボンの上からさり気なく押さえ、坂本たちがそれに気がついてくれないようにと祈っていた。


フィアットは、三笠通りに出るとスピードを上げた。そして、久里浜街道を外れると、百キロを優に越した。

「野坂にはな、フィリピンの血が混ってるんだ。先祖をたどれば、ラテンの血も何滴か入ってるってわけだ。ナイフを使わしてもうまいもんだぜ」

坂本は運転している男のことを言った。

左手に安浦の港が流れ去った。少しのあいだ陸地が続いたが、左手に再び暗い海が来た。だが、風に搏《う》たれたフェンダー・コントロールのポールの単調なリズムとエンジンの電気モーターのような唸り、それにギアのメカニカルな吠《ほ》え声——両脇腹に拳銃を突きつけられた朝倉は、それだけしか知ることが出来なかった。

海岸線に沿って走ってきた国道百三十四号、通称久里浜街道は堀之内のあたりで右に折れ、久里浜を過ぎるまでは大きく海から外れる。

だがフィアットは直進し、浦賀を通って久里浜で国道百三十四号とめぐり会うまでは、観音崎の内側を回る地方路に入っていった。車はバウンドしはじめる。

馬堀を過ぎてから、フィアットは砂利道を外れ、左に折れて雑木林のなかの私道を海に近づいた。車輪の下で枯葉が砕けた。ガレージを出てから十五分ほどしかたっていない。

雑木林の次に松林があった。そして、松林の奥に煉瓦《れんが》造りの平屋が見える。その別荘風の平屋の先は断崖《だんがい》と海であった。

砂利を捲きあげ、フィアットは建物の前にとまった。

「着いたぜ、降りるんだ」

坂本は朝倉の顔からソフトを脱がせ、自分が一番先に降りた。

視力を取り戻した朝倉は左右に瞳を走らせた。野坂がエンジンをとめると、崖《がけ》の下で牙《きば》をむく波の咆哮《ほうこう》が急に高まった。

朝倉が車から降りると、それに吉村が続いた。手袋入れから百目《め》ローソクを出した野坂は、建物のドアを車のホイール・ナットのレンチでこじ開けた。屋内にローソクの灯をともした。

「あんたは知ってるかも知らんが、ここは長いこと空き家になっている。家主が夏のあいだだけ貸してるんだ。家主と海神組には何の関係もない。だから、警察だってここには目をつけてない」

坂本は笑った。星屑《ほしくず》の光を受けて、歯が蒼《あお》みがかって光った。

「分かるだろう？　後は海だ。墓穴を掘る手間がはぶける。それに、ここでブッ放したところで、誰《だれ》にも聞かれない」

坂本はブローニングの銃口を朝倉の顔に向け、親指で安全弁を引き外した。

朝倉はかすかに笑った。銃声が局外者に聞かれない場所なら、自分にとっても都合がいい。

「俺《おれ》のいうことを信用しないのか？」

言うと共に、坂本はいきなり朝倉の足許に向けてブローニングの引金を絞った。

夜なので、銃口や排莢子孔《はいきょうしこう》からほとばしった閃光《せんこう》はオレンジ色を帯びていた。軽く開いた朝倉の足のあいだから砂煙があがり、見えない爪で引っかいたような長い溝《みぞ》を地面に掘った弾は、跳弾《ちょうだん》となって松林のなかに消えていった。

朝倉は動かなかった。だが、ここでこれ以上、坂本を怒らすのは危険だ。ガックリと肩の力を抜いて見せて、

「分かったよ。屋内に入ればいいんだろう」

と、呟《つぶや》く。

銃声を聞いて、野坂が戸口に跳び出してきた。何でもない、と言うように左手を振った坂本は、

「分かったんなら、グズグズするな。こんな所に立ってたら俺が風邪《かぜ》を引いちまう」

と、鼻で笑い、拳銃に安全弁をかけて腋《わき》の下のホルスターに仕舞う。

三人の男は、屋内に入った。ポーチの奥が十五畳ほどの洋室だ。家具は何も無かった。

風が、男たちの背後で玄関のドアを閉じた。

野坂がともして暖炉のマントルピースに置いたローソクが、黄色っぽい光を放ち、男たちの影を怪奇に引きのばしている。電線は来ているのだが、空き家のあいだは、受電を断わっているのであろう。

隣の部屋との境いの壁に向けて朝倉は立たされ、その前に四メートルほど離れて海神組の三人が並んだ。

「さあ、しゃべるんだな。さっきとは質問を変えよう。貴様のような傭《やと》われ者の名前を尋《き》いたところでしょうがない。三浦組は、貴様のような男を何人傭った？」

坂本は尋ねた。

「…………」

朝倉は口を開かなかった。

「まあ、いい。口を噤《つぐ》むだけ、貴様を痛めつける楽しみが増えると言うもんだ。その返事はあとでゆっくり聞くとして、次の質問に移ろうか。三浦はこの二日ほど前から、地下にもぐってしまったらしいな。俺たちに狙《ねら》われてるのを知って、地下から貴様たちを指図してるらしい。奴《やつ》はどこに隠れてるんだ？」

坂本は言った。

「さあね……」

朝倉は片方の眉《まゆ》を吊りあげた。

「そうか？」

ニヤリと笑った坂本は野坂を振り向いた。乾いた舌を舐《な》めた野坂は、内ポケットから刃渡り二十センチはあるであろう飛び出しナイフを取り出した。

吉村は、いつまでも拳銃を構えているのも貫禄《かんろく》が無いと思ったのか、スナッブ・ノーズの拳銃を尻ポケットに仕舞った。

坂本は野坂に顎《あご》をしゃくった。野坂はボタンを押して研《と》ぎすましたナイフの刃を飛び出させた。朝倉に歩み寄ると、左手でその髪を摑《つか》み、右手のナイフの切っ先を朝倉の喉仏《のどぼとけ》に当てた。

「どうだ、しゃべる気になったか」

と、興奮にしわがれた声で言う。

朝倉はそのチャンスを待っていたのだ。ナイフを避ける格好で体を斜めに開くと、素早くズボンのチャックを外した。その動作は、野坂の体のかげになって、坂本たちには何のことだか分からない。

開いたチャックのあいだからズボンの下の内腿《うちもも》に右手を突っこんだ朝倉は、隠していたコルト・スーパー拳銃を股間《こかん》から抜き出した。撃鉄を起こすのとほとんど同時に引き金を絞る。

三十八口径スーパーの発射音は部屋をゆるがせた。弾は野坂の胃から入り、内臓をグシャグシャにして肩胛骨《けんこうこつ》の上から背を抜けた。

10　海辺の花

野坂は、坂本たちに向けて、後向きに吹っとばされる前に死んでいた。己れの内臓と神経組織を破壊しさった三十八口径スーパー弾の与えた、焼けつくような激痛を味わうだけの余裕は無かったらしい。右手は長いナイフを握りしめたままであった。

坂本はすでに、ブローニングを腋の下のホルスターから抜きかけていた。だが、生命を失いながらも後にとんだ野坂の血と体重を受けてよろめく。

朝倉は素早くコルト・スーパーの狙いを、茫然《ぼうぜん》としている吉村に移した。吉村の喉笛から頸《けい》骨《こつ》を射《う》ちぬく。

坂本は、もがくような動作で野坂の死体を横に突き倒した。だが、目に野坂の血糊《ちのり》が入って、夢中で瞼《まぶた》をこすった。

朝倉の拳銃《けんじゅう》は、三発目の轟音《ごうおん》を響かせなかった。そのかわり、朝倉は撃鉄と撃針のあいだに親指を差しこんで暴発を防いでおき、拳銃で坂本の右腕を強打した。

坂本の手からブローニングが落ちた。床に当たった途端に暴発し、朝倉の肝《きも》を冷やさせたが、弾は煉瓦の壁を砕いただけであった。

目に侵入する血をぬぐい取った坂本は床に身を投げるようにして、左手でブローニング〇・三八〇を摑もうとした。

「よした方がいい」

朝倉は犬歯《けんし》をむき出して笑い、坂本の左の掌に全体重をかけて踏みにじった。

「…………」

絶叫をあげた坂本は床に腹這《はらば》いになっていた背を弓なりにのけぞらせ、突っぱらせた両脚を痙攣《けいれん》させた。激痛に意識を失って、鉛の塊のように床に転がる。

朝倉はやっと、坂本の左の掌から足を離した。その掌は骨がむき出しになり、その骨は砕けている。

朝倉は自分の拳銃の撃鉄を安全位置に戻しておき、ズボンのバンドに突っこんだ。坂本のブローニングは再び暴発する怖れがないので、部屋の隅に蹴《け》っとばした。さっきの暴発のとき、抵抗が無いために銃身後退がうまくいかず、次弾が突っこみを起こしているからだ。

吉村に視線を向けてみた。頸椎《けいつい》のなかの中枢神経を弾によって断ち切られた吉村には、救《たす》かる見込みはない。ローソクにゆらめく炎を受けて、その顔は死人に近づいていた。朝倉は三個の体がまとっている服をさぐった。三つの財布から有るだけの金を奪い、自分のポケットから奪われた品も取り戻す。現ナマで十四万ほどあった。そのうち、野坂からはフィアット二三〇〇のキー、吉村からは銃身の極端に短い回転式ディテクチヴ・スペシャルを奪った。

それが終ると、朝倉は床に転がっている、三十八口径スーパー弾の二つの空薬莢《からやっきょう》を拾ってポケットに仕舞った。弾体につくライフル・マークと称される条痕《じょうこん》だけでなく、撃針が薬莢の尻の雷管を叩《たた》くときに残る打撃痕や、抽莢子《ちゅうきょうし》がひっかく痕《あと》などもそれぞれの銃が明確な個性を持っているのだ。

次に朝倉は、野坂が死んでもなお強く握りしめている飛び出しナイフをもぎ取った。その柄についた自分の指紋をぬぐい、ハンカチをかぶせて持って、部屋の壁を調べてまわった。

野坂の背から抜けた一発も、吉村の首を貫いた次弾も、煉瓦の壁に浅くくいこんで潰《つぶ》れていた。朝倉はその二つを、ナイフの刃でえぐり出した。

ポケットにその二つの弾頭を仕舞い、朝倉は暖炉のマントルピースの上で、鈍い炎をあげているローソクを左手で取り上げた。その炎を、俯向《うつむ》けに倒れている坂本の髪に近づける。野天火葬場のような悪臭を放って焦げ縮れた髪は、ついに火に包まれた。

絶叫を絞りだして坂本は目を覚ました。潰された左手と内出血した右手で、燃える髪を叩きながら転げまわる。火が消えたとき、坂本の頭はアフリカン・ニグロのようになっていた。朝倉は坂本の苦悶《くもん》が少し鎮まるのを待って、声をかけた。

「どうやら、さっきと順番が違ったようだな。今度は俺のほうがあんたに質問する番だ」

「殺せ、畜生！」

坂本は、かろうじて声を出した。

「大時代なセリフは似合わないぜ。誰でも死ぬのは怖い。死んでしまえば、あんたがこの世の中にいたことなんか誰も忘れてしまうんだ。あんたが本当に勇気があるんなら、顔をあげて、さっきまではあんなに張り切っていた二人の仲間を見てみるんだ」

朝倉は言った。吉村も、もう呼吸をしていない。喉笛《のどぶえ》にあいた小さな孔《あな》から、かすかな呼吸のたびに漏れていた血も、いまは涸《か》れていた。

「何だと……」

顔全体を歪めながらも顔を起こした坂本は、吉村の首の後に開いた無惨な射出孔を見ただけで、ガックリと首を垂れた。床に頬を圧《お》しつけ、とめどもなく涎《よだれ》を垂らして固く瞼を閉じているさまは、過度の情事のあとさえも想像させる。

蠟《ろう》が手首に垂れてきたので、朝倉はローソクをマントル・ピースの上に戻した。その光を背にして暖炉にもたれる。

「言う。殺さねえと言うんなら、何でもしゃべる。頼む、殺さねえでくれ」

しばらくして、坂本がかすれた声を出した。

「よし。あんたと組長の関係は？」

朝倉は尋ねた。

「社長……組長の左腕だ。分かってるくせに、何でそんなことを尋ねる？」

「尋ねてるのは俺だ。続けろ」

「組長は、大物になってからは、自分では直接に手をくだされえ主義なんだ。組長が、誰かが邪魔だと言うと、俺がそいつを片付けることになっている」

坂本は、あまり無理しなくても声が出るようになってきた。

「よし。じゃあ尋《き》くがこのあと誰がここに来ることになってるのか。あんたが俺を殺《や》りそこなったら困るので、助《すけ》っ人《と》が来ることになってるんだろう？」

「違う。俺は今までやりそこなったことはなかった。助っ人なんか要《い》らなかった。あんたがどこに拳銃を隠してたのか、まだ分からん。俺自身で、あんたの体を調べなかったのが失敗のもとだった」

坂本は呻《うめ》いた。

「手品でシルク・ハットから取り出したのさ――」

朝倉はニヤリと笑い、

「さっき、三浦組の組長が雲隠れしたと言ってたが、どこに隠れたのか見当はついてないのか？」

と、言った。

「あんたは、三浦組の傭《やと》われ者じゃなかったのか！」

「俺の口から、そんなことを聞いたことがあったか？」

「やっぱし、そうじゃなかったのか！　どうもおかしいと思ってた」

坂本は唸《うな》った。

「それで?」

「三浦の隠れ場所は、まだ分からん。あんたは、どこの組の者なんだ?」

「新宿のある団体の者とだけ言っておこう。麻薬をまとめて買いたいんだ。こっちは現ナマならタップリある。あんたの所には薬《ヤク》が唸ってる。まず、千五百万ほどの取り引きからはじめたい。もし、あんたが俺の立場ならどうする?」

朝倉は真剣な声で言った。

「どうするって……俺があんたなら、ブローカーを通して話をつける。うちの海神組は、チンピラを養うために小売りをやる以外には、都内の連中とは直接取り引きしないことは知ってるだろう。それなのに、何でそんなに横紙破りのことをやるんだ」

坂本は喘《あえ》いだ。

「直接取り引きしなければならんわけがあるんだ。俺たちが大量に薬《ヤク》を仕入れたことがほかの組に知られると、まずい事になる。だけど、一応ブローカーの名前と居所を聞きたいもんだな」

「知らないのか?」

「俺たちの知らないブローカーかも知れんからな。本当のことを言おう。俺たちの組と海神組は、これまで一度の取り引きもなかったんだ。俺たちがあんたたちの組から薬を仕入れることを喜ばねえ連中がいてな……だから、今度も、俺の名前も俺たちの組の名前も秘密ってわけだ。それを、あんたたちが三浦組の者だとカン違いして、無用の死人を何人も作ってしまった。何日だか前に、路地でカービン銃をブッ放したのはあんたたちかね?」

「俺のやったことだ。あんただって、組長から命令を受けて動いてるんだろう？」

坂本は自嘲《じちょう》的に顔をさらに歪めた。

「そう。お互いさまだ。だから、俺とあんたのあいだには、個人としては何の恨みも無いはずだ。そりゃ、髪に火をつけたりして悪かったと思ってる。だけどな、俺だって殺《や》られる寸前まで追いつめられたんだ。内心は怖くて怖くてたまらなかった。あんたを動けなくなるまで痛めつけとかないと、安心出来なかったんだ……まあ、勘弁してくれよ。ところで、ブローカーのことだが……」

「うちの組が仕入れた薬《やく》を扱っているのは、市会議員の磯川《いそかわ》だ。大物だ。市会でも実力者だし、市長とも密接な関係がある。それに、県の公安委員もやってるから、誰もうかつには手が出せねえ。あの人の住所は、塚山公園の近くだ。誰に尋いてもすぐ分かる。もっともあの人が薬を扱ってることを知ってる者は滅多にいない筈《はず》だが……」

「信用するよ。それで、その市会議員に薬の斡旋《あっせん》を頼むときには？」

朝倉の瞳が細まった。ナイフを捨てる。

「アスピリンを買いたいんだが、先生に口をきいて頂けないだろうか、と言えばいい。そうすれば、あいつはグラム当たりいくらなら買うと尋き返してくる」

「相場は？」

「グラム一万五千だ。俺たち海神組は、奴にグラム一万で渡すんだが、奴に渡してしまえば、あとの心配をしなくてもいいからな」

「なるほど。それで、あんたの組の組長は何て言う名前だったたっけな」

「島崎だが、組長がどうしたって言うんだ？」

坂本は言って、左の掌の傷を舐《な》めた。

「おい、あんた本当に玄人《くろうと》なのか？　拳銃の腕だけは玄人以上だけど、どうもあやしくなってきた」

坂本は呟いた。

「これで質問は打ち切りだ。悪かったたな。さあ、クラブまで送ってやろう。一人で立てるか？」

朝倉は愛想よく言った。

「本当に、俺の命を、助けてくれるんだな？」

坂本はわめくように言い、歯をくいしばって立ち上がった。朝倉は、ズボンのバンドに差したコルト自動拳銃を抜くと同時に親指で撃鉄を起こして、引金を絞った。

坂本の顔に、信じられないとも、無念ともつかぬ表情が急激に浮き出たが、それと共に、体のほうは心臓に一発くらって尻餅《しりもち》をついた。焦げた頭がゆっくりと垂れ、顎《あご》が胸に埋まると、前のめりに床に転がった。

撃鉄安全をかけた朝倉は、拳銃を再びズボンのバンドに差しこみ、はじき出された空薬莢《からやっきょう》を拾いあげた。薬莢はまだ熱かった。

坂本の背広の背の一点が鉤型《かぎがた》に裂けている。射出孔だ。朝倉は安堵《あんど》の溜息《ためいき》を漏らした。盲貫でないから、そう苦労なく弾を回収出来るであろう。

予想通り、弾はドアに刺さっていた。それをナイフで抉《えぐ》り出した朝倉は、ローソクを吹き消して別荘から出ていった。

潮風に吹きさらされたフィアット二三〇〇は、エンジンの冷却水が冷えきっていた。野坂から奪ってあったキーでエンジンをかけた朝倉は、一、二分ほど空ぶかしをしてから発車させた。蹴《け》とばされたようにスタートした車は車輪がスピンし、砂塵《さじん》を捲《ま》きあげた。

松林と雑木林を抜けるとガタガタ道であった。それを抜けて久里浜街道を北上し、横須賀の街に入っていく。

これまでの聞き込みで、三浦組の幹部連中の溜《たま》り場《ば》が、日の出町の港に近い料亭〝小菊〟であることを朝倉は知っていた。朝倉は〝小菊〟に向けて、ゆっくりと車を走らせる。時刻は午後十一時半を過ぎていた。

料亭〝小菊〟は、飲み屋街から少し孤立した場所にあった。黒く高い石塀《いしべい》に周囲をかこまれていて、内部の様子を伺い知るすべもない。

朝倉は、料亭の塀から少し離れた暗がりに車をとめた。ライトを消し、エンジンだけを低くアイドリングさせながら待った。

幾組かの男女が、料亭の門を出入りした。しかし、三浦組の男はそのなかにいない。朝倉は、三浦組の事務所のほうに車を廻してみようかと考えた。三浦組の事務所は、そこから歩いて三、四分の場所にある。

発車させようとギアをローに入れたとき、料亭の門からソフトを目深にかぶった瘦身《そうしん》の男が歩み出た。アストラカンのオーバー・コートの襟《えり》を立てている。

門灯にわずかに浮きあがったその横顔を見て、朝倉はギアを中立に戻した。車から降りると、足早にその男を追うが、ほとんど足音も立てない。

その男には、二つ目の角を曲がったところで追いついた。男は追われていることを本能的に知ってか、右手をコートのポケットに深く突っこんで、待っていた。

「何か用でもあるのか?」

と、先手を打って圧し殺したような声で尋ねてくる。

「三浦組の福家《ふけ》だな?」

朝倉は静かに尋ねた。

「それがどうした……」

福家は頰を歪《ゆが》めて笑った。午前零時を過ぎたこの裏通りは、ここ五分ほど人通りが絶えている。

「横浜東署の者だ。黄金町で起こった麻薬販売の参考人として、横須賀署までご足労願えませんでしょうか?」

言いながら、朝倉は福家の右側に廻りこんだ。左手をのばし、左手で福家の右肘《みぎひじ》の関節のくぼみを摑《つか》む。神経のツボを押えられたので、福家の右腕は痺《しび》れて動かない。

「放せ。笑わせるな。俺には身に覚えのないことだ。俺から何かを尋《き》き出そうとするんなら、ちゃんと逮捕状を持って出直してくるんだ。証拠があるんなら、逮捕状を判事さんが出してくれる筈だぜ。ともかく、その手を放すんだ——」

福家はせせら笑った。ベッと唾《つば》を吐いて、

「それに、警察手帳を見せねえとはご挨拶《あいさつ》だな」

と、付け加える。

「さあ、行きましょう。パトカーが待っている」

朝倉は、料亭の裏手のほうに福家を引っ張って行こうとした。

「嫌《いや》だね。俺はテコでも動かねえ。大きな声でわめいてやる。貴様は悪徳刑事だな。そうだ、海神組に使われてるんだ。海神組からは、いくらもらった。ケチ臭いゼニに目がくらんで、無実の罪で俺をブタ箱にブチ込もうたって、そうはいかんぜ」

福家は仁王《におう》立ちになった。切れ長の瞳《ひとみ》と、水商売の女に騒がれそうな浅黒い顔を持っている。

「なるほど——」

呟いた朝倉は、素早く右手を福家の右のポケットに突っこんだ。ポケットのなかから小型の自動拳銃を取り上げ、

「これだけでも三か月間は喰わせて見せる。銃器不法所持罪だ」

と、ニヤリと笑う。拳銃はベレッタの三十二口径であった。

「馬鹿なことを言うな。法廷では面白いことをしゃべって見せる。そのハジキは俺のものでない。たとえ、そいつに俺の指紋がついたところで、それは貴様が無理やりに俺の手をとって指

紋を押しつけたものだ、と言ってやる」

「分かった。何とでも証言しろ。さあ、パトカーまで歩くんだ」

朝倉はベレッタを自分のポケットに移した。

「嫌なことだ。誰が貴様の言いなりになるもんか。さあ、消えろ。さっさと行かねえと、貴様が、海神組からゼニをもらって俺を捕まえに来た、と大声で叫んでやる」

福家は吐き出すように言った。

朝倉は、ズボンのバンドに差していた三十八口径の自動拳銃を抜き出した。

「よし、動かないんなら、ここで片付けてやる。貴様が抵抗して、俺より先に射《う》ってきたという事にする。あとで、死体には貴様のハジキを握らせておいてやるさ。無論、握らせてから空に向けて二、三発射たせてやる。刑事って者は、合法的に殺しが出来るってことを教えてやる」

朝倉の瞳は、危険な光を帯びて細められた。

福家の顔から血が引いた。はじめに膝《ひざ》が小刻みに震えだし、次いでそれは歯にまで及んだ。

「い、行きます。どこにでも行きますよ。射たねえでくれ」

「はじめっから大きな口を叩《たた》かなけりゃよかった、と思うだろう？」

朝倉は鼻で笑い、料亭の裏を通って、福家を自分が乗ってきた海神組のフィアット一三〇〇に連れていった。

11　尾行

「あんた、本当に刑事なのか？」

フィアット二三〇〇に連れてこられた福家は、怯《おび》えきった声を出した。

「静かにするんだ。さあ、早く乗れ」

朝倉は助手席のドアを開いた。

幾度か絶望的に救いを求める視線を左右に走らせてから、福家はのろのろとシャープな機能美を持つフィアットの助手席に乗りこんだ。膝の震えがとまらない。

朝倉は後席のドアを開き、そこから車内にもぐりこんだ。車の前や後を廻って運転席に入ったら、その隙《すき》に福家が逃げるかも知れなかった。

朝倉は手錠が欲しかった。手錠があれば、それで福家の手首と足首を簡単につなぐことが出来る。一動作で福家の自由を奪えるのだ。だが、今は仕方がないから、福家の後頭部を拳銃の銃身で一撃した。

反射的に両手を頭に走らせながら、福家はシートから転げ落ちた。前席のシートの背をまたぎ越えた朝倉は、福家のズボンからバンドを外し、それで福家の両手首を背後に縛った。助手席に、なるべく自然な格好をとらせて坐らせる。

エンジンを掛けた朝倉は、慎重にアクセルとクラッチを合わせ、ゆっくりとフィアット・ベルナーリを発車させた。料亭〝小菊〟を遠ざかると、蹴とばすような加速に移した。

フィアットは、来た道を戻って、馬堀の先の雑木林をくぐり、松林を通って煉瓦《れんが》造りの別荘の前に着いた。すでに、午前零時を過ぎている。

福家は、横須賀の市街を抜ける頃から意識を取り戻していた。はじめはもがいたが、やがて瞼を閉じて大人《おとな》しくなっていた。

だがその福家も、断崖《だんがい》を背にした別荘を見ると、必死の勢いで車のドアに体当たりし、窓ガラスに頭をぶちつけた。車窓ガラスにヒビが入り、福家の頭から血が流れる。

朝倉は、運転席から手をのばして、助手席側のドア・ロックを解いてやった。福家は自分の力でドアから転がり落ち、硬い砂に顔を突っこんで呻《うめ》いた。

車から降りた朝倉は、福家の後襟《うしろえり》を摑《つか》んで立たせてやった。そのまま、福家を建物のなかに押し込んでいく。

建物のなかは真暗であった。だが、饐《す》えたような血の臭《にお》いが鼻を刺す。朝倉は福家を突き倒した。

倒れた福家が悲鳴をあげた。人間のものとは思えないほどの声であった。死体の一つにぶつかったらしい。

ライターの火をつけた朝倉は暖炉に歩み寄る。マントルピースの上の、三分の二ほど燃え残った百目《め》ローソクに、ライターの火を移した。

海神組の三人の死体は、朝倉が立ち去ったときのままの様子で転がっていた。坂本の死体から、両手を背後に縛られたままの福家がもがき離れている。

「お気に召したかね？　あんたたち三浦組がどんなに憎んでも飽きたらぬ連中が、この通り魚《うお》河岸《がし》のマグロよりも無惨な様子で転がっている」

朝倉はマントルピースに片肘《かたひじ》を掛けて指を組み合わせ、穏やかな微笑を浮かべて福家に話しかけた。

「お、俺に何を要求する気だ」

床に腹這《はらば》いになっている福家は、荒い呼吸を鎮めることが出来なかった。

「命までは頂くと言ってない。俺が欲しいのは情報だけだ」

「嘘《うそ》を言え！　俺から何もかも尋《き》き出してしまったら、俺を、この連中と同じように片付けようと言うんだろう」

福家は喘《あえ》いだ。

「さあね。何なら、その通りにしてやってもいいぜ」

朝倉は穏やかな表情を崩さなかった。

「な、何をしゃべったらいいんだ！」

福家は首を持ち上げた。

「あんたたち三浦組の組長が、姿をくらましているそうだな」

朝倉は尋ねた。

「…………」

福家は首を垂れた。

「俺をまだ本物の刑事だと思ってるのか？」

「違う。どんなに汚れたデカでも、あんたのように汚れきったデカはいない。あんたがデカでなんかあるものか」

「その通りだ。俺はポリじゃない。ポリじゃねえから、懲罰委員会にかけられることもない。威嚇《いかく》射撃で実包をブッ放した程度でも、何十枚も始末書を書かされることもない。さあ、言うんだ。三浦はどこに隠れてる？」

朝倉は静かに言った。

朝倉の態度の静かさが、ますます無気味さを福家に感じさせたらしい。福家の全身に大きな震えが走った。しかし、福家は、

「知るもんか。たとえ知ってても、しゃべることは出来ねえ。俺がしゃべったことが知れたら、なぶり殺しになる！」

と、わめくように答える。

「お目出たい男だな。あんたがしゃべらねえって言ったからって、俺がそのまま引きさがる男だと思ってるのか？　俺が引きさがるときには、あんたをなぶり殺しにするだけでは済まさんぜ」

朝倉は微《かす》かに皎《しろ》い歯を閃《ひらめ》かせた。

長い沈黙があった。建物の煉瓦壁を通して、波が岩に嚙《か》みつく響きが伝わってくる。

「組長は、東京に隠れてる」

福家は沈黙を破った。

「どこだって？」

「雪ケ谷の料亭〝根雪〟だ。組長の二号の一人が女将《おかみ》をやっている。その離れにいるんだ」

「本当だな？」

「〝根雪〟からは、車で二分もかからずに中原街道に出られる。中原街道を使えば、第二京浜よりも早く横浜に出ることが出来るから、連絡にも都合がいい。海神組の奴等は、組長が油壷《あぶらつぼ》か葉山に隠れてると思って別荘地を捜しまわってるが、かえって東京のなかに隠れると目立たない」

福家は言った。

「よし、そのことを俺が確かめるまで、あんたを帰さないぜ」

朝倉は言った。

「好きなようにしてくれ」

「ただし、あんたの言ったことが嘘だと分かったら、すぐにあんたには死んでもらう。もう一度、あんたに口を割ってもらうような面倒なことはしない。何も組長の居所を知ってるのは、あんただけではないからな」

朝倉は言った。

「本当だ。電話で組長に連絡するときは、須藤《すどう》の部屋につないでくれと言えばいいんだ。組長の名前は、向こうでは須藤ということになっている」

　福家は言った。

「信用しよう。これで、あんたは楽になれるぜ。ところで、三浦の家族は？」

「カミさんと娘が一人だ」

「なるほど……」

　朝倉は、部屋の隅に蹴《け》とばしておいた坂本のブローニングに歩み寄った。それを拾いあげ、遊底を強く引いて、突っこみを起こしている弾をはじき出す。遊底を戻し、次弾を薬室に送りこんだ。

「立てよ」

　と福家に命じる。

「嫌《いや》だ。あんたの考えは分かってる。俺に一発射《う》ちこんでおいてから、俺の手に別なハジキを握らせ、俺とその海神組の奴等が射ちあいで死んだように見せかけるんだな！」

　福家は声を震わせた。

「そう言ったところだ。なるべく苦しみを与えずに眠らせてやる。これは冗談じゃない。あんたは俺に協力してくれた。有り難いと思ってる。だから、一番楽な方法で、あんたの苦しみを消してやるのさ」

　朝倉の表情は、悩ましげでさえあった。

「嫌だ。俺は動かねえ。貴様が誰なのか分からんが、俺を殺《や》りたかったら背中から射ったらいいんだ。そしたら、貴様の完全犯罪の目論《もくろ》みは台無しになる」

呻《うめ》くような声を絞りだした福家は、頰を床にこすりつけ、ピッタリと腹這《はらば》いになった。

「そうか？」

朝倉は福家に近づいた。ブローニング〇・三八〇を握った右手はダランとさげている。

両手首をバンドで背後に縛られている福家は、腹這いの体を硬直させた。床に小水のシミと湯気がひろがる。

朝倉は左手で、福家の両手首のバンドを解いた。福家の体の下に自分の靴先《くつさき》を差しこみ、仰向けに転がそうとした。絶望的な勇気を奮って福家は、朝倉の片脚を摑んで力一杯に引っぱった。虚をつかれ尻餅《しりもち》をつきそうになった。

体を起こした福家が頭から突っこんできた。朝倉は危うくバランスを取り戻すと、素早く後に二、三歩さがり、ブローニングを握り直した。突っこんでくる福家に、銃口を接して引金を絞った。

福家の体から急激に力が抜けたようだ。目を一杯に開いたまま、朝倉に抱きつくような格好で倒れかかる。

福家と、それを受けとめた格好になった朝倉は見つめあった。福家の熱い息が朝倉の顔にかかる。だが、かすかに細められた朝倉の瞳に写った福家のそれは、瞳孔《どうこう》が拡《ひろ》がって表情を失っていた。

福家の膝《ひざ》が折れ、朝倉がさらに後にさがると、福家は朝倉の脚にすがりついた格好で前のめりに倒れた。弾は体内にとどまったらしく、出血はごくわずかだ。

福家の服をさぐって見ると、二重底になったシガレット・ケースのなかから五グラムほどのヘロインが出てきた。朝倉はそれを頂戴《ちょうだい》した。

ブローニングからハンカチで自分の指紋を拭《ぬぐ》った朝倉は、それを硬直した坂本の死体の手に握らす。福家のベレッタを抜いて慎重に狙《ねら》いをつけ、煉瓦壁から三十八口径スーパー弾をえぐり出したあとの二か所に射ちこむ。ドアの弾痕《だんこん》のあとにも射ちこんだ。

そのベレッタからも指紋を拭《ふ》いた。間歇的《かんけつてき》に搏《う》つ弱々しい脈が残っているだけの福家の手に握らせ、人差し指を引金にかけさせて発射させた。ベレッタは反動で福家の手からもげたが、福家の手に見えぬ火薬滓《かす》の微粉がついたのは確かだ。

部屋から自分の痕跡《こんせき》をすべて消した朝倉は、ローソクを持って建物から歩み出た。無論、ドアのノブについた指紋を拭い去るのも忘れない。建物から出ると、潮を孕《はら》んだ風がローソクの炎を吹き消した。


朝倉はフィアットを横浜で捨てた。タクシーを乗りついで、上目黒のアパートに戻った。三時近かった。

坂本たちから奪った十数万の金、福家のヘロイン、自分のコルト自動拳銃などを蒲団《ふとん》とマットのあいだに突っこみ、朝倉はベッドにもぐりこんだ。興奮の余韻というよりも、今夜自分のやったことが虚《むな》しい事に思われ、胸のなかがささくれだって寝つかれない。

浅く短い眠りから覚めてみると、朝の八時近かった。手早く服をつけた朝倉は濡《ぬ》れタオルで顔を拭うとアパートを出た。井の頭線と地下鉄を使って、定時前には京橋の会社に着くことが出来た。

昼休みのとき、朝刊に目を通したり、同僚のトランジスター・ラジオから流れるニュースに耳を傾けてみたりしたが、観音崎に近い、崖《がけ》ぶちの別荘から死体が発見されたという報道はなかった。朝倉は、昼食のラーメンを液までも残さずに啜《すす》った。

それでも、まだ空腹感は残っていた。会社を出て、裏通りの中華ソバ屋に入った朝倉は、隅のテーブルで焼飯と野菜スープを平らげた。

腹がふくれると、我慢出来ないほどの眠気が襲ってきた。朝倉は、勘定のほかに百円玉を女の店員に渡し、一時になる五分前に起こしてくれと言い置くと、テーブルに顔を伏せて眠りに落ちた。

店員に揺り起こされて目を覚ました。頭の芯《しん》が痺《しび》れていたが、会社まで歩くうちに頭が軽くなってきた。三十分にも満たない仮眠ではあったが、効果は覿面《てきめん》であった。

午後の仕事は、あいかわらず退屈であった。何もかも放擲《ほうてき》して、席を蹴《け》ろうという衝動と朝倉が闘っているとき、やっと終業のベルが鳴った。

四分後、ビルの玄関から吐き出されたホワイト・カラーの群れのなかに、朝倉の姿もあった。同じように、渋谷行きの地下鉄で通勤する同僚の石田と湯沢にはさまれていた。

「築地のホテルのロビーで、学校時代の友達と待ち合わせることになってるんだ。僕はここで失礼するよ」

地下鉄の地下道への入口で足をとめた朝倉は、二人に言いわけした。

「あんなこと言って、相手は女なんだろう」

「こっちにも紹介してくれよ」

石田と湯沢は朝倉をからかったが、後からつめかける人波に押されるように、地下道に消えていった。

朝倉は踵《きびす》を返し、室町《むろまち》に向けて歩いていく。室町一丁目の都電通りに面した貸しビルが目当てだ。その三階に、朝倉の上役の小泉経理部長がデッチ上げた南海薬事という幽霊会社がある。

すでに暮色に包まれ、ネオンが咲き乱れた都電通りには、車がひしめいていた。南海薬事のある貸しビルは、日本橋の橋と三越との中間あたりにあった。

朝倉は貸しビルと隣りあった時計屋のウインドーを覗《のぞ》く振りをしながら、視線を貸しビルの前のあたりに向けていた。

十五分ほどたって、プリンスのタクシーが貸しビルの前にとまった。その客席に小泉の顔を認めた朝倉は、素早く店内に身を滑りこませた。

タクシーを降りた小泉は、用心深くあたりを見廻してから、貸しビルのなかに入っていった。

愛想よく椅子《いす》を勧める店員に苦笑いを見せ、朝倉は時計屋から跳び出した。京橋寄りに三、四百メーターほど戻ってタクシーをつかまえる。クリーム色のブルーバードで、旧型のぼったりしたクラウンと共に、タクシーでは一番ありふれた種類だ。

「どちらに？」

乱暴にドアを閉じると、即座に発車させながら運転手は尋ねた。三十二、三歳のずんぐりした男だ。

「真っすぐだ」

朝倉は答えた。

ローで引っぱった運転手は、妙な手つきでセカンドをとばしてトップにギアを放りこみ、カラカラとエンジンのノッキング音をたてて車を進めていく。

「ここでいい」

貸しビルの手前五十メーターほどの所で朝倉は言った。

「ここですか？」

急ブレーキを踏まれたタクシーは、後続車のクラクションのわめきを無視して強引《ごういん》に歩道に寄った。

「ここで待っていてくれ。俺も車内で待ってる」

車がとまったとき、朝倉は言った。

「困るな。そこの標識が読めないんですかい？　それに、あたしにとっては稼《かせ》ぎ時なんですぜ」

運転手は鼻を鳴らした。

「駐車禁止とは書いてあるが、停車禁止ではないだろう。ポリに目をつけられたら、一寸刻みに動いてくれ。無論、あんたに損はかけないさ」

朝倉は助手席に千円札を二枚投げこんだ。今日は軍資金が豊富だから心強い。

「でもね、お客さん……」

千円札を拾いあげた運転手の口調が柔らいだ。

「分かってる。それはチップだ。メーターは、待ちにしておいてくれ。料金は別に倍額払う」

朝倉は言った。

「これは、どうも……」

運転手はバック・ミラーに頭をさげた。さり気なくメーターを待ちに直す。

居坐っているタクシーに、後から来る軽自動車や単車は、ほとんど例外もなくクラクションの罵声《ばせい》を浴びせた。車窓に顔を寄せ、馬鹿野郎とわめいて去るカミナリもいたが、運転手も朝倉も平然としていた。

だが、肝腎《かんじん》の小泉は、なかなか貸しビルから出てこない。自分がタクシーを拾っているまに、小泉は立ち去ったのではないか、と朝倉は思いはじめた。

三十分もたつと、運転手も次第に落ち着きを失ってきた。

「待ち人来たらず、といったとこですな。ほかの車がうるさくてかなわん。出発しましょうや」

と、バック・ミラーのなかの朝倉の顔色を窺《うかが》う。

「まあ、待て。もう少しだけ待ってみよう」

朝倉は答えた。あと三十分待って、小泉が出てこなかったらタクシーから降りようと思った。

「そうですか……」

運転手は、ふてくされた顔つきでタバコをくわえた。

小泉が貸しビルから姿を現わしたのは、運転手が二度目の催促をしたときであった。小泉は歩道の端に立ち親指を立てて、流しのタクシーを探す。

「あの男だ。奴《やつこ》さんが車を拾ったら、そのあとをつけてくれ。奴さんは何度か車を乗りかえるだろうから、撒《ま》かれないように頼む。成功したら別にまたチップをはずむ。言いおくれたが、俺は興信所の者だ」

朝倉は、はずんだ声で言った。

「まかしといてください」

運転手は答えると、灰皿《はいざら》にタバコの吸殻《すいがら》を捨てるついでに、メーターを走行に直した。

12　女

小泉はプリンスのタクシーに乗りこんだ。朝倉はブルーバードのタクシーのなかで身を低くした。

青色に塗られたプリンスのタクシーが発車すると、ブルーバードのタクシーは数十台の車をはさんでそれを追った。強引な割り込みで間隔を縮めていく。

バック・ミラーのそばに貼《は》られたプレートから見ると、ブルーバードの運転手の名前は江口と言うらしい。次の信号機の所に来たときには、二つの車の間隔は三十メーターほどになり、あいだには、十台ぐらいの車をはさむだけになっていた。だが、青塗りのプリンスが交差点を渡った途端、信号は黄色になった。江口は信号が赤になっても、無理やりに交差点を突っ切った。警官でも出ていたら、パクられるところであった。

プリンスのタクシーは須田町で左折し駿河台下《するがだいした》のスーパー・マーケットの前で小泉を降ろした。

その店は混んでいた。用心深い小泉がそのなかで時間を潰《つぶ》すのを計算した朝倉は、江口に車を待たせておいた。

十二、三分ほどして小泉は外に出た。クラウンのタクシーを拾う。江口の運転するタクシーは、適当な間隔を保ってそれを尾行した。

小泉が次に降りたのは、閉店間際の新宿I……デパートであった。朝倉は舌打ちした。

小泉が、そのままデパートのなかを素通りすることは分かっている。だが、小泉がどの出入口から抜けるかは見当がつかない。

「奴さん、ひょっとすると、デパートの駐車場の方に廻るんじゃないですか。そうだとすると、このラッシュじゃ下手すると車なら十分はかかる」

江口は朝倉に言った。

「仕方ない。俺もここで降りる。御苦労だったな」

朝倉は、メーターに出た料金の倍額とチップを合わせて千円札を助手席に放りだし、タクシーから降りた。ガード・レールをまたぎ越える朝倉の背に、

「せいぜい頑張《がんば》ってくださいよ」

と、江口が揶揄《やゆ》するような声を浴びせた。

朝倉は吐き出される人波にさからってデパートに入った。鋭い視線は、小泉が階段を地下売場に消えようとするのを見つけた。

朝倉はエスカレーターを使って地階に降りた。I……デパートの地下二階は主に食品と自動車の売り場になっており、地下通路で道をへだてた駐車ビルと結ばれている。

小泉は、閉店の準備で店員が戦場のような騒ぎを演じている洋酒売り場で、九千円を払ってジョニー黒を包ませた。それを抱えて、駐車ビルに通じる連絡口に歩く。

蛍光灯《けいこうとう》が白々しく輝く地下通路には、人影は少なかった。一瞬のうちに心を決めた朝倉は、駆けるようにして一階に戻り、デパートの横手の出入口から出た。

人と車で身動きならぬほどの通りをはさんで、屋上にも車が一杯に並んでいるデパートの駐車ビルが見える。

朝倉は、だがデパートの横手の出入口から出た所で足をとめた。駐車ビルの車の出入口は、朝倉から見えるそれだけであるし、道路は三越側に向けての一方交通になっているから、駐車ビルから出た車は、朝倉の前を通らなければならないのだ。

それに、いま朝倉が立ちどまったあたりは、ハイヤーやタクシーなどの営業車が客を乗り降りさすための待合場にもなっている。

今も数台のタクシーが客を降ろし、別の客を拾っていた。新宿も駐車難であるから、自分の車や会社の車をこの駐車ビルにとめておいて、タクシーを使って商用を済ます者も多いのだ。デパートで何でも買い物をすれば、二時間までは駐車料はタダであるから、タクシー代を払っても大した損にはならない。

朝倉は、客を降ろしたヒルマンの個人タクシーに乗りこんだ。

「友達を待ってる。これはメーター料金と別口だ。取っといてくれ」

と言って、千円札を中年の運転手に差し出した。

「こんなに頂いては悪いですな……待つぐらい、お安い御用ですよ。どうせこのラッシュじゃ、走らせように も走れませんや」

運転手はヒルマンを車寄せの上に乗りあげさせてタバコに火をつけた。

朝倉は後のシートで体を斜めに開き、駐車ビルの出入口に視線を向けている。小泉が出てきたのは、十五分ほどたってからであった。

小泉は、クロームのお城のような巨大なクライスラーの最高級車インペリアル六十二年型の後部シートにふんぞり返っていた。ハイヤーではなく、白ナンバーであった。

お抱えらしい運転手は、制帽こそかぶっていなかったが、お仕着せじみた暗色の背広に白い手袋をつけていた。二十八、九歳の鋭い瞳を持つ男だ。

そのインペリアルが、朝倉の乗ったヒルマンの横を通るとき、朝倉は車のフロア・マットにわざとライターを音たてて落とし、かがみこんでそれを捜すふりをしていた。だから、小泉は朝倉に気付かなかった筈《はず》だ。

巨体をゆすりながら、インペリアルがゆっくりと通りすぎると、朝倉は体を起こした。

「予定変更だ。あの外車を尾行《つけ》てくれ。あの車でふんぞりかえっている奴は、うちの会社に不渡り手形を摑《つか》ました奴なんだ」

と、運転手に言った。

「あの車なら尾行るのには楽ですよ」

個人タクシーの運転手は答えて、ヒルマンをスタートさせた。

横幅二メーターを越し、長さ六メーター近いインペリアルは、背の低さをのぞけば、ちょっとしたトラック並みの図体だ。車のラッシュのなかでは、著しく敏捷《びんしょう》さを欠いた。

二十分ほどかかって、インペリアルは新宿東口と西口をつなぐ大ガードをくぐり抜け、青梅街道をすぐに左折して甲州街道に入った。代々木初台の手前で環状六号を左に折れ、半キロほど行って再び左折し、代々木の住宅街に入っていく。

インペリアルがとまったのは、初台と参宮橋の中間のあたりにある低い丘の上であった。そこにそびえる参宮マンションという分譲式高級アパートの前だ。

朝倉はインペリアルのドアが開くのを見とどけると、マンションの前をタクシーを素通りさせ、二百メーターほど過ぎた所でタクシーを捨てた。

参宮マンションは十階建てであった。建物の長さは百五十メーターほどもある。背後に小さな公園のような庭をひかえ、前庭は噴水のついた池と駐車場になっている。

マンションの構内は鉄柵《てっさく》で囲まれ、意外なほどの近さに神宮内苑《ないえん》の杜《もり》が見えた。マンションョンのなかの続き部屋は何室構成になっているのか知らないが、一軒の分譲価格は一千万を越すだろうと朝倉は思った。

小泉は、すでに車から降りて建物のなかに入ったらしく、姿は見えなかった。お抱え運転手はインペリアルをパーキング・ロットに収め、車を降りてマンションの地階に直通する出入口のほうに歩いていく。このようなマンションは、地下にレストランやバーや理髪店などがついているのだ。

閉じられたことが無いらしく蝶番《ちょうつがい》の心棒が錆《さ》びかけている門を通り、朝倉はパーキング・ロットに歩んだ。インペリアルの運転手は建物のなかに消えた。

パーキング・ロットは白線で区切られ、百台近い収容能力がある。いまは三十台ほどの車が、まばらにとまっていた。

建物から漏れる灯は前庭を鈍く照らし、要所要所には常夜灯が立っていたが、前庭に人影は見当たらない。朝倉は、駐車している車の後を廻ってインペリアルに近づいた。

インペリアルの後に立った朝倉は、ハンカチとポケット・ナイフをポケットから出した。ハンカチを後の左車輪のチューブの虫ピンをおおったゴム・キャップにかぶせ、指紋を残さずにキャップを外した。ナイフの刃先を虫ピンに当てて力をこめると、チューブのなかの空気は音を立てて逃げはじめた。

そのタイヤがペシャンコになってから、朝倉はゴム・キャップをもとに戻した。同様にして前の左車輪の空気も抜く。車の巨体は左に傾いた。

インペリアルを離れた朝倉は、それから十台ほど右に接近して並んでいる二台の国産車の後に移った。

寒気が空腹感を煽《あお》った。だが朝倉は、ほとんど身じろぎもせずに、マンションの窓々を見つめて待った。窓々は灯をつけ、灯を消し、パーキング・ロットには車がとまり、車が出ていった。

小泉のお抱え運転手が、前庭に姿を現わしたのは三時間ほどたってからであった。インペリアルに近づくにつれて足を早める。タイヤが潰《つぶ》れているのを見つけたのだ。

左の前輪と後輪を軽く靴先《くつさき》で蹴《け》とばしてみた運転手は、罵声《ばせい》を漏らしていた。車のトランクを開きかけ、建物のほうに駆け戻る。トランクに積んでいる予備のタイヤは一つだから、修理屋を呼ばなければならない。

マンションの中央玄関の所で、運転手はエレベーターから降りてきた小泉と顔を合わせた。運転手がインペリアルのほうを指さして、小泉に何か言っているのが朝倉に見える。

小泉の顔に疲労の翳《かげ》が濃かった。大儀そうに腕時計を覗《のぞ》いてから、エレベーターに戻った。運転手は、ロビーにある赤電話の受話器を取り上げた。

運転手がインペリアルに戻ったとき、朝倉は彼からは見えない位置に体をずらしていた。運転手は車のトランクを開き、車をジャッキ・アップすると、潰れた二つの車輪を外した。前輪は予備のと付けかえ、後のは車の前に転がした。タバコに火をつけ、苛々《いらいら》した表情で待っている。

軽四輪のライトバンに乗った修理屋の若い男がやってきたのは、それから五分ほどたってからであった。運転手も修理屋も、チューブ自体が傷ついてはいない事を知らないから、修理屋はレンチとハンマーでタイヤをリムから外しはじめた。

その音は、かなりの大きさで響いた。朝倉は視線を建物のほうに向けている。計算した通り、幾つかの窓のカーテンが開かれた。

朝倉の視線は、七階の中央寄りの窓に釘《くぎ》づけになった。カーテンが開かれたその窓に写った二つの人影にだ。

逆光でシルエットになっているとはいえ、動物的なほど鋭い朝倉の視力は、その一つが小泉経理部長のものであることを見誤らなかった。

小泉と並んでいるのは、髪を乱し、ガウンの胸許《むなもと》を開いた若い女のものだ。背は高く、冷たく整った顔に、まくれあがった唇《くちびる》が印象的であった。

カーテンはすぐに閉じられ、二つのシルエットは消えたが、これで朝倉は今夜の目的を果たした。

朝倉はタイヤに取り組んでいる修理屋と運転手を横目で見ながら、マンションの構内から歩み去った。

翌日の朝刊を見ても、観音崎に近い崖《がけ》ぶちの別荘で朝倉が殺した四人の死体は、まだ発見されていないらしかった。

かえって朝倉は不安になった。しかし、坂本からの連絡が無いので、別荘に押しかけた海神組の連中が、坂本たちの死体を発見して驚き、それを密《ひそ》かに処分したことも十分に考えられる。朝倉はそう自分に言いきかせて、いつものように会社へ出た。

小泉部長は、朝倉に尾行されたことに気がついてはいないらしい。気付いているにしても、少なくとも表情には出さなかった。

昼休みの時間に、朝倉は歩いて四、五分もかからぬ西銀座六丁目にある西銀座建設の事務所を訪ねた。

西銀座建設は、参宮マンションのほかに都内に五か所のコーポラス、熱海と強羅《ごうら》には温泉付きの集団別荘式コーポラスを経営している。西銀座の事務所が本社であるから、自前のビルでも構えているのかと思ったが、訪ねて見ると小さな貸しビルの一階であった。廊下に一番近い応接室の飾りつけも泥臭かった。各コーポラスの模型が、箱庭細工のように並べられている。

そこで朝倉は、貯金でも出来たら買いたいのだが、と言って西銀座建設が経営している都内の各コーポラスのカタログを手に入れた。他人の名刺を使ったし、東和油脂のバッジは襟《えり》の裏側につけているから安心だ。

蝶《ちょう》ネクタイをしめたセールスの男は、朝倉を冷かし客と見て、薄笑いを浮かべるだけで、契約を迫ったりはしなかった。

早々にそのビルを出た朝倉は、自分の社に戻る途中で、参宮マンションのカタログをのけた残りをゴミ箱に放りこんだ。

東和油脂の社の近くに戻っても、一時にはまだ十五分ほどあった。朝倉は馴染《なじみ》でない喫茶店に入って、参宮マンションのカタログを開いた。ペンキ絵のようなカラー写真がたっぷり刷りこまれている。一階から八階までは十二畳、八畳、六畳二間、四畳半、それにダイニング・キッチンとバス・トイレ付きが一組になって千百万から千二百万。九階と十階は二十畳、十二畳、八畳二間、六畳、四畳半などで千五百万から千六百万だそうだ。無論、そのほかに冷暖房費、地下二階の物置き使用費、駐車場使用料などを合わせて、月に三万は捲《ま》きあげられる仕掛けになっている。部屋は六畳以上は洋室になっている。地下一階は店だ。

だが朝倉が知りたいのは、小泉の女の住んでいる部屋であった。階ごとに分けて描かれたマンションの平面図と前面から見た図から考えて、それは七Gという続き部屋であった。千二百万の口だ。

朝倉はマンションの構造と七Gの続き部屋の間取りを頭のなかに刻みこみ、カタログを丸めてポケットに突っこんだ。

ぬるくなったコーヒーを、一口に飲み干して喫茶店を出る。参宮マンションのカタログもゴミ箱行きになった。

午後の小泉は、電話に出たり、ほかの部課に廻っている間のほかは居眠りをしていた。タヌキ寝入りではないらしい。

名義はどうなっているのかは知らないが、千二百万もの部屋を女に与え、女との情事に老いの炎を燃やす小泉は、ますます朝倉にとって絶好の獲物《えもの》に見えてきた。あの女は、いまの小泉にとっては何物にも替えがたいものであろう。

あとは、あの女の身許を突きとめ、何とかして近づくのだ。そして、女を俺の人形にする。社長の妻の妹を妻にして、出世コースに乗った小泉が情事のバレることを怖《おそ》れないはずはない。社長と共謀で会社の金を掠《かす》めているのとは別口に、甘い汁をたっぷりと吸っていることが露見したのでは窮地に立つ……。

冷酷な計算にふけりながらも、朝倉の手は精神に関係なく、計算器とペンを動かし続けた。

長い時間が過ぎ、終業のベルが鳴った。同僚たちと共に地下鉄の満員電車で揺られた朝倉は、渋谷で彼等と別れ、井の頭線を使って上目黒の自分のアパートに戻っていく。

部屋は冷えきっていた。隣室で鯖《さば》を焼く煙がドアの隙間《すきま》から侵入してくる。朝倉は安ウイスキーをラッパ飲みすると、棚《たな》に残っていた三つの鯨の缶詰《かんづめ》の蓋《ふた》を開いて、ガス台の火にかけた。

胃のなかで落ち着かなかったアルコールも、煮えたぎった鯨肉が胃に送りこまれてくると、ゆっくりと血管にまわりはじめた。朝倉は服を脱ぎ、身震いしながらベッドにもぐりこむ。蒲《ふ》団《とん》とマットのあいだに、コルト自動拳銃、福家《ふけ》から奪ったヘロインの小包、坂本たちから奪った十数万の金などが無事に眠っているのを見とどけて溜息《ためいき》をつく。

小泉の女に近づく前に、自分にはどうしてもやらなければならぬ仕事が待っている……と朝倉は考える。自分の暗い顔を覚えているミリオン・タクシーの運転手冬木を片付けなければならないのだ。もうそろそろ、護衛の刑事は冬木から離れていることであろう。

廻りはじめたアルコールは、朝倉の神経を鎮めるかわりに昂《たか》ぶらせた。だが、この午後七時という時刻は殺人には明るすぎる。

待つことには、慣れている積りであった。朝倉は瞼《まぶた》を閉じ、逆光のなかで見た小泉の女のことに再び考えを戻した。

瞼の裏で、小泉の女は全裸になり、さまざまな猥褻《わいせつ》なポーズで朝倉を誘った。女など、俺が口笛さえ吹けば掃き捨てるほど集まってくるのだ、と自分に言いきかせながらも、朝倉は幻の女体を相手に自分を穢《けが》すことをとどめる事が出来なかった。肉欲と言うよりも、緊張に耐えられなくなった精神が捌《は》け口を求めたのかも知れない。目くるめき、放出のあとに虚脱感が来た。虚脱感が徐々に薄れていくと、朝倉は頭が冴《さ》え、昂ぶりが完全に消えているのを知った。

それから四時間ほど、朝倉は身じろぎもせずに仰向けになっていた。隣室の柱時計が十一時を打つかすかな音を聞いてベッドから跳び降りる。

下着を全部脱いで洗濯《せんたく》機に放りこみ、凍りつくような濡《ぬ》れタオルで全身をぬぐった。新しい下着にジーパンとバックスキンのジャンパーをつける。ポケットにはナイフと一万円ほどの金を捩《ね》じこんだ。ジーパンの裾《すそ》の折り返しに先端を潰《つぶ》した二本の針金、内腿《うちもも》には全弾装塡《そうてん》した三十八口径スーパーの自動拳銃を隠した朝倉は、バスケット・シューズをはいて部屋を出ていった。

13 埋葬

風は無かった。夜気は、いがらっぽいスモッグに煙り、住宅街をまばらに照らす常夜灯の光は、鈍く暈《かさ》をかぶっているように見えた。

歩いて住宅街を抜けた朝倉哲也は、大橋で小型の懐中電灯を買った。玉電通りの放射四号でタクシーを拾い、新宿に行くように命じた。

環状五号と甲州街道が合流するあたりで、朝倉はタクシーを捨てた。午後十一時半の新宿は、まだ喧噪《けんそう》に満ちていた。しかし、車の流れは減っている。

朝倉は再び歩いた。新宿二丁目と三丁目をへだてる都電道に来て歩調をゆるめる。このあたりにくると人影は少なく、路上には、いたるところ車が駐《と》まっている。

一台のブルーバードが朝倉の近くに止まった。それに乗っていた三人の男は、肩を組み合うようにして、二丁目の柳小路に入っていく。足がもつれていた。

朝倉は反射的に彼等を尾行《つけ》た。男たちはヌード・スタジオやトルコ風呂《ぶろ》のネオンを浴びながら、いままでいたらしいバーの女の悪口を声高に交わした。水着の上に、人工毛皮のコートを羽織った赤線崩れの女が手招いているヌード・スタジオに、わざともつれあうようにして吸いこまれた。

朝倉はゆっくりと、その店の前を素通りする。男たちは料金を払っているところであった。これで三十分は、その店から出ないであろう。

朝倉は角を曲がり、男たちが乗ってきたブルーバードの方に戻っていく。スタジオや暴力バーの客引きの女たちは、ジャンパーにジーパン姿の朝倉には声をかけなかった。

目的のブルーバードは、地味な茶色の塗装で、どこにでも走っているような目立たぬ車だ。朝倉はいつものように、先端を潰した針金を使って、その車のドアを開いた。エンジン・スイッチからきたコードとバッテリーからのコードを直結し、チョークを引いてからアクセルを二、三度蹴《け》とばした。

車から降りてボンネットを開く。マグネットのボックスの下のボタンを押すと、轟然《ごうぜん》と始動したエンジンは、大袈裟《おおげさ》に身震いしはじめた。

朝倉はボンネットを閉じた。まるで自分の車のように落ち着いてやるので、通りがかりの酔客は朝倉に関心を払わない。

朝倉はチョークを戻し、車をスタートさせた。燃料計の針は中間のあたりでとまっているから、このまま百二、三十キロは走れるであろう。

朝倉は車を四谷《よつや》から青山に向けて進める。途中で神宮外苑《がいえん》に車を突っこみ、エンジンは回転させたまま車をとめて、グローブ・ボックスを開いてみる。

そのなかに入っている車検証を見ると、車は東産設備という会社の名義になっていた。朝倉はそれを頭のなかに叩きこんで、車検証をグローブ・ボックスに戻した。そのほか、グローブ・ボックスにはパチンコで稼《かせ》いだらしいピースが七つほどあった。

再び発車させた朝倉は、青山、六本木、赤羽橋というコースをとって、車をミリオン・タクシー浜松町営業所のある金杉橋に近づけた。都内だけでも一夜に平均十四、五台の車が盗まれているから、交差点でエンストするとか事故でも起こさぬかぎり、盗難車であるとバレる気づかいはないが、用心してスピードは出さなかった。

せせこましいミリオン・タクシー浜松町営業所の敷地は、蛍光灯《けいこうとう》に鈍く照らされていた。右手の修理工場の窓は暗いが、駐車スペースには二、三台のタクシーがジャッキ・アップされ、作業服の整備員がブレーキを調整している。左手の事務所の窓には人影が写っていた。

朝倉は盗んだ車で、その営業所の前をゆっくりと素通りした。営業所の向かいの店々はまだ戸を閉じていないから、その近くでゆっくり冬木を待つわけにはいかない。まだ張り込みの刑事が残っているかも知れないのだ。

朝倉はミリオン・タクシーの運転手が溜《たま》り場にしているらしい、芝浦の中華料理店の方にまわって見ることにした。その店の広告マッチによれば、新浜橋のそばにある。金杉橋からは近い。

すぐ山手線のガードに突き当たった。それをくぐると、港の引き堀は間近であった。倉庫や二、三流の貿易商社が軒を並べている。

引き堀に沿って左に折れると、新浜橋だ。そして中華料理店〝芳来軒〟のネオンが橋の袂《たもと》に滲《にじ》んで光り、ドブ河のような引き堀の水面に映って揺れていた。

引き堀にはチャカ船やダルマ船が繋《つな》がれていた。そして、スタンションと言われる繋柱《つなぎばしら》のあいだにタクシーの空車が一列に駐車している。

駐車しているタクシーは十台以上であった。ミリオンの車はいまは一台きりで、あとはほかの会社の車だ。朝倉は列の一番うしろにブルーバードをとめて、ライトを消した。

〝芳来軒〟の曇りガラス扉《ど》には二十四時間営業と書いてある。ドアの左側のショーケースには、中華物と鮨《すし》のサンプルが並べてあった。

朝倉は、車のなかでタバコを吸いながら待った。吸殻《すいがら》は車の灰皿にでなく、引き堀にはじきとばす。

一時間ほど待った。タクシーは次々に入れかわったが、冬木の乗った車は来ない。店には港湾労務者も出入りした。

午前一時を過ぎた。風が出てきたのでアイドリングのスロー回転を続けていても、エンジンは過熱しない。朝倉は夜明けまで待って、それでも冬木が現われないなら、翌日の夜も再び張り込みに費す覚悟であった。

ただ、燃料計の指針がさがっていくのが気になった。コードを持ってくるのを忘れたのを後悔したが、グローブ・ボックスにピースの箱が七つほどあったことを思い出し、それを取り出して銀紙を外した。

銀紙を撚《よ》ってコードを作った。エンジンをとめ、店の扉のほうに気をくばりながら、銀紙のコードでスターターからの配線と、バッテリーからのそれを接触出来るようにした。

午前二時を過ぎると、駐車するタクシーの数はへった。朝倉はときどきエンジンを掛けて、ラジエーターの水が冷えすぎないように気をくばる。窓の曇りをハンカチで拭《ぬぐ》う。

午前二時半――ミリオンのマークをつけたセドリックのタクシーが、店の真向かいにとまった。三十メーターほど後方のブルーバードのなかで、朝倉の頬が引きしまった。冬木もセドリックを使っているのだ。朝倉の右手は無意識にジーパンのジッパーを引きおろし、内腿《うちもも》につけていたコルト三十八口径スーパーの自動拳銃《けんじゅう》を抜き出す。

左手でジッパーを閉じた朝倉は、セドリックのタクシーの運転席から降りた若い男を見て、深く息を吸いこんだ。その若い運転手の、ふてくされたような横顔は、やはり冬木のものであった。

無意識にドアの窓ガラスを降ろしかけた朝倉は自分を叱《しか》った。肩をゆすりながら〝芳来軒〟に歩みよる冬木を狙撃《そげき》するのは容易だし、失中する可能性は零とは思うが、ここで銃声を響かせたのでは逃げるのが大変だ。

ポケットに両手を突っこみ、白い息を吐く冬木は、扉を肩で押し開いて店のなかに消えた。朝倉の口のなかは乾き、唾《つば》がネバネバしてきた。

左手で持ったハンカチで、朝倉はこれまで自分の指が触れた部分を拭って、車内に指紋が残らないようにした。〝芳来軒〟の曇りガラスの扉をみつめている。

その扉が開くごとに朝倉の緊張が高まったが、冬木が出てきたのは、三十分ほどたってからであった。制帽のヒサシを指で押しあげてアミダにかぶり直し、ポケットのなかのキーをさぐりながら、自分のセドリックに戻っていく。朝倉が待ち伏せている車には、関心が無いらしい。

冬木がエンジンを始動させると同時に、朝倉も盗んだ車のエンジンをかけた。冬木がタクシーを発車させると、自分も車をスタートさせた。

ブルーバードのヘッド・ライトの光芒《こうぼう》のなかで、冬木が大きく後を振り向くのが見えた。

引き堀沿いのその道を突き当たると、別の引き堀だ。そして突き当たりを右に折れると、水上署がある。冬木が、尾行者がいる事にカンづいたとすれば、全速力で水上署に逃げ込む可能性がある。

冬木の顔は前向きに直ったが、判断に迷っているように見えた。朝倉は咄嗟《とっさ》にライトを消すと、エンジンのバルブが躍り出すほどアクセルを踏みつけて急加速し、セドリックのタクシーを追い越して前に廻りこむと、斜めに停車した。道幅は二車線しかない。

急ブレーキを軋《きし》ませたタクシーは、朝倉のブルーバードの後部ドアにバンパーを突っこみそうになって停《と》まった。拳銃を握った左手を尻《しり》のほうにまわして、朝倉は助手席のドアから降りる。

左手は、灯を消した倉庫の並びであった。右手の引き堀にも、動いている船影はない。風が針のように頬を刺した。

「何をしやがる！」

罵声《ばせい》を吐き出しながら、冬木もタクシーから降りてきた。右手にモンキー・レンチを提げている。殴りあいになったら棍棒《こんぼう》代わりにそれを使う気らしい。

「何とか言え！」

冬木は再びわめいた。精一杯に強そうなポーズをとっている。

朝倉は無言のまま冬木に近づいた。

「野郎、やる気か……交番に行こう。白ナンバーのくせして生意気な……」

そこまで言って冬木の声がつまった。表情が一変し、心臓を握り潰《つぶ》されたように目を剝《む》いた。

「やっぱし俺の顔を覚えてたんだな」

冬木の前に立った朝倉は低く呟《つぶや》いた。

「し、知らねえ。何のことだか分からんが、勘弁してくれ。あたしが悪かった」

冬木の顔からは、血の色が失《う》せきっていた。モンキー・レンチを落とし、膝頭《ひざがしら》から先に面白いように震えはじめた。震えは顔に及び、歯が騒音をたてた。

十分に恐怖を味わわせておき、朝倉は背後に隠しておいた自動拳銃を冬木に見せると、銃口をその眉間《みけん》にゆっくり近づける。

死の孔《あな》をあけた銃口を見つめて、冬木の両眼は眉間に寄っていった。喉《のど》の奥から異様な音を漏らすと、崩れるように坐りこみ、次いで横倒しになった。

朝倉は唇だけで笑うと、左手で冬木の脈をとって見た。脈はあった。気絶しただけのことらしい。

朝倉は、助手席のドアが開いたままのタクシーの車内を覗《のぞ》いた。エンジンは止まっていたが、キーはイグニッション・スイッチに差し込まれたままだ。朝倉はそのキーを抜き、それでタクシーのトランク室を開いた。

スペア・タイヤ、ジャッキ、工具箱、赤旗などのほかに雨長靴《ながぐつ》や牽引《けんいん》用の太いロープ、それに梱包《こんぽう》用の細身のロープなどが積まれてあった。朝倉は細身のロープを一捲き取り出した。

気絶している冬木の体を、タクシーのなかに放りこんで簡単に手足を縛っておき、朝倉は自分の車に戻ると、それを道の左端に寄せて真っすぐに駐《と》めた。指紋を拭う。

再びセドリックに移るとポケット・ナイフで適当な長さにロープを切り分け、手足をしっかり縛り直した。ダッシュ・ボードの上に乗っていたセーム革を、冬木の口に押しこんで猿轡《さるぐつわ》とした。

冬木の制帽をかぶった朝倉は、彼の免許証を自分のポケットに移した。自由を奪った冬木をタクシーのトランク室に押しこめ、地面に落ちているモンキー・レンチを拾いあげて運転席に坐る。

トランクを開くためにイグニッションのキーを抜いたので、タクシーのラジオは停止していた。だが朝倉は、秋の地虫が鳴くような、かすかな音を聞きつけて表情をこわばらせた。その音は、助手席のシートの下から出ていた。

ルーム・ライトを点《つ》けた朝倉は、助手席の下をさぐって見た。シートの下に剝《む》き出しになったスプリングの下に、トランジスター・ラジオのようなものがあった。朝倉はゆっくり、それを引き出そうとした。車の床に敷いたマットが持ち上がる。朝倉はマットをはぐってみた。

トランジスター・ラジオのような機械からつながったコードが、マットの下を這《は》っている。その線の行き先をたどってみると、車のフェンダーから突き出したアンテナにつながっている。

朝倉は、コードから機械を引き千《ち》切《ぎ》った。小型の無線発信器だ。スイッチは、ONに入れられている。朝倉の唇のまわりが白っぽくなった。おそらく、護衛の刑事のかわりに、この発信器が、冬木の身の上に起こることを警視庁か捜査本部に知らせる仕組になっているのだ。

発信器のスイッチをＯＦＦにした朝倉は、素早く指紋を拭《ぬぐ》うとタクシーから跳び降りた。タクシーのトランクを開き、手足を縛った冬木の気絶体を、盗品のブルーバードの後部シートに移しかえた。

セドリックのタクシーのキーは持ったまま、朝倉はブルーバードのエンジンを掛けた。拳銃はジーパンに突っこんでいる。

クラッチを荒く放してブルーバードを発進させてから、まだ自分が冬木の制帽をかぶっていることに気がついた。車を加速させながら助手席の窓を開き、暗く濁った引き堀にその帽子を投げ捨てる。

最初のパトカーのサイレンの咆哮《ほうこう》を聞いたのは、南浜橋を右折し、東京港口に近づいた時であった。朝倉は道の端に車を寄せ、ライトを消してシートに腹這《はらば》いになり、突進してくるパトカーをやりすごした。

それからの二時間ほど、朝倉は悪霊が乗り移ったような巧みさで、主要道路や交番の近くをさけて車を進めた。冬木が気絶から覚めているので、後のシートのクッションの部分を背もたれから外し、床に直接冬木を転がして、その上にクッションをかぶせておいた。

大きく遠まわりして、調布の南側の稲城《いなぎ》で多摩川を越えた。ここまで来ると、サイレンの唸《うな》りは聞こえない。

そこから冬木の墓穴を用意してある生田までの五キロほどを、わざと田圃道《たんぼみち》や山道を択《えら》び、三十分ほどかけて慎重に車を走らせた。ここで気をゆるめて、取りかえしのつかない事態をひき起こしたくない。春秋園の裏手から、墓穴を用意した谷の前に立ちはだかる丘のそばに出た。この時刻ともなると、その砂利道を通る車はない。

丘の前の田圃に寄せて車を停めた朝倉は、冬木の体を抱え降ろした。冬木は猿轡《さるぐつわ》の奥で声にならぬ悲鳴をあげ、全身を痙攣《けいれん》させて暴れた。

朝倉はそれにかまわずに、十五貫ほどの冬木をかつぎ、田圃の畦道《あぜみち》を渡って丘に歩み寄った。冬木は自分の頭を朝倉にぶっつけようとした。

灌木《かんぼく》の枯枝が深い、急角度の勾配《こうばい》の丘を這《は》うようにして登るのは、一人だけでも楽ではない。朝倉は幾度か冬木の体を降ろして、荒い息で喘《あえ》いだ。

だが、丘を登りきり、台地の草原を横切ることは、冬木をかついでいても楽であった。谷のような窪地《くぼち》の湿原に降りると、小型の懐中電灯に点灯し、それを歯にくわえた。

懐中電灯の光に、湿原の奥にある、木々と蔓草《つるくさ》がからみあった小ジャングルがかすかに照らし出された。朝倉は、湿原から滲《にじ》む泥水で踝《くるぶし》を濡《ぬ》らしながら小ジャングルに歩んだ。冬木は再び失神したらしく、動かなかった。

折れ曲がりながら、朝倉は小ジャングルの奥にもぐりこんでいく。口のなかが乾ききって、懐中電灯の角が粘膜を傷つけ、蔓草に冬木が引っかかって、朝倉は幾度か尻餅《しりもち》をつきそうになった。

五十メーターほど行ったところの狭い空き地に朝倉が掘った墓穴は、ほとんど崩れもせずに残っていた。朝倉は、そのそばに冬木を投げ降ろした。

鼻から苦痛の呻《うめ》きを漏らした冬木は、瞼《まぶた》を開いた。朝倉は懐中電灯を自分の口から外し、冬木の口からはセーム革の猿轡を外してやった。セーム革は唾を含んで重い。

朽ち葉で隠しておいたシャベルを取り出した朝倉は、中腰になって冬木と向かいあった。冬木の顎《あご》は痺《しび》れてしまって、口がきけぬ様子だ。

「ここでは、どんなに大きな声をたてても気にする者はいない。遠慮せずに悲鳴をあげたっていいんだ」

朝倉は言った。シャベルの刃で軽く冬木の顎を叩《たた》く。

しばらくして、はじめて冬木の口から肺が裂けるような悲鳴がほとばしり出た。冬木は涙と泥で顔を汚し、悲鳴をあげ続けながら、縛られた手足を激しく動かして逃がれようとした。

冬木の悲鳴が涸《か》れたとき、朝倉は穏やかな声で尋ねた。

「警察に、俺のことをどの程度しゃべったんだ？」

「新聞に……新聞に載ったことしか……」

冬木は喘いだ。

「俺のモンタージュ写真を作るのに協力したな？」

朝倉は言った。もっとも、自分のモンタージュ写真が作られたのかどうかは知らない。

「手伝わされた。だけど、あんたの……お客さんの顔をハッキリとは覚えてないので、どうしても写真は出来なかった」

冬木は再び失神寸前であった。

「警察は俺について、どの程度の事を摑《つか》んだ？」

「知らねえ……俺は何にも……」

冬木はわめくと、再び意識を失った。

これ以上のことを尋《き》いても無駄《むだ》だ……朝倉は冬木を縛ったロープを解くと、身許が分からぬように素裸にした。シャベルで冬木の顔を原形をとどめぬまでに潰し、死体を墓穴に埋めて土をかぶせた。冬木が身につけていた物と、シャベルを持って湿原に出ると午前五時であった。

14 投資

午前五時は夏なら夜明けであろうが、寒気が肌を刺すこの季節ではまだ真っ暗だ。

谷間の窪地から、丘を越えて盗品のブルーバードに戻った朝倉は、シートに崩れるように腰を降ろすと、タバコに火をつけた。火口を掌でおおって、肺一杯に煙を吸いこむ。

車のなかも冷たかったが、外の寒気も厳しかった。車窓には、もう薄く霜が降りている。車窓を開いて、短くなった吸殻《すいがら》をはじきとばした朝倉哲也は、大きく身震いしてからエンジンを始動させた。山のなかに車を進めていく。

分譲地を過ぎると、家は数えるほどになった。それも、ほとんどが農家だ。そして、建設中の貯水場のそばを越すと、家は尽きた。

道幅はひどく狭まり、岩や木の根が露出していた。車は分解しそうに跳《は》ね、スプリングが悲鳴をあげた。

朝倉はときどき車を停め、冬木が身につけていた物を、左右の雑木林の奥の灌木の茂みに隠した。

二十分ほどかかって山を抜けた。途中一人の人間にも一台の車にも会わなかった。

山を抜けると小さな部落に出た。そして、二つ目の部落を抜けてしばらく行くと、車は厚木街道にぶつかった。朝倉は右にハンドルを切って、街道を厚木のほうに車首を向けた。

厚木街道も、このあたりは非舗装であった。夜は明けかけてきたが、居眠り運転の巨大な長距離トラックが右側通行してくるので、朝倉は、しばしば急ブレーキを踏んでクラクションをわめかさなければならなかった。

大和の市街に入ったとき、夜が明けた。車の数も増えてきた。朝倉は厚木街道と交差する国道十六号に車を入れて、横浜に向かった。

この道路はかつての米軍軍需道路であり、現在も日米行政道路であるだけあって、舗装はしっかりしている。坦々《たんたん》とのびる固いコンクリート道を、朝倉は八十キロにスピードを保って飛ばした。立川やヨコタ、それにジョンソンなどに向けて、朝倉の車とすれちがう米軍属の車は百キロ以上出していた。

朝倉の運転する車は、たちまち横浜バイパスの横浜側出入口の横に出た。大和からのガソリンの減りは少なかったが、それでも燃料計の針は、Eのところに落ちてしまっている。あと、タンクには二、三リッターしか残っていない筈《はず》だ。

バイパスの出入口には、出勤者の車がつながって信号待ちをしていた。保土ケ谷から反町《たんまち》に抜けた朝倉は、空き地に盗品のブルーバードをとめ、その車から自分の痕跡《こんせき》をすべて拭い去った。車を捨てて歩きだす。

横浜駅はサラリーマンやB・G、それに学生や工員でごったがえしていた。スタンドで朝刊を求めた朝倉は、群集のなかの一人として東横線の改札口をくぐった。

七時前なので、電車の混み具合いは殺人的ではなかった。朝倉は新聞を四つ折りにして瞳《ひとみ》を走らせた。

冬木が連れ去られたという記事は出ていなかった。それが朝刊の締切りに間に合わなかったのか、それとも当局がわざと発表を伏せたのか、あるいは神奈川版のためだからか……。朝倉はかえって苛立《いらだ》たしさを覚えた。

中目黒で、スシ詰めになってきた電車から降りた。駅の売店で別の朝刊を求めた。トロリー・バスにやっと乗りこんだ朝倉は、窮屈な姿勢で新聞を読む。社会面には間にあわなかったのか、都民版に出ていた。冬木の写真も出ている。

捜査当局は敗北を認めていた。そして冬木が連れ去られた場所を発見するために全力をあげると、特別捜査本部の主任は語っていた。朝倉は安堵《あんど》の吐息をついた。

大橋車庫でトロリーから降り、上目黒のアパートに歩いた。ジーパンにバックスキンのジャンパーと泥靴《どろぐつ》なので、わざと廻り道してアパートの裏口に着き、非常階段を使って二階の自分の部屋に入った。

朝食をとっている暇はなかった。ゾリンゲンで髭《ひげ》を当たると背広に着替え、キチンとネクタイで首を締めた。

拳銃《けんじゆう》を米櫃《こめびつ》のなかに戻して、朝倉は部屋を出た。アパートの玄関を通って外に出た。玉電通りに出ると、都合よくタクシーを拾えた。

「京橋の東和油脂……新東洋工業ビルにある」

と、運転手に行き先を命じ、シートの背にもたれて瞼を閉じた。ラッシュの街を走ってはとまる。タクシーの震動が朝倉を眠りに誘った。

運転手に肩を揺られて目を覚ました。反射的に腕時計を覗《のぞ》くと、九時二十分であった。遅刻だ。

料金を払ってタクシーから跳び降りたが、遅刻と決った以上は慌《あわ》てても何にもならぬ。新東洋工業ビルに入った朝倉は一階の化粧室で顔を洗った。冷たい水に瞼を浸して目の充血を去らせた。

ビルの五階にある東和油脂本社の経理部室の入口でタイム・カードのパンチを押すとき、朝倉は初めてしょげたような顔付きになった。入社して以来、休んだことも遅刻したことも無かったのだ。それに、万が一にでも警察が自分に目をつけたとすれば、タイム・カードが朝倉の不利を教える。

経理部の部屋に入った。いつも十時過ぎまで顔を出さない部長の席をのぞいて、珍しく全員が出社していた。隅《すみ》にポツンとあいた自分の空席が白々しい。

「どうも遅くなりまして。寝ようとしたところに友人が訪ねてきたので寝そびれてしまいまして、朝が近くなってからやっと眠れたので……」

奥に部長のデスクと並んだ次長の金子に近づいた朝倉は、深々と頭を垂れた。

「君が遅れるとは珍しいと思ってたところだ。まあ、パーフェクトは逃がしたが、皆勤賞が残っている。元気を出してくれよ」

金子は鷹揚《おうよう》に頷《うなず》いた。

「飲みすぎと違ったかね？」

と、揶揄《やゆ》する係長の粕谷に、申しわけ無さそうに頭を掻《か》いてみせ、朝倉は自分のデスクに着いた。

「無遅刻記録が破れてお気の毒さま。やっぱし君も人の子ってわけか」

同僚の石田が嬉《うれ》しそうに笑った。

「まだ眠りたいよ」

辛《つら》そうに答えて帳簿をめくった朝倉は気をとり直して苦笑いを隠した。いまにこんな真面目《まじめ》なサラリーマンのポーズを取る必要の無い時がやってくる。

土曜ではあったが、遅刻のつぐないを見せるため、朝倉は残業に付きあった。そして、縛りつけられていたデスクと電話から解放されると、しつこくつきまとっていた眠気は嘘《うそ》のように去り、頭の曇りは霽《は》れた。

帰途につく電車内で夕刊を読んだが、冬木についての記事は特に目新しいものではなかった。アパートに戻ると、坂本たちから奪った金の残りを財布に、福家から捲きあげたヘロインの小包みを内ポケットに突っこんだ。

再び街に出た。タクシーで渋谷に戻る。宮益坂の都電車庫のそばに、待っている間に仕上げるという宣伝をしているテーラー〝美松屋〟があるのだ。東京一早いというふれこみだ。

店は大きくはなかった。しかし、生地《きじ》は割りに上質のものを揃《そろ》えている。イージー・オーダー用の服を着せたマネキンが三十体ほど置かれてある。

店に入った朝倉はそれを見て歩いた。黒に近い褐色《かっしょく》で、光線によって襞《ひだ》が玉虫色に深く光るスポーティーなカットのカイノック生地の服に心が動いて、それに近づく。仕立代ともで上下七万九千円だ。

横目で朝倉の様子をうかがっていた店員の一人が、腰をかがめて歩み寄った。

「いかがなものでしょう。お似合いになると思いますが……」

と揉《も》み手《で》する。

「何時間で出来る？」

「寸法を合わせましてから二時間もありますれば……そのあいだ、奥の御休憩室でテレビなど御覧になっていてくだされば」

縁無しの眼鏡をかけた店員の揉み手は激しくなった。

「いくらにしてくれる？」

朝倉は尋ねた。

「は……？」

「値段さ」

「少々お待ちください。主人と相談して参りますので」

店員は鉢《はち》植えのゴムの樹の奥に消えた。

再び姿を現わしたとき、店員は骨ばって痩《や》せた主人と一緒であった。手垢《てあか》で光る大きな算盤《そろばん》を提げた主人は、食事中であったらしく、唇《くちびる》の端に食物の汁をつけていた。

軽く朝倉に頭をさげた主人は、しばらくのあいだ朝倉の前の服を睨《にら》んでから、もっともらしく算盤を構えた。珠《たま》をはじき、

「なにしろ英国生地ですから、これでギリギリ一杯ですな」

と言って、算盤を朝倉に突きだす。七万五千と珠は示していた。

「結構だ。さっそく始めてくれ」

「毎度有り難うございます。では、こちらへ」

店員は部屋の横についたドアを開いた。

そこは、十五畳ほどの洋風応接室になっていた。ソファが適当に並べられ、新聞や雑誌がマガジン・ラックに突っこまれている。十八インチのテレビが部屋の隅に置かれ、反対側はカー

テンで仕切られていた。

テレビのスイッチを入れた店員が朝倉に愛想を言っていると、チョッキ姿の職人が入ってきた。

「ネームを入れますので、お名前を聞かせてください」

店員は朝倉に言った。

「寺田と言うのだが——」

朝倉は偽名を口にし、

「名前を縫いこむ必要は無いよ。第一、それだと質に入れるときに邪魔だ」

「御冗談を……」

店員は、女のように掌を口に当てて笑った。職人が朝倉をカーテンの仕切りのなかに入れた。

朝倉は服を脱ぎ、両手を拡《ひろ》げて立った。

「立派な御体格ですな。胸囲が一メーター二十もある方は、この店でははじめてです——」

ワイシャツとズボン下姿の朝倉の寸法を計った職人は、本気で感嘆し、

「何か特別の御注文は？」

と、言った。

「左の腋《わき》の下を特にゆったりとさせてくれ」

「と、言いますと？」

「オモチャのガンに凝ってるんだよ。アメ横で買ったモデル・ガンをここに吊《つ》るんだ」

朝倉は笑いながら左の腋の下を叩いた。

「さようですか。あたしはラジコン操作の模型モーター・ボートのマニアでして、夏は休みの日にいつも多摩川に行ってます……承知いたしました。それでは、あちらでごゆっくりと……」

職人は応接室を示した。

素早く自分の服を着けた朝倉は、応接室のソファに腰を降ろした。卓子にはコーヒーが湯気をたてている。

テレビの画面では、ハイ・ティーンの歌手たちが動物園の猿《さる》のように跳ねまわっていた。腕時計を覗《のぞ》いて七時を少し過ぎた時刻であることを知った朝倉は、NHKにダイヤルを廻す。

ニュースは政治家の顔をうつしていた。社会ニュースに移ると、拡大されてボケた冬木が浮かんだ。

アナウンサーはミリオン・タクシーの運転手冬木が昨夜誰《だれ》かに連れ去られたまま消息を絶っていること……冬木が、共立銀行大手町支店の現金運搬人を殺して千八百万円を奪った犯人らしい者の目撃者であり、今度冬木を襲った犯人と共立銀行事件の犯人は同一人物らしいこと……捜査本部は冬木のタクシーに無線の発信器をつけておいたが、残念ながら、犯人の声を聴くことも録音することも出来なかったこと、などを伝えた。

そして、今朝二時過ぎ以降に冬木の姿を見かけた方がいれば、すぐに最寄《もよ》りの交番なり警察署に連絡をとってくれるようにと、聴視者に呼びかけていた。

ニュースは別のものに移った。テレビのヴォリュームを小さくした朝倉は、ソファに戻《もど》ると思いきり背のびをした。

セドリックの車の外で冬木と争ったときの自分の声が、捜査側に聞かれていないというのが本当なら、悪夢に悩まされずに眠れそうだ。何かの罠《わな》かとも考えられるが、罠ではないと朝倉は思う。あのとき、自分が口にした言葉は短く、その上に圧《お》し殺したような低い声だったのだ。それにエンジンの音も、自分の声を潰《つぶ》すのに有効だったに違いない……。朝倉は卓子のコーヒーを一気に半分ほど飲み、マガジン・ラックに手をのばした。口笛でも吹きたいような気分であった。マガジン・ラックには、一般の雑誌が五、六冊と、あとは男性のファッションを主にした本と自動車の月刊誌があった。朝倉は最新号の〝モーター・アンド・カー〟誌を手にしてページをめくる。

マニア向きのチューン・アップ・ガイドと外国スポーツ・カーのロード・テストを売り物にしている雑誌であった。だが、朝倉のページをめくる手は巻末に近い愛読者の〝愛車周旋会〟というところでとまった。

その欄は――売りたし……買いたし……交換したし……貸したし……借りたしなどと分かれ、貰《もら》いたし、と言う強心臓者のための項もあって十ページほどが費されていた。掲載料は無料なので、雑誌社の読者のためのサービスだ。

朝倉は、貸したし、の項に視線を落とした。「わ」のナンバーで一目でそれと分かってしまうドライヴ・クラブの車を借りなくても、エンジン鍵《キー》をつけて車を運転出来るのだ。

朝倉は、貸したし、の項から我慢出来そうな車と持ち主の住所と電話を手帳に書きぬいた。三つほどあった。

ドアを開いて売り場に出ると、先ほどの店員が揉み手して近づいてきた。

「何か御用でも……」

「用を思いだした。ちょっと外に出てくる」

朝倉は言った。

「すぐに出来上がると思いますが……」

「大丈夫、戻ってくるよ。これは前金だ。心配ならとっておいてくれ」

朝倉は財布から一万円札を出した。

「これはどうも……すぐに受け取りを持って参りますから」

紙幣を受け取った店員は、愛想笑いを深めた。

「俺が払えないとでも思ったのか。受け取りは要らんよ」

朝倉は、浅黒く整った顔に冷たい怒りの表情を走らせた。店員が口をはさむ隙《すき》を与えずに外に出た。近くの喫茶店に入り、手帳に書きとめておいた三か所に電話してみた。トライアンフとサンビームの持ち主は、車は貸しだしてしまったという返事なので、最後のM・G・Aの持ち主にダイヤルを廻した。

六十一年M・G・AマークII、八十六馬力、ハード・トップ、走行一万三千マイル、エンジン絶好調、免許取得後三年以上の方を希望、一日六千円だが応相談——というのが持ち主の歌い文句であった。麻布笄《こうがい》町七十×ニュー麻布マンション七百二号小竹というのが持ち主の住所だ。

朝倉の電話には女が出た。甘ったれた若い女の声だ。

「こちらは〝モーター・アンド・カー〟の広告を見た者ですが」

朝倉は言った。

「ちょっと待ってね」

女は言った。続いて、努めてヤクザっぽい調子を出そうとしているような、若い男の声が聞こえてきた。

「小竹です。M・Gの事で何か……？」

「貸して頂きたい」

「じゃあ、今から来て頂きましょうか。こちとらは、今んとこ、ちょいと動けねえんでね」

電話は切れた。

渋谷から笄町までは、タクシーで五分もかからなかった。朝倉はニュー麻布マンションの前でタクシーを降りた。

小泉が愛人を住まわせている参宮マンションよりは大分見劣りするが、それでもこのニュー麻布は、高級アパートとして恥ずかしくなかった。地下が駐車場になっている。朝倉はエレベーターで七階に昇った。七百二号のドアの前に立ち、壁にインターホーンがついているのに気付いてスイッチを入れる。

「どなた？」

女の声が聞こえた。

「さっき電話した者ですが」

「お入んなさい。鍵《かぎ》は掛けてない」

男の声が聞こえた。

広い部屋は暖房で汗ばむほどであった。毛ばだった絨毯《じゅうたん》にスコッチの壜《びん》や汚れた皿《さら》が散らかっている。部屋の右側にダブル・ベッドがあった。右足をギブスで固めた二十二、三歳の薄っぺらな感じの男が、ガウンをまとってベッドの枠《わく》に背をもたせかけていた。その横で、髪を黄色く染めた十八、九の女が、ショート・パンツの上の素裸の上半身にデニムのジャンパーを引っかけ、仰向きになってソーセージをかじっていた。

「なるほど、それでは部屋から出られないわけですな」

朝倉はかすかに笑った。

「仕方ねえな。正直なとこバラしちゃいましょう。酔っぱらって、朝霞《あさか》のオリンピック道路をブッ飛ばして砂利山に突っこんだ次第でね。引っくり返ったM・Gは直ってドックから出てきたんだが、こっちの方はまだこのザマだ」

小竹は鼻を鳴らした。

「じゃあ、三日で一万五千円では？」

朝倉は切り出した。高いが、投資だ。小泉の女に近づくための捨て金だ。

「前金でならね。それと、車に傷をつけたら、お宅さんが修理費を払うこと。それと期限までに車を返してくれないと、すぐに警察に連絡しますぜ。返すときには満タンにしといてもらいたいな」

小竹は傲慢《ごうまん》な口調で言った。

「約束します」

朝倉は、暴力のむずかりを押さえて答えた。小竹のような男は頰《ほお》を砕かれた程度でも泣き叫ぶ。

「じゃあ、車検証とキーをゼニと引き替える前に、念のためお宅の免許証を見せてもらおうか」

小竹は退屈そうに言った。

15　接近

見せないわけにはいかなかった。朝倉はベッドに近づき、免許証を出した。

黄色い髪の女は、ソーセージを床に捨て、朝倉に興味が無いような素振りで、小竹のガウンからはみだした貧弱な胸毛をまさぐりながらも、さり気なく朝倉に秋波を送る。自分では金髪に染めた積りか知らぬが、朝倉には色褪《いろあ》せたトーモロコシ色に見えた。

小竹は女に顎《あご》をしゃくった。女はショート・パンツをまとった腿《もも》をのばし、だるそうな身振りでベッドから降りた。朝倉の手から免許証を取りあげ、痴呆《ちほう》的なシナをつくってから、それを小竹に渡す。

「メモ帳をとってくれよ」

右足にギブスをはめた小竹は、唇の端をねじ曲げながら言った。

「威張らないの、坊や……」

女は呟《つぶや》き、尻《しり》を不必要に振りながらサイド・ボードに歩き、メモ帳とモンブランの万年筆を持って戻った。

朝倉の免許証をメモ帳に写した小竹は、

「あんたの勤め先は？」

と、訊問《じんもん》するようにたずねる。

「無職じゃ人聞きが悪いんで会社員となってるが、翻訳などやりながら何とか食ってるんでね」

朝倉は答えた。

「なるほど……もっとも、払いさえキチンとしてくれりゃ文句無いんだ」

小竹は言い、体を横にねじ曲げて、サイド・テーブルの抽出《ひきだ》しから車検証と鍵束《かぎたば》を取り出し、朝倉の免許証と共に差し出す。

それを受け取った朝倉は、一万五千円をサイド・テーブルに置いた。

「受け取りを頂きたい」

「分かってる。それより今は午後七時五十分だ。三日後の八時までに無傷で車を返してくれないと、面倒なことになると諒承《りょうしょう》しといてくれ——」

小竹は機嫌《きげん》を損《そこ》ねた顔で受け取りを書き、

「ところで、あんたこれまでにスポーツ・カーをコロがした事あるのかね」

と、見くだしたように呟いて受け取りを朝倉に渡した。

「ヒーレーやトライアンフなら……M・G程度でスポーツ・カーと言えるかどうかは分かりませんが、TFは扱ったことがあります」

朝倉は落ち着きはらった口調で一矢《いっし》をむくいた。

「デカい口を叩くじゃねえか――」

小竹は朝倉を睨《にら》みつけた。しかし、朝倉の微妙に凄味《すごみ》を帯びてきた瞳に会って視線をそらし、

「車のとこまで案内してやってくれ」

と、女に命じた。

「怒鳴らなくても聞こえるわよ」

女はふくれ、模造毛皮のコートを羽織った。朝倉に流し目をくれて歩きだす。女について部屋を出る朝倉の背に、

「必ず約束の時間に返してくれよ」

と、小竹が浴びせた。

朝倉は女と自動エレベーターに乗った。B2のボタンを押す女に朝倉は、

「あの人は若いのに大したものだ。一体何の商売をやってるんです」

と、尋ねてみる。

「あいつのオヤジが九州の田舎出《いなかで》の議員さんなのよ。あれでまだ学生なの。怪我《けが》してからは、あたしが外に出ると一々焼餅《やきもち》やくの。つまんないわ。あいつを放っぽっといて、二人で遊びに出ましょうよ」

女は朝倉の腕を摑《つか》んだ。太い筋肉の束の手触《てざわ》りを楽しんでいるようだ。

「残念だがお嬢さん、先約があるんでね。又の機会にしてくださいよ」

朝倉はふてぶてしい笑いを見せた。

「自惚《うぬぼ》れるんじゃないの」

女は朝倉の腕をつねった。

地下二階でエレベーターはとまった。エレベーターから出ると、三十台ほどの車が通路をはさんで並んだ、アパートの専用駐車場だ。出入口に近い小部屋で、エロ雑誌を読んでいたアルバイト学生らしい監視人が顔をあげた。

「あの銀色の車よ」

女は朝倉に小竹の車を教え、監視人の部屋に上がりこんだ。朝倉はハード・トップの屋根付きのM・G・AマークIIに歩みより、タイヤを蹴《け》とばしてみる。空気圧は十分のようだ。

ドア・ハンドルが無いので、プラスチックのサイド・ウインドをスライドさせ、そこから手を突っこんで内側からドアを開いた。バケット・タイプの革張りの運転席に体を沈め、艶消《つやけ》しレザーのダッシュ・ボードに適切に並んだ計器を睨むと、さっき払った金が少しも惜しくなくなった。シートが低すぎ、ペダルまでが遠すぎると言われるドライヴィング・ポジションも、長身の朝倉には支障ない。

免許証を自分のポケットに、車検証を車のドア・ポケットにおさめ、朝倉はイグニッション・スイッチにキーを差しこむ。かなり放電していたが、スターターのプル・スイッチを引くと、三回目でエンジンが唸《うな》りはじめた。アイドリングがムラなのは、冷えているからだけでなく、高速回転型のエンジンの特性だ。

監視人の部屋で、女はお粗末な色気を振りまきながら話しこんでいる。監視人の引きつるような笑い声が聞こえる。

エンジンが暖まるまでのあいだに朝倉は各種のスイッチ類を確かめ、ルーカスの広角バック・ミラーの角度を直した。

エンジン二千回転でクラッチを放す。息苦しく、シートに背を押しつけられるような圧倒的な跳び出しは望むべくもなく、スムーズに車はスタートした。

監視人室で油を売っている女に声をかけ、朝倉は車を地下駐車場から出した。通路は地下一階の横をぬけているので、車は直接アパートの前庭に出た。

街に出ると、それでも加速力は群をぬいていた。六千回転以上のレッド・ゾーンまでアクセルを踏みこむと、ロー・ギアだけでも制限時速をオーヴァーする。朝倉は青山六丁目の商店街の裏手に車をとめ、船来品屋を歩いた。

イエーガーの靴下《くつした》とドロミテの靴、マクレガーのスポーツ・シャツ、ヒコックのベルトにダンヒルのガス・ライター、それとケントの洋モクが朝倉の買い物であった。

かねてから渇望しているロ－レックスのカレンダー付き自動捲《ま》きまでは手が廻らない。しかしこれで、小泉部長の女に近づくための道具は大体揃《そろ》った。

渋谷宮益坂の都電車庫は青山六丁目と目と鼻の距離だ。朝倉は車庫近くの一方通行路にM・Gをとめ、買い物の包みをトランク室に収めてテーラー〝美松屋〟に戻った。

九時に近く、店は半分ほど鎧戸《よろいど》を閉じていた。店員は入って来た朝倉を見て、これでやっと店を閉めることが出来る、と言った顔をし、

「お待ちしていました。もう出来上がってございますから、お召しになって具合いを見てください」

と、朝倉を左奥の応接室に連れていった。

職人は応接室で待っていた。カーテンの仕切りの奥で、出来上がった英国生地の上下をつけてみた朝倉は、姿見の鏡に向かって体を様々に動かしてみた。ピッタリしているが窮屈ではない。

「上出来だ。これでいい」

「有り難うございます」

職人は頭をさげた。

朝倉は店員に残金を払った。電話を頂けばいつでもお伺いしますから、と口説く店員に出鱈《でたら》目《め》な大阪の住所を教え、服の入ったボール箱を抱えて店を出た。

車を人通りの少ない南平台《なんぺいだい》の屋敷町に回し、買いこんだ服やシャツや靴に着け替えた。ポケットの中身も移し替え、いままで着ていたものをトランク室に詰めこんだ。

メモのページを焼き捨て、空の洋服箱をゴミ箱に突っこんで、小泉の女が住んでいる参宮橋のほうに車首を向ける。

十階建ての参宮マンションは靄《もや》に包まれていた。小泉の女が住んでいる七階の七Gの部屋と窓からは、ブラインドを透して灯が漏れている。

朝倉は、その分譲式高級アパートの前庭についた広いパーキング・レーンの隅にM・Gをとめた。マンションの玄関のほうを眺《なが》めながら、財布からヘロインの包みを取り出した。小泉の車インペリアルの姿は見えない。

ケントの箱を開いて、白いフィルターのついたタバコを出す。パーキング・レーンは薄暗いが、常夜灯の淡い光を頼りに、紙巻きのタバコの葉をポケット・ナイフの刃先で三分の一ほど慎重に取りのけ、そこに十分の一グラムのヘロインを入れた。巻き紙が崩れぬように気を配りながら、タバコの葉をもとに戻す。

思っていたよりも難しい仕事であった。二十分は優にかかった。その間、マンションに十人を越す人々が出入りしたが、そのなかに小泉の女の姿は無い。

朝倉は、二本目のケントにヘロインを詰めこむ仕事にかかった。慣れたからかこれは十五分ほどで出来た。三本目はもっと早かった。

午後十一時――朝倉が十本目のケントにヘロインを詰め終えたとき、一台のグリーン・キャブがホテルの入口のようなマンションの玄関の前にとまった。

制服の運転手がそのタクシーから降りた。マンションの玄関に入っていく。ホールの隅にある電話の受話器を取り上げるのが、朧《おぼ》ろに見える。

通話を終えた運転手はグリーン・キャブに戻った。七Gの部屋の窓から灯が消えた。朝倉は薄く笑い、M・G・AマークIIのエンジンを掛ける。アクセルを軽く踏んで、高目のアイドリングでエンジンをウォーム・アップする。

しばらくして、ボーリング・バッグを提げた若い女が自動エレベーターから降りてきた。小泉の女だ。スラックスに、クリーム色の山羊革《やぎがわ》のジャンパーを羽織っている。

女はグリーン・キャブに乗りこんだ。その車が前庭の噴水を回って走り去るのを待って朝倉はM・Gであとを追う。

夜が更けて車の数が少なくなっているせいもあって、尾行は楽であった。

グリーン・キャブが着いたのは、赤坂離宮に近い赤坂ボーリング場であった。三角型の屋根を持つ近代的な建物だ。女はそこでタクシーから降りた。

ボーリング場の横が駐車場になっている。有料だが、午後八時過ぎはボーリング場の認め印のある者にかぎり無料と書いてある。

女がボーリング場に入るのを見とどけ、朝倉は車を駐車場に突っこんだ。係り員から駐車券を受け取り、車を空いたロットに駐車させたが、そのまま車のなかで五分ほど時間を潰《つぶ》す。

駐車場を出てボーリング場に近寄る。入口のそばに、ゲーム料や予約料などが書いてある。

午前三時までやっているらしい。

暖房のきいた場内に入ると、左手が受付や売店やレストラン、右手が投球場になっている。二階はロッカーやシャワー・ルームとトルコ風呂《ぶろ》だ。

投球場は三十レーンで、すべて自動ピン・セッター式になっている。ピンがスッ飛ぶ派手な音に包まれた、レーンの客の入りは八分ほどであった。

朝倉は素早く小泉の女の姿を捜す。女は十九番のレーンにいた。山羊革のジャンパーを脱いで、スェーター姿になっている。二十番のレーンは空いていた。

後ろに貸し靴の棚《たな》が並んだ、受付のカウンターに歩いた朝倉は、予約料五百円、貸し靴料五十円、貸しボール料五十円のほかに、四つ折りにした千円札を係り員のポケットに滑りこませ、

「二十番のレーンに頼むよ」

と言った。

「承知いたしました。靴は何文《なんもん》ですか？」

係り員はかすかな笑いを見せ、得点表を朝倉に渡す。

「十一文半だ」

朝倉は答えた。係り員が棚から降ろしたボーリング・シューズを受け取り、数百個のボールが置かれたボール・ラックに歩く。

これまで朝倉は、二、三度しかボーリング場に入ったことがない。だから素人《しろうと》同然だ。しか

し、やり方は分かっていた。平均百四十点は出せる。

ボール・ラックから十六ポンドの一番重いボールを択《えら》んだ。それを持って二十番のレーンの後に近づく。十九番と二十番は同じスコア・テーブルを使うのだ。永井京子とサインした小泉の女のスコア・シートの横に、堀田と偽名を書いた自分のそれを並べて置いた朝倉は、スコア・テーブルの後に並べられた椅子《いす》に腰をおろした。

ボーリング・シューズに履《は》き替えながら、近々と助走路の京子を観察する。運動で頰を上気させた京子は顔も体も若々しく、この前にマンションの窓越しに朝倉が垣間《かいま》見たときとは大分印象が違っていた。しかし、成熟しきった体の線は、やはり処女のものではない。

ストライクを出して十本のピンを一度に倒した京子は、ピットからレールを伝ってスコア・テーブルの前のリターン・ラックに戻ってくる自分のボールを待つために、アプローチの後端にさがった。

朝倉と目が合った。シャープな服装の朝倉は、浅黒く整った顔に慎しみ深い笑みを浮かべて拍手する。京子は一瞬とまどった表情を見せたが、笑顔で目礼を返した。

京子の靴は貸し靴でなく、左足の底は革、右足の底はゴムで爪先《つまさき》だけが革になっている本格的なボーリング・シューズだ。ボールも私物であった。

靴を履き替えた朝倉は上着を脱いだ。ボールを持ってアプローチの台にのる。六十二フィートほどのレーンの奥に、徳利型のピンが十本、一辺四本の正三角形をなしている。

ピンの上のサイン板にランプがついて準備完了を示している。朝倉の横に並んだ京子は、のびのびとしたフォームで今度は九本を倒した。二回目の投球のためにリターン・ラックの所に戻り、小孔《こあな》から噴出する熱い空気で指を乾かしている。

朝倉は、無茶苦茶な助走と出鱈目《でたらめ》なフォームで力まかせにボールを投げた。レーンの床に轟音《ごうおん》を立ててはねっかえったボールは、溝《みぞ》にそれ、凄《すさ》まじい勢いでピットに落ちていった。無論、ピンは一本も倒れない。

背後で、京子が失笑を圧《お》し殺している気配が感じられた。朝倉は腕組みして首をかしげる。

それから約半時間——京子は何度かストライクを放ったが、朝倉はわざと失敗を繰り返した。スコア・シートにもミスばかりをつけた。

一ゲームを終わったとき、朝倉は途方に暮れた表情で、救いを求めるような視線を京子に向けた。躊躇《ちゅうちょ》した表情を見せてから自分のゲームを続ける京子の動きを、控え目に真似《まね》してみる。

二ゲームを終わって一息ついた京子に、朝倉は思いあまったように声をかけた。

「失礼……僕、はじめてなんで、どうやったらうまくいくのか見当がつかないんです。済みません、こんなことといって御迷惑なのは分かってるんですが、教えてくださるわけには、いきませんでしょうか？」

と、手を合わせて拝む真似をする。

「あら、あたしなど……あのかたたち本職の方におっしゃってみては？」

京子は軽く眉《まゆ》をしかめ、クラブの名前を染めぬいたブレザー・コートを着て練習している女の方に視線を向けた。

「いや……ごく初歩的なことだけでいいんです」

「困っちゃったな──」

京子は呟《つぶや》いたが、朝倉に近より、

「本当言いますと、あたしも始めてから半年にもならないのよ」

と、笑った。

「それだけでも、僕と較《くら》べればヴェテランですよ」

朝倉は恥ずかしそうに言った。

軽く汗をかいているせいか、香水にまじって京子の体からは牝《めす》の匂《にお》いがした。イタリア系のような顔の彫りだ。背は朝倉の耳の下にとどくほどもあった。

京子は、自分のボールを胸の前に両手で構えた。

済みません、と呟いた朝倉は京子を見習って自分もその通りにする。

「助走はまず右足を出すことなのよ……右足が出しやすいように、左足をはじめ少し前に出しておいた方がいいわ……体は真っすぐにピンの方に向けて……そうだわ。助走は四歩よ。力を入れたら駄目《だめ》……リズミカルにやらないと……ピンに対して、投げるときの親指が真っすぐに向いてないとボールがそれるわよ。目標は、はじめの頃《ころ》は第一ピンと第三ピンのあいだよ──」

京子は自分で手本を示しながら、文字通り朝倉の手をとって教えていった。

京子の匂いを十分に吸いこみ、朝倉は感嘆詞をはさみながら、教わった通りに動く振りをして自力を出していった。

スコアのつけ方も、京子から習う振りをした。スコア・テーブルの後の椅子に並ぶと、セーター越しに京子の熱い体温が感じられた。

自分の教え方のせいで朝倉が上達したものと思ってか、京子は上機嫌《じょうきげん》であった。

朝倉は、京子以上の得点を上げないように気を使った。

朝倉が七ゲーム目を終えたとき、京子はアプローチから降りた。

「大体お分かりになって？　あたし、お先に失礼しますわ」

と、道具をバッグに仕舞いかける。

「待ってください。お礼のしるしと言っては何ですが、どこかで食事でも一緒させてください。そうでないと、僕の気持ちがおさまりません。外で、車でお待ちしてます」

朝倉は一途《いちず》な目付きで京子を見つめ、京子のスコア・シートを取り上げて自分のと重ねた。

「困るわ……」

冷たい表情を作って京子は呟いたが、承知した顔であった。

16　ストライク

手と顔を入念に洗った朝倉哲也は、会計のカウンターで自分と京子のゲーム料を払った。十一ゲーム三千数百円であった。

ボーリング・シューズを返し、駐車券に判を押してもらう。受付の係り員がウインクを送ってきた。

それに笑顔を返し、朝倉はボーリング場を出た。駐車場に歩くと、凍《い》てついたコンクリートの路面に、靴音が金属的な反響音をたてた。夜空の星屑《ほしくず》は氷のかけらのようだ。

駐車場にとめたM・G・Aの車内も冷えきっていた。身震いした朝倉は、エンジンを掛けるとアクセルをしばらくフカしてからスタートさせた。係り員に駐車券を渡してから、車をボーリング場の入口の前に廻す。

五分ほど待つうちに、ラジエーターの水温が暖まってきたのでヒーターをかけた。ラジオのスイッチを押して、低く音楽を流しながら待ち続ける。ダッシュ板に並んだ計器が淡く光って、朝倉の顔に精悍《せいかん》な翳《かげ》を与えた。

十五分ほどして、京子は二階の化粧室から降りてきた。濃い目のグリーンのアイシャドウをつけた京子には、球を転がしていたときの健康さは消え、過去を秘めた暗さと、容易には男を近づかせぬ雰囲気《ふんいき》を持っていた。

山羊革《やぎがわ》のジャンパーを羽織った京子が自動式の回転扉《とびら》から出てくるのを待って、朝倉は車から降りた。助手席のドアを開いて、京子に軽く腰をかがめる。

京子は毅然《きぜん》と頭を立てて助手席に乗りこんだ。ボーリング・バッグを足許の床の隅に置くと、セイラムのハッカ・タバコを、かすかにまくれあがった唇にくわえた。

朝倉は、買いたてのダンヒルのガス・ライターに点火して京子のタバコに火を移してやり、サイド・ブレーキをゆるめた。京子がタバコを吸うことを知って、微笑を走らす。

「どちらに？」

京子は、気《け》だるげな声を煙と共に吐きだした。

「本当のことを言えば、このまま地球の果てまでも飛ばしたいところですが、そうもいかない。思いきり平凡に、まずハマの中華街で胃を鎮めましょうか」

朝倉は言って車を発進させた。

「お任せするわ」

京子は素っ気なく答えた。

ダッシュ・ボードの時計は午前一時を過ぎていた。朝倉は、目にもとまらぬほどの早さでギアのシフト・アップとダウンを繰り返しながらエンジンを常に高速回転させ、六十から百のスピードを保ってスキースラロームのように、右から左から先行車をあとにしていく。この時刻に走っているのはタクシーがほとんどだが、バリバリと野蛮なほどの排気音を残してかすめ去る朝倉の車にファイトを燃やして追いかけては諦《あきら》める。

五反田から第二京浜に入ると、百五十キロでぶっ飛ばした。強力なディスク・ブレーキに命を託して不安は無い。このスピードでは、パトカーは追うことが出来ない。

エンジンとミッションの唸《うな》りとスピード感が、冷たい京子の仮面をはぎ取り、瞳《ひとみ》を燃えたたせた。カー・ラジオの音楽も耳に入らない様子であった。

赤坂のボーリング場から、半時間足らずで桜木町駅の横を過ぎた。街のなかをそのまま直進して横浜公園に突き当たる市役所前で右折し、港橋の手前で左に折れて、大岡川のドブ川に沿って少し走る。吉浜橋の左手に中華街への入口がある。中華街のメイン・ストリートは、吉浜橋寄りから山下公園の方向にむけて車は一方交通なのだ。朝倉はM・G・Aをそのなかに進めた。

周囲の、米兵や船員相手のバーやクラブは営業を続けていたが、中華街のメイン・ストリートの店は、この時刻になるとほとんど戸を閉じていた。いつもは、道の左側に割りこむ隙《すき》も無く駐車している車の数も、今は少ない。

朝倉は表戸を閉じたドラッグ・ストアの前に車をとめた。メイン・ストリートと交差する市場通りのそばだ。

二人は車から降りた。朝倉は京子の腕をとって市場通りに入っていく。この通りは、地元の中国人が利用することが多い。

酔っぱらったギリシャ系の船員が二、三人、京子に向けて野卑《やひ》な笑いと口笛を浴びせながら近づいてきた。京子の体が固くなって朝倉の腕に爪《つめ》をたてた。

朝倉の瞳が、微妙に凄《すご》みを帯びて細められた。唇の端がねじくれた笑いに歪《ゆが》む。

それを見て、二人の前に立ちふさがろうとした船員たちはさり気なく横にそれていった。京子が小さく息を吐きだして、体から固さを抜いた。

左手に〝広東楼《カントンろう》〟という店のネオンが鈍く光っている。朝倉は京子を連れて薄暗いその店内に入った。

入口は狭そうに見えたが、奥が深い。テーブルについている客は、そのほとんどが中国人で、母国語で雀《すずめ》のようにさえずっていた。

朝倉は、一番年上のウエイターに千円札を渡して個室を頼んだ。明らかに南方系中国人の顔を持つ、肥満したその給仕は、素早く千円札をポケットに捩《ね》じこむと愛想笑いを見せた。緞《どん》帳《ちょう》と樫《かし》の壁で仕切った一番奥の個室に二人を案内した。

仕切りのなかは、緞帳の垂れ幕を閉じると、灯籠《とうろう》から出るローソク型の小さな電球の光だけが、唯一つの光源になるようになっている。朝倉と京子はテーブルをへだてて向かいあったが、横の壁寄りに寝椅子《ねいす》が置いてある用意のよさだ。

そして、この店の名物は、看板には出してないが精力料理なのだ。朝倉はかつてアルバイト学生時代に、小遣いを貢《みつ》いでくれていたナイト・クラブのホステスに連れられてここに来て以来、ときどき女とここに足を運んでいる。女は二、三度ごとに変わったが、これまでは朝倉が勘定を払ったことは無かった。

「お飲みものは？」

初老のウエイターは、間《ま》のびしたアクセントで京子に尋ねた。メニューを差し出す。

「ビールで結構よ」

京子は無表情に答えたが、朝倉が酔い潰《つぶ》させる気かと警戒しているらしい。

「僕はウーカーピン――」

朝倉は答え、

「それから、料理はスペシャルを頼む」

と、京子が注文するより先に言った。

「かしこまりました」

ウエイターはニヤリと笑った。スペシャルと言うのは精力料理なのだ。一礼して引きさがる。

「前からこの店を御存知なの？」

気まずい沈黙を破って京子が言ったとき、ウエイターが冷肉のオードブルとビールとウーカーピンの罎《びん》を運んできた。

「たまに来ることがあります。どうして？」

朝倉は京子の瞳を見つめた。

「何でもないの……あなたみたいに、気狂《きちが》いのように車を飛ばす人を知らないわ」

「エンジンの唸りとギアの咆哮《ほうこう》が、僕にはどんな名曲よりも気持ちいいんですよ……さあ、お近づきになれた印しに僕の乾杯を受けてください」

朝倉は、透明な液体に満たされた自分のダブル・グラスを差し出した。京子がそれにビールのグラスを合わせた。初老のウエイターは、再び引きさがっている。

朝倉は薬用アルコールに水を軽く割ったようなウーカーピンを、一気に喉《のど》の奥に放りこんだ。アルコール分が食道を焼いて、胃にたどり着くのが分かる。京子もグラスのビールを一気に飲み干した。

朝倉は京子にビールを注《つ》いだ。自分のダブル・グラスも透明な液体で満たし、

「まだ、お名前も聞かせてもらってませんでしたね」

と呟く。

「あら、ずるいのね。ボーリング場でわたしのスコア・シートのサインを読んでいたくせに……あなたは堀田さんとおっしゃるの？」

京子は、朝倉が得点表に書いた偽名を言った。

「僕の下手な字がよく読めましたね。大学で助手をしています。まだ親のスネかじりですよ——」

朝倉は人なつっこい笑顔を浮かべた。内ポケットをさぐってみる振りをしてから、
と呟く。

「しまった。名刺を切らしてるんで」

「いいのよ。名前だけで……あなたのことを穿鑿《せんさく》したりしないわ。そのかわり、わたしのことも、根ほり葉ほり尋《き》かないで」

京子はピシャリと言った。

それから二人は、他愛のない会話を交わしながら冷肉を片付けた。

「入ってもよろしいでしょうか？」

と声をかけ、料理を乗せたワゴンを押したウエイターがやってきたのが、二十分ほどたってからであった。

ウエイターは、料理の鉢《はち》や皿《さら》を次々にテーブルに並べる。一品ずつでなく同時に出すのは、

個室のなかの二人の邪魔をしないためだ。朝倉は、京子のためにビールをもう一本注文した。

料理に手をつける前に、京子はトイレにたった。朝倉は京子のグラスに、財布のなかの小包みから出したヘロインをごく微量落とす。それに、ウエイターが運んできた新しい壜のビールを注ぎ足す。

料理のなかには——蛇《へび》の卵、キクラゲや岩燕《いわつばめ》の巣の乾物《ひもの》、熊《くま》の掌、スッポン、牛や豚のペニスと枸杞《くこ》の煮物、若鹿《わかしか》の柔らかな根角などの強精剤が混っている。その上、この店では料理にヨヒンビンやイラクサから取った催淫《さいいん》エキスまで振りかけてあるという噂《うわさ》だ。

しかも、スープにはゼニアオイ科の特効植物が刻みこまれている。エジプトから輸入した物だ。

トイレから戻った京子は、ヘロインに気がつかずにグラスのビールを飲み干した。二人は、ゆっくり時間をかけて料理を食いはじめた。朝倉は、わざとスープを飲まない。欲情で冷静な計算が狂うことを怖れたのだ。

それに反し、京子のほうは料理が終わりに近づくにつれて、瞳がギラギラ燃えてきた。燃えていながら瞳の奥に霧がかかっているのは、ヘロインのほうも効いてきて瞳孔《どうこう》が縮まっているのだ。ヘロインは微量なので、吐き気をもよおす事はないらしい。頰には血がのぼっていた。

料理の最後の頃には、京子は欲情した牝《めす》の表情を露骨に見せていた。立ち上がった朝倉が京子の横に席を移すと、啜《すす》り泣くような声を漏らして朝倉の首に両腕を廻し、自分から横の寝椅子に倒れこんだ。

接吻《せっぷん》のツバで朝倉の顔をベトベトにし、スラックスのチャックを引き外して、その奥に朝倉の手を誘導する。動物的な呻《うめ》きさえも絞りだす京子からは、先ほどまでの驕慢《きょうまん》さが想像出来ない。スラックスの奥は、下穿《したば》きまでも濡《ぬ》れきっていた。

「出ましょう」

京子の耳に唇をつけて朝倉は囁《ささや》いた。

「嫌《いや》よ。ここで抱いて」

京子は朝倉を離さない。

「ここでは、ゆっくり出来ない」

「いいのよ。早く炎を鎮めて！」

京子は朝倉の手をはさみこんで、腰を突きあげた。ヘロインと催淫剤で発狂状態に近くなっている。

朝倉にも、京子ほどではないが衝動が襲ってきた。しかし、

「覚えたての娘みたいなことを言うなよ」

と言って立ち上がり、紙ナプキンで顔のツバを拭《ぬぐ》う。京子を立たせて、スラックスのチャックを閉じてやった。

京子の背に腕を廻し、緞帳《どんちょう》の帷《とばり》を開いて朝倉は京子と共に個室を出た。店内のテーブルには客の姿は少ない。給仕たちは、瞼《まぶた》を半ば開いたまま居眠りしていた。

しがみついた京子の体には重量感があった。朝倉は、その京子を引きずるようにしてレジに近づいた。

勘定は二万円近かった。外に出ると、京子はもどかしげに唇を求めてきた。夜気は冷えきっていたが、二人はそれを感じない。唇を合わせ、舌をからませたまま駐《と》めてある車のほうに歩く。午前三時半を過ぎていた。

車に戻ると、朝倉はエンジンを二、三度空《から》ぶかしして、ほとんど冷えたまま発進させた。ほとんど人通りのない中華街を抜け、マリン・タワーの横から山下公園の前の大通りに入った。下半身に身をかがめてしがみつく京子の体があって、フロア・シャフトのギアをチェンジするのが困難だ。朝倉は、ギアをサードに入れっぱなしにしていた。

公園の噴水を浮き上がらす五彩の照明は消えていた。朝倉は公園の向かいのホテル・ニュー・ハーバーの車寄せにM・G・Aを着けた。夢中でとりすがる京子から離れ、ズボンのシワを伸ばして立ち上がった。

ホテル・ニュー・ハーバーは七階建てだ。外壁は大理石と化粧煉瓦《れんが》を組み合わせて、歴史の古さを誇示しているが、事実は四、五年前に建てられたものだ。

薄化粧でもしているような夜勤のボーイが近寄ってきた。

「お車のキーをお預かりします」

「御苦労さん」

朝倉はボーイに百円玉のチップを与えた。助手席のドアを開き、京子を降ろす。京子はもどかしげに、朝倉より先にホテルの玄関をくぐった。

ホテルのクラークは、その商売に特有の慇懃《いんぎん》で無表情な態度と顔を持っていた。宿帳にサインを求め、七千円の前金を要求した。朝倉は、堀田正と同妻とサインし、出鱈目《でたらめ》な住所を書いた。金を払うと、クラークは背後の棚《たな》から鍵《かぎ》を外し、それをベル・ボーイに持たせる。

ベル・ボーイは緑色の制服を着ていた。朝倉と京子を案内してエレベーターに入ると、同じような制服のエレベーター・ボーイに、

「六階……」

と、命じる。

エレベーターのなかでも、京子は朝倉にしがみついていた。ボーイたちは素知らぬ顔をしようとするのだが、自然に唇が薄ら笑いに歪《ゆが》んだ。

二人の部屋番号は六Dであった。鍵でそれを開いたベル・ボーイは、二人を入れると手早くベッドを造る。

二十畳ほどの洋室だ。左側にバスとトイレがついている。模造暖炉の上には大きな汽船の模型が乗っていた。オイル・スチームの暖房がきいていた。

「バスには、いまお入りになりますか?」

ボーイは尋ねた。

「いや、あとで勝手に入るよ」

朝倉は千円札を差し出した。

「有り難うございます。御用がありましたらベルを押していただけば、いつでも飛んで参ります」

ボーイは鍵を朝倉に預けると、小腰をかがめて出ていった。自動錠であるから、ドアを閉じると、それだけで鍵がかかる。かかった錠は、内側から開くときはノブを廻すだけでいい。朝倉は窓ぎわに立ち、分厚いカーテンを開いた。宝石をばらまいたような港の灯と、沖合いで、桟橋《さんばし》入りを待たされている船の群れからこぼれる灯が揺れている。

じらされた京子は、自分から身につけているものをかなぐり捨てた。

「何してるのよ」

と、朝倉を振り向かす。

京子は、朝倉が想像のなかで犯したのと同じ裸身を持っていた。上向きに尖《とが》った張りのある乳房、十分にくびれた腰、そして完璧《かんぺき》に近い脚。腿《もも》は濡れて光り、春の夜の牝猫《めすねこ》のような瞳の光になっていた。バス・ルームから取ってきたタオルを提げていた。

朝倉は、後手で窓のカーテンを閉じた。京子を抱きあげるとベッドに運んだ……。朝倉が入ってからの京子の反応は、想像を絶する凄《すさ》まじさであった。終わっても朝倉を離さない。

朝倉は、そのまま京子の要求に応《こた》えた。長い時間をかけて、朝倉は二ラウンド目のゴングを聞くまでに、京子は少なくとも七、八度のダウンを喫した。

朝倉は体をずらした。ベッドの柵《さく》にかけた上着から、ケントの箱を取り出した。原形のままの一本とヘロインを仕込んだ一本をくわえ、火をつける。ヘロインを仕込んだほうを京子に渡す。京子は荒い息で、むさぼるようにそのタバコを吸った。ヘロインの部分に火が達したとき、京子は眉《まゆ》をしかめたが、それが何であるかは気付かなかったようだ。

朝倉はタバコを捨て、京子の乳房を愛撫《あいぶ》しながら、その顔色を見守る。

京子の目尻に涙が浮かんできた。生アクビすると、

「何だか、吐き気がしてきた……」

と呟いて瞼を閉じる。ベッドのシーツに転げ落ちた吸殻《すいがら》を、朝倉は灰皿《はいざら》に捨ててやった。

「吐きたい……胸が苦しい……」

京子は呟いていたが、イビキをかいて眠りはじめた。ヨダレを垂らしている。

朝倉はベッドから降りた。名前と住所がそれによって知れる運転免許証を、ポケットから出してトイレの水洗タンクの蓋《ふた》の上に隠し、シャワーを浴びた。ベッドに戻って眠りこむ。

胸が重苦しくて目が覚めた。カーテンの隙間《すきま》から早朝の弱々しい光が射《さ》しこんでいた。朝倉の上には京子があった。狂ったような瞳の光は消えているが、そのかわりにしっとりと潤んでいる。恥ずかしそうに含み笑いをすると、

「わたし、何をしたの？　よく覚えていないわ。もう一度しっかり抱いて……」

と朝倉に脚をからませた。

17　毒

眠り足らなかったが、朝倉哲也の若い体は京子の要求を受けいれて屈しなかった。朝倉の上で、大波のような痙攣《けいれん》を断続してから京子が放心状態に陥っても、朝倉はまだ充分に体力を残していた。

素裸の京子は汗にまみれていた。乳房の谷間に溜《た》まった汗が、朝倉の胸毛にしたたり落ちる。部屋には暖房がきいているので、開いた毛孔はなかなか閉じなかった。京子はそのまま動かない。朝倉も不快感が高まってくるまで動かなかった。

朝倉が身を離そうとすると、京子は爪を立てて嫌々《いやいや》をした。

「今日は日曜だ。一日中でも可愛がってやるよ」

朝倉は呟き、京子から離れるとバス・タオルで体をぬぐう。昨日は残業で、午後まで会社の仕事をさせられたので、危うく今日が日曜であることを忘れるところであった。

「わたし、こんな変な気持ちになったの初めてよ。ね、お願い。どこにも行かないで……」

京子は横向きになって、毛布を腰の上にずり上げた。明度を増してきた朝陽《あさひ》がカーテンの隙間から射しこむなかで、競走馬のような筋肉の躍動を見せて汗を拭《ふ》く朝倉を、目眩《まばゆ》いものでも見る眼差《まなざ》しで凝視する。

朝倉は腕時計をつけた。もう午前七時近い。再びベッドにもぐりこむとタバコに火をつけ、京子にはヘロイン入りのほうをくわえさせてやった。火を移す。

二人は互いの瞳を見つめあって、ゆるやかに煙を吐いた。いつもは碧《あお》みがかっている白眼の部分が、かすかに赤らんだ京子の瞳には、女そのものの艶《つや》があった。

しかし、火がヘロインの部分に達すると、京子の瞳孔は縮まった。吐き気は訴えない。前夜から徐々にヘロインの毒性に慣らされたためか、目ヤニもすぐには出てこない。

「まだ名前だけしか伺ってなかったわね。それと、大学で教えているということ……学校はどちらなの？」

京子は掠《かす》れたハスキーな声を出した。

「H……大だ」

朝倉は母校の名を出した。教授のことなど尋《き》かれたときに都合がいい。もっとも、アルバイトに忙しかった朝倉は、教授たちの名前などほとんど覚えようともしなかったのだが。

「若いのに素敵じゃない」

「そうでもないよ。教えるのは週に二時間かそこいらだ。あとは学生に出席カードを配ったり、集めたり」

朝倉は、うんざりしたように言った。

「でも、女の学生にもてるんでしょ？　この頃の女子大学生って凄《すご》いそうね。セックスについては中年女以上に露骨だって言うわ」

「そう言ったとこかな。僕もいま、三人の学生に追いかけまわされて弱ってるんだ。二、三度可愛がってやっただけなのに一緒に住んでくれって、うるさくてかなわない」

「口惜《くや》しい」

タバコを捨てた京子は、朝倉の脇腹《わきばら》をつねった。瞳が吊《つ》りあがり、再び欲情に曇ってきた。

「そんなこと言っても、僕はまだ君を知らなかったんだもん」

朝倉は甘えた声を出した。タバコの煙を、京子の乱れた髪のなかに吹きこんで指で弄《もてあそ》ぶ。

「わたしが好き？」

「愛してるよ。夢中なんだ」

「それが本当なら、その女達と早く別れて！」

「言われなくても、僕は頭のいいインテリ女なんか、とても好きになれないんだ。どこで覚えるのか、テクニックなんか娼婦《しょうふ》よりもよく知っててね。こっちは胸につかえてしまう」

朝倉は唇を歪めて笑った。

「私は下手？」

京子は瞼を閉じて尋ねた。

朝倉は、その京子の瞼に唇を当てた。

「そんな意味で言ったんじゃない。それに、君の体はテクニックなんか全然要らないほどの見事さだよ……。僕をちょっぴりぐらいは好きになってくれたのかい？」

朝倉は唇を寄せたまま囁《ささや》く。

「好きなんてもんじゃないわ。死にたいほど好き……わたしをこんなに逞《たくま》しく抱いてくれたのは、あなただけだわ。みんなを、あんなに激しく愛するの？」

「馬鹿な。君だけだよ」

「あなたなしでは、わたしもう駄目。どこに住んでいるの？　押しかけたりしないから教えて」

京子は、のびてきた朝倉の髭《ひげ》に頰をこすりつけた。

「大学の研究室に寝泊まりしている。あそこだけは女人禁制なんだ。ちょっとでも君との噂がたつと、僕は教授連中に睨《にら》まれる。そうすると、もうすぐ助教授になることになっている僕の設計図が狂ってくる」

「…………」

「だから、君のほうから研究室の僕に連絡をとるのはマズイんだ。無論電話も困る……ね、分かってくれるだろう、僕を愛してくれているのなら」

朝倉もタバコを捨てていた。秘密を打ち明けるときのような熱っぽい声で囁きながら、京子の喉《のど》を唇と息でくすぐる。

「助教授になるって本当？」

頭をのけぞらせた京子は、夢見るように言った。

「ああ、多分来年の新学期からね。君は知らないだろうが、大学のなかは勢力争いや派閥争いは凄《すご》いもんだぜ。助教授になるにしたって並大抵のことではないが、まあ、それでやっと一人前になれるってわけだ。助教授なんて大したものでないと思うだろうが、いまテレビや雑誌で教授づらしている連中にも助教授が多いんだ」

朝倉はもっともらしく言った。

「大変ね」

「まあ、僕の場合はオヤジが教授連中に随分貢いであるからな——」

「…………」

「僕のことはいいから、君のことを聞かせてくれ。君に連絡するには？」

と、尋ねる。

「代々木の参宮マンション七G——これがわたしの部屋なの。電話番号は、忘れないようにあとで書いてあげるわ。電話するときは多田の所の者だと名乗ってね、わたし以外の者が電話口に出たら……」

京子は、朝倉の顔色を窺《うかが》うようにして呟いた。

「多田だって？」

朝倉は眉を吊りあげた。

「出入りさせている宝石屋なの。御免なさい。でも、ちょっとわけがあるのよ。若い男の人から電話があると困ったことになるの」

京子は言って、軽いアクビをした。ヘロインの効き目らしい。

「分かったよ。誰《だれ》と一緒に住んでるんだ？」

朝倉は、わざと瞳に怒りの色をこめた。

京子は瞼を閉じた。眠ってしまったのではないか、と思えるほどの時間がたってから、

「どうせ分かってしまうことね。いま言ってしまうわ。でも、わたしの話を聞いて軽蔑《けいべつ》しない？」

と、呟く。

「馬鹿な」

「わたしが自分だけの力でマンションに住めると思って？」

「…………」

「分かったでしょ。わたしはある爺《じい》ちゃんの二号なの。はっきり言えば情婦よ。向こうはわたしに溺《おぼ》れきっているけど、わたしから見ればお金だけ」

京子は投げやりな口調になった。

「悪くない話だ。結構な身分じゃないか」

朝倉はわざと唇を歪めた。

「怒ったの」

「とんでもない。老いぼれが君を買い占めるには、いくら金を払っても不足だ」

「これからは、あなたにお金の面では迷惑かけないわ。あなたが要るだけ、パパから取り上げてきてあげる」

京子は朝倉の髪に、ためらいがちな手をのばした。

「悪い女だ」

朝倉は鋭い犬歯を見せて笑うと、京子の乳房に顔を埋めた。

それから一時間後——朝倉は部屋に朝食を運ばせた。料理を乗せたワゴンを押してきたベル・ボーイは、毛布を首までかぶってベッドに並んでいる朝倉と京子から、わざと視線を外していた。

カーテンを半開きにしたボーイは、料理をテーブルに並べた。朝倉がベッドに横になったまま五百円札を紙飛行機の型に折って飛ばしてやると、器用にそれを受け止める。

「勝手にやるから放っといてくれ」

朝倉はボーイにウインクした。

「かしこまりました」

ボーイは出ていった。

朝倉は素っ裸のままベッドに半身を起こした。

「君も食べないと……」

と言って、横のテーブルに手をのばす。料理は、三センチの厚さのビフテキとサラダ、それにトマト・ジュースと黒パンだ。

京子も全裸の半身を起こした。二人は、腰のあたりだけを毛布でおおい、腿《もも》の上に料理の皿を乗せて食事にとりかかった。

半分ほど開いたカーテンのあいだから、朝の港が見渡せた。重油と汚水で濁った海も、朝陽《あさひ》を反射して明るい。船上で退屈した船員たちが、望遠鏡の焦点をこの部屋の窓に合わせていたとしても、そんなことは朝倉の知ったことではない。

朝倉はいつものように旺盛《おうせい》な食欲を示したが、京子はあれほどのエネルギーを消費したのにもかかわらず、ビフテキを半分ほど残した。

「僕が片付けてやる」

朝倉は、京子の残したビフテキにフォークを突き刺した。京子は苛立《いらだ》った表情を見せ、朝倉のケントの箱に手をのばした。朝倉はその箱を取り上げ、ヘロインを仕込んだほうの一本を択《と》って京子にくわえさす。京子は、朝倉が火をつけてくれるのを待たず、自分からライターで点火した。

ヘロインの煙が体内にしみこむと、京子の顔から苛立たしさが消え、放心したような恍惚《こうこつ》とした表情に変わった。習慣性の強い麻薬は、もう京子を犯しているのだ。

「このタバコ、どうにかなってるのかしら。吸うたびに雲の上に乗ったような気持ちになるわ」

と、溜息《ためいき》をついてベッドの柵にもたれる。毛布がずり落ちて腿の奥まで剝《む》きだしになっても、恥ずかしがる様子はなかった。

それから月曜の午前零時過ぎまで、二人はホテルの部屋から一歩も出なかった。ドロドロに溶けていきそうな体の愛を交わし、食って眠って、目覚めては相手を求めた。

そうしながら、京子はヘロイン入りのタバコを求める頻度《ひんど》が増えてきた。あとになると、ほとんど二時間置きに吸った。

用意したヘロイン入りのタバコが足りなくなりそうになると、朝倉は財布からヘロインの小包みを取り出し、京子の眠っているあいだに、新しいタバコに微量を仕込んだ。

ホテルの精算料金は京子が払った。

朝倉が先にホテルを出ると、凍《い》てついた夜気が体を包み、シャワーをいくら浴びても落ちなかった肌に粘りつくようなものが、吹きとばされるような気がする。

ボーイが銀灰色のM・G・AマークⅡをホテルの車寄せに廻してきた。大きく夜気を吸いこんだ朝倉は、車に乗りこむと、つけてあるカー・ラジオを消した。たるんでいた筋肉がシャンとなる。

京子が助手席に乗りこむと、朝倉はエンジン三千回転で荒くクラッチを放した。午前零時二十分だ。

車を公園通りに出し、東神奈川から六角橋を抜けて、中原街道を択《えら》んで帰路についた。

銀色の矢のように、朝倉は車を吹っとばす。零時を過ぎると、上りの車は数えるほどしかなく、それも、鈍重なトラックがほとんどだ。朝倉は、追い越しのときの瞬間最高速度は百六十キロをマークした。

エンジンの咆哮《ほうこう》とギアの唸《うな》り、スポーティーな排気音、それにボディに叩《たた》きつける風の音は、どんな名曲よりも朝倉の魂をゆすぶる。アストン・マーチンかフェラーリやマセラティを無造作に手に入れるだけの金が欲しい——と、朝倉は思う。

京子は麻薬入りのタバコに酔って、口を開いて眠っている。温泉マークの乱立する綱島の街に近づいた。朝倉は、五十キロぐらいのスピードからでもダブル・クラッチを使って瞬間的にローにギアを落とすので、ほとんどブレーキは踏まない。

日吉を過ぎ、中原街道は丸子橋から都内に入る。朝倉の運転するM・G・Aが丸子橋を渡ったのは零時三十分を越えてなかった。

西大崎で第二京浜に合流し、五反田で左折して環状六号を使って代々木に入った。京子が目覚めたので、朝倉はわざと京子に道を尋《き》きながら、参宮マンションに車を着けた。

午前一時では、灯をつけている窓が多かった。七階の、京子の部屋の窓は暗い。

「たすかったわ。うまい具合いにパパは来てないらしいわ。長くは引きとめないから、寄っていらっしゃって……」

京子は言った。自分のホーム・グラウンドに戻ったせいか、もとの驕慢《きょうまん》さが幾分か甦《よみがえ》ってきている。

「じゃあ、車をそこのパーキング・レーンに駐《と》めてくる。君は、先に部屋に入って、爺さんが部屋の灯を消して待ち伏せしていないか、確かめてくれ。七Gの部屋だね？」

朝倉は言って、助手席のドアを開いてやった。

「分かったわ」

京子はボーリング・バッグを提げて車から降りた。

朝倉はマンションのパーキング・レーンに車を入れた。マンションのロビーに入ると、京子が入ったエレベーターが昇っていくところであった。

次回のエレベーターで、朝倉は七階に昇る。

七階の廊下には草色のカーペットが敷きつめてあった。ゴミや屑物《くずもの》はディスポーザーやダスト・シュートに放りこんで始末してしまうので、廊下が汚れる心配はないのだ。

顔を俯向《うつむ》け加減にして、朝倉は七Gの続き部屋の玄関口の前に歩く。七Gの間取りは、参宮マンションの建設を施工した西銀座建設から入手したカタログを見て分かっている。

玄関のドアの横の壁にもたれるようにして、朝倉は待った。

五分ほどして玄関のドアが開いた。ネグリジェの上にガウンを羽織った京子が手招きする。

玄関から入った所が十二畳の洋室だ。家具は凝《こ》っていた。オイル・ヒーターがかすかな唸《うな》りをあげて、暖風を部屋に送りこんでいる。

京子は、奥の八畳の洋室に朝倉を案内した。

壁から家具から暖色で統一された落ち着いた寝室だ。部屋はそのほかに六畳二間、四畳半などがついている。

「豪勢なもんだな。一人住いじゃ掃除が大変だろう」

クッションのきいたダブル・ベッドの端に腰を降ろした朝倉は、まわりを見廻した。

「週に三度、通いの掃除婦が来るのよ」

京子は、朝倉に背を向けて、壁のボタンを押した。羽目板の壁が電気モーターの唸りとともに横にずれて、ホーム・バーが現われた。五十本近い罎《びん》が並んでいる。

「何がおよろしい？」

「ドライ・マルティニ」

朝倉は答えた。金さえあれば、こんな生活も出来るのだ。

「わたしもそれにするわ」

京子は、ジンとベルモットを入れた。シェーカーを振った。グラスに注《つ》いで短冊《たんざく》に切ったレモンの皮を捩《ねじ》って落とす。

二人はグラスを合わせた。京子はベッドの上に坐りこむ。右手のグラスに口をつけずに、左手を朝倉の首に廻した。

「もう、あなたのタバコは残ってないの?」

と、囁《ささや》くように言う。

朝倉は、もう京子が麻薬から離れることが出来なくなったことを確信した。財布からヘロインの小包みを出し、

「タバコの先に、この粉をほんの少しつけると美味《うま》くなるんだ。ほんの少し……耳かきに四分の一ほどだよ。それに、あんまり続けざまにやると体に悪いそうだ。少なくとも三時間はあいだを置かないと駄目だよ」

と言う。まだ小包みのなかには三グラムほど残っている。

「怖くなってきたわ。まさか、これが、話に聞いている麻薬じゃないでしょうね?」

京子の顔が蒼《あお》ざめた。

「冗談だろう。僕が、そんな物騒なものを手に入れることが出来る筈がない。これは大学の理科学教室からもらった清涼剤だよ」

朝倉は真剣な顔で言った。

「それなら安心だわ」

京子は笑った。カクテルのグラスをサイド・テーブルに置き、その抽出《ひきだ》しからクールの袋を出した。封を破り、ハッカ・タバコを一本抜く。

朝倉はカクテルを一気に飲んだ。ヘロインの包みを開く。

「このくらい?」

京子は尋ねながら、タバコの先を無色の結晶粉末のなかに浸した。

朝倉は、ダンヒルのガス・ライターでそれに火をつけてやった。煙を吸いこんで、恍惚《こうこつ》とした表情を浮かべた京子のガウンのポケットに、再び畳んだ麻薬の包みを入れた。

そのとき朝倉の鋭い耳は、続き部屋の玄関の鍵孔《かぎあな》に鍵が差しこまれるかすかな音を聞いた。反射的に靴を脱いだ朝倉は、

「パパさんがやってきたらしい。僕が来たことをしゃべるなよ。それから、その薬のことも。早く僕のグラスを片付けるんだ」

と京子の耳に早口に囁《ささや》き、両方の靴を左手に提げて、横の六畳の和室に体を移した。音のしないようにドアを閉じる。

18　豪邸

続き部屋の、玄関のドアが開く音が聞こえた。六畳の和室に移った朝倉哲也は、その奥の四畳半にもぐりこんだ。

薄暗くてよくは分からないがその四畳半は納戸《なんど》として利用されているらしい。埃《ほこり》っぽくて、咳《せき》が出そうになる。

八畳の寝室のほうから、激情に喉《のど》をつまらせたような小泉部長の声が響いてくる。

「京子、一体どこに行ってたんだ！」

「いいところよ」

投げやりな京子の声が聞こえた。

「何だと。それが返事か！　説明してくれ。私がこんなに心配してたのに……」

小泉の声は哀れっぽかった。会社で聞く声とは別人のように老人じみている。

「遠くに行ってたのよ。わたしだって、たまには自由が欲しいわ」

「分かった。若い男と一緒だったんだな！　変な匂いがする。言え、誰《だれ》と一緒だったんだ！　言わぬと、締め殺してやる。私が夜も眠らずに心配してたのに、若い男と楽しんでたんだな！」

小泉の声は逆上していた。

「あなたに、わたしが殺せる？　ベッドの上でも満足に殺せないくせに」

京子の声は冷たい。

「男をここに引っぱりこんだんだな。まだ、どこかの部屋に隠れてるんだろう。畜生、よくも……よくも」

「ヤキモチだけは激しいのね。馬鹿なことを言わないでよ。そんなに疑うなら、ベッドの下でも戸棚のなかでも勝手に捜してみたらどうなの？」

「よし、捜し出してみせる。見つけたら、タダでは済まさぬからな！……おい、そこに隠れてる奴、早く出てくるんだ！」

狂ったように叫びながら、小泉が手当たり次第に寝室の戸棚を開く音がした。

四畳半の納戸のなかで、朝倉は唇を噛《か》みしめた。しかし、闇《やみ》に慣れた瞳は、右側の長押《なげし》の上に、扉が半開きになっている袋戸棚を見つけた。脱いだ靴を靴紐《くつひも》で結んで首に吊《つ》った朝倉は、長押に手をかけて跳躍の体勢を整えた。

「ねえ、パパー……」

そのとき、寝室のほうから蜂蜜《はちみつ》に砂糖をブチこんだような甘ったるい京子の声が、小泉に呼びかけるのが聞こえた。

「何だ！」

「淋《さび》しかったのよ。誓うわ。京子はパパだけの女。誰とも浮気なんかしなかったわ」

「…………」

「土曜の晩、いくら待ってても、パパは京子のところに寄ってくれなかったわ。淋しかった。タクシーを呼んで夜の街に出てみたの。ますます切ない気持ちになるだけだった。そうなると、思いきり孤独にひたりたくなってそのままタクシーを伊豆《いず》に飛ばせたの」

「…………」

「箱根は霧がフロント・グラスに凍りついたわ。朝方、下田に着いて一休みして、今日は石廊《いろう》崎《ざき》から蛇石峠を越えて、西海岸に出てから戻ってきたの。いつかパパと一緒に来たことがあったっけなと想い出すと、涙がこぼれてきて仕方なかった……」

京子の声は夢見るようだ。朝倉は、それを盗み聞きしながら舌を捲《ま》いていた。

「本当か？」

小泉の声は呻《うめ》くようであった。

「いいわ、信用しないのね。パパには女心が分からないのね。パパがそんな人だとは知らなかった——」

京子の声が沈み、

「出て行くわ。手切れ金なんて、嫌《いや》らしいことは、口が裂けても言わないから安心してちょうだい。長いあいだお世話さまでした。でも、こうなるのも運命だったのね。嫌らしい疑いをかけられたまま出て行くなんて口惜《くや》しいけど、パパの心が冷えきってるのでは仕方ないわね。パパのようなロマンス・グレーの大金持ちなら、きっと京子なんか足許にも寄れない美人が押しかけるわね。またいつかパパにお会い出来たとしても、そのときは二人は他人なのね」

「おい、待ってくれ。何を言いだすんだ。悪かった。許してくれ。私には、君が必要なんだ。頼む、出て行くなんて言って嚇《おど》さないでくれ」

狼狽《ろうばい》した小泉の声は、ほとんど泣き声に近かった。

「本当なのよ。パパこそ、土曜の晩はどうして約束を破ったの？」

「社長と内密な話があったんだ。頼む、別れないでくれ。君に去られたら、私はどうなる？　君のためなら、会社も家庭も、何もかも放ったらかしても後悔しないと思っている、この私は……」

　小泉の声は喘《あえ》いだ。

「触《さわ》らないで。別れがますます辛《つら》くなるわ」

「京子、京子。さあ、機嫌《きげん》を直してくれ。何でも好きなものを買ってあげる……ミンクのコートか？　スポーツ・カーか？　今までも不自由はさせてない積りだが、これからも、君のためならいくら使っても惜しくない」

「オッパイがくすぐったいわ……大きな坊やね」

　もつれ合う音と、京子の含み笑いが聞こえた。

「京子、京子、私の命。やっと機嫌を直してくれたのか……」

　啜《すす》り泣きに似た小泉の喘ぎ声と共に、二人がベッドに倒れこむ音が聞こえた。京子のネグリジェのボタンが千切《ちぎ》られる音が続く。

　朝倉は長押《なげし》から手をおろし、溜《た》めていた肺中の空気をそっと吐いて苦笑いを漏らす。

　拳《こぶし》を握りしめ、服地が裂けそうにふくれあがる若々しい腕の筋肉を目で愛撫《あいぶ》して、年はとりたくないものだと思った。

　寝室からは、小泉の猥褻《わいせつ》な感嘆詞が伝わってきだした。朝倉はそろそろと窓に近より、カーテンをそっとはぐった。音をたてぬように、細心の注意をはらって窓の鍵を廻しはじめた。

その色ガラスの窓の下には、台所につながったテラスがのびてきていて、テラスは非常階段に続いていることを朝倉は知っている。このマンションがパンフレットに描かれている通りの設計になっていれば、の話だが。

五分ほどかかって、やっと音もなく窓を開けた。やはりテラスは、その窓の下までのびてきていた。

鉢植えの観葉樹が並んだ、コンクリートのテラスに降りた朝倉は、長い時間をかけて慎重に窓を閉じた。体を低くして非常階段を歩く。マンションの五階の踊り場でやっと靴をはいた。

M・G・Aを駆って、朝倉哲也はアパートのある上目黒に戻った。だが、安アパートのそばに、この目立つ車を駐めるわけにはいかない。

午前一時半を過ぎていた。朝倉は、車を目黒一中のそばの、交番の近くに駐めた。交番の巡査は股火鉢《またひばち》をしたまま居眠りしていたが、車泥棒は、交番から見える位置にある車に手を出すのは遠慮することであろう。

それでも安心はならないから、車のドア・ポケットから車検証を取り出した。後のトランク室から古い服や靴などを取り出し、それを抱えてアパートに戻っていく。巡査は、まだ居眠りから覚めていない。

狭く薄汚いアパートの部屋は、京子のマンションとは差がありすぎるほどであった。しかし、買いたての舶来物の衣裳《いしょう》を脱ぎ捨て、心臓が縮みあがるほど冷えきった粗末なベッドにもぐりこむと、仮面を捨て去った朝倉は、泥の眠りに落ちた。

七時半に目が覚めたとき、朝倉の疲労は完全に去っていた。エネルギーが満ち、顔を洗っても肌は水をはじいた。

戸棚に残っているマグロの缶詰《かんづめ》三個とインスタント・スープに浸した古パンを胃におさめて朝食を終った。舶来物のほうでなく、いつも会社に着ていっている地味な背広をつけ、満員電車に揺られて京橋の会社に出る。電車のなかのホワイト・カラーたちは、勤務先に着く前から、くたびれ切った表情をしていた。

九時の始業時間に、朝倉は十分に間に合った。小泉部長は、その日の午後になるまで会社に顔を出さなかった。疲労困憊《こんぱい》といった表情だ。経理の部屋には半時間も落ち着かず、アラスカから来たバイヤーの接待の打ち合わせを、営業部長とやらないとならないと言って部屋を消えたまま、終業の時間がきても経理の部屋に戻らない。営業の部屋にも見当たらないところを見ると、近くのホテルで眠りこけているのかも知れない。

会社からの帰途、朝倉は渋谷でサントリー・バーに入った。まだ時間が早いので、女給は出てきていない。ハイ・ファイのヴォリュームを絞ってバーテンが二人、グラスを磨《みが》いたりオッマミの準備をしたりしている。

ボックスの椅子《いす》は、まだ掃除のために隅《すみ》に寄せたままであった。バーテンたちは朝倉に愛想笑いを向けたが、迷惑気な表情を隠しきれない。

「喉《のど》が渇《かわ》いた。ダブルの角と水だけでいい。しばらくしたら出直してくるから」

朝倉は声をかけ、電話が乗っているカウンターの隅に立った。

「済みませんねえ。色気抜きで……」

バーテンは罎《びん》に手をのばした。朝倉は止り木に腰をおろす。もう一人のバーテンは、ハイ・ファイのヴォリュームを上げる。

注文のものとポテト・チップスが運ばれた。ダブル・グラスのウイスキーをシングル分ぐらい一息に喉に放りこんだ朝倉は、

「電話を借りるよ――」

と、思いついたように言い、

「さっきのように、レコードの音を低くしてくれないか」

「かしこまりました」

バーテンはヴォリュームを絞った。

朝倉は、京子の教えてくれた番号にダイヤルを廻した。

「どなた？」

物憂気《ものうげ》な京子の声が聞こえた。

京子の部屋の電話は参宮マンションの交換台を通さずに、外部から直通式になっているのだ。小泉が、他人に知られずに自由に電話で京子と連絡をとることが出来るようにと、直通を一本買い入れてあるからに違いない。

「多田宝石店の者ですが、あれからいかが遊ばしました？」

朝倉は軽い口調で言った。

「まあ、あなたなのね。連絡を待ってたわ。ここにはあの爺《じい》さんはいないわ。安心して、何をしゃべってもいいわ」

「昨日はひどい目に会った」

「心配してたのよ。早くあの爺さんを寝かしつけておいて、あなたを外に出してあげようとしたのに、爺ちゃんときたら凄《すご》いしつこさなの。朝まで放そうとしないの。わたしが眠った振りをしてても、一人で動かしてるほどなのよ。やっと寝かしつけてから、あなたを捜したの。あなたはいなかった。どこから消えてしまったの？」

京子は、あわただしい早口で言った。

「それは会ったときに教えてあげるとして、どうだね、今日の御機嫌は？」

「会いたいわ。我慢出来ないほど会いたいわ。でも、堪《たま》らなくなると、あなたから頂いたあの薬をタバコにつけて吸って気をまぎらわせているの。効くわ。効きすぎて心配だわ。本当にあれは麻薬じゃないんでしょうね？」

「そんなもんであるものか。でも、なかなか手に入らないから、大事に使うんだよ」

朝倉は優しい声を出した。もう京子はヘロインから離れられないであろう。

「でも、あなたなら手に入れることが出来るんでしょう？」

京子の声が危惧《きぐ》に翳《かげ》った。

「ああ。少しずつならね。でも、まだ市販されてない薬で、理科学教室で研究中のものだから、少しずつしかよこしてくれないんだ」

　朝倉はもっともらしく答えた。

「どれだけでもいいから持ってきてね。会いたいわ。いま、どこにいらっしゃるの？」

「研究室なんだ。淋《さび》しいよ。僕も君に会いたくてたまらない。でも、今夜は駄目《だめ》なんだ。主任教授が、論文を英文にまとめるのを手伝わないといけない」

　朝倉は受話器にしゃべり、バーテンにウインクしようとしたが、バーテンたちは朝倉の電話を立ち聞いている様子はなかった。

「嘘《うそ》おっしゃい。レコードが聞こえるわ。きっと、恥知らずの女学生を待ってるのね！」

「冗談じゃない。ラジオだよ。本当に今晩は嫌《いや》な仕事が待ってるんだ……愛してるよ。気が狂いそうに君が好きだ。それなのに、足止めをくってる僕の気持ちも察してくれ。あ、教授がやってきた。じゃあ、またね。明日また連絡するよ」

　最終のほうはひどく早口で言って、朝倉は電話を切った。ウイスキーの残りを飲み干し、五百円札をカウンターに投げ出してバーを出た。


　嫌な仕事が待っている、と京子に言ったのはある点では本当であった。朝倉哲也はいよいよ麻薬ブローカーの磯川に渡りをつけ、ナンバーを銀行側に控えられている熱い札束を一度、麻薬に取りかえる仕事にとりかかろうとしているのだ。

　バーを出た朝倉は、まっすぐ上目黒のアパートに戻った。乱雑な部屋で、服や身のまわり品を昨夜の高級品に替える。

運転免許証や身分証明書などはポケットに入れなかった。そして、ズボンの下の腿《もも》にコルト・スーパー三十八口径自動拳銃《けんじゅう》をくくりつける。弾倉に八発、薬室に一発と全弾装塡《そうてん》して撃鉄をハーフ・コックの安全位置にしておいた。サン・グラスを胸のポケットに突っこむ。二本の針金や手袋も忘れない。

M・G・Aの車検証を持ってアパートを出た。万が一、警官に足を停められても免許証不携帯なら罰金程度で済むが、車検証が無いと、盗難車と間違われて面倒なことになる。

銀灰色のM・G・AマークⅡは、目黒一中のそばの交番の斜め前に、盗まれもせずに駐《と》まっていた。

朝倉は、わざと鍵束を指先で振りまわしながら車に歩みよった。ドアの窓をスライドさせ、内側から車のドアを開く。

車のコック・ピットに体を落ち着ける垢抜《あかぬ》けた服装の朝倉を、交番で立番している若い巡査は、羨望《せんぼう》に耐えられぬといった表情で見送っていた。

十分にエンジンを暖めてから、朝倉は発進させた。四十五キロまで急加速し、あとはそのまの速度を保って坂を降り放射四号の大橋に抜ける。すでに街は夜の帷《とばり》に包まれ、ラッシュの車のヘッド・ライトが交錯し、玉電がスパークの火花を散らしていた。青山に廻り道して、フエドラのソフトとバーバリーのトレンチ・コートを買った。グリルに入り、ビフテキを三皿と大鉢《おおばち》の生野菜を平らげて晩飯とした。

車に戻り、第二京浜、横須賀街道を通って横須賀に近づいていく。

追浜《おっぱま》の町で街道をそれた。適当な駐車場所を求めて徐行しているうちに、鮮魚料理の大きな料亭の塀《へい》が続いているのを見て、その横にM・G・Aをとめる。料亭では日産関係の宴会があるのか、六気筒二・八リッターのセドリック・スペシャルが五台ほど並んでいた。

歩いて街道に戻り、朝倉はタクシーの空車を待った。冷えこんできた上に風が強く、コートの襟《えり》を立てた程度では大して効果は無い。

十分ほど待って、やっと空車をつかまえた。ニュー・クラウンだ。フェドラのソフトを目深にかむり、朝倉はそれに乗りこんだ。

「横須賀の入口」

と命じ、シートにふんぞりかえった。

「エントツで行きましょうか。実は帰り道なんで……エントツだと、お客さんもあたしも両方得《とく》になる」

運転手は言った。

「ああ、いいとも。安くしとけよ」

朝倉は呟《つぶや》いた。

「分かってます」

運転手は、メーターを倒さずに発進させた。ボディは変わっても、エンジンは旧クラウンのままであるから、例のゴーッと重苦しい唸《うな》りをたてて車は進んだ。

田浦からはトンネルが続いた。最後のトンネルを抜け、道の右手にブロードウェイ・ホテルのネオンが迫ってきたとき朝倉は停車を命じた。運転手は二百円でいいと言った。

タクシーを降りた朝倉はホテルのほうに歩き、タクシーが走り去るのを見とどけて向きを変えた。

ホテルの先に塚山公園入口の標示がある。表向きは市会議員と公安委員をやっている磯川の屋敷は、塚山公園のそばだと聞いている。

公園にはガス灯を模した青白い常夜灯が、樹々に幻想的な影を与えていた。一つのオーバーにくるまって、公園から出てきた若いアベックが見えた。

朝倉は足早に二人に近づいた。

アベックは朝倉から遠ざかろうと足を早めたが、朝倉の足のほうが早いのを知って立ち止まった。男のほうが、女を背後にかばうようにして身構える。

「失礼、ちょっとお尋ねします」

朝倉は声をかけた。

「…………？」

二人は警戒をゆるめなかった。

「市会の磯川先生のお宅はどこでしょうか？」

朝倉は尋ねた。

「この公園の横の道を真っすぐ行ったところだ。このあたりで一番大きな屋敷だからすぐに分かる」

男は安堵《あんど》した表情で答えた。

朝倉は礼を言って二人と別れた。胸ポケットからサン・グラスを出して目を隠す。薄い手袋もつけた。

磯川の屋敷は、道をへだてて公園を見おろす位置にあった。上に樹々の梢《こずえ》が突き出した、コンクリート・ブロックの塀の高さは五メーターはあり、塀の一辺の長さは三百メーターはあった。正門の戸は岩乗《がんじよう》そうな樫《かし》だ。

そして、正門には不必要なほど明るい灯がついている。

朝倉は、塀に沿って再び歩きはじめた。塀のなかで犬が何匹か吠《ほ》えているのが、かすかに聞こえてくる。

19　交　渉

塀に沿った道は、なだらかな坂になっていた。朝倉が、長く高いコンクリート塀に沿って磯川の屋敷の裏手に廻りこんでいくにつれて、広大な庭のなかで吠えたてる犬の声がそれを追った。

角を曲がり、百五十メーターほど歩くと、塀に嵌《は》め込《こ》まれたような格好の裏門がある。六メーター幅の砂利道をはさんで、それは小さな雑木林と向かいあっていた。

朝倉は朽葉《くちば》が堆積《たいせき》した雑木林に入った。朝倉が遠ざかったと判断したのか、犬たちは吠えるのをやめた。

朝倉はナイフを抜いた。手頃《てごろ》な太さの櫟《くぬぎ》の立木をナイフで切断し、枝を払った。六、七十センチほどの短かさに切り縮める。

ナイフを仕舞い、作りあげた棍棒《こんぼう》を提げて磯川の屋敷の裏門に近寄った。犬は再び吠えはじめる。

重い鉄の閂《かんぬき》だと面倒だと思ったが、裏門には鍵孔があいていた。朝倉はズボンの裾《すそ》の折返しに隠してある、先端を潰《つぶ》した二本の針金を取り出した。

しかし、その錠はシリンダーではなくて単純なものであった。一本の針金でロックが解けた。針金をズボンの裾の折返しに仕舞った朝倉は、コンクリート塀に頰を寄せて神経のアンテナを研《と》ぎ澄ました。

裏門の内側で、誰かが待ち伏せしている気配はない。朝倉は棍棒を右手に持ちかえ、左肩を裏門に当てて体の重みを加えた。

裏門は嫌《いや》な軋《きし》みの音をたてて開いた。朝倉はそれが三分の一ほど開くと、塀の内側に体を滑りこませ、裏門を内側から閉じた。

裏庭は、自然のままのような雑木林と竹藪《たけやぶ》になっていて、見通しがきかない。しかし、朝倉の闇《やみ》にも強い瞳は、林のなかに通じている小径《こみち》を判別した。

犬の吠え声は威嚇《いかく》的な響きを強めていたが、突然、それが咳《せき》こむような唸り声になると、竹の葉を騒がし、下生えの枝をへし折りながら朝倉のほうに殺到してきた。朝倉は塀を背にして、棍棒を楽な姿勢で横に構えた。

双眼を緑色に燃やして、林のなかから走り寄る黒褐色のけものの姿を朝倉が認めたのは、それから一分ほどたってからである。

犬は三匹いた。マスティフ犬だ。もう吠えても唸ってもいない。最初のマスティフが、朝倉の喉《のど》を狙《ねら》って黒豹《くろひょう》のように跳躍した。

十分に腰を捻《ひね》り、棍棒に全体重を乗せた朝倉の一撃が、横殴《よこなぐ》りにそのマスティフの頭部を砕いた。

悲鳴をあげずに、そのけものは五メーターほど吹っとび、橅《ぶな》の幹に叩《たた》きつけられた。鼻から脳味噌《みそ》がとびだしている。

二匹目のマスティフも同じような運命をたどった。最後の一匹も即死したが、同時に朝倉の棍棒も折れた。打撃が強烈すぎたらしい。最後のけものなど、鋭利な刀で切断したように、首と胴が別々になっていた。

朝倉は、棍棒の残りを捨てて服を調べた。胸がむかつくようなけものの血が、落葉や木の幹を濡《ぬ》らしているが、うまい具合いに朝倉の服にはかからなかったらしい。

右手の薄い手袋は、棍棒でこすれて毛ばだち、もう少しで破れそうになっていた。朝倉は塀の内側に沿って歩き、別の小径を見つけて林のなかに分け入った。

林を過ぎ竹藪を抜けると、起伏に富んだ広い芝生《しばふ》であった。東屋《あずまや》などもついている。

そして、古びた煉瓦《れんが》の煙突を持つ英国風二階建ての屋敷が、ゆるい傾斜の下方に見える。屋敷の向こうの正門までは別の林があって見通せず、かえってその先の公園が見おろせた。

朝倉は藪の外れに立って、十分ほどその磯川の屋敷を見つめていた。一階には灯がついているが、カーテンが閉じられている。

朝倉は、もと来た小径をたどって竹藪と林を抜けた。犬の死体はまだ硬直していない。朝倉は、裏門を開いて塀の外に出た。服の埃《ほこり》を払う。

ゆるい坂の砂利道をくだり、塚山公園の横を抜けて、ホテル・ブロードウェイに着く。ロビーで、大型テレビを見ながら寛《くつろ》いでいる者は少なく、それもほとんど米兵だ。垢抜《あかぬ》けした服装の朝倉を見て、丁重《ていちょう》に頭をさげるドア・ボーイに軽く頷《うなず》き、朝倉はロビーのソファに腰を降ろした。赤電話の仕切りのそばだ。

「ブランデー入りのコーヒー」

と、近づいてくる中年のウエイターに命じる。

「かしこまりました」

ウエイターは引きさがった。

朝倉はコートを脱いでソファに置き、赤電話の仕切りに入った。電話帳で磯川の屋敷の番号を捜すが、そのときも薄い手袋を脱がない。

磯川の屋敷の番号はすぐに見つかった。硬貨を入れて、朝倉はダイヤルを廻す。

「もし、もし……」

女中らしい若い女の声が聞こえてきた。

「磯川先生は御在宅でしょうか？」

朝倉は尋ねた。

「失礼ですが、どなた様で？」

「こちらこそ失礼しました。A……新聞の政治部の神川と申します」

「ちょっとお待ちください。先生の秘書の方と替わりますから……」

女中は言った。しばらくして、

「秘書の植木ですが、先生に何の御用です？」

と言う、若い男の冷たい声が聞こえてきた。

「先生にお会いして、記事を一本まとめさせてもらいたいんです。先生は御在宅でしょうね？」

朝倉は人なつっこい口調で言った。

「先生はお疲れです。誰《だれ》にもお会いになりません。明日でも、市会のほうに来てみたらいかがです？——」

秘書は言い、

「神川さんとおっしゃいましたね。A……社の政治部なら、私はみんな知ってる積りだったが……」

と、呟く。

「配置がえで、学芸部のほうから移ってきたばかしなんですよ。だから、政治部ではこれが初仕事というわけなんです」

「…………」

「こんな時間に無礼な、と思ってらっしゃるんでしょうが、いくら私が新米《しんまい》でも、先生のお忙しいことは重々承知しておりますから、夜襲でもかけないことには先生を捕えるのは難しいと思いまして……お手間はとらせません。お願いします。電話だけでも、先生につないで頂くわけにはいきませんでしょうか？」

朝倉は熱心に言った。

「言葉遣いだけは珍しく丁寧《ていねい》だけど、強引《ごういん》なところはやっぱし新聞屋さんだな――」

秘書は呟き、

「ちょっと待ってくれよ。先生にお願いしてみるから」

「有り難うございます」

朝倉は言った。

しばらく待った。受話器を切り替える音がして、

「磯川だが……？」

と言う浪曲師張りの声が聞こえてきた。

「A……社の神川と申します。夜分、失礼ですが、いまからお伺いしたいのですが……」

「うん、別にしゃべる事も無いが」

「実は、来月から〝新しい日本の人造り〟という囲み物を続けることになりまして、その初回に先生に登場して頂こうと……」

「年寄りをからかわんでくれ。儂《わし》のようなロートルの事など、誰も読みはせん」

磯川は、言葉と反対に上機嫌《じょうきげん》な猫撫《ねこな》で声になった。豪傑笑いさえ混じる。

「とんでもありません。先生のファイトあふれるご活躍振りには県民こぞって注目している次第でして、今夜は、その先生を今日あらしめた若き日のエピソードなど、お聞かせ願えたらと」

朝倉は美文調で舌を滑《なめ》らかに回転させた。

「そうか、そうか。それでは、なるべく早く来て頂こう。丁重にお通しするように申しつけておくから」

磯川は満足気に電話を切った。

朝倉は、ホテルに備えつけのメモ帳と鉛筆をポケットに捩《ね》じこんだ。ソファに戻ると、運ばれてきたブランデー入りのコーヒーが湯気をたてていた。朝倉は香りを楽しみながらそれをゆっくり飲み、指を立ててウエイターを呼ぶと、勘定のほかに二百円のチップを渡した。

コートを着てホテルを出た。公園のそばの薄暗がりで、内腿《うちもも》につけていたコルト・スーパー三十八口径自動拳銃をズボンのベルトに移した。

磯川の屋敷の正門に歩み寄ると、覗《のぞ》き窓が内側から細目に開かれた。窖《あなぐら》のように暗く窪《くぼ》んだ瞳が朝倉を見つめる。

「A……新聞の者です。社の車が途中で故障しまして」

朝倉は言った。

「先生がお待ちかねです」

門衛は答えた。重い軋《きし》みの音を残して正門を開く。

門衛は二人いた。門の内側の左手に、軽量ブロックで建てた詰所が見える。詰所から電線が屋敷の建物のほうにのびていた。植込みに隠されて、ここからは建物の二階から上だけしか見えない。

門衛は二人とも学生服を着けていた。しかし、年も表情も学生には見えなかった。

「御案内しましょう」

洞孔《ほらあな》のような瞳と鋭く殺《そ》げた頬を持つ方の門衛が、植込みのあいだの玉砂利の道を歩きだした。朝倉がそのあとに続くともう一人の門衛は詰所に入って、インターホーンのスイッチを入れた。

植込みの樹々の種類は、ちょっとした植物公園並みであった。ところどころに池が配してある。玉砂利の道はくねくねと折れ曲がり、しかも、常に行く手には植込みが立ちふさがるように作ってあるので、前庭は実際の広さの数倍に感じられた。

やっと植込みを抜けると、噴水を大理石のベンチで囲んだ広場があり、その先に屋敷の建物があった。広場の左手の林のなかに、大きなガレージがある。それも二階建てだ。

屋敷の建物にたどり着くには、広場から、さらに石段を七メーターほど登らなければならなかった。

　案内の門衛が、ゴテゴテした装飾のついた金メッキのノッカーを叩《たた》くと、しばらくして玄関脇《わき》の覗き窓が開き、続いてドアが開かれた。

　ホールからの光を背にして、ダブルのドスキンの背広と、蝶《ちょう》ネクタイ姿のスマートぶった若い男が立っていた。

「秘書の植木です。先ほどは失礼しました。どうぞ……」

　と、愛想笑いを浮かべて体を斜めに開く。

「神川です。では……」

　朝倉は一礼してコートを脱ぎ、ホールに入った。ホールには、おびただしい数の甲冑類《かっちゅうるい》が飾られている。スリラー映画に出てくるような、ラセン階段が二階にのびていた。

　門衛は詰所のほうに戻っていった。秘書に案内されて、絨毯《じゅうたん》を敷きつめた重苦しい雰囲気《ふんいき》の長い廊下を歩きながら、朝倉は薄い手袋を脱いだ。目を隠した濃いサン・グラスも外さなければ不自然だとは思ったが、素顔を見せるわけにはいかなかった。

「目を痛めてますので、こんな格好で失礼します」

　と、秘書に詫《わ》びる。

　案内された部屋は、廊下の左の突き当たりにあった。ノックして秘書がその部屋に入ると、腰を重くかがめながら、朝倉はそのあとに続いた。

広い部屋は、重厚な調度で飾られていた。大型の暖炉は飾りだけでなく、白樺《しらかば》の木が桜色を帯びた炎をあげて燃えている。

暖炉の炎を背にして、五十二、三の精悍《せいかん》な禿頭《とくとう》の男が揺り椅子《いす》で体を丸め、人をくったような表情で葉巻を横ぐわえにしている。丹前姿《たんぜん》であった。

部屋の隅にスタインウェイのピアノが置かれ、十八、九の化粧もせぬ娘がそれを遊び弾きしている。まだ青い実のような硬さが、細い体とハート型の美貌《びぼう》に残っている。自然にウェーヴのかかった髪は長い。

「こちら、神川さん」

秘書は磯川に朝倉の偽名を紹介した。

「よろしくお願いします」

朝倉は磯川に歩み寄って頭をさげた。

「ああ……」

磯川は鷹揚《おうよう》に頷《うなず》いた。丹前の懐《ふところ》から大きな財布を出し、ハガキほどもある名刺を取り出した。

「お休みなさい、パパ……」

娘は言って部屋を出ていった。秘書と瞳《ひとみ》をからませて微《かす》かに笑う。秘書は、その後姿を熱っぽい視線で見送った。

朝倉は女の首のふくらみ具合いで、その女の性経験が大体見当がつく。いまの女は処女か、あるいは経験があったとしても二、三度だろう。つまり、磯川の娘らしい。そんなことを考え

ながら、朝倉は磯川の名刺を受け取り、

「ポストがかわったばかしなので、まだ名刺が出来てませんので……」

と呟《つぶや》いて、磯川の名刺を押しいただいた。それを胸ポケットに収め、メモ帳と鉛筆を取り出す。

「まあ、掛けたまえ」

磯川は、自分の向かいの肘《ひじ》掛け椅子を葉巻で示した。朝倉は礼を言って、その椅子に腰をおろす。秘書は二人から少し離れた場所で、銀のシガレット・ケースを弄《もてあそ》んでいた。

「さてっ、何をしゃべったらいいんだったかな？」

磯川は、とぼけた愛想笑いを朝倉に向けた。

「先ほど電話で申し上げたように、若き日のエピソードを色々と気軽にお話ししていただければ、と思っています。特に先生の責任感の強さとか、義憤に燃えたことなどを……今は無責任時代だなどと言われて、中学生でさえ自分よりよく出来る級友の死を願っているほどの時代ですから、男らしく生きてこられた先生の素顔を読者に知らせることは意義があると思いまして」

朝倉は鉛筆を構えた。

「失礼だが、やはり君は新米だね。まあ雑談でもしながらでないと、想い出すエピソードも想い出せないな」

磯川は葉巻の煙を吐いた。

「これはどうも……」

朝倉は鉛筆の尻《しり》で頭を掻《か》いてみせた。

ドアがノックされ、中年の女中が紅茶を持ってきた。それを受け取った秘書が朝倉のところに運んでくる。

朝倉は脇《わき》の卓子を鉛筆で示した。手で受け取ると、指紋がつくからだ。秘書は自尊心を傷つけられたような顔で卓子に紅茶のカップを置き、先ほどの席に戻った。

「竹田君は元気かね?」

磯川がさり気なく言った。

「は?」

「政治部の次長の竹田君だ。肝臓が悪いそうだが……」

「ええ。まだ十分ではないようです」

朝倉は調子を合わせた。

「行山君は?」

「まあ、まあってところです。ところでお見事な庭ですね。感心しました」

そろそろ、肝腎《かんじん》の麻薬取り引きの話を切り出そうと思いながらも、朝倉は愛想笑いで話題を変えた。

「君にも分かるか?——」

磯川の瞳の光が強くなり、

「儂は庭をあれだけにするのに、十五年をかけたんだ。十五年前、儂は署の保安部長をやってたんだ」

「なるほど」

なるほど、保安のとき汚職で蓄えた金でこの屋敷を買ったんだな、と朝倉は心で呟いた。

「あの頃の儂の部下は、みんな上のほうの役についている。いまの署長なんかも儂の後輩なんだ。警察が、何かと儂に便宜を計ってくれるのも当たり前だろう。儂も公安委員であるから、警察と縁が切れてるわけでもないしな……」

「…………」

朝倉の唇が歪《ゆが》んだ。

「それに、儂はヤクザの連中とも懇意にしている。超党派外交でな。懇意と言うより、昵懇《じっこん》と言ったほうがいいかな。儂が一声かければ、儂の気に入らん者を生かすも殺すも自由自在だ」

磯川の口調には、明らかに威嚇《いかく》の響きがあった。

「ご立派です」

朝倉はからかうように言った。もう慎ましく膝《ひざ》を揃《そろ》えてはいない。

「眼鏡を取りたまえ。サン・グラスを外すんだ」

磯川は、窓ガラスが震えるほどの声で怒鳴った。

「ここは乱闘の議場じゃないから、わめかなくても聞こえますよ」

朝倉は言い、メモ帳と鉛筆をポケットに仕舞った。

「貴様は誰だ！　新聞記者の振りなんかして。A……の政治部に竹田なんて次長も行山なんて男もいないんだ」

磯川は吠《ほ》えた。秘書は、引きつった顔に薄ら笑いを浮かべている。

「そうでしょうな。もう茶番劇は終わりだ。本題に入りましょう。アスピリンを買いたいんだが、先生に口をきいて頂けないでしょうかね？」

「何の事だ？」

磯川の顔の充血が急激に引いた。秘書が息を呑《の》む音が聞こえた。

「先生はいま、ヤクザ組織と密接な関係にあることを自慢されたじゃないですか。とぼける積りならハッキリ言いましょう。俺《おれ》はゼニは唸《うな》るぐらいある。まとまった量のヤクを買いたいんだ。ただし、妥当な値段でね」

朝倉は、ふてぶてしい笑いを見せた。

20　カービン銃

磯川は、腕組みして再びふんぞり返った。

「ヤクとは何のことだ。アスピリンなら、どの薬局にでも売っておる。そんなに欲しいんなら、薬問屋にトラックで買いに行け」

と、薄ら笑いを浮かべて答える。秘書の植木が神経質な笑い声をあげた。

「御説のように、俺は新聞記者じゃない。そうかと言って刑事でもないことはあんたにも分かるだろう。俺はここに、あんたとビジネスの話をしにやってきたんだ」

朝倉の瞳がスッと細まり、磁気を帯びたような光を放った。

「帰れ、若造。悪いことは言わんから」

磯川は火の消えた葉巻を、暖炉で燃える白樺の薪《まき》のなかに投げ捨てた。

「あんたに儲《もう》けさしてやろうとしているのに、そんな言いぐさは無いでしょう」

朝倉は冷笑した。

「あんた、とは何だ！　さっきから大人《おとな》しくしてやってたら増長しやがって、儂《わし》を舐《な》めやがったら後悔するのは貴様だ。さあ、さっさと帰るんだチンピラ。儂は忙しいんだ。一々相手にしてられるか」

磯川は、太い人差し指をのばしてドアを示した。額《ひたい》の血管がふくれあがっている。

「商売の話に入る前には帰れないと言ったはずだ」

「やかましい。つまみ出すぞ！」

磯川は腰を上げた。胴体が長いので、立つと意外に背が低かった。

「面白い。やってもらいましょうか」

朝倉は乾いた声で言った。

「舐めるな！　儂のためには命を投げ出す覚悟の若い者が三人、貴様を見張ってるんだ。帰りたくないんなら勝手にしろ。こっちは、貴様の素顔を拝ましてもらう。さあ、そのサン・グラスを外すんだ」

「とうとう本音を吐きましたね」

「嚇《おど》しでない。後を振り向いてみろ。ゆっくりとだぞ。急に動いたりしたら、貴様の体は蜂《はち》の巣になる」

磯川は嗄《しゃが》れた声で笑った。

朝倉は、ゆっくりと首を後に廻した。片方の眼の隅《すみ》では磯川を見守りながらだ。

朝倉の背後——部屋のドアの横の羽目板が幅二メーターほど、腰から上が音もなく開いて、憎悪の表情をむきだしにした三人の男が、カービン銃を頬《ほお》づけして朝倉を狙《ねら》っていた。三人とも二十五、六歳だ。

「なるほどね。これが市会の偉物《えらぶつ》で公安委員殿のやり方か」

朝倉は磯川のほうに向き直った。

「馬鹿者が。これから、貴様がどこの馬の骨かを調べてやる。注意しとくが、あの三丁の銃には、ちゃんと銃砲所持許可証がついている。貴様が下手に抵抗して射《う》ち殺されたところで、せいぜい儂のところの者の罪状は過剰防衛だ。それも、貴様が強盗に入ってきたと儂が証言すれば、正当防衛で無罪放免は疑い無しだ」

磯川は、豪傑笑いに頭をのけぞらせた。

「そうかね。本気であんたがそう考えてるとしたら、そいつは大間違いのようだな」

朝倉は平然と言った。しかし、脇《わき》の下は汗に濡《ぬ》れ、下腹は冷えきっている。

「なんでだ！」

「あんたは、闇取《やみ》り引きにかけては玄人《くろうと》かも知らねえが、弾道学にかけては素人《しろうと》だと言うことさ。この距離からカービンをブッ放したら、弾は完全に俺を貫通する。貫通した弾は、その上にあんたに致命傷を与えるだけの力を残してる。いや、俺の体を弾が抜けるときにはまだ弾が炸裂《さくれつ》していないから俺は即死しないが、あんたの体にその弾がくいこむときには、弾の潰れがひどいから目もあてられぬ傷になるぜ」

朝倉は言った。磯川よりも、背後の三人の男たちに聞かせたかった。

磯川の顔から血が引いた。

「冗談も休み休み言え。貴様の体を貫いた弾が、そう調子よく儂に当たってたまるもんか」

「ところが、弾というやつは一番抵抗の少ないところを抜けようとする性質がある。だから俺の体のなかで、どう向きを変えるかは弾だけの知ったことだ。あんただって、鉄兜《てつかぶと》を貫いた軍用弾が、頭と鉄兜の内側に沿って一廻りし、鉄兜の射入口から出ていった実例ぐらい聞いている筈《はず》だ。その兵隊は頭のまわりに一筋の禿《はげ》が出来たけど、命には別条無かった。まあ、その弾が、そいつを射った奴に戻ってきて即死させたとなると話は面白くなるんだがな。それに、俺の背中を射ったんでは正当防衛とは言えないだろうな」

朝倉は不敵に笑った。

磯川が動揺の表情を見せた。

朝倉は射たれた豹《ひょう》のように、肘掛け椅子から跳びあがった。ジグザグを描いて走り、磯川に迫った。まだ、拳銃《けんじゅう》は抜かない。

磯川は横に逃げようとしたが、その動きは鈍重であった。朝倉の背後で三人の男は罵声《ばせい》を漏らしたが、先ほどの朝倉の言葉の暗示に引っかかったせいもあって、引金を絞ることが出来なかった。

暖炉のそばで、朝倉は磯川を掴《つか》まえた。素早く磯川のうしろに廻りこむと、左手で磯川の丹前の帯を押え、右手で拳銃を抜いた。

「みんな、銃を捨てるんだ」

朝倉は鋭く命じた。秘書はドアの方に走りかけていたが、朝倉が磯川の肩越しに三十八口径スーパーの自動拳銃の銃身部を覗《のぞ》かすと、化石したように足をとめた。

羽目板の奥の隠し部屋で、三人の男はカービンを構えたままであった。しかしカービンの銃口と朝倉のあいだに、磯川がはさまっているのでは発砲出来る筈はない。

「どうした。みんな銃を捨てないと、この先生がこの世にオサラバすることになるぜ」

朝倉は磯川の後頭部に銃口を突きつけ親指で撃鉄を起こした。

「みんな、絶対に銃を捨てるな！　儂はこいつのようなタイプの男をよく知っとる。みんなが銃を捨てたら、これ幸いとみな殺しにするんだ」

磯川は呻《うめ》いた。体を硬直させてはいたが、度胸を据《す》えたらしく震えていない。

三人の男は、慌《あわ》ててカービンを持ち直した。

「俺は商売の話でここに来たんだ。人を殺しに来たんじゃない。殺し屋じゃないからな。俺がこうやってるのは、あんたと対等に話をするためだ」

朝倉は言った。

「対等だと？　人にハジキを突きつけておいて、よくもそんな事が言えたな」

磯川は唸《うな》った。

「あんたの部下が俺に銃口を向けたからだ」

朝倉は言った。

「貴様に儂が射《う》てるもんか。儂を殺したら、儂の方の三人の銃が一斉《いっせい》に火を吐く。なんぼ貴様が腕に自信があっても、ハジキ一丁で、三丁のカービンの相手は出来まい。さあ、ハジキを仕舞え。今夜だけは見逃してやる。貴様の身許《みもと》を洗ったりもしない。そのかわり、二度と儂の前にツラを出すな。そんなことしたら容赦しないからな」

「俺はあんたに命令されるのに慣れてない。つまり、あんたの威《おど》し文句は効き目が無いってことさ」

「おい、考え直せ、儂も若いときは貴様のように元気だった。だけど、それを勇気だなんて思ってたら大間違いだ。貴様は勇気があるんじゃなくて、怖さを知らんだけのことだ。盲《めくら》、蛇《へび》に怖《お》じずってやつだ。さあ、大人《おとな》しくハジキを引っこめて帰れ。そうすれば、あとになって儂に感謝するときがくる」

磯川の口調がねばっこくなった。暖炉のなかで、白樺《しらかば》が燃え崩れて火花を散らした。

「どっかで聞いたようなセリフだな。浪花節《なにわぶし》は沢山《たくさん》だ。ハジキを仕舞うのは商売の話が済んでからだ」

朝倉は素っ気なく言った。三人の男は長い時間、カービンの狙《ねら》いをつけていることに耐えきれず、肩を波打たせていた。

「ペーを買いたいとか言ってたな。そんな話ならおカド違いだ」

硬直していた磯川の背筋がゆるんだ。

「あんたは、俺が勇気があると自惚《うぬぼ》れてる、と言ったな。それこそ、あんたの思い違いだ。俺に勇気なんかありはしねえ。ただ、セッパつまってるだけだ。組織の命令で、どうしてもヤクを買ってこないことには生きて戻《もど》れねえんだ。俺は、怖さにいつ気が狂うかも知らねえ。怖くて、怖くて、あとはどうなってもいいから、このままあんたの頭に一発ブチこんでしまうかも分からんのだ」

朝倉は、わざとわめくように言った。

「待て。組織とはどこのことだ？　どこの組だ？　横須賀じゃあるめえ？」

磯川が濁った瞳を光らせた。

「そんなことは俺の口から言えるもんか。ゼニは十分に預かっている。ゼニさえ払えば、あんたは文句ねえ筈だ」

「どこの組かって尋《き》いてるんだ！」

磯川は、拳銃を突きつけられていることを無視したように大声を出した。

「それを言えるくらいなら、あんたの所に買いに来ねえ。絶対に組の名前を出すな、と言うのが組長の命令なんだ。こみいった事情があるらしいが、そんなことは俺の知ったことじゃねえ。俺に関係があるのは、組の名前をしゃべったら生きてはいられねえってことだけだ」

朝倉は、もっともらしく苦悩に顔を歪めて言った。もっとも、苦しいのは事実だ。朝倉の嘘《うそ》を、磯川がどの程度信用するか不安だ。

磯川は長いあいだ黙っていた。やっと口を開いて、

「よし、銃をおろせ」

と、三人の用心棒に命令する。

三人は躊躇《ためら》ったが、そのうちの左端の男が銃の重味に耐えかねたように銃尾を床に着けた。残り二人はそれを見て、荒々しい動作でカービンをおろした。

「お前さんもハジキを仕舞ってくれ。銃口に睨《にら》まれてたんでは落ち着いて話が出来ん」

磯川は溜息《ためいき》をついた。

「分かった。ただし、あんたの部下には薬室の弾を抜いて貰《もら》う。弾倉には弾を入れたままでいいから。そうでないと、三対一で不公平だ」

朝倉は言った。彼等がカービンの薬室の弾を抜けば、朝倉を襲おうとしても、遊底杆《ゆうていかん》を引いて弾倉上端の弾を薬室に送りこまねばならない。その何分の一秒かのあいだに、朝倉は拳銃を抜いて、機銃のような早さで連射出来る自信があった。

「この男の言う通りにするほかないようだな」

磯川は呻いた。

三人の用心棒は、朝倉を睨みつけて口のなかで呪《のろ》いの言葉を呟いたが、そのまま朝倉から視線を外さずにカービンの三十連弾倉を外した。遊底杆を引いて、薬室のなかの拳銃弾と小銃弾の合いの子のような〇・三〇口径カービン弾をはじきとばした。

手をはなすと、遊底は空《から》の薬室を自動的に閉じた。用心棒たちは再び弾倉を叩《たた》きこんだ。

「この家には、いたる所に警報器のボタンが仕込んである。警報器は署につないであるんだ。その電線を切っただけでも署のベルが鳴るようになっている」

磯川が威嚇《いかく》するように言った。

「心配しないでも、約束は守る……」

朝倉は拳銃の撃鉄を中立の安全位置に戻し、ズボンのバンドに差しこんだ。磯川の肩に柔らかく手をかけて、さっきまで自分がいた肘掛け椅子に坐らす。

そして、自分は暖炉を背にして、磯川の坐っていた揺り椅子に腰をおろした。つまり、用心棒たちと向かいあった位置をとった。秘書を磯川の横に坐らす。

「さて、大分手間どったが、そろそろ商談に入るとしますか」

朝倉は唇に慇懃《いんぎん》な微笑を浮かべた。

そのとき、部屋のドアがノックされた。軽いノックだ。

「誰だ！」

磯川は太い首を廻して、ドアの方を振り向いた。

答がなく、ドアが開いた。磯川の娘がネグリジェの上にローブをまとった姿で部屋に一歩踏みこみ、磯川の形相《ぎょうそう》を見て立ちすくんだ。薄化粧した顔は、初々《ういうい》しさを増していた。

朝倉は立ち上がって一礼した。用心棒たちは、隠し部屋のなかで息を殺している。

「何してる、紀梨子《きりこ》。まだ寝てなかったのか」

磯川は怒鳴った。

「この部屋に腕時計を忘れたらしいの。さっき、ピアノを弾いていたとき……」

娘は呟いた。

「大事な要談中だ。いま入ってきてはいかん。早くお休み！」

磯川はさらに声を荒らげた。

「怖いパパ……」

娘は後じさりして部屋から出ていった。隠し部屋の用心棒たちには気がつかなかったらしい。

ドアが閉まると、用心棒たちは一斉に肩の力を抜いた。朝倉は揺り椅子に再び腰をおろす。

「娘にだけは儂の裏側を知られたくないんでな――」

磯川は湿った口調で呟いた。咳《せき》払いしてから傲慢《ごうまん》な口調に戻り、

「それでは、まずゼニのツラを拝まして貰《もら》おうか。話はそれからだ」

と、言った。

「ここには持ってきてない」

朝倉は肩をすくめた。

「なるほど。それでは話は終わりだ。ゼニを集めてから出直してくれ」

「千八百万の金だ。そう簡単に持ち運び出来ねえよ」

朝倉は言い返した。

「いくらだって！」

「千八百万だ。大したことはねえでしょう。あんたなら、それぐらいの取り引きはしょっちゅうだと思うが」

「それはそうだが、千八百万に釣り合うヤクとなると、簡単には集まらん」

磯川は分厚い唇を舐《な》め、上目《うわめ》遣いに朝倉の表情をうかがう。

「何日ぐらいで集められる？　あんまり長くは待っていられねえんだ」

「長くは待たせん。一週間になるか二週間になるかは分からんが……」

磯川は唸った。

「それで、グラム幾らで売る積りだ？」

朝倉は切り出した。

「買い値は？」

「グラム一万二千。掛引き無しに、これ以上は出せねえ」

朝倉は答えた。

「お断わりだな。グラム二万円で、いくらでも買い手がある」

「そいつは殺生《せっしょう》だ。あんたがグラム幾らで仕入れるか知ってるんだ。坐ってて、右から左に流すだけでその儲《もう》けはひどすぎる」

「嫌《いや》ならよしてくれ」

そんな調子で掛引きが二十分ほど続き、結局はグラム一万五千円で話がまとまった。

「連絡方法は？」

磯川が尋ねた。

「俺のほうからの一方交通だ。三日に一度ずつ電話を入れる。神川の名前でな。ヤクがまとまったら取り引きだ」

「よかろう――」

磯川は、朝倉が拍子抜けるほどあっさりと頷《うなず》いた。しかし、

「ただし、取り引きの場所と時刻は儂《わし》が決める。これだけは最低条件だ」

と言った。

「ああ、いいとも、あんたの方が下手な小細工さえやらなかったらな。俺のほうも取り引きのときは一人きりでないから、あんたがおかしな真似《まね》をすると、ちょいとした戦争がおっぱじまることになる」

朝倉は不敵に笑った。

「お前さんこそ、ニセ札なんか摑まそうという気じゃないだろうな……まあ、いい。どうだ、前祝いに一杯やらんか？」

磯川は鼻で笑った。

「いまは遠慮しとこう。俺はこれからここを出る。俺を射《う》ったりしたら、あんたは金《きん》の卵を生む鳥を潰《つぶ》すことになる」

朝倉は立ち上がった。

「安心しろ。鄭重《ていちょう》に見送らすから。門衛の話では歩いてここに来たようだが、何なら運転手にお前さんの好きなとこまで送らせてもいい」

「御親切には痛みいる。それでは乗せていってもらおうか」

朝倉は答えた。

磯川は壁についたインターホーンの一つのスイッチを入れ、石段の下に車を廻せ、と命じた。無愛想に朝倉に葉巻を勧める。朝倉はそれを辞退した。

車のクラクションが建物の下で鳴るまでの数分間、朝倉と磯川の用心棒たちはさり気なく睨《にら》みあって通した。クラクションが聞こえると、磯川は秘書の植木に、

「車までお見送りしてくれ」

と、命じる。秘書は硬《こわ》ばった顔付きで頷いた。朝倉に顎《あご》をしゃくり、背中に全神経を集中した様子で歩き出す。

玄関を出ても弾はとんでこなかった。玄関の前の石段の下の広場に、鶯色《うぐいすいろ》のシボレー・インパラが停車していた。

二人が石段を降りると、制服制帽の中年の運転手が車から降りて、後のドアを開く。朝倉が後部シートに乗りこみ、運転手がドアを閉じると、植木は溜《た》めていた息を吐き出した。

発車したインパラは、広場の噴水のまわりを半周し、植込みのあいだの曲がりくねった玉砂利の道を抜けた。

正門は開いていた。二人の門衛が挙手の礼をしているなかを、朝倉を乗せたインパラは邸外に滑り出る。

「どちらに行かれます？」

運転手は尋ねた。よく訓練された礼儀正しい声だ。

「ひとまず国道に出てくれ」

朝倉は言って、薄い手袋をつけた。

21　足《あし》枷《かせ》

磯川の運転手がハンドルを握るシボレー・インパラは、塚山公園の横を抜けて横須賀街道に出た。

「左に曲がってくれ」

後部座席の朝倉は命じた。

横浜方面にフロントを向ける車のなかで、朝倉はさり気なく後を振り向いた。尾行《つけ》てくる車は無いようであった。

ゆるやかに加速したインパラは、六十キロの速度を保って幾つものトンネルをくぐった。八気筒の静粛なエンジンと柔らかなクッション、それに大きく鈍い図体はスピード感を全然感じさせない。ソファに腰を埋めたまま運ばれていくようだ、と朝倉は感じた。

田浦を過ぎると、トンネルは無くなった。国産車やトラックが時々インパラを追い越していくが、制服制帽の運転手はアクセルをゆるめも、踏みこみもしなかった。

三、四分でインパラは追浜の街に入った。

「そこを右に折れてくれ」

ガソリン・スタンドのネオンが赤く輝く四つ辻《つじ》が迫ってきたとき、朝倉は言った。

運転手は軽いパワー・ハンドルを水車のように廻し、五メーター幅の道路に車を乗り入れた。

舗装してないガタガタ道なので、アスファルト路では流れるように静かに走行していたインパラは、たちまち意気地無く煽《あお》られはじめた。運転手は三十キロに速度を落とし、這《は》うように車を進めていく。ノー・クラッチ車なので、アクセルだけでスピードが変えられる。

商店と長屋のような家並みが道の左右につながっている。軒先に駐車している車がかなりあるので、車幅の広いインパラは、それを避けて進むのに苦労した。

三百メーターほどで家並みが途切れた。埋立て地の原っぱに出たのだ。石ころと枯草の、その広い空き地のはずれに工場の塀《へい》が見える。

空き地の真ん中で、朝倉は停車を命じた。運転手がセレクターをニュートラルにした途端——朝倉は右手に抜き出した自動拳銃の銃身部を、運転手の頭部に鋭く叩きこんだ。

帽子をかむっているので、運転手の頭骨はあまり大きな音をたてなかった。しかし、運転手は百キロを越すスピードで急ブレーキをかけたときのように前にのめった。フロント・グラスに顔を突っこむような勢いでハンドルに激突する。クラクションが狂ったような音をたてる。

朝倉は、左手で運転手の後襟《うしろえり》を摑《つか》んで引き起こした。

運転手は意識を失っていた。見開かれた目は、瞳《ひとみ》が瞼《まぶた》の裏に隠れている。

薄い手袋をつけているから、車内には朝倉の指紋が残る心配はない。朝倉はライトを消して車から降りた。

そこからM・G・Aを駐《と》めてある料亭の塀までは、歩いて七、八分の距離であった。宴会はまだ続いているのか、料亭の塀に寄せられた五台のセドリック・スペシャルはまだ残っていた。

朝倉は、それらの前で鈍く銀灰色のボディを光らせているM・G・AマークIIに乗り込んだ。ドア・ポケットに入れておいた車検証は無事だ。

エンジンを掛け、オイルと水が十分に暖まってから発車させた。

Uターンしてから国道に車を出し、横須賀に戻って行く。

発車してから五分もたたぬうちに、M・Gは横須賀駅の近くの立体交差の陸橋を渡った。陸橋をくだり、まだネオンの消えぬ浦賀ドックを左手に見て分離帯の走る大通りを進み、下士官クラブに突き当たる所で左に折れる。久里浜街道と言うより、市のメイン・ストリートだ。

今夜も米艦の水兵が夜の街にあふれ、海軍陸上憲兵のパトロールが、自分たちも遊びたそうな表情で巡回している。

朝倉は通りの左手の基地の正面ゲートを通り過ぎてから歩道に寄せて車をとめた。座間や横浜の基地ナンバーの派手なコンヴァァティブルやロードスターが、十数台路上駐車しているから朝倉のM・Gは目立たない。それでも朝倉は用心して、車検証をトランク室に仕舞った。

通りを横切り、バーや深夜喫茶や写真屋や土産物《みやげもの》などの店の前を少しあと戻りして、ブロードウェイ・アヴェニューに入って行く。いつもながらの原色の街だ。人種の坩堝《るつぼ》だ。

五つめの路地に体を引っこませてシキテンを切っている海神組のチンピラは、朝倉に見覚えがないのか、彼を黙殺した。

朝倉はその路地に入って行った。シキテンを切っていた見張りのチンピラは、それに気がつかない。

捨てられた食物の腐臭と小便のアンモニアの悪臭が鼻を刺激する。足音を出来るだけ殺して、静かにそこに歩を進める朝倉の靴《くつ》は、しばしば粘ったゴム製品を踏んづけた。

屈曲した路地を二十五メーターほど行ったあたりで、隣の路地に通じる狭い通路があった。見張りの立っている隣の路地に忍び込もうと、朝倉は静かにそこに歩み寄った。

そのとき、通路のなかから濁った小声がかすかに聞こえてきた。朝倉は、通路の角からそっと顔を覗《のぞ》かせる。

通路の中ほどに、左側の建物の壁から降りてきた錆《さび》だらけの非常階段の下で、二人の男がもつれあっている。建物には窓が無かった。

通路にも光は乏しかった。しかし、朝倉の鋭い視力は、レザーのジャンパーの襟《えり》を立てたバイ人が、港湾労働者風のコール天のシャツの上から、腕の内側に注射針を突っこんでやっているのを見落とさなかった。

バイ人が注射器を抜くと、中毒者は満足気な長い溜息《ためいき》をついた。非常階段に坐りこんで、手摺《てす》りにもたれて瞼を閉じようとするのを、バイ人は邪険に追いたてた。

肩を突きとばされた中毒者は、

「もっと人間並みに扱ってくれ」

という意味の言葉を口ごもりながら、見張りの立つ路地によろめき出て行った。十八、九の若さだが、蛙《かえる》の腹のように蒼白《あおじろ》い顔をしたバイ人は、アルミのケースに注射器を仕舞いはじめた。

朝倉は靴を脱いだ。靴下を通して伝わる、湿って汚れた地面の感触は気持ちいいものではなかったが、足音を完全に殺すためにはやむをえない。

黴《かび》とシミで変色し、亀裂《きれつ》が縦横に走ったモルタル壁に沿って、朝倉はバイ人に忍び寄って行った。口のなかに唾《つば》がたまって息苦しい。

バイ人は隣の路地のほうに体を向け、非常階段に肘《ひじ》を預けてタバコを吸っている。朝倉のほうには背を晒《さら》しているわけだ。

非常階段から五メーターほど朝倉寄りに、建物の裏口のドアに続く半坪ほどの引っこみがあった。朝倉はその暗がりに体を滑り込ませると、しばらくのあいだ動かなかった。

動けないのだ。顔を見られても構わないのなら、一気にそこを跳び出してバイ人を襲う事は容易だ。しかし、顔を見られた以上は殺さなければならない。朝倉には、吹けば飛ぶようなバイ人の一匹二匹を殺したりする気が無かった。

バイ人は、指が焦げるほど短くタバコを吸った。吸殻《すいがら》を踏みにじると、

「畜生、寒い。ヤケに冷えやがるな……」

と震え声で忌々《いまいま》しげに呟《つぶや》き、両手をポケットに突っこんで、檻《おり》のなかの山犬のように非常階段の近くを行ったり戻《もど》ったりする。

朝倉の唇《くちびる》に微笑が押しあがってきた。自動拳銃《けんじゅう》を抜き出して待った。バイ人の足音が近づき、背を丸めた姿が朝倉の前を横切った。

バイ人に振り向く余裕を与えず、朝倉は横なぐりに頸動脈《けいどうみゃく》に拳銃を叩《たた》きこむ。バイ人は落雷に打たれたように両膝《ひざ》を地面につくと、前のめりに転がった。無論、意識は無い。

朝倉はバイ人の体をさぐり、ベルトの大型のバックルの裏や靴の踵《かかと》、それにスポーツ・シャツの襟などに隠してあったヘロインの中包みを十個ほど取り上げた。全部で十グラムにはなるであろう。これで、京子の足枷《あしかせ》の心配は当分のあいだいらない。

朝倉は拳銃と麻薬の中包みを仕舞い、あとずさりして先ほどの路地に戻った。路地を抜けて、緑屋寄りの通りに出た。散歩でもしているような歩調で、大通りに駐めてあるM・Gに戻って行く。

車に乗り込んだ朝倉が、都内に戻ったときは午後十一時半近かった。緊張がゆるみ、不意に朝倉の体中を欲情の波が浸した。

大崎で電話ボックスを見つけて車をとめる。ボックスに入り、参宮マンションの京子の部屋にダイヤルを廻した。

三十秒ほど待たされてから、受話器を取り上げる音がした。

「どなた？」

と、けだる気な京子の声が聞こえてきた。

「私です。多田宝石店の……」

「あなたなのね？　お馬鹿さん。わたしが電話に直接出たときには、そんな合図は要らないのよ」

京子の声ははずんだ。

「パパさんは来てないんだな？」

「とっくに帰ったわ……来てくれるんでしょうね？　来なかったら、こっちから押しかけるから覚悟して」

「やっと主任教授の手伝いから解放された。あと半時間もあれば、そっちに着けるよ」

「きっとよ」

「ああ、だけど、君のパパさんはしつこいらしいからな。また、そっちに戻ってきてたりしたら厄介《やっかい》なことになる。そっちに着く前にもう一度電話するよ」

朝倉は言った。

「いい考えがあるわ。お爺《じい》ちゃんが戻ってきたら、窓のブラインドとカーテンを全部閉じるわ。

わたし一人なら、真ん中の窓のカーテンを半開きにしておく……待ってるわ。すっぽかしたりしちゃ、お定《きだ》にするわよ」

京子は濡《ぬ》れたような声で囁《ささや》いた。

「愛してるよ」

朝倉は囁き返して電話を切った。

車に戻り、環状六号を使って代々木に車首を向ける。十一時半を過ぎても、車の数は少なくなかった。

環状六号は、大橋と渋谷上通りのあいだは、放射四号の玉電通りを通らなければならない。つまり、道路計画図では一本だが、現実には環状六号は二本に分かれている。放射四号の拡張工事で、雑然とした大橋で右折して玉電通りに入るとき、朝倉はすぐ近くの自分のアパートに寄って拳銃を仕舞いたいと思った。

しかし、アパートには寄らなかった。そして、車を参宮マンションの広い前庭のパーキング・ロットに入れる。

百台ほど収容出来るパーキング・ロットは、いまは半分ほど車でふさがっていた。マンションの七階の中央寄りにある京子の続き部屋の窓の二つに、カーテンが半開きになっている。

京子を囲っている小泉部長は来ていない――という合図だ。

朝倉は、ヘロインの中包み一つだけを残し、残りの麻薬と自動拳銃を車のトランク・ルームに仕舞った。チリ紙で靴の泥を拭《ぬぐ》う。

自動エレベーターで朝倉はマンションの七階に昇った。七Gの京子の続き部屋の玄関の前に立ち、インターホーンのプッシュ・ボタンを押した。もう手袋は脱いでいる。

答のかわりに、いきなりドアが開いた。暖房の熱気が廊下に流れ出て、冷たい朝倉の顔を搏《う》った。

京子は乳首が透《す》けて見えるほど薄手のブラウスに、トレアドル・パンツをはいていた。靴は繻子《しゅす》だ。洗って間もないらしい長い髪は、本物のプラチナのバンドで束《たば》ねていた。

「こんなに待たすなんて、ひどいひと」

京子は呻《うめ》くように言った。

「済まん」

朝倉は室中《なか》に入ると、後手にドアを閉じた。シリンダーの自動錠だから、ボタンを押すと自動的にロックされる。

京子は朝倉の首に両腕を捲《ま》きつけた。爪先《つまさき》立って唇を求めてくる。

朝倉はその唇を吸い、舌を入れた。

京子の唇には花の香りがあった。しかし、それは香水のごまかしのにおいらしい。喘《あえ》ぎはじめた京子の息は、麻薬に蝕《むしば》まれた者の悪臭を防ぎきれなかった。

朝倉は、自分の唇を京子の喉《のど》に移した。背を弓なりに反り返した京子は、

「戻ってきた。戻ってきたのね……」

と、体を震わせた。

朝倉はその京子を軽々と横抱きにし、十二畳の洋室を突っ切って、奥の八畳の洋風寝室に運びこんだ。ベッドに降ろすと、京子は蹴《け》るような動作で繻子の靴を脱いだ。

彫刻の入ったベッドのヘッド・ボードに背をもたせかけ、京子は瞼を閉じて朝倉を待っている。

朝倉は急に疲れを覚えた。

「喉が渇《かわ》いた。一杯飲んでもいいかい」

と断わって、ベッドと反対側の壁のボタンを押す。羽目板が開いて、姿を現わしたホーム・バーのカウンターの奥の酒棚《さかだな》からバランタインのスコッチの角壜《かくびん》を取り上げた。コップに半分ほど注ぎ、水割りにする。

「君もどう?」

と、芳醇《ほうじゅん》な香りを鼻で味わいながら京子に尋ねた。

「有り難う。でも、この頃、あんまり飲みたくないの」

京子は瞼を閉じたまま呟いた。

「…………」

麻薬に染まると、アルコールを嫌《きら》うようになる……。朝倉はそう思いながら、スコッチに口をつけた。安ウイスキーと違って、滑るように喉を通る。朝倉は我慢出来ずに、一気にコップの水割りを飲み干した。

次は生《き》のままコップ一杯を飲んだ。胃が暖まり、アルコールが血管を駆けめぐって、筋肉がほぐれてきた。

朝倉は、その角壜をぶらさげてベッドに向かった。角壜をベッドの頭のそばのナイト・テーブルに置く。暖炉とアルコールのせいで汗ばむほどだ。

朝倉はコートを脱いだ。ベッドから降りた京子が、朝倉の背広やズボンを脱がせた。ズボンのバンドにも手をかける。

一時間後――ベッドの上で、朝倉はまだ恍惚《こうこつ》感に醒《さ》めぬ京子から体を離した。

二人とも汗と体液にまみれていた。朝倉は、スコッチの壜を摑んでラッパ飲みする。バス・ルームに入って熱いシャワーを浴び、バス・タオルを持ってベッドに戻り、京子の体を拭《ふ》いてやった。

「まだ夢の続きを見ていたいわ」

京子は涙に濡《ぬ》れた瞳を開いた。

「欲張りだな。もう一度か？」

「違うの。タバコを取って……」

京子はかすれた声で言った。

「これか？」

朝倉はナイト・テーブルの上に、スコッチの壜とライター付きの灰皿《はいざら》と一緒に乗っているウインストンを取り上げた。

「ううん。抽出《ひきだ》しのなかのよ」

京子は言った。

朝倉はナイト・テーブルの抽出しを開き、そこに入っていたケントの箱を京子に渡した。

京子はその蓋《ふた》を開いた。七、八本残ったタバコのほかに、セロファンの小さな包みが入っている。

セロファンを開くと、その中身は朝倉が渡したヘロインであった。京子は一本抜き出したタバコの先端を、白い結晶の粉に押しつけてから唇にくわえた。朝倉が灰皿についたライターで点火してやったのを無視して、ヘロインの残ったセロファンを丹念《たんねん》に畳み直し、ケントの箱に戻した。ケントの箱を枕《まくら》のそばに置き、朝倉がライターに点火していることにはじめて気がついたように笑って、タバコをくわえた口を突き出した。

タバコに火が移り、ヘロインの焦げる匂《にお》いがした。京子は深く煙を吸い込み、それを肺に溜《た》めている。目尻《めじり》に赤味がさし、瞳の焦点が乱れた。息を吐いたが、煙は薄くなっていた。

一本吸い終ったとき京子は、

「このまま死にたいぐらいだわ」

と、呟いた。

朝倉は、返事のかわりにスコッチを胃に流し込んだ。酔いが廻ってきて、眠気が襲った。低く歌うような口調に変わった京子に生返事をしながら、朝倉は毛布を胸許《むなもと》まで引き上げて眠りに落ちた。

寒さで目が覚めた。午前六時だ。暖房はとまっていなかったが、素っ裸に毛布一枚では仕方ない。

京子は体を丸めて眠っていた。毛布を無意識に引っ張り上げるので、脚のほうは丸出しであった。

朝倉はベッドの裾《すそ》に丸まっている羽根蒲団《はねぶとん》をのばして、それをかぶった。無論、京子にもかけてやる。

「寒い……」

京子も目を開いた。

「まだ朝は早いよ」

朝倉は微笑を京子に向けた。

「夢を見てたわ。あの薬が切れて震えている夢よ。ねえ、あれが麻薬でも構わないわ。今度来るときは必ず持ってきて」

京子は肩を抱いた。

「全部使ってしまったわけではないだろう?」

「でも、いつ無くなるかと心配なの。あなたなら手に入れる事が出来るわね」

「ああ。でも、研究室の連中にプレゼントしないと……」

朝倉は、じらした。

京子の顔から、眠気が一瞬にして消えた。ベッドから跳び降り、三面鏡の抽出しから札束を摑《つか》み出した。それを朝倉に差し出し、

「三十万あるわ。さっきお爺ちゃんが置いていったのよ。いまはこれだけしか現金が無いの。でも、預金なら沢山《たくさん》あるわ」

と、叫ぶ。

22 休息

午前六時半、朝倉哲也はまだ眠りから覚めぬ参宮マンションを出た。内ポケットには、ヘロインの中包み一つと引き替えに京子から捲きあげた、三十万の札束があった。

マンションの前庭の駐車場に駐《と》めてあるM・Gに乗り込んだ朝倉は、左右の車に人影が無いのを見すまし、トランク室を開いて拳銃《けんじゅう》と麻薬の残りを取り出した。

麻薬を内ポケットに入れ、自動拳銃をズボンのベルトに差して上着の裾《すそ》で隠し朝倉はM・Gを発車させた。七階の京子の部屋の窓のカーテンは開かれなかった。京子は、再び眠りこんでしまったらしい。

まだ朝のラッシュ・アワーには早かった。街には稼《かせ》ぎ足らない深夜タクシー、八時を過ぎると都内に入れない大型トラック、都心の無料駐車場を確保するためのサラリーマンの白ナンバーなどが時々通る程度だ。

朝倉の運転する車は、まだエンジンが十分に暖まらないうちに、自分の薄汚い安アパートがある上目黒に着いた。参宮マンションを出てから、五分とかかっていない。

大橋車庫から淡島通りに抜ける曲がりくねった道に車を乗り入れた朝倉は、この前と同じように交番の近くに車を駐めた。

交番の巡査は、朝帰りらしい酔っぱらいをもてあましていた。そこからアパートまでは、歩いて三、四分もかからなかった。朝倉は、裏手の非常階段から二階の自分の部屋に入った。

拳銃と麻薬を、いつものように米櫃《こめびつ》のなかに隠した。それと、三十万の札束のなかから十万を抜いた残りもだ。

地味な通勤用の背広に着替え、朝倉は午前八時にアパートを出た。電車のなかで押し揉《も》まれ、九時の始業時間には、京橋にある東和油脂本社経理部のデスクについていた。

始業のベルが鳴ると、電話と帳簿と計算器の退屈な時間がはじまった。まだ何の役付きでもない朝倉は、外部からの連絡には、一々上役の決裁を仰がなければならない。

部長の小泉は、いつものように十一時近くなってデスクについた。苛々《いらいら》した表情が消えて自信に溢《あふ》れているのは、昨夜京子とのあいだがうまくいったせいもあるのだろう。

昼休みに朝倉は国電で御徒町《おかちまち》に出た。ガード下に並んだアメ横は、貿易自由化にはさらに値引きで対抗して、あまり寂《さび》れを見せていない。

もっとも、そこで売っている品が額面通りの外国製とはかぎらない。例えば、原価で三ドル近いジポー・タイプのロンソンのオイル・ライターが、千円を切る値で売られている。業者は、安い輸出価格で大量に仕入れるから引き合うのだと言う。

しかし、そのほとんどは、日本製なのだ。本物は客引き用であり、客がそれを包ませようとしても、日本製の偽物にすり替えられる場合が多い。

日本製のロンソンやダンヒルは、はじめは悪徳バイヤーが日本のライター工場を値切り倒して製造させ、米国などで売り捌《さば》いて問題になった品だ。

特にメイド・イン・Wジャーマニイ、つまり西ドイツ製と刻んである品の大半は、完全に日本の中小工場で造られている。その証拠に、特許ナンバーを刻印していない。ガス・ライターにしても同じことであり、パーカーなどの万年筆にしても、ボディは日本のどこかで秘《ひそ》かに作られた品がある。

だが、オメガ級以上の腕時計となると製造番号や紙幣のように、スカシ入りで特殊印刷される保証書などの関係で、密輸品は多くても、国産の偽物は滅多にない。

アメ横のマーケットに入った朝倉は、時計を専門に扱う店のウインドーの前に立った。かねてから渇望《かつぼう》していたローレックスも十個並んでいる。

クロームの防水自動捲きカレンダー付きのローレックス・オイスター・デイジャストが八万円で出ていた。

メカニズムには関係ない金張《きんば》りを、朝倉は好きでない。朝倉は、内ポケットをさぐって七枚の一万円札を抜き出し、店に入って行った。

「どれがお気に召しました？」

精悍《せいかん》な店主が、朝倉の手にした紙幣を見つけ、店員より先に跳んできた。

朝倉は無言で、狙《ねら》いをつけたローレックスを指した。

「これでございますか？　どこにいっても、こんなに安く売っているとこはありません。出血サービスでして……」

店主は、その金属バンドのついた腕時計をショー・ケースから取り上げて朝倉に差し出した。

「これでいいだろう。七枚ある」

朝倉は、一万円札を扇形に拡《ひろ》げて見せた。

「殺生《せっしょう》な。無茶を言うもんじゃありませんよ、お客さん」

店主の笑いが消えた。

「ホンコンでは三万ちょっとの筈《はず》だ。寝かしとくより、現ナマに替えて回転資本にしたほうがいいと思うがね」

「ここは日本ですぜ。デパートじゃ、十三万三千の品ですからな」

店主の表情が険しくなった。

「じゃあ、いい。ほかの店に行く。邪魔して悪かったな」

朝倉は紙幣を仕舞いかけた。

店主はその紙幣に視線を釘《くぎ》づけにし、再び愛想笑いを見せて、

「仕方がない。泣きましょう。お包みしますよ」

と肩をすくめた。

五分後、ケースに収められ、スイス本社発行の保証書を付けられたローレックスをポケットに入れて、朝倉は店を出た。その背に店主は浴びせかけた。

「ただし、うちの店の保証は出来ませんからね。修理のときは、代理店にでも行ってもらいましょう」

御徒町から東京駅まで、朝倉は国電で戻った。駅売りの牛乳とサンドウィッチを立ち食いして昼食がわりとし、京橋の会社まで歩いて帰った。

五時に退社すると、渋谷で二人の同僚と別れた朝倉は、大和田通りの朝鮮焼肉店でホルモン焼きを五人前平らげた。

アパートに戻るとヤカンで湯を沸かし髭《ひげ》を剃《そ》った。昨夜の服装に着替え、腕時計もエニカを外してロードレックスにはめ替えた。

車検証を持ってアパートを出た。二十万以上の金もポケットに入れてだ。しばらく歩いて、交番の近くに駐《と》めてあるM・Gに乗り込む。

発車さすと、車を麻布に向けた。今は七時半だから、あと半時間で車を返却する期限が切れる。小竹のことだから、約束を一分でも遅れては騒ぎたてることだろう。

そういう時にかぎって、交通パトカーに追われて、余計な時間をくったりする率が多いから、朝倉はなるべくスピードを押え、五十キロ以上は出さないようにして走らせた。十キロ程度のオーヴァーなら大目に見てもらえる。

道玄坂から渋谷駅前にかけては、ラッシュで身動きならないのを見越して下通りから廻ったので、麻布笄町《こうがいちょう》のニュー麻布マンションの地下駐車場にM・Gを突っこんだとき、八時にはまだ七、八分の余裕があった。

その高級アパートの地下駐車場の監視員室で、三日前と同じアルバイト学生が立ち上がった。車検証とキーを持ってM・Gから降りた朝倉に歩み寄り、

「あんた、間に合ってよかったよ。さっきから、小竹さんの部屋から電話がうるさくかかってね。まだあんたが戻ってこないかとさ」

「奴《やっこ》さん、退屈でたまらんのだろう」

朝倉は言い捨て、自動エレベーターに乗り込んだ。

学生服の監視員は、小竹から頼まれているらしく、M・Gのボディを朝倉が傷つけていないかを調べはじめた。

七階でエレベーターから降りた朝倉は、七百二号のインターホーンのスイッチを押した。

小竹の声が苛立《いらだ》って聞えた。

「誰《だれ》だ？」

「車を返しに来ました」

小竹は答えた。

「入れよ」

小竹の右足からは、まだギブスが取れていなかった。肘《ひじ》掛け椅子《いす》に体を埋め、ギブスの右足を低いブリッジ・テーブルに投げ出して、イタリアのブドー酒をラッパ飲みしていた。

小竹の女は、ベッドに俯《うつ》向けになって眠りこけていた。ショート・パンツ一枚でブラジャー

もしていない。内腿《うちもも》に、かなりの数の痣《あざ》が出来ていた。

「エンジンの調子は悪くなかった」

朝倉は言って、車検証とキーをテーブルに置いた。暖房は効きすぎているほどだ。

「遅いな。よっぽど警察に連絡をとろうと思ったぜ」

小竹は菰《こも》をかぶせた壜《びん》の後で唇を歪《ゆが》めた。

「約束は守る。それとも、俺《おれ》に約束を破ってもらいたかったのか？」

朝倉の声が凄味《すごみ》を帯びた。

「偉そうな口をきくじゃないか。車は大丈夫だったろうな」

小竹は怯《おび》えの表情を走らせたが、傲慢《ごうまん》な口調を変えなかった。

「車番が調べてた。尋《き》いてみろよ」

「おい、あんた。俺が気にくわねえんなら、はっきり言ってみろよ」

小竹は、乱暴に壜をテーブルに降ろした。

「怪我《けが》人を痛めつけたところで自慢にはならないが、ぜひにもと言うのなら、左の足にもギブスをはめさせてやる」

小竹は蒼《あお》ざめた。ガウンのポケットから、痙攣《けいれん》するような手付きで飛出しナイフを取り出した。ボタンを押して刃を閃《ひらめ》かす。

朝倉はゆっくりと部屋を横切って、革張りのソファのほうに近づいた。

「逃げる気か。だらしがねえ」

小竹はわめいた。

ベッドの上で女が目を覚ました。横に寝返りをうつと肘枕《ひじまくら》して、

「あんた、あたしを殴るだけしか出来ないと思ってたら、野郎にも強いのね。早くやっちまいなさいよ」

と、小竹をけしかける。

「来い、臆病者《おくびょう》。図体《ずうたい》ばかりで、心臓は兎《うさぎ》ほども無《ね》えのか」

小竹は調子づいた。

朝倉はソファの革クッションを右手に提《さ》げ、小竹のほうに歩み寄った。

小竹は金切声をあげた。平然と近寄る朝倉を見て、夢中で左足だけで立ち上がった。ナイフを朝倉に突き出す。

「やる気か！」

朝倉は、ナイフをソファのクッションで受けとめた。ナイフの刺さったクッションでナイフを捲《ま》きこんで引っ張る。ナイフをもぎ取られた小竹は、前のめりに分厚い絨毯《じゅうたん》に倒れた。

朝倉は、その小竹の髪を摑《つか》んで引き起こした。宙に吊《つ》り上げる。絶叫をあげようとする小竹の口を左手で押えている。

「俺を、貴様ら二人のベッド生活の刺激剤にしようとしてるか知らんが、もう強がりは懲《こ》りただろう。俺も貴様のことを忘れてやるから、貴様も俺のことを忘れるんだ――」

朝倉は圧《お》し殺した声で呟《つぶや》き、女に向かって、

「パン助、俺の名前や住所を書いたメモはどこに仕舞った?」

「パン助ですって!」

女は、ベッドの上でアグラをかいた。胸を隠そうともしない。フット・ボールを二つに割ったような乳房だ。

「それが気にいらないんなら、色情狂《ニンホマニヤ》とでも露出狂とでも、好きなように呼んでやる」

朝倉はニヤリとした。必死にもがく小竹は、髪の付け根に血を滲《にじ》ませている。

「畜生、メモはこれよ」

女は、ベッドの横の卓子の抽出《ひきだ》しから紙片を取り出した。

「よし、どいてろ」

朝倉は命じた。女はふてくされて、腰を振りながらベッドから降りた。

朝倉は小竹をベッドに投げ出した。ベッドの上で小竹は、頭を抱えて転げまわった。悲鳴をほとばしらせている。

壁が分厚いから、その悲鳴は隣室に聞こえないだろうし、聞こえたところで気にもされないだろうと思ったが、朝倉は、

「静かにしろよ。悲鳴もあげられないようになりたくなかったらな」

と言った。

小竹は自分の拳《こぶし》を口のなかに突っこんで、悲鳴を殺そうとした。悲鳴は啜《すす》り泣きに変わった。

「いいか、俺の言うことが聞こえるか? ナイフを抜いたのはあんただ。つまり、俺は挑発《ちようはつ》さ

れたってわけだ。いくらあんたのオヤジが国会議員だからと言って、俺をサツに訴えたりしたら藪蛇《やぶへび》になる。そうさ。あんたたちの桃色生活を、週刊誌に書きたてられるのがオチだ。そんなことになりゃ、オヤジさんの信用問題になってくる。俺のほうは、あんたのそのザマを誰にもしゃべりはしないから、あんたのほうも俺って男がいることを忘れてくれ」

朝倉は静かに言った。

「わ、分かった。分かりました……」

小竹は啜り泣きに喘《あえ》ぎを交えた。

「分かってくれりゃ、それでいいのさ。このナイフは預っていくぜ。あんたが変な気を起こしてサツに駆けこんだりしない前に、交番にこいつを寄附しといてもいいいな」

「や、やめてください……」

「よし、よし。いい子だ。預かっておくだけにする」

朝倉は笑い、クッションからナイフを抜いて刃を畳んだ。朝倉を睨《にら》みあげている女の手から紙片を奪い、二人に背を向けた。

「ま、待ってよ。イカしちゃうな。連れてってよ」

女は、朝倉の背に頰《ほお》を押しつけた。

「よせよ。坊やを慰めてやってくれ」

朝倉は女を突きとばし、呻《うめ》きながら女が立ち上がったときには廊下に出ていた。ナイフはポケットに仕舞っている。

下りのエレベーターのなかで、朝倉はダンヒルの炎でメモの紙片を焼き捨てた。マンションを出ると、ちょうど客を降ろしたタクシーに乗り込んで渋谷まで走らせた。渋谷で降り、まだ開いていた文房具店で堀田という三文判を買った。

明日は二十三日、勤労感謝の日だ。朝倉の勤めている東和油脂も休業だ。朝倉は青山寄りにある、夜中近くまで開いているスーパー・マーケットでスコッチと鶏の丸焼きを三羽買いこみ、別のタクシーで上目黒のアパートに戻った。

服をガウンに替え、鶏肉を齧《かじ》りながらジョニー赤のスコッチを半本ほど飲むと眠気がきた。朝倉は、久しぶりに午後十時にベッドに転がりこんだ。

サラリーマンの習慣で、七時半に一度目を覚ました。しかし、タバコを一本吸い終わらぬうちに再び枕に頭をつけた。

次に目覚めたときは、午前十時であった。十二時間の睡眠で立ち上がると足がふらついたが、気分は爽快《そうかい》であった。

急いで顔を洗い、昨夜の服を着て、朝倉は裏手の非常階段からアパートを出た。少し歩いてからタクシーを拾い、新宿に出た。

休日の新宿は人の渦《うず》であった。歩道からあふれた人波が、車道にまではみだしている。朝倉は、昭和通りでタクシーを降りた。

左側の柏木《かしわぎ》にも、右側の百人町にも不動産の周旋屋が蝟集《いしゅう》している。

朝倉は、中程度の構えの店を一つ選んで入ってみた。

その店の看板は、光栄不動産となっていた。喫茶店を改造したらしい間取りだ。突き当たりのバー・カウンターであったらしい場所に三つのデスクが並び、その前にソファが適当に並べられてある。

ソファでは三、四人の店員が小金持ちらしい身なりの中年女の客を熱心に口説き、デスクの後の三人の男は、それぞれ受話器を耳に当てて忙しがっていた。

朝倉が店内に入って行くと、ソファの店員が二人と、受話器を握っていた男が一人、愛想笑いを振りまきながら朝倉を取りまいた。

「いらっしゃいませ」

「どうぞ、お掛けくださって……」

と、揉《も》み手《で》をする。

朝倉は鷹揚《おうよう》にソファに腰を降ろした。その朝倉に、次々と名刺が差し出される。受話器を握っていた四十五、六の肥《ふと》った男は、この店の専務だ。

「ええ……さっそくですが、どのような物件を御希望なさっていらっしゃいますので？」

「アパートを借りたい。あんまり高いのは都合悪いが、月二、三万程度で車を駐《と》める場所が付いているところをね」

朝倉は言った。

「それでしたら、心当たりが七、八件ほどございます」

専務は、店員の一人に、顎《あご》をしゃくった。もう一人の店員は、茶を入れに引っこんだ。

「それと、もう一つの条件は住民票だとか移動証明だとかをやかましく言わない家主の所がいい」

朝倉は言った。

「と、申しますと？」

「何ね。いま住んでいる所は別にあるんだ。今度の所は、女房に知られない息抜きの場所にしたいと思ってね」

朝倉はウインクした。

「なるほど、お羨《うらや》ましいかぎりで。それならば、こんなのはいかがです？　世田谷《せたがや》の赤堤で鉄筋三階建ての二階でして、八畳の洋室と六畳の和室、それにバス・トイレ付きです。静かな所でございますよ。まあ難点と言えば、駅から少しばかり離れてることで、そのかわり、お値段のほうは格安になっておりますです。部屋代は月二万三千円、敷金が七万に権利が五万。持主は大きな声では言えませんが、二丁目でヌード・スタジオを経営なさってる方ですから、払うものさえお払いになっておけば、物分かりのほうは私が保証します。はい……」

専務は、先ほど顎をしゃくられた部下が持ってきた書類綴《と》じを拡《ひろ》げた。

23　調　査

「気に入りそうだな、案内して貰《もら》おうか」

朝倉は呟いた。書類綴じを戻し、運ばれてきたインスタント・コーヒーのカップを取り上げた。

「話が決まりましたときには、私どもの手数料のほうもお忘れなく。部屋代一か月分が決まりですが、二万円に勉強させて頂きます」

光栄不動産の専務は揉み手をし、

「君、あとは頼むよ」

と、お茶を運んできた店員に目で合図した。揉み手を続けたまま、新しく入ってきた客のほうに近寄っていく。

「承知しました。少々お待ちを――」

店員はロッカーから革カバンを取ってきた。朝倉と同じ年頃の青年だ。差し出した名刺によれば、馬場という名だ。女のように滑らかな皮膚を持っている。

二人は店を出た。馬場は、店の前に路上駐車させてある中古のクラウンに乗り込んだ。朝倉を後のシートに乗せる。

休日の昼なので、甲州街道は混んでいなかった。郊外に獲物《えもの》を求めて出ていったのか、白バイの姿も少ない。馬場の運転ぶりは下手であった。

明大前を過ぎ、松沢電話局の少し先で左に折れて一方通行路に入るまでに馬場は新宿から二十分もかけた。朝倉なら、割り込みとか左側からの追い越しで十分もかけないところだ。

京王線の踏切りを渡り、松原の住宅街を抜けた。下り一方通行が、上り一方通行とY字型に合致する手前でクラウンは右に折れ、赤堤の屋敷町に入った。

アパート〝赤松荘〟は、玉電のレールを見おろす崖《がけ》の上にあった。周囲には、値上りを待って地主が売り惜しんでいるらしい空き地がかなりあった。

白っぽいその鉄筋三階建てのアパートは、各階の前面にバルコニーのような廊下があり、各戸が独立したスチールのドアを持っていた。各階に五つずつドアがあるところを見ると、全部で十五世帯ほど収容出来るらしい。

アパートの前部にはコンクリートが張られ、そこに五、六台の車が駐《と》められていた。ボート・トレーラーなども見える。

玉電が間《ま》のびした響きをたてて、ノロノロと通っていった。

朝倉は言った。

「静かなところだと聞いてたが」

「あの電車ですか？　トラックなどと違って、すぐにお慣れになりますよ」

馬場は答えた。

「住んでいるのは、どんな連中だね？」

「芸能関係の方だとか、家が裕福な学生さんだとかが多いようです……何しろアパートのことですし、家族持ちの方は少ないですから、隣り近所の付き合いのわずらわしさと言ったものは全然ありませんです」

しゃべりながら、馬場は朝倉をしたがえて、二階に続く階段を登った。各ドアの左右に水道、ガス、電気などのメーターが付き、ドアには郵便受けの窓がある。

　二階の右側の二〇五号のドアの前に立った馬場は、カバンから鍵束《かぎたば》を取り出した。

　ドアを開くと、入った所が堅木のフロアリングの八畳ほどの洋室だ。その奥の右側が六畳の和室、左側が狭いダイニング・キッチンとトイレと、ママゴトのような浴室であった。

「いかがです、これで月に二万三千円は安いでしょう？」

　馬場は朝倉の顔色を窺《うかが》った。

「まあ、まあ、と言ったとこだな」

　朝倉は言って、和室のカーテンを開いた。空き地の向こうに、緑の多い家並みが続いている。ここなら、隣の部屋と全然付き合い無しでもやっていけそうだ。

「お気に入られて結構でした。さっそく持主の所に参りましょう。いくらか、今日中に手金を入れて頂きたいので……」

　馬場は、女性的な笑い声をたてた。

「全部払っとくよ。持ってたら飲んでしまうからな。ところで、車を置く場合にはいくら出せばいい？」

「お持ちですか？」

「これから買おうかと思ってるんだが」

「月に五千円です。お買いになった場合には、管理人におっしゃっていただければ事務を代行してくれます。管理人の部屋は一階の一号室です。管理人と言っても、持主の娘夫婦ですが……

「……」

馬場は言った。

二人は部屋を出た。

「ちょっと、挨拶《あいさつ》しておきましょうか」

馬場は呟《つぶや》いて管理人室のブザーを押したが留守らしかった。

再びクラウンに乗せられた朝倉が連れていかれたのは、新宿二丁目の旧赤線地帯であった。ヌード・スタジオやトルコ風呂《ぶろ》、バーやパンマ宿などが乱立した二丁目は、昼は二日酔いのような白々しさであった。まだ、戸を開けてない店が多い。

ヌード・スタジオ〝ハイ・ライト〟は二丁目を横に貫く柳通りに面していた。正面のドアは閉じ、内側からカーテンが降りている。

車から降りた二人は、狭い路地を通って従業員専用と書かれた裏口に廻った。湿った臭気が鼻を刺す。

馬場が、ガラスにヒビの入ったドアをノックすると、若い男が顔を出した。モミ上げを長くのばしてチックで固め、頬には誂《あつら》えたような傷跡が走っている。安手の用心棒タイプだが、案外素人《しろうと》にはこんなのが効き目がある。

凄《すご》んでいた男の顔は、馬場を見てゆるんだ。

「社長に用ですか?」

「話が纏《まとま》りそうなんだよ」

「ついてきてください」

男は言った。馬場と朝倉がなかに入るのを待って、ドアに鍵をかける。そこは薄暗い炊事場で、数珠玉《じゅずだま》のカーテンを通してモデルの控え室やスタジオのドア、レジ、それに客待ち用のソファなどが見える。壁は安物のベニアで、口紅やマジック・インクで書かれた落書きで一杯であった。

カーテンの向こうに階段があった。軋《きし》んでたわむその階段を登ると、左手に幾つかの小さなスタジオ、右手にお座敷バーがあった。お座敷バーの襖《ふすま》を開くと住み込みのモデルが煎餅蒲団《せんべいぶとん》を蹴《け》とばし、抱きあうようにして鮫《さめ》のように眠りこけている。ガス・ストーブが炎をあげているからか、三人ともほとんど何も身につけていない。饐《す》えたような匂いと、オデキの吹き出た体に、朝倉は欲情よりも吐き気を感じた。

「社長、光栄不動産の方がお客さんと……」

用心棒が声をかけた。

お座敷バーの奥の襖が開いて、小柄な五十男が姿を出した。脂《あぶら》じみた丹前《たんぜん》にだらしなく兵児《へこ》帯《おび》を捲き、毛糸の腹巻きを覗《のぞ》かせている。艶々《つやつや》と光った禿頭《はげあたま》と、狡猾《こうかつ》そうな金壷眼《かなつぼまなこ》を持っている。下唇が異様に分厚かった。経営者の吉川だ。

「こりゃ、どうも……」

吉川は皺《しわ》がれた声で呟き、寝くたれているモデルたちの頭をまたぐようにして近よってきた。

廊下に降りると女物のサンダルを突っかけ、女たちの寝ている部屋の横の事務室に移った。

その事務室にも窓が無かった。壁はやはりベニアだ。粗末なデスクと粗末なソファが置かれている。そして、何もかもに不釣り合いなほど大きく岩乗《がんじょう》な金庫が、事務所の奥の左隅《すみ》を占め、その重みで床が傾《かし》いでいる。

用心棒を除いて皆がソファや椅子に坐ると、馬場は挨拶抜きに商売の話を切り出した。葉巻タバコをくわえてそれを聞いていた吉川は、朝倉に顔を向け、

「光栄はんの言われた通りですわ。ゼニさえキチン、キチンと納めてくれはったら、わては何も言うことないで。ただし、部屋代を一日でも遅らしたら出て行ってもらいましょ。そのときは権利金は返しませんで、堀田はん」

と言う。堀田は朝倉の偽名だ。

「結構です」

朝倉は言った。

契約書が交わされた。朝倉は堀田名と架空の住所を書き、渋谷で買った三文判を押した。契約書は、二年ごとに契約を更改しなければならないと言ったぐあいの、法的にも無効のものであった。

吉川に、権利金と敷金と一か月分の部屋代を合わせた十四万三千円を払い、馬場には手数料の二万円を払った。馬場が二〇五号室の鍵束を渡してくれた。

ヌード・スタジオを出た朝倉は、都電通りで馬場と別れた。封書に契約書と受け取りを入れ、

速達でそれを上目黒の自分のアパートに送る。西口に出て、Lサイズの背広の上下と中古品の靴《くつ》を買った。今まで着ていた英国生地《きじ》の服を脱いで洋服箱に詰め、脱いだイタリアのドロミテの靴や本物のバーバリのコートと共に、新宿駅の手荷物預かり所に差し出した。

　国電と京浜急行で横浜に出た。本屋でホーム画報という雑誌を二十冊ほど買い集めた。手提《てさ》げバッグを買って、そのなかに雑誌を押しこみ、タクシーに乗った。

　タクシーが横須賀に着いたときには、三時半を過ぎていた。朝倉は、海神組と対立する三浦組の組長の自宅がある上町の外れでタクシーを捨てた。わざと落ち着かない視線を左右に走らせ、虚勢を張っているかのように肩をそびやかして歩く安物の背広の朝倉は、セールスマンに見えないこともない。

　このあたりは、あまり家がたてこんでなかった。町内自治会の掲示板のそばの案内図で、三浦の自宅はすぐに見当がついたが、朝倉は三浦の家を中心とした十軒ずつほどを廻った。

「ホーム画報をぜひ読んでみてください、奥さん。特別に定価二百五十円のところを百五十円にしときますから」

「旦那《だんな》さん、御留守番で大変ですね。百三十円にしておきます。パチンコでスッたと思って一冊いかがです？　月遅れでなんかありませんよ」

　などと言って、バッグから雑誌を取り出す。

　軒並みに断わられたが、六軒目の家の主婦が買ってくれた。目尻《めじり》が吊《つ》り上がり、コメカミに小さく切ったサロンパスを貼《は》った四十過ぎの女だ。退屈しているらしく、

「あんた、一日歩きまわって何冊ぐらい売れるの？」

などと話しかけてくる。

「三十冊も売れれば上々ですよ」

朝倉は答え、不景気をこぼしてから、世間話に持っていった。

女は朝倉に縁側に腰を降ろすように勧めてから、朝倉には関係ない事——家庭のいざこざや近所の揉《も》め事などを、とめどもなくしゃべりはじめた。

「ところで、このあたりに三浦組とかいう暴力団の親分の家があるとか……おっかないから、そっちの方は避けて行こうと思うんですが」

朝倉は、やっと口をはさんだ。

「それなんですよ。このあたりに住んでいるのは、チャンとしたサラリーマンばかりでしょ。それなのに、あそこだけがあんな御商売ではね。わたしたちまで同類に見られちゃ迷惑だわ」

「あそこも、近所付き合いはするんですか？」

「全然よ。まるで、わたしたちを軽蔑《けいべつ》してるようだわ。女中たちまで威張ってるけれど、最低なのはあの家の娘よ。姉御《あねご》気取りで、外に出るときはいつもヨタ者を二、三人引き連れていて、わたしたちが挨拶《あいさつ》しても知らん顔してるの。だから、この頃はこっちも知らん顔してやってるわ。あそこの女中から聞いた話だけど、あそこのオヤジって人は、この頃ずっと家に帰ってこないんですってね。そのせいか、あの娘はこれまでオヤジさんが使っていた外車を自分のもののようにしてるわ。近所の美容院に行くときでも、ヨタ者を引き連れてその車で出かけるんですからね。あの家にはいつも四、五人のヨタ者が交代で泊まりこんでるようだけど、近所の娘さんで、イタズラされかかった人が何人もいるわ――」

女はしゃべり続けた。

それから十五分ほど女のおしゃべりを聞いて、朝倉は腰を上げた。女から聞いた話が本当だとすると、三浦の娘にはいつも護衛がついていて、ちょっと外に出るときにも車で行動するほど用心している、という事だ。

朝倉はさらに何軒か廻り、三浦の家の前に立った。

頭の高さの倍ほどの大谷石《おおやいし》の塀《へい》に囲まれた三百坪ほどの敷地を持つ、明るい鉄筋の二階建ての家だ。しかし、門が閉じられているので、外から見えるのは二階の一部だけであった。表門の横の塀に、設備してからそう日がたっていないらしいインターホーンが見える。

バッグを提げた朝倉は、塀に沿って裏口のほうに歩いていった。裏門にもインターホーンが付いている。朝倉は、セールスマンの振りをしてなかに入ってみることを諦《あきら》めた。再び表門のほうに戻りはじめる。

三浦の家は、前後と右側は六メーター道路をへだて、左側はそのままほかの家と接している。住宅街であるから、目立たずに三浦の家を見張ることは困難であった。

車を修理する振りをするか、焼き芋屋の格好でもしたらうまくいくかな、と考えながら表門の前を歩き過ぎた朝倉は、道路に顔を覗《のぞ》かせているマンホールの蓋《ふた》を見て、薄笑いを浮かべた。そのマンホールの蓋は、三浦の隣家の前にある。

朝倉は次に、役所関係の建物が集まっている久里浜街道のほうに行ってみた。上町から半キロほどの距離だ。途中でバッグの中身を空き地に捨てた。バッグもゴミ箱に捨てる。

五時を過ぎ、夕闇《ゆうやみ》が迫っていた。それだけでなく、今日は休日なので、街道に面した小川町の市役所も図書館も閉まっていた。しかし、新聞社は活動を続けている筈だ。朝倉は、文房具店でノートとボールペンを買った。

横須賀デイリーは、日の出港のそばにある市役所分庁のそばに、ネオンをまたたかせていた。木造二階建ての、印刷所のような感じの社屋だ。

ドアの歪《ゆが》んだ玄関を入ると、すぐ左手に受付の部屋があった。そこで、四人ほどの男が将棋をさしていた。

「済みません……」

朝倉は遠慮がちに声をかけた。

一番近くの若い男が朝倉を見た。将棋盤に再び目を落とし、

「何だね？」

と、面倒臭そうに尋ねた。

「少々調べたい事があるので、この一年間のお宅さんの新聞を閲覧させてもらいたいんですが」

朝倉は言った。

「ちょっと待って。すぐに終るから」

男は言った。

「じゃあ、ロビーで待たせてもらいます」

朝倉は頭をさげた。

ロビーのソファはくたびれていた。スプリングがへたってしまって、腰を降ろすと、床に尻が沈むような感じであった。

ロビーには人影が無く、暇な時間にぶつかったのか、出入りする者も少ない。十分ほど待たせてから、先ほどの受付の男が、鍵束《かぎたば》を指先で振りまわしながら出てきた。

「何を調べたいんだね？」

その若い男は、横柄《おうへい》な口のきき方をした。

「大した事ではないんです。実は、僕は横浜に住んでるんですが、僕も長いこと会ってない友人を横須賀で見かけたと、別の友人から聞いたもんで……一度、彼に会いたいと思ってるんですが、住所が分からなくてね。ところが、彼が財布をすられたとか何かでお宅さんの新聞に載ったことがあると聞いたもんで、その記事が分かれば分かると思いまして」

朝倉は真面目《まじめ》な顔で言った。

「友達の名前は？」

「竹田一郎というんですが？」

「知らんな。まあ、ついて来なさい」

若い男は言って歩き出した。雄牛のように首の太い男だ。案内係らしい。

紙屑《かみくず》が散らばった廊下を少し行くと、地下室に降りる階段があった。地下室だけはコンクリート造りだ。印刷室になっているが、二台の輪転機は動いていない。工員たちは、簡易ベッドに横になって娯楽雑誌を眺《なが》めたり、賭《か》け事に熱中したりしている。

資料室は地下室の左側にあった。ドアを開くと、細長いデスクをはさんでベンチが置かれた閲覧室だ。案内係は、ベンチに腰を降ろすように朝倉に手で示し、鍵を使って奥の資料室のドアを開いた。

資料室に入って行った案内係は、三分ほどして戻ってきた。一抱えの新聞をデスクに放り出す。

新聞は一か月分ずつファイルされていた。

案内係は、資料室のドアに鍵をかけた。

「ごゆっくり……」

と、言って出て行った。

朝倉は、素早く新聞に目を通していく。主に社会面にだ。

三浦組と海神組の縄張《なわば》り争いの記事は、ほとんど半月置きぐらいに載っていた。そして朝倉は、三浦と三浦組の大幹部たちの顔写真、海神組組長島崎や、その配下の大幹部たちの顔写真を眼底に刻みこんだ。

二時間ほどして、朝倉は閲覧室を出た。印刷室では、文選工がカタカタと箱を鳴らしながら活字を拾いはじめていた。一階の編集室から、ツルベ井戸の桶《おけ》のように、ザラ紙の原稿を入れた籠《かご》が降りてくる。

一階に上がった朝倉は、受付室でタヌキソバを啜《すす》っている案内係に礼を言って新聞社を出た。コートを着ていないので、寒風が身にしみる。

腹もへった。ポケットに両手を突っこみ、背を丸めて歩き出した朝倉は久里浜街道を横切って、賑《にぎ》やかな三笠通りの商店街に出た。

大衆的なオデン屋で五合の酒と三百円分のオデンを平らげ、中央駅に歩いた。騒々しい駅の公衆電話を取り上げ、磯川の自宅にダイヤルを廻した。

24　アジト

しばらく待たされて、電話から植木の声が聞こえた。

「俺《おれ》だ。神川だ。先生につないでくれ」

朝倉は合図の名を名乗った。

「あんたか。ちょっと待ってくれ。いまお呼びしてくる」

秘書の植木は呻《うめ》くように呟《つぶや》いた。

「呼ばなくても、電話を切り替えて先生の部屋に、つないだらいいだろう」

「先生は御入浴中だ。風呂《ふろ》場には電話は置いてない」

「よし、二分だけ待ってやる。それ以上待たされたら、すぐに電話を切って、もう一度掛け直す」

朝倉は言った。

「分かった。ともかくお呼びする」

秘書は口早に言った。足音の遠ざかる音が、受話器を通してかすかに朝倉の耳に聞こえた。

朝倉は左手に渋く光る、ローレックスのカレンダー付き自動捲きを覗《のぞ》いた。午後八時近い。

ラッシュ・アワーは過ぎたとはいえ、この公衆電話のある京浜急行横須賀中央駅のざわめきは、雑多な物音が一体になって、地鳴りのように響く。

二分の時間切れの寸前に、唸《うな》るような磯川の声が受話器から聞こえてきた。

「儂《わし》に風邪《かぜ》を引かす気か？」

「先生なら、風邪の方で怖がって逃げていくでしょうな」

「変なお世辞をいうために電話を掛けてきたのか？」

磯川は言った。

「商売の話だ」

「分かった。こっちは用意が出来てる。取り引きの日は、明日の晩ではどうだ？」

磯川の声に狡猾《こうかつ》な響きがあった。

「待ってくれ――」

朝倉は不安を声に出さぬように気をつかって、冷静な声で答え、

「ほかの用が出来たんだ」

と、言う。

「今さら何を言う！」

磯川はわめいた。

「どうしても、あんたとの取り引きの前に済まさないとならぬ用なんだ」

「馬鹿な。儂のほうは、貴様が急いでるようだから、無理算段して例のものをやっと集めてやったんだ。これ以上、貴様の都合に合わすわけにはいかん！」

磯川は吠《ほ》えるように言った。

「また三日たったら電話する」

「待て！　貴様、本当に金はあるのか？　ハッタリだったんだな。怖気《おじけ》づいたんだろう、弱虫め！」

「金はある。安全な場所に保管してあって、そいつには、一銭も手をつけていない。ちょっとの間だけ待ってくれ。あんたにとっても、損な取り引きじゃない筈《はず》だ。三日後に必ず電話を入れる」

朝倉は落ち着いた声で言って電話を切った。しかし、腋《わき》の下は冷たい汗に濡《ぬ》れていた。

千八百万に釣り合うだけの麻薬を集めるには、一週間かかるか二週間かかるか分からないと磯川は言っていたのだ。それが今の電話では、もう全部集めたと言う。

やはり、磯川は、何かを企《たくら》んでいるのだ。だが、俺だって哀れな小羊の役割りは御免だ。その役を押しつけられないように、俺のほうも準備を進めているのだ……朝倉は、唇《くちびる》を歪《ゆが》め、赤電話から離れた。無駄な事だとは思ったが、朝倉は出札所のそばに移って、刑事らしい男が赤電話に近づかぬかと見張った。

朝倉が磯川の家に電話を入れたとき、万が一にでも磯川か秘書が別の電話で警察に連絡をとったとすれば、朝倉が使った電話がどこにあるかはすぐに判明する。署から刑事が駆けつける時間的余裕を与えないために、朝倉は、磯川に早く電話口に出るように催促したのだ。

しかし、先ほどの磯川の様子から見て磯川には警察の手を借りる意思は無い、という確信が朝倉にあった。磯川は儲《もう》けにならない事はやらない男だし、今度、磯川が計画しているらしい儲けの何割かを、子飼いの警官に吐きだす積りも無いだろう。

二十分ほど見張ったが、やはり刑事らしい男の姿は赤電話に近づかなかった。朝倉は腕時計に再び視線を落とし、切符を買って、轟音《ごうおん》をたてて滑りこんできた上り電車に跳び乗った。

品川で国電に乗り替え、秋葉原で降りた。駅を出ると、お茶の水のほうに歩いて行く。商店や小工場の前に、重トラックやライトバンがひしめくように駐車している薄汚い風景が、秋葉原を遠ざかるにつれて、石畳と重厚な建築物と樹々の多い、落ち着いた風景に変化していた。

朝倉が着いたのは、ちょっとした高台にある神田《かんだ》明神の社であった。その境内《けいだい》の石柵《いしさく》の外の坂道や空き地にガレージを持たぬ付近の住人たちが車を駐《と》めていることを朝倉は知っている。

朝倉は、新宿駅に預けた服のズボンの折り返しに、車のドアのロックを解くのに使う針金を置き忘れたことを思い出した。

夜の境内に人影は無かった。夏ならば、涼みに出たアベックで賑《にぎわ》うだろうが、今は十一月の寒空だ。

朝倉は境内の手水鉢《ちょうずばち》に大判のハンカチをひたし、その水を絞らずにハンカチを提げて外に出た。傾斜の急な坂に駐まっているコロナに目をつける。

ダンヒルのガス・ライターの炎を一杯にのばし、その鶯色《うぐいすいろ》のコロナ一五〇〇の三角窓のガラスを熱する。

ガラスが熱くなってくるのを待って、水に濡れたハンカチを圧《お》しつけた。箸《はし》で茶碗《ちゃわん》を叩《たた》いたような音がしてガラスに亀裂《きれつ》が走った。亀裂はひろがり、クモの巣のようになる。朝倉がハンカチを圧しつける力を強めると、三角窓のガラスは粉々に割れた。ハンカチを引くと、ガラスのかけらがくっついてきた。

朝倉は、割れた三角窓から腕を突っこんだ。腕が太いので窮屈だ。それでも、ドアのロックを内側から開くことが出来た。

運転席にもぐりこみ、ボンネットのロックを外した。ガラスの破片のこびりついたハンカチは助手席のフロアに置き、朝倉は薄い手袋をはめる。

車の前に廻り、普通の車と逆に後側から開くボンネットを上げ、シガレット・ライターに配線されているコードを引き抜いて、それでバッテリーとイグニッションを直結した。

ボンネットを静かに閉じて、運転席に戻《もど》る。ガソリン・ゲージは、燃料が半分ほど残っていることを示していた。

アクセルを蹴《け》っとばしておき、ギアをセカンドに入れ、クラッチを踏んだままハンド・ブレーキをゆるめた。コロナは車の音だけを残して、ゆっくりと坂を滑りだす。

惰力でスピードが乗ったところで、クラッチを放した。エンジンが唸り、身震いをはじめた。

海神組に追われた、三浦の隠れている場所だと福家が言っていた雪ケ谷の料亭〝根雪〟の正確な所在地を、すでに朝倉は電話帳で調べておいた。

神田明神から都電通りに車を出した朝倉は、本郷の裏通りで車を一度とめ、三角窓に残っているガラスの破片を捨てた。ガラスの付着しているハンカチもゴミ箱に突っこむ。エンジンを切ればあとが面倒だから、エンジンを掛けっ放しだ。

再びコロナを発車させた。エンジンが暖まって自動チョークが解かれたので、排気音は静かであった。

荏原《えばら》から中原街道に入り、洗足池を少し過ぎて左折し、雪ケ谷に入ったときは、朝倉が車を盗んでから一時間ほどのちであった。

料亭〝根雪〟は、商店街と住宅の中間にあった。三方を道路に挟《はさ》まれた、料亭としては中ぐらいの大きさの構えだ。黒塗りの塀《へい》に見越しの松が覗く。ありきたりの店だ。

店の前庭に、三台の車が突っこまれていた。全部東京ナンバーだ。その奥の玄関は閉じられているが、無論灯はついている。前庭の植込みのあいだに適当に配置された灯籠《とうろう》が、敷地を実際以上に奥深く見せることに成功している。

朝倉は、料亭の前を素通りさせ、しばらくその近くを走らせて調布寄りの住宅街のなかに坂道を見つけた。坂の上に車を駐め、エンジンを切る。逃走用に盗んだ車なのだ。

歩いて料亭に戻った。三味線を抱えた年増《としま》芸者が二人、寒さを呪《のろ》いながら料亭の玄関をくぐるのが見えた。下足番や番頭の顔も見える。

朝倉はそれを横目で一瞥《いちべつ》して、料亭の裏側に廻りこんだ。裏門は外車が通れるほどの幅があった。裏門に、くぐり戸がついている。

そのくぐり戸は、裏門から閂《かんぬき》をおろした上に閂にも錠をかけてあるらしく、ナイフの刃先を隙間《すきま》から突っこんだ程度では開かなかった。朝倉は、横側の塀のそばに電柱が立っていることを思い出した。

まだ十一時を過ぎて間も無い。だから、路上に人通りが絶えたわけではない。通る者は、腕をがらみ合わせたアベックや酔っぱらいがほとんどで、それもたまにしか通らないが、車は頻繁《ひんぱん》に通った。

車のライトが無い時、朝倉は素早く電柱をよじ登った。塀に身を移し、松の幹に跳びついた。幹に抱きつくような格好で、朝倉の体は松の木にとまった。意外なほどの近さに、二階の窓があった。朝倉は、しばらくのあいだ身じろぎもしなかった。

その窓に、雨戸は閉まっていない。そして、部屋の蛍光灯《けいこうとう》は豆ランプを残して消され、男女が激しく裸の体をぶっつけあう、リズミカルな音と、譫言《うわごと》のような技巧的な女の声が朝倉に聞こえた。磨《す》りガラスなので、部屋のなかは見えない。リズムは、ほかの部屋からかすかに聞こえてくる三味線の音に合わせているかのようであった。

女の喘《あえ》ぎが高まり、男がわめくような唸《うな》り声をあげた。リズムが早まった。そのチャンスをのがさず、朝倉は乾いた松の樹皮が音をたてぬように気をくばりながら、慎重に地面に体を移していった。

地面は苔《こけ》が生えるほど湿っていた。その横の一階の部屋は、従業員の私室の並びらしく灯が消えている。朝倉は足音を殺して、裏庭の方に廻りこんだ。裏庭には、瓢箪形《ひょうたんがた》の池と築山《つきやま》が見えた。

池の真ん中を、渡り廊下が橋のように横断している。その渡り廊下は、築山の奥で離れにつながっているに違いない。

池に面した本館の裏座敷では、酔っぱらった三人の客の前で、先ほどの芸者たちが着物の裾《すそ》をまくりあげ、グロテスクな部分をチラチラ見せながら、深い川を踊っている。

朝倉は、植込みから植込みの蔭を縫って、築山の裏手に廻りこんでいった。やはり、渡り廊下は築山に隠されたように建っている離れにつながっていた。離れは庵《いおり》を模した茶室風の建物であった。

離れの窓や濡《ぬ》れ縁《えん》には雨戸が閉まっていた。しかし、雨戸の隙間から光が漏れている。離れのうしろ、裏門から続いた玉砂利の空き地に、ボディ・カバーをかけた車が駐まっていた。

キャンバスのボディ・カバーが車体を覆っているので、近くに寄って見なければ車種は判別しにくい。しかし、朝倉はそのサイズと車輪から見て、米車の中型だと睨《にら》んだ。

築山のはずれの榊《さかき》の灌木《かんぼく》の蔭《かげ》で、朝倉は待ち伏せするけもののように蹲《うずくま》り、離れを見つめて動かなかった。寒気で首筋が引きつってくる。

零時を過ぎ、本館の奥座敷の灯が消えた。蹲ったまま動かない朝倉は、タバコを吸いたい誘惑に駆られた。口のなかが不快なためだけでなく、タバコの火口の暖かさを凍《こご》えた手が求めているのだ。

午前一時——渡り廊下に一人の女が姿を現わした。三十五、六の女だ。化粧も着物も垢抜《あかぬ》けしている。この料亭の女将《おかみ》であり、三浦の二号である女だとすぐに分かった。女将は、右手に岡持《おかも》ちを提げていた。池を渡り築山を越えると、離れの雨戸の前で、

「あたしよ」

と、声をかけた。

内側から濡れ縁の雨戸が開かれた。三十歳ぐらいの男が女将に軽く頭をさげて、離れのなかに招き入れる。三浦ではなかった。

しかし、その男の隙の無い身のこなしと鋭い眼付きから、用心棒だと朝倉は直感した。横須賀の新聞のなかにはその男の写真は載っていなかったが、三浦の用心棒に違いない。そうでないとすれば、朝倉は無駄骨を折ったことになる。

女将が離れに入ると、再び雨戸が閉じられた。その内部の話し声は朝倉には聞きとれない。

朝倉はそろそろと体を車のほうに移動させ、ボディ・カバーをはぐって、それが神奈川ナンバ

ーであることを確かめた。車種はフォード・フェアレーンだ。

朝倉が先ほどの榊の灌木の蔭に戻りかけたとき、離れのなかで電話のベルが鳴る音がした。朝倉は地面を這《は》って榊の蔭に戻った。

しばらくして再び雨戸が開き、用心棒らしい男が出てきた。サンダルを突っかけて、裏門に歩く。鍵《かぎ》で閂《かんぬき》の錠を外し、閂を抜いてくぐり戸を開いた。左手は、拳銃《けんじゅう》の形にふくれた尻《しり》ポケットに突っこんでいる。塀の外から足音が近づき、二人の男が入ってきた。薄暗いが、その二人が新聞の写真で見た三浦組の大幹部であることを朝倉は知った。

「御苦労……」

「御苦労さん」

用心棒は門に錠をかけた。二人の大幹部を離れに案内し、

「社長、お見えになりました」

と、圧《お》し殺したような声を離れのなかに掛けた。

「待ってた。上がれよ」

太い声がして、肩幅の広い和服姿の男が縁側に出てきた。三浦だ。墓穴のように落ち窪《くぼ》んだ瞳の光が強く激しい。

三浦がここに身を潜めていることだけを確かめたら、今夜の朝倉はここに用は無い。大幹部たちと用心棒が離れのなかに消え、雨戸が固く閉ざされるのを待って、朝倉はこの料亭に忍びこんだとき利用した松の木のほうに戻って行った……。

松から塀、塀から電信柱と伝って、朝倉は料亭から抜け出した。もう、道を通る車はほとんど無くなっていた。

盗んだ車を駐《と》めてある坂に、歩いて行く。本能的に危険を感じて、そのコロナの横を素通りした。車のなかに誰《だれ》かが隠れている気配がしたのだ。恐らく、盗難車の手配を受けた警官であろう。運転席のドアをロックしていないから、鍵無しで車のなかにもぐりこめる。

そのコロナに指紋を残していないから、乗り捨てたところであとの心配はない。朝倉はしばらく歩き、中原街道に出てタクシーを拾った。もう薄い手袋は脱いである。

疲れていた。朝倉は、上目黒のほうのアパートのそばでタクシーを降り、部屋に戻ると泥の眠りに落ちた。

翌朝、粗末なベッドから起き出たとき朝倉の体はこわばっていた。トレーニング・パンツとセーム革のジャンパーを着込み、縄跳《なわと》びで三軒茶屋まで走って戻ると、体のこわばりは汗と共にほぐれた。ここしばらく目蒲《めかま》拳《けん》のジムにも行っていないが、時々は顔を出さないと不審がられてしまうな、と思った。

アパートで、全裸になって目の荒いタオルで体をこすり、通勤用の服をつけた。渋谷駅で牛乳を三本飲んで朝食がわりとし、いつものように満員電車に揺られて会社に出た。

明日は給料日の二十五日が来るせいか同僚たちは張り切っていた。五時に会社が終わっても残業を申し出る者が多い。

しかし朝倉は、定刻の退社時間が来ると、まっすぐに新宿駅に行き、手荷物預かり所から昨日預けた服や靴《くつ》などを受け取った。上目黒のアパートで、それらの外国品と着替えた。一度渋谷に出て、デパートでスコッチを包ませ、タクシーで世田谷赤堤に、別にアジト用に借りた高級アパートに行く。

鉄筋三階建てのそのアパート〝赤松荘〟の前には、昨日とは違う車が四、五台駐められてあった。ボート・トレーラーはまだ残っている。朝倉は、管理人室である一階の左端のドアのブザーを押した。表札は吉川と出ている。

ドアが細目に開き、アパートの持主である父に似て、整っているとは言えぬ女の顔が覗《のぞ》いた。ソバカスの浮き出た、角張った顔をクリームで光らせている。

「何か御用？」

女は用心深くドア・チェーンを外さなかった。背は父親に似ず高い。

「今度二〇五号室を借りることになった堀田です。御挨拶《ごあいさつ》に参りました」

「あなたが堀田さん？　まあ、入ってくださいな」

女はドア・チェーンを外した。

管理人室の部屋数や間取りは、朝倉の二〇五号と似たりよったりであった。朝倉は十畳ほどの洋室に通される。部屋の飾りつけは女学生趣味であった。

朝倉にソファを勧めた女は、あなた、と奥に呼びかけた。朝倉は、

「お近づきのしるしに……」

とスコッチの包装箱を差し出した。

「済みませんねえ」

女は言って、それを抱えこんだ。

「いらっしゃいませ……」

ドアが開き、奥から女の亭主《ていしゅ》が出てきた。薄化粧でもしているのか、頬《ほお》が桜色をした蒼白《あおじろ》い優男《やさおとこ》だ。紫色のスェーターと細いスラックス風のズボンをはいた、なよなよした細い体は、女房の耳までしか高さがなかった。

「素敵なお体をしていらっしゃいますね」

と朝倉の全身を舐《な》めるように見廻し、口に小さな手を当てて、女のような含み笑いの声をたてた。

25　説　得

「これ、頂いたのよ」

管理人室の女は、自分よりかなり小柄な亭主に、包装箱に入ったスコッチを見せた。

「そんなにしていただいては……」

管理人は、朝倉が掛けているソファに腰をおろし、両腕でスェーターの胸を抱えて身をよじった。朝倉は、てっきりゲイ・バーに行ったような気分になった。

「御商売は何でしょうね？　プロのスポーツ・マンじゃありません？」

管理人は尋ね、素早く朝倉の腕の筋肉に触《さわ》ってみる。

「残念でした。僕はルポ・ライターですよ」

朝倉は言った。

「どこの会社で？」

「トップ屋のようなものでね。記事を買ってくれる相手の社は決まっていません。つまり、フリーなわけです――」

朝倉はもっともらしく説明し、

「そんな商売ですから、絶えず方々を飛び廻っていましてね。せっかくいい部屋をお借りしたのに、仕事が忙しいときは、月に数えるほどしか、このアパートに帰ることが出来ないことになるでしょう」

と、予防線を張る。

「そんなことは、ちっとも構いませんけど、火事には気をつけてくださいね。それなら、ガス代や電気代などは、ここに預けてくださっておいたら、払っておきますから」

女のほうが言った。

「よろしく、お願いします」

朝倉は立ち上がって頭をさげた。

「もうお帰りですか？　もう少しゆっくりなさいよ」

管理人が、朝倉に流し目めいたものを送った。

「有り難うございます。でもちょっと用事がありますので……」

「電話を使いたい時はいつでもここに来てくださいね」

管理人は、飾《かざ》り棚《だな》の電話機を指さした。

管理人室を出た朝倉は、建物の反対側の端に歩き、そこから階段を登る。二階の右端の二〇五号のドアを鍵で開いて、なかに入った。

八畳ほどの洋室、六畳の和室、それにダイニング・キッチンやバス・トイレなどには、備えつけの蛍光灯《けいこうとう》とカーテンがあるだけで、まだ何の家具も置かれていない。

朝倉は奥の和室の窓を開き、その敷居に腰を降ろした。風に髪を弄《もてあそ》ばせながら、黒々とした緑に包まれた家並の灯を眺《なが》めている。

窓から正面に見える、百年以上は優にたっているらしい松の大木が、鳥たちの集会所らしい。暗くなった今は、フクロウが鳴き声を響かせていた。

玉電はアパートの裏側の崖下《がけした》を通っているが、建物のコンクリートとスチールのドアに遮《さえぎ》られて裏側のこの和室には、ほとんど気に障《さわ》る音としては、聞こえなかった。朝倉は眠たいような、何もかも放擲《ほうてき》して、このまま動きたくないような虚脱感に襲われた。

しかし、気を取り直してアパートを出た。坂をくだり、山下側の商店街のタバコ屋で、参宮マンションの京子の部屋に電話を入れた。

「だあれ？」

京子の声が応《こた》えた。

「僕だ。一人か?」

「淋《さび》しいわ」

「僕もだ。今晩会える?」

朝倉は尋ねた。

「外でなら……パパが不意にやってくるかも知れないのよ」

「オーケイ、どこで待ち合わせようか?」

「マンションの近く……初台寄りのところに〝ピエトロ〟というイタリア料理のお店があるわ。そこで待ってる。今、どこなの?」

「世田谷だ。半時間もあれば、そっちに着けるだろう」

朝倉は、キスの音をたてて電話を切った。通りがかりのタクシーに乗りこみ、参宮橋、と運転手に行先を命じた。

〝ピエトロ〟の青と紅色のネオンは、参宮マンションの丘の下に点滅していた。外壁は、わざと荒い肌の煉瓦《れんが》をむき出しにしている。

タクシーを降りた朝倉は、樫《かし》のドアを肩で押して店内に入った。奥に細長い店だ。壁に嵌《は》め込《こ》まれた間接照明は申しわけ程度の薄暗さだが、各テーブルに菰《こも》をかぶせたキャンティの壜《びん》の上のローソクの炎が揺れている。

京子は、一番奥のテーブルで待っていた。ライターをともして朝倉に合図する。朝倉の瞳《ひとみ》はすぐに薄暗さに慣れ、真っすぐに京子のテーブルに歩み寄った。

「待たせて御免ね」

と呟《つぶや》いて、京子の向かいの椅子《いす》に腰をおろす。京子は微笑して首をゆっくりと振った。

二日ほど見ないあいだに、京子の頰の肉は落ちていた。しかし、その窶《やつ》れも京子の場合には醜さとならずに、頽廃的《たいはいてき》なムードを醸《かも》して、かえって爛熟《らんじゅく》の魅力を増している。

白服のボーイがひっそりと近づいて、朝倉の横に立った。メニューのカードを差し出す。

「サラミのピッツァを頼んでおいたわ。お嫌《きら》い？」

京子は朝倉に向けて言った。

「好きだよ。じゃあ、そのほかにキャンティとサーロイン・ステーキでも持ってきてもらおうな。テキは軽く火を通す程度でな」

朝倉は注文した。

「かしこまりました。ステーキはロウにでございますね」

ボーイは引きさがった。

「淋しかったよ。気が狂いそうに……」

朝倉は、テーブルの上で京子の左手を掌に包んだ。思いつめたような瞳の光で見つめる。

「話して。離れていた間のこと」

京子は朝倉の掌に右手を重ねた。

「車をブッつけちゃった。昨日の晩、君があの好色爺《じじ》いの弄《なぶ》りものになってると思うと無性に腹が立ってきて、無茶苦茶に車をブッ飛ばしたんだ。気がついたら奥多摩湖のそばだった。急カーブを切ったときタイヤがパンクして、車は崖のようになった山肌《やまはだ》に叩《たた》きつけられてグシャグシャさ」

朝倉は、咄嗟《とっさ》に考えついたことをしゃべった。

朝倉の掌と重ねた京子の手が重く痙攣《けいれん》した。

「まあ……それで怪我《けが》は！」

「大丈夫。この通り無事だ。車がブッかる前に、車から放り出されたので助かったんだな。だけど、車のほうは完全にポンコツさ。今日、立川のモーター屋に引き取ってもらったんだけど、たったの三万円にしかならなかった」

朝倉は無念そうに唇を歪《ゆが》めた。

「よかったわ、カスリ傷も負わないで。奇跡のようなものね。本当によかった。あなたにもしもの事があったりしたら、京子は生きてない……」

京子は朝倉の話を信じたようだ。朝倉の手に頬ずりする。

「事故には慣れている。これまで怪我したことは無かったよ。だけど、車がああなってしまったんでは、これからが不便だな。郷里のオヤジに無心するにしたって、ついこの秋にあの車を買ってもらったばかりだから、ちょっと言い出しにくい」

朝倉は溜息《ためいき》をついた。

「どれくらい出せば買えるの？」

「そうだな。今度はトライアンフにしようと思ってるんだが、それだと百七十万も出せば新車が買える」

　朝倉は顔を輝かせた。

「百七十万……」

「誰《だれ》か貸してくれないかな。オヤジから金を送ってもらうまで」

　朝倉は、甘えっ子のような眼付きで京子を見つめた。

「でも、新車で外国製のスポーツ・カーがその値段なら、大分安くなったのね。もっと高いものかと思っていたわ」

　京子は呟いた。

「じゃあ、君が買ったら？」

「駄目《だめ》よ。免許証持ってないんですもの」

「僕が運転教えるよ。そのかわり、僕も時々使わせてもらうから」

　朝倉は明るい声で言った。

「そうね……」

　京子は瞼《まぶた》を伏せた。

「今度カタログ持ってこようか？」

「ちょっと待って、堀田さん――」

　京子は朝倉の偽名を呼び、瞳をあげて真剣な光を湛《たた》えると、

「あなたを信じてるわ。それは嘘《うそ》じゃないわ。でも、不安なの。いつも会うときの連絡は、あなたの方からの一方交通であなたの住《す》まいを、京子はまだ一度も見せてもらえないのね。それは、大学の研究室に寝泊まりしていることは聞いたわ。京子が尋ねて行けば迷惑なことも。でも、一度ぐらい……」

「そうだったのか」

朝倉は苦笑いして見せた。やはり、京子だって疑うのは無理も無い。

「わたし、物笑いのタネに、なりたくない。あなたを信じさせて」

「いや、僕が悪かった。でもね、実を言うと、今晩僕がここに来たのは、僕の新しい住いに君に一緒に来てもらおうと思ってだ」

朝倉は言った。

「新しい住い？」

「そう。研究室では、自由に君と会えない。さっき、僕は世田谷にいると言ったろう。研究室を出て、世田谷にアパートを借りたんだ。君のところのマンションのように豪華ではないし、まだ家具も入ってないが……」

「見せて！」

京子の瞳が燃えた。

「まず腹を鎮めてからね。事故の後始末やアパートの事などで走り廻ってて、今日はロクに何も食ってない」

朝倉は、銀盆を持って近づいてきた給仕を見ながら呟いた。

キャンティというイタリアの酸《す》っぱいブドー酒を飲みながら、朝倉はまたたく間にステーキを平らげ、パリパリにオーヴンで焼きあげたピッツァを素手で千切《ちぎ》りはじめたが、京子はアルコールには形式的に唇をつけただけであった。ピッツァも、無理に口に押しこんでいる。ヘロインの中毒はかなり進行しているらしい。

食事が終わると、京子が落ち着きのない表情をむき出しにした。朝倉は財布からヘロインの中包みの一つを取り出し、

「思い出した。また貰《もら》ってきといたよ」

と、それを京子の冷たく汗ばんできた手に握らせた。

「…………」

京子は、その中包みをハンド・バッグに押しこんで立ち上がった。トイレに消える。それを見送りながら、朝倉はキャンティの壜《びん》の残りを一気に飲み干した。

トイレから出てきたとき、京子の肌はしっとりと潤んでいた。瞳には物憂《ものう》げな深みが甦《よみがえ》り、唇は曖昧《あいまい》な微笑を漂わせている。椅子に腰をおろすと、

「あなたから離れられないように、あの薬からも離れられないのね。この店に来てから、持ってくるのを忘れたことに気がついたの。取りに帰ろうと思ってはみたけど、あなたを待たすのも悪いと思って……助かったわ」

と、囁《ささや》くように言う。

「さっきの分だけど、二週間は十分に保《も》つだろう。そのうちに、また理化学教室の友達から貰ってきてあげるよ」

朝倉は器用に片眼を閉じてみせた。

京子がその店の勘定を払うと言ったが朝倉が払った。店を出た二人は、タクシーに乗りこむ。車中、京子はずっと朝倉の肩に頭を預けていた。

世田谷赤堤のアパート〝赤松荘〟にタクシーが着いたときは九時近かった。朝倉は京子の肩に腕をまわして、アパートの階段を登って行く。

「言った通りだろう。まだ椅子も置いてないんだ」

なかに入ると、朝倉は呟いた。

「いい部屋じゃない？　もう家具屋は開いてないでしょうね？」

京子ははしゃいだ。

「この時間じゃ無理だろうな。それに、言いにくいが……」

朝倉は下唇を噛《か》んだ。

「なあに、京子に言えない事？」

「さっきは君に心配かけまいとして、車を崖《がけ》にブッつけてメチャメチャにしてしまったことだけを言ったが、実は崖に当たって跳《は》ね返った僕の車は、向こうから来る車にもブツかったんだ。乗ってた男は、顔に怪我して血まみれになった。警察に申告されたら面倒なことになるから、その場でそいつに有金全部……そう、十三万ほどくれてやったんだ」

「お金のことを心配してるのね？　可愛い人。ここの家具は、あたしに任せて」

京子は、素早く朝倉の首筋に唇を当てた。

「君にそんな心配までしてもらっては……」

「水臭いのね。二人の部屋じゃない。それとも、これから度々京子がここに押しかけてきたら迷惑？」

「そんな……分かったよ。有り難う」

朝倉は京子の息がつまるほど強く抱きしめ、その首から耳のうしろにかけて唇を這《は》わせていった。右手は、京子のキャメルのオーバーのボタンを外す……。

立ったまま、朝倉は京子を乗せて和室中を駆けた。あまりの刺激に京子は失神した。朝倉も畳の上に身を投げ出して、荒い息を鎮めた……。

二人がアパートを出たときは十一時を過ぎていた。タクシーを拾えるまでには寝静まった住宅街をかなり歩く。

「明日は何時に会えるかしら？　一緒に家具を見たいの。あまり遅くならないうちに」

京子は、引きずるように脚を運びながら呟いた。

「明日は大学の仕事が忙しい。済まないが、君に任すよ」

朝倉は言った。明日は会社の給料日だ。休むわけにはいかない。

「択《えら》ぶぐらいはあたしでも出来るわ。でも、決めるのはあなたと一緒でないといや。そのときは、ちょっとの時間でもいいから来て」

「アパートの鍵《かぎ》を預けとく」

朝倉は、予備鍵を京子のコートのポケットに入れた。

「あたしの名前を出さなかったら、大学のほうに電話しても構わないでしょう？　京子、出版社の者ですと言っておくわ」

京子の口振りには、まだ朝倉の身分を疑っている気配は見えなかった。しかし働いているときの朝倉を知りたいのかも分からない。

「じゃあ、六時を過ぎたら、教授会館に電話を入れてくれないか。電話帳に載ってる筈《はず》だ。六時までは、正規の勤務時間だから……講師と言っても雑用が多いんだよ」

朝倉は言った。朝倉が講師をしていることになっているH……大の教授会館は大学関係者だけでなく、学生をのぞけば誰でも自由に出入り出来るのだ。特に、卒業生の交歓会などによく利用される。

高校中退で水商売に入った京子には、しかし、その教授会館という名は効果があった。

「じゃあ、六時にね」

と、信頼した表情で瞼を閉じ、朝倉に体を預けて盲歩《めくらある》きする。

空車のタクシーが来た。それに乗りこむと、京子は朝倉が参宮橋、と行先を命じるより早く、

「H……大にやって、運転手さん」

と、誇らし気に言う。朝倉は胸の中で京子を罵《ののし》った。

H……大は杉並の大宮前にある。五日市街道に面して広大な敷地を占め、一部と夜間の二部を合わせると、在学生の実数は五万を越す。タクシーがH……大に着くと、朝倉は門衛の詰所がある正門を避け、門の無い横手の通用口のそばにタクシーを廻させた。

「じゃあ、誰が見てるか分からないから……」

朝倉は京子の耳に囁《ささや》き、手を握っただけでタクシーから降りた。朝倉が構内に入って行くのを見とどけてから、京子はやっとタクシーを発車させた。

十分ほど、校舎と校舎のあいだの暗がりに佇《たたず》んで時間を潰《つぶ》してから、朝倉は構内から歩み出た。

五日市街道に戻ってタクシーを拾った。上目黒のアパートに戻る途中、代田の近くで地下水道の修理中の現場にタクシーは突き当たった。マンホールの蓋《ふた》は開かれ、工事中の標識板の赤い夜光塗料に赤いカンテラや点滅する豆ランプのついたポールの光が反射して警告を与えている。道端には、資材や工具を積んだ小型トラックがとまっている。タクシーが小型トラックの横を通り過ぎるとき、朝倉は何気なくそのトラックの運転台を覗《のぞ》きこんだ。

運転台には誰もいなかった。それを知ったとき、朝倉の頭に一つの計画が閃《ひらめ》いた。

「下北沢の駅前で降ろしてくれ」

と、運転手に言う。駅前でタクシーを降りた朝倉は、八幡宮寄りの商店街の裏通りの空き地で、古ぼけたマツダのライトバンを盗んだ。ボンネットのロックが外側からでも外れる代物《しろもの》だ。それを運転して、地下水道の修理現場に戻ってみる。車を少し離れたところにとめ、口を開いているマンホールに近づいた。無論、手袋をつけているから指紋の心配は無い。

マンホールの縁に立って、その下の暗渠《あんきょ》を覗きこむ。電柱から引いてきた電流によってともされた裸電球が、暗渠の煉瓦《れんが》壁を照らしている。

背よりも高い暗渠の底には黒い汚流がゆっくりと流れ、工夫たちの話し声が反響しながら朝倉のところまで聞こえてくるが、工夫たちの姿は見えない。マンホールの上からは、死角の位置にまでもぐりこんでいるのだ。

朝倉は、ライトバンをマンホールの近くまで動かしてきた。工事車の荷台からシャベルやレンチなどを取り上げてライトバンに移す。あまっているヘルメットも失敬した。マンホールのそばのカンテラと、工事中の標識板もライトバンに積みこんだ。カンテラの灯を消して、盗品のライトバンを発車させた。

26　張込み

二十五日、金曜日。その日は、朝倉哲也の勤めている東和油脂の給料日であった。経理部員の一人として、朝倉は本社五百数十名の給料の明細書作りで午前中はいそがしかった。

昼休みに朝倉は日本橋の小さな印刷屋に行って、堀田名の名刺を注文した。倍の割増金を払うと、その場で手刷り機械を動かしてくれた。会社に戻るとき、朝倉は古着屋で作業服と股《また》の上までの長靴《ながぐつ》を買った。

給料は午後になって配られた。税金、健康保険、組合費、厚生費などを天引きされ、朝倉の手取りは二万七千円だ。それに較《くら》べ、部長の小泉の分は表向きだけでも五十万を越す。

五時に会社が終わると、一杯だけでも付き合えよという同僚の誘いを断わり、ロッカーから買物の包みを出した朝倉は真っすぐに上目黒のアパートに戻った。

乱雑な部屋の押入れを開くと、その下段には、昨夜盗んできた工事標識板やカンテラなどが隠されている。それらを運ぶために使ったライトバンは、神泉《しんせん》の旅館街に捨ててある。

手早く通勤用の背広を脱いだ朝倉は、英国生地《きじ》の服に着替え、ポケットの中身を入れ替えて部屋を跳び出した。コンテッサのタクシーに乗ると、杉並のH……大に急がせ、

「もしパトカーに捕まったら、罰金代を一万円払うから」

と、運転手に言う。

「行政処分を喰ったりしたら、下車勤ですからな。一万円じゃ引きあいません」

中年の運転手は呟いたが、コンテッサの小柄な車体とハンドルの切れを利して強引《ごういん》にラッシュの車の流れをすり抜けていく。

水道道路から五日市街道に入ったそのタクシーがH……大の正門の前に着いたときは、六時ギリギリであった。

「有り難う。釣りは要らない」

朝倉は、千円札を運転手に渡すとタクシーを降りた。開けはなされた正門をくぐる。門衛は朝倉に関心を払わない。夜間部の授業が始まっている時間なので、青白い柱灯に照らされた広

場には、無数の学生が行き交っていた。官庁街と見違えるほどの校舎のビルの群は、窓々から光をあふれさせている。朝倉は、ここの夜間部で学んでいた頃《ころ》のことを想い出して、瞬時にではあるが甘酸《あまず》っぱいような感傷に捕えられた。

教授会館は広い構内の右手の中ほどにあって、学生は許可が無ければ立ち入れない。謝恩庭園を背後に控えている。

古風なホテルのような教授会館まで歩くには、正門からたっぷり五分はかかった。艶消《つやけ》しの革を張ったソファや肘掛《ひじか》け椅子《いす》がサロン風に並べられたロビーには二、三人の姿しか無かった。

ロビーの隅《すみ》に、受付とデスクと電話がある。受付のデスクには、二十一、二の個性の無い娘が意味の無い微笑を浮かべていた。

朝倉はその前に立ち、飛び切り感じのいい笑顔を見せて一礼した。清潔で魅惑的な笑顔だ。

「ここの法学部を三十五年に出まして、今は四谷第×高校に奉職している堀田です。もしかしたら、親類の者からこちらに電話がかかってくるかも知れないのですが……」

朝倉は言った。

「堀田先生ですね。お電話はまだのようですわ。かかってきましたら、すぐにお呼びします」

受付の娘は、かすかに頰を赤らめながら答えた。

「よろしく」

朝倉は言った。受付に背を向けながら、安堵《あんど》の笑いに唇を歪《ゆが》めた。壁面の本棚《ほんだな》に近づき、学術雑誌を取り出してソファに腰を降ろす。

五分ほどして、受付のデスクの電話が鳴った。堀田先生、と受付の娘が呼んだ。

足早に受付に歩いた朝倉は、受話器を受け取った。

「堀田です」

と、わざと素っ気ない声を出す。

「あたしよ。京子よ！　新宿の丸産デパートにいるの」

受話器から流れてくる京子の声は弾《はず》んでいた。デパートの騒音も聞こえてくる。

「分かりました」

朝倉は無表情に言った。

「家具売場にいるのよ。すぐに来てくださらない？」

「仕方ない。なるべく早く着くようにします――」

朝倉は、不機嫌《ふきげん》そうに言うと電話を切った。受付の娘に、

「どうも済みませんでした……急用が出来まして」

と、断わって教授会館を出る。柱灯の光の蔭になったベンチでは、恋仲らしい学生のカップルが一つのオーバーを羽織り、その下で肩を抱き合って身じろぎもしていなかった。

丸産デパートは新宿伊勢丹の裏手にある。この時刻は上り電車はあまり混んでないので、朝倉は荻窪《おぎくぼ》までタクシーに乗ると、そこからは中央線の電車で新宿に出た。薬局でイソミタールを買った。

丸産デパートが面した都電通りは、東口と西口を結ぶ大ガードにかけて、いつものように車

で埋まっていた。車は一寸刻みをくり返している。苛立《いらだ》ったクラクションが、いたる所でわめきたてている。

六階建ての丸産デパートの三階が家具売場になっている。このデパートは、ほかと違って午後十時まで営業している。

エレベーターで朝倉が家具売場に昇っていくと、目が覚めるようなチンチラのコートを羽織った京子が二、三人の男の店員に傅《かしず》かれて、ダブル・ベッドを択《えら》んでいた。朝倉を認めて走り寄る。

「御免よ。そばに研究室の連中がいたんだ」

朝倉は呟いた。

「変に冷たいと思ったら、やっぱりそうだったのね。気になんかしてないわ。それより、京子が択んだうちでどれが一番いいか決めて……」

京子が朝倉の腕を取った。

「いらっしゃいませ。お待ちしておりました」

店員たちは朝倉に愛想笑いを向けたが、その蔭に嫉妬《しっと》と羨望《せんぼう》が隠されている。結局、家具売場では二十万の応接セットと七万のダブル・ベッドと十万のベルギー絨毯《じゅうたん》、それに五万のソファと、あとは八万ほど細々《こまごま》とした品を買った。ハンド・バッグから、銀行からおろしてきたたまらしい真新しい一万円札の束を出した京子は、

「今すぐに届けて欲しいのよ。運賃を倍出してもいいわ」

と、売場主任に言った。

「とんでもございません。運賃はサービスさせて頂いております。ただし、今すぐと申しましても……」

五十近い主任は口ごもった。

「じゃ、運送屋さんを紹介して」

「分かりました。私どもの方で、何とか九時半までにお届け出来るように手配させます。どうか、これに御住所と御名前を。略図もお願い出来ましたら……」

主任は用紙を取り出した。

「あなた、書いて」

京子は、朝倉にその用紙を廻そうとした。

「今日は昼からずっとペンを握り続けだったんで指が痛い。僕が言うから、君が書いてくれよ」

朝倉は指を揉《も》んだ。こんな所に自分の筆跡を残すほど迂闊《うかつ》な性質ではなかった。

二階の家庭器具売場でガス・レンジや電気冷蔵庫や当座の必需器具を買いこんだ二人は、それらも家具と一緒に赤堤のアパートに届けさせることにした。地階の食料品売場で、両手に持ちきれぬほどの買物をしてタクシーに乗った。

タクシーは赤堤に向かった。大ガードを抜けるまでに二十分ほどかかったが、甲州街道に入ると車の流れは早い。

世田谷赤堤のアパート〝赤松荘〟にタクシーが着いたときは、九時前であった。丸産デパートの運送車はまだ来ていない。

二階の二〇五号の玄関の前に立ったとき、朝倉は昼休みに印刷させた名刺を一枚出した。

「表札が出来るまで、これを貼《は》っとこう」

「見せて――」

京子は、その名刺を常夜灯の明りに向けた。短い溜息《ためいき》をついて、

「肩書きは入れて無いのね」

「ああ、受験生の家庭教師の口を押しつけられたりしたら面倒だから、ここの管理人には僕はルポ・ライターということにしてあるんだ。それに、物々しく肩書きを刷りこむなんてスマートじゃないよ」

朝倉は笑った。

「それもそうね」

京子は言った。スチールのドアについた郵便受けの上に造られたスペースに名刺を嵌《は》めこむ。

二人が家具の無い続き部屋に入って、十分ほどしてブザーが鳴った。朝倉が郵便受けの上の覗き窓のカーテンを開くと、丸産のマークをつけた作業服の男が立っていた。

「待ってましたよ」

朝倉はドアを開いた。

「お待たせしました。堀田様ですね？」

男は念を押し、前庭に停《と》まっているトラックに手を振った。三、四人の上乗りが、ソファやテーブルなどをトラックから降ろしはじめた。

京子の指図通りに家具を並べ、レンジにガス管をつないだ男たちが朝倉の印を貰《もら》って帰って行ったのは半時間後のことであった。八畳の洋室のほうは、家具に圧倒された感じがしない事も無く、ダブル・ベッドは六畳の和室のほうに移さなければならなかった。

ガス・ストーブに火をつけると、ゆったりしたソファと肘掛け椅子に腰をおろして向かいあい、二人は食料品の紙袋を開いた。スコッチの壜《びん》も混っている。朝倉の好きなバランタインだ。

「久しぶりにお腹がすいたわ」

コートを脱いだ京子は、コールド・ミートを素手で撮《つま》んで口に運んだ。朝倉は水割りにしたスコッチで喉《のど》を湿しながら、若鶏《わかどり》の股《もも》を四、五本胃に収めた。

食事が終わると、二人はソファに並んだ。京子は麻薬をつけたタバコに火をつける。麻薬の効き目が体に回ったらしい京子は、けだるい快感に身をまかせて、黙って瞼《まぶた》を閉じている。

その京子の肩に腕を回し、天井に視線を遊ばせながら、朝倉は苛立《いらだ》っていた。こんなところで女の相手をしているあいだにも、磯川と約束した日時が迫ってきているのだ。京子に気付かれないように、外に出るために睡眠薬を用意はしてあるが、麻薬に染まった京子の体が睡眠薬を受けつけるかどうかは疑問であるし、京子に悟られずにそれを飲ますことも難しい。

もうそろそろ、京子を通じて経理部長小泉の背任行為の正確な手口を探り出し、小泉に接近してもいい時期かもしれない。

しかし、朝倉は慎重であった。勝つと決ってないバクチに手を出すのは、プロのバクチ打ちではない。京子が夢を破られたことを知っても、朝倉を裏切らないだけの保証が出来るまでには、もっと多量の麻薬の作用を必要とするし、小泉が居直ったときに対する作戦も立てておかなければならない。

本命の行動に移る前に、まずまとまった金を作らねばならないのだ。そうすれば計算外の障害にぶつかって会社から放り出されたところで、生活の心配はしなくて済む。

千八百万の厚い札束を、警察に知られずに安全な札束に替える仕事は容易なことではなかった……。

「このまま、いつまでも、じっとしていたいわ」

京子が瞼を閉じたまま呟いた。

「僕もだ。だけど、明日は朝早くから出張だ。今夜は早く眠らないとならない」

朝倉は言った。

「どこに?」

京子は、霞《かすみ》がかかったようになった瞳を開いた。

「京都の大学だ。明日の土曜の午後から日曜の晩まで、若手の連中が集まってブッ続けに研究発表会を持つんだよ。だから、帰りは月曜になるだろう」

「三日も会えないわけね。お見送りするわ」

「有り難う。だけど、かえってそうしてもらうと困るんだ」

「なぜ？　ほかの女と一緒ね？」

「女気はゼロだ。まず研究室に寄って、まとめてある資料を持ってから、研究室の仲間と一緒に出発だ。みんなは、今でも懸命に発表の最終検討をやってるとこだろう。それなのに、僕だけが君のような美しい女に夢中になっているところを見られたんではマズい。分かってくれるだろう？」

　朝倉は、朴訥《ぼくとつ》そうに、言葉を障《つか》えさせた。

「御免なさい。京子ってヤキ餅《もち》焼きね」

　京子は柔らかな声で笑った。

　土曜の午前二時半――朝倉哲也はダブル・ベッドからそっと滑り降りた。蛍光灯《けいこうとう》から切り替えた豆ランプの鈍い光の中で、ベッドに残した京子は俯向《うつむ》けになって大きな鼾《いびき》をたてている。枕《まくら》から頰はずり落ち、シーツはだらしなく弛緩《しかん》した口から流れる唾《つば》で濡《ぬ》れている。

　昨夜、いつもの事を終えたあとで、京子に睡眠薬を飲ませたのだ。ダイニング・キッチンに行って水差しの水を替えて戻った朝倉は、自分も飲んだから君も飲んで、ゆっくり体を休めたほうがいいと言い、もっともブロバリンだから効き目は大した事は無いだろうがと付け加えて、五錠のイソミタールを口移しに京子に与えたのだ。

　京子は昼近くまで昏睡《こんすい》から醒《さ》めないであろう。これで後朝《きぬぎぬ》の別れを惜しみあう手間と時間がはぶける。二、三時間の眠りで朝倉の体力は回復していた。

ダイニング・キッチンの壁についた瞬間ガス湯沸し器の口火に火をつけておき、朝倉はバス・ルームに入った。シャワーを浴びる。服をつけて寝室に戻ってみたが、京子はまだ眠りこけていた。

洋室のテーブルには、昨夜の残り物の食料が散乱していた。朝倉は太いボロニア・ソーセージを一キロほど素早く胃に送りこみ、レモンを三個ポケットに入れてアパートを出た。

予備の鍵《かぎ》は京子に渡してあるし、それに玄関は自動錠だから、錠の内側のポッチを押してから戸を閉じればそのまま鍵がかかるから、戸閉まりの点については心配ない。

三時を過ぎていた。寒気が一番厳しくなる時刻だから、吐く息がそのまま微細な粒となって凍りつくような感じであった。そして、徹夜した交番の巡査にそろそろ眠気が襲ってくる時間だ。

朝倉は路上駐車してある車を物色しながら、散歩でもしているような歩調でなだらかな坂をくだった。だが、このように寒い朝は一杯にチョークを引かないとエンジンは始動しないので、いたるところで犬の吠《ほ》え声が追いかけてくる住宅街で車を盗むことは難しかった。

京子にトライアンフを頼んではおいたが、普段の足に使える目立たない車の必要を痛感した。これから朝倉は横須賀に出かける積りだが、工事標識板を抱えて電車に乗るわけにはいかない。

経堂と梅ケ丘を結ぶバス通りが見えてきたとき、やっと朝倉は、後のドアをロックしていない傷だらけのブルーバードを見つけた。それに、それが駐《と》めてある場所が、町工場の塀《へい》の横だ。

朝倉は静かに後のドアを開き、後席に乗りこんで、音のしないようにドアを閉じた。シートの背をまたぎ越えて運転席に移る。運転席のドア・ハンドルを後に引くと、そのロックが外れた。

　サイド・ブレーキをゆるめ、ギアを中立にしたが、坂がなだらかなので車は滑り出さない。朝倉は車から降り、ハンドルとセンター・ピラーに手をかけて押しはじめた。

　惰力がついたところで車に跳び乗る。ドアを閉じるときの音をたてぬため、運転席のドアは開いたままハンドルを操作した。

　百五十メーターほど、車はタイヤのボディの音だけをたててゆっくりと滑り、バス道路と交わる十字路の少し手前でストップした。

　ここまで来れば、少々エンジンがやかましい音をたてたところで、この車の持ち主は気付かないだろう。朝倉はいつものようにボンネットを開き、エンジンを直結にして始動させた。

　上目黒のアパートの近くにそのブルーバードを停めたときは、四時近かった。まだ夜明けのきざしは見えない。

　薄汚いアパートの部屋に入ると、作業服に替えた。靴も、ズックのものに替えた。水道の工事標識板やシャベルやカンテラも、それに、工具や大型の懐中電灯やゴム長などをブルーバードに積んで、その上からキャンバスをかぶせて発車させた。軍手をつけ、発車させる前に車についた指紋を拭《ふ》きとっている。

　この時間に通っているのは、定期便のトラックや、深夜タクシーぐらいのものだ。みんな、八十キロ近いスピードを出している。

朝倉の盗んだブルーバードはボディだけでなくエンジンも痛んでいて、百キロ以上はスピードが上がらなかったが、それでも五時を少し過ぎた頃には横須賀の市に入った。やっと、東の空が白んできた。

三浦の自宅のある上町の住宅街は、まだ眠りから覚めていなかった。新聞配達の姿もまだ無く、時たま牛乳屋の自転車が壜を鳴らして通るくらいだ。

朝倉は、三浦の家の表門から遠くないマンホールのそばに車を停めた。車から降りて、積んできた品を降ろす。作業服の腋《わき》の下のポケットにズックの靴を突っこみ、股《また》の上までのゴム長をはいた。ヘルメットをかぶる。

マンホールの蓋《ふた》は軽くなかったが、そうかと言って朝倉が扱いかねるほどでもなかった。

朝倉は、マンホールの横に置いたその蓋のそばに工事標識板を立て、カンテラに灯をつけた。工具を残して、車を半キロほど先に捨ててくる。

マンホールに戻ってみたが、盗まれた品は無かった。朝倉は懐中電灯を持ち、鉄梯子《てつばしご》を伝って地下排水道に降りた。

高さ一メートー八十の地下排水道は、暗渠《あんきょ》という名のごとく真っ暗であった。悪臭が鼻をついたが、井戸のように暖かであった。夏は涼しいに違いない。

朝倉は懐中電灯をつけ、人糞《じんぷん》を浮かべながら流れている黒い汚水のなかに降りた。汚水は腰の近くまでとどいた。

27　真昼の闇

地下排水道の煉瓦《れんが》壁には、十数メーターもの長さの、竹の試験棒が何本も掛かっている。排水道がつまった時など、それを繋《つな》ぎあわせて、次のマンホールまで通して見るためだ。

懐中電灯の光を排水道の暗渠の奥に向けて見ると、煉瓦の壁がところどころ破れ、そこから地面をくぐって来た水が流れこんでいた。

排水道の汚水は朝倉の腰の近くまであったが、流れが緩慢なため、足をとられるような事は無い。鼻を刺す臭気にも、朝倉はすぐに慣れた。

しかし、暗渠の天井から落下してくる水滴は、あまり気持ちのいいものではなかった。ヘルメットをかぶっているから我慢出来るが、ヘルメットを伝って流れ落ちた水滴は作業服の肩を濡らした。

腕時計を覗いて見ると、午前六時半に近かった。新聞配達の走る足音が路上から聞こえてくる。暗渠の壁にかすかな震動を伝えながら、車も通りはじめた。

朝倉は軍手をはめた手で壁の汚泥《おでい》を摑《つか》み、それを顔にこすりつけた。口のまわりだけは避けたが、これで人相を大分誤魔化せるであろう。

鉄梯子《てつばしご》を使ってマンホールの上に上がってみた。三浦の家の表門は閉じられたままだ。路上には人影があったが、出勤を急いでいる途中の人々らしく、工夫姿の朝倉に注意を払わない。

朝の陽《ひ》が、鈍い冬の光線をばらまいていた。土曜日、朝倉ははじめて会社を休む積りであった。カンテラの灯を消し、シャベルを持って再びマンホールのなかにもぐりこむ。

しかし、そのシャベルで何か仕事をしなければならないわけではない。電池を節約するために懐中電灯を消し、鉄梯子にもたれて、じっと耳を澄ましている。暗渠のなかは暖かいとは言え、汚水のほうは冷たく、一時間もすると腰から下の感覚は鈍くなってくる。朝倉は、時々マンホールの上にあがって、腰の上までとどくゴム長をはいた足を動かして、血液の循環を助けた。

午前十時――三浦の家の表門の開く音がした。朝倉は路上に顔を出し、タバコに火をつけた。マンホールの縁に腰掛け一息入れているような振りをして、三浦の家のほうを盗み見る。

門を開いたのは、いつも三浦の家にゴロゴロしていると近所の女が言っていた三浦の部下の一人だ。準幹部クラスらしく、バンド・マンのように派手な身なりをして、滑稽《こっけい》なほどイキがっていた。チンピラ歌手を舞台に呼ぶ三流の司会者のような身振りで、門の内側の車を招く。

車は黒塗りのジャガー・マークⅡサルーン。黒リングに赤地のエンブレムから一番馬力の弱い二・四リッター・エンジン車と分かった。冬だというのに、チンピラ女優のようにサン・グラスをかけた若い女が、その車のハンドルを握っている。

その娘は、髪をクレオパトラ・スタイルに垂らしていた。少し上向きに尖《とが》った鼻と薄い唇《くちびる》が高慢な印象を与える。首を横に向けたとき、サン・グラスの下で濃いアイシャドウをつけ、スコッチ・テープで眼張りを入れているのが見えた。

朝倉は、その女が三浦の娘だと直感した。ジャガーの後部座席には、三浦組の準幹部がもう一人坐っている。

車が門外に出ると、誘導していた準幹部は助手席に腰を落ち着けた。三浦の娘に何か冗談を言ったらしく、娘は鼻で笑うとハンドルを切り返した。朝倉が外したマンホールの蓋《ふた》を車輪で踏み敷き、クラクションを不必要にわめかせながら、ジャガーのスピードを上げていった。三浦の家の表門は、チンピラらしい若い男の手で内側から閉じられた。

これで、やっと三浦の娘に蔭ながら拝顔出来たというわけだ。朝倉は、再び暗渠のなかにもぐりこんだ。

鉄梯子の中段でゴム長を脱いだ。それを梯子に吊《つ》るし、ポケットから出したズックの靴にはき替えた。スコップは鉄梯子に立てかけて置き、路上に上がって歩き出す。三浦の娘の運転するジャガーは、十分や二十分では戻って来ないであろう。

住宅街を外れたところにあるガソリン・スタンドで、朝倉は自動車のフェンダー・ミラーを買った。五百円であった。それを作業服のポケットに突っこんで、マンホールの方に戻る途中、留守らしい家の生垣《いけがき》から針金と一メーターほどの竹の棒を無断借用した。道に落ちている縄《なわ》も拾う。

マンホールから地下排水道の暗渠に戻ると、再び鉄梯子のところでゴム長にはき替え、汚水の流れに降りた。竹の棒にフェンダー・ミラーを針金で結びつける。

そのフェンダー・ミラーを、マンホールの上に潜望鏡のように突き出した。角度を調節して、朝倉が暗渠にいても、路上の風景が見えるようにした。懐中電灯は消す。

バックミラーは、ジャガーが去った方向に向けていた。ジャガーがその方向から戻ってくるかどうかはバクチだが、朝倉はそれに賭《か》けるほか無かった。

昼を過ぎると、喉《のど》が渇《かわ》いた。朝倉は、用意してきたレモンを齧《かじ》って、喉を鎮める。学校からの帰りの子供たちがマンホールのそばに立ち止まったが、なかが真っ暗なので、すぐに興味を失って去っていった。

午後二時に近づいたとき、マンホールの近くの住宅街に空白の時間が訪れた。道を通る人となく、車の音も聞こえない。どこの家からか、かすかにピアノの練習音が聞こえてくる。朝倉の会社の同僚たちは、今頃はガール・フレンドとボーリングやゴルフを楽しんでいる事であろう。

朝倉が諦《あきら》めかけた午後三時頃――路上に突き出したフェンダー・ミラーに、百五十メーターほど離れた角を曲がってくる黒塗りのサルーンが写った。特長のある楕円《だえん》型のラジエーター・グリルと、咆哮《ほうこう》しながら跳躍するアメリカ豹《ひょう》のマスコットを見るまでも無く、すぐにジャガーと分かる。朝倉はスコップを左手に持ち、鉄梯子を素早く登った。右手に灯を消したカンテラを持ち、それを顔の高さまでかかげて、進行してくるジャガーに停止をかけた。

ジャガーのハンドルを握っているのは三浦の娘ではなかった。彼女は助手席にいる。そして、右ハンドルを握っているのは、出発するとき後のシートに乗っていた準幹部だ。

派手な服装の方の準幹部は、どこかで降りたらしく乗っていない。

ジャガーは、朝倉のゴム長の膝《ひざ》にバンパーをぶつけそうな位置で停車した。運転している男は、山羊《やぎ》革の手袋をはめた手で車窓のガラスを降ろした。

「そんなところに突っ立ってて危ねえじゃねえか。一体、どうしたってんだ？」

と、自分ではドスが効いていると思っているらしい、低いしゃがれた声で言った。細い縞《しま》のワイシャツの胸に黒いネクタイを結び、大粒の真珠のタイピンを光らせている。二十五、六の男だ。

「工事でこの先の地盤がゆるんでしまったんでね。済《す》いませんが、これから先は歩いてくださいよ」

朝倉は、泥のこびりついた顔を車窓に寄せた。カンテラはマンホールの蓋のそばに置いている。

「薄汚ねえ野郎だ。臭《くせ》えじゃねえか」

男は唇を歪《ゆが》めた。背広の腋《わき》の下が異様なふくらみを見せているのは、拳銃《けんじゅう》を隠しているためであろう。三浦の娘は露骨に鼻をつまんでいる。

「見ただけでは地盤がゆるんでいるのは分からんでしょうが、車が通ったりしたら一コロですよ。歩いただけでも揺れるほどですから。試しに歩いて見てごらんなさい」

朝倉は言った。

「馬鹿野郎、貴様ら、税金の無駄《むだ》使いばかりしやがって——」

男は言ったが、エンジンを止めた。ドアを開き、

「ちょっと見て来ますぜ」

と三浦の娘に声を掛け、路上に降り立った。

その男を朝倉が摑《つか》んだ。素早く、左手で男の腋の下のホルスターから拳銃を抜き取った。口径二十二のアメリカン・ルーガー、4¾インチ銃身のスタンダード・タイプだ。

「何をし……」

男のわめき声は途中で切れた。

朝倉が、シャベルの刃先を思いきり男の胃に突き刺し、左手のルーガーの銃身でコメカミを一撃したからだ。

男はジャガーのボディに背をぶつけるようにして尻餅《しりもち》をついた。シャベルの刃は、半分ほど体にめりこんでいる。ワイシャツが血に染まっていく。

男は意識を失っていた。腹に突き刺さったシャベルを両手で抱くような格好で坐ったまま、ガックリと頭を垂れて動かない。

朝倉は、三浦の娘に拳銃の銃口を向けた。

「声を出したら、ブッ放す」

と、低く言った。

「…………」

三浦の娘は喘《あえ》いだ。悲鳴をあげたくても、声帯が硬直して声にならないのかも知れなかった。

朝倉はジャガーのなかに、半身を入れた。右手に拳銃を持ち替えた。その拳銃が、半円を描いて娘の頸動脈《けいどうみゃく》に叩《たた》きこまれる。サン・グラスが飛んだ。

娘が気絶したのを見届けると、朝倉はエンジン・キーを奪って車から出た。車のドアを閉じ、気を失っている準幹部の上にかがみこむ。

スコップが刺さった傷から滲《にじ》み出る血は、その男の上着も汚していた。しかし血はまだアスファルトに滴るほどではない。スコップを傷口から引き抜けば、血はほとばしるであろう。

朝倉は、拳銃に安全装置がかかっている事を確かめ、作業服の胸の内側に突っこんだ。スコップを腹に突き刺したままその男をマンホールに運んだ。マンホールから、排水道の暗渠《あんきょ》に男を突き落とす。

はね上がった水柱が、朝倉の作業服にまで飛び散った。朝倉は急いでジャガーに戻り、三浦の娘を車外に引きずり出した。シフト・レヴァーにスカートが引っかかって裂ける。

雨だれのようなピアノの音は続いていた。朝倉は娘を抱いてマンホールに近づき、鉄梯子を降りた。

グラグラする娘の体を立たせ、その手首を鉄梯子の中段に縄《なわ》で結びつけて、娘が汚水のなかに顔を突っこまないようにした。路上に登り、マンホールに蓋《ふた》をする。

路上に人影は無かった。朝倉はヘルメットを目深にかぶり直し、背を丸めて蹲《うずく》まる黒いけもののようなジャガーに乗りこんだ。

ポケットから奪っておいたキーを出して、エンジンを始動さす。ギアをバックに入れ、アクセルを踏んだ。エンジンはスムーズに回転が上り、ジャガーは一気に後退した。

朝倉は角を曲がった所で車をとめた。フロアに転がっている娘のハンド・バッグとサン・グラスを拾って自分の作業服の内側に仕舞う。

エンジン・キーをイグニッション・スイッチに突っこんだままジャガーを捨てた。誰《だれ》かがその車を盗んでくれれば、朝倉にとって都合がいい。軍手をはめているから、車のどこにも朝倉は指紋を残していない。

朝倉は歩いてマンホールに戻った。蓋を開き、路上に置いてあった工事標識板やカンテラや工具などをマンホールのなかに投げこんだ。

自分も暗渠にもぐりこみ、鉄梯子の段に足を踏んばって下側からその重い鉄蓋を閉じた。暗黒が襲った。

朝倉は懐中電灯を点《つ》けてみた。三浦の娘は気絶から覚めていた。朝倉が投げこんだ工具でも当たったらしく、額《ひたい》や髪のあいだから血が流れている。

娘の口からは、異様な呻《うめ》きが漏れていた。懐中電灯の光源に向けて、目尻《めじり》が裂けそうに瞳を剝《む》いている。手首を鉄梯子に縛った縄を解くことまでには気が廻らぬらしく、腰を引いて朝倉から逃れようとするのに夢中なので裂けたスカートの尻の上にまで汚水をかぶっていた。

朝倉はその体の横をすり抜けて、汚水のなかに降り立った。懐中電灯の光を頼りに、準幹部の男の姿を捜してみる。

男の姿は、緩慢な流れの、下手《しもて》にあった。シャベルが深く突き刺さった腹を下にして俯向《うつむ》きになり、顔を汚水のなかに沈めている。体のまわりに汚水が小さく渦巻《うずま》いていた。

朝倉は、足でその男を引っくり返してみた。呼吸はとまっている。朝倉は刺さっているシャベルを抜いた。ワイシャツの布がくいこんだ無惨な傷口からはみだした内臓と血を汚水が洗っていく。

それを見て、三浦の娘は再び失神した。朝倉は死んだ男の服をさぐって、財布と運転免許証入れを奪った。うまく中身を乾かせば、役立てる事も出来るであろう。

ナイフで、三浦の娘の手首を鉄梯子に結んである縄を切断した。失神しているその娘を背中に背負う。

懐中電灯を口にくわえ、左手で男の死体のネクタイを掴んだ。左手で男の死体を引きずり、右手では背負った女の体を支え、朝倉は尻にとどくほど深い汚水のなかを、上流のほうに歩き出した。

腕もくたびれ、背中の筋肉が疼《うず》いたが懐中電灯を口にくわえている顎《あご》もくたびれた。懐中電灯が唾液《だえき》でヌルヌルしてくる。

それでも、幾つかのマンホールの下を過ぎ、朝倉は半キロほど移動した。男の死体から手を離し、その上に女の体を置いた。懐中電灯を口からもぎ取り、しばらくのあいだ顎を揉《も》む。

女の顔を上向かせ、瞼《まぶた》を強引《ごういん》に押し開いて、反転しそうになっている瞳《ひとみ》に懐中電灯の光線を浴びせた。

しかし、女はまだ反応を示さない。朝倉は女のスェーターをナイフで切り裂いた。ブラジャーを引き千切《ちぎ》る。

男との経験が深いのか、女の乳首は黒ずんでいた。朝倉はライターに火をつけると、その青白いガスの炎で左乳首を焼いた。

肉の焦げる悪臭がした。女は気絶から覚め、絶叫をあげて汚水のなかに転げ落ちそうになる。

朝倉は、ライターを持った右手で女の髪を摑んだ。わめきながら乳房の火傷《やけど》を押さえて苦悶《くもん》する女に、

「好きなだけ声をあげろよ。地上までは届きっこないがね」

と、言う。

女は、しばらくのあいだ苦しんでいた。涙と泥で汚れ、血走った瞳を朝倉に据《す》えると、

「やりやがったな。人の大事なところを！」

と、男のような罵声《ばせい》を浴びせ、朝倉の作業服の袖《そで》に爪《つめ》を立てた。唾《つば》を吐きつける。

「まだ片方は役に立つさ」

軽く頭をそむけて唾をよけた朝倉は、のんびりした口調で言った。

「畜生。けだもの！　お前の顔は一生忘れない、さあ、やるんなら恥ずかしがらずに早く済ましたらどうなのさ。そのかわり、必ず仇《かたき》はとってやるよ。あたいのために、体を張ってくれる男はゴマンといるんだ。お前を今度見つけたら、不具にさすだけじゃ収まらないから」

「こいつのように、死体になりたい奴がゴロゴロしてるってわけか。君がいま尻の下に敷いてるその男のように？」

朝倉は言った。

女は自分の下にあるのが何だか、いまになってはじめて気付いたらしい。悲鳴を上げて跳び起きようとした。

「坐ってろ――」

朝倉は鋭く命じ、

「あんたはひどく自分の体に自信があるようだが、俺にはさっぱり感じが出ないな。俺が今やりたいのは、君のようなズベ公と寝る事じゃない。ゼニを貰《もら》ってもこんな所であんたとじゃ嫌《いや》だな」

と笑う。顔を泥で汚しているので、歯がひどく清潔に皎《しろ》く光った。

「畜生、変態！　何が欲しいのさ！」

女は呻《うめ》いた。

「答えだ。質問に答えろ。あんたの名は？」

「雪子だよ」

女は虚勢を張って顎《あご》を突き出した。

「年は？」

「失礼しちゃうわね！」

「車の免許証を見れば分かることだな。ハンド・バッグのなかか？……あんたの出た学校は？」

「若葉高校じゃ鳴らしたもんだよ」

「そうかね。あんたの女友達の名は？」

朝倉は尋ねた。三浦と交渉するときにそなえて、雪子について色々な事を知っておきたいのだ。

「幸子に民子、それに……」

女は、恐怖をまぎらわすように早口にしゃべり続けた。

「お袋の名は？」

「一々うるさいわね。何でそんなことを尋《き》くのさ。君枝《きみえ》だよ。高血圧で毎日ブラブラしているよ」

雪子は答えた。

それから半時間ほど、朝倉は思いつくままの質問を雪子に浴びせた。そうしてから、

「ところで、あんたのオヤジさんはどこに隠れてる」

と、尋ねてみた。三浦が〝根雪〟に隠れていることを雪子が知っているかどうかで、朝倉の作戦が違ってくる。

「知るもんか、オヤジのことなんか。オヤジの居所を知っているのは、大幹部の連中だけなんだ。もう尋《き》くことが無いんなら、さっさと消えな。そしたら、お前の顔を忘れてやる」

「あんたはオヤジさんの居所を知らないってわけだな。それが尋きたかったんだ」

朝倉は、懐中電灯とライターをポケットのなかに仕舞った。闇《やみ》のなかで雪子の喉《のど》に手を捲《ま》きつける。

「ま、待って！　殺さないで！　言います。パパの居所を……御免なさい。死ぬのは嫌《いや》……」

雪子の虚勢が崩れ、怯《おび》えきった娘だけがそこにあった。

28　試射

一時間ほど後——工事夫姿の朝倉哲也は、一キロほど離れたマンホールから路上に出た。腰まであるゴム長は脱ぎ捨て、脇《わき》ポケットから出したズックの靴《くつ》をはいている。

汚れきった作業服は、その下に隠した三浦の部下の拳銃《けんじゆう》や、雪子のハンド・バッグなどでふくれている。ハンド・バッグには、雪子のサン・グラスも仕舞っておいた。

午後四時を過ぎていた。大通りらしく車の往来が激しい。朝倉はマンホールの鉄蓋《てつぶた》を戻し、脇道に入っていった。夕餉《ゆうげ》の仕度の買物籠《かご》を提げた女や、配達の若者が道にあふれていたが、朝倉に注目する者はいない。たとえ注目する者がいたとしても、それはヘルメットと下の顔にこびりついた泥に対してであろう。

少し歩くと、たちまち商店街は尽きた。住宅街ではあるが、多分に空き地や畑が残っている一劃《いつかく》に入った。その先に丘が見える。

丘には葉を落とした樹々が多かった。腰までしか無い低い石と鉄棒と柵《さく》が丘を囲んでいるところを見ると、それは公園に違いないと朝倉は直感した。

近づくと、柵のなかに立札が見えた。自動車やゴルフの練習に使ってはならない、などという注意書きのあとに、富士見台公園管理事務所と書いてあった。

朝倉は柵をまたぎ越えた。かなりの勾配《こうばい》のある雑木林と落葉を踏んで登っていくと、急に視界が拡《ひろ》がり、枯草が風に波打つ台地があった。遊歩道の内側に、児童球戯場やテニス・コートなどがある。無人のグランドには砂埃《すなぼこり》が舞いあがっていた。

夜はアベックであふれるかも知れないが、今は犬を連れた少年やロード・ワークに汗を出している大学の運動部員の一団が見えるだけだ。

管理事務所の建物は、反対側の外れに小さく見えている。

公衆便所の建物は、朝倉から見て斜め左の位置にあった。そのそばの足洗い場には蛇口《じゃぐち》が十個ほど並んでいた。

朝倉は枯草の原を突き切って、足洗い場に歩み寄った。両手の掌には、先ほど雪子の首を絞めたときの感触が残っている。

雪子が三浦の隠れている場所〝根雪〟のことを口に出すのを待って、朝倉は軍手をはめた手で彼女を絞殺したのだ。憐憫《れんびん》の情《じょう》はあったが、それよりも自分の暗い顔を知った雪子を生かしておく恐怖のほうが強かった。

雪子の死体は、汚水に流されないように、ブラジャーで下水道の試験竿《ざお》の掛金に縛りつけてある。頸骨《けいこつ》が砕けるほどの力で朝倉は絞めつけたから生き返ることは無いであろう。

朝倉は足洗い場のコンクリートの面に立ち、ヘルメットと軍手を脱いだ。蛇口の栓《せん》をひねり、皮膚が破れそうに冷たい水道の水で手と顔を洗った。洗っても洗っても汚れが落ち続ける。

それでもやっと不快感が去ったので、朝倉は軍手を再びはめて公衆便所に入った。大便の仕切りのなかに入り、グラグラする扉《とびら》を閉じて、雪子のハンド・バッグの中身を調べた。雪子の運転免許証と朝倉が入れたサン・グラスがあるのは知っているが、そのほかに、現金が三万円ほどと化粧道具や細々《こまごま》とした品、それにフィッシュ・スキンの箱やゼリーとチューブなどが見えた。それと小さな手帳とだ。

朝倉はしばらく考えていたが、免許証と現金と手帳を残して、あとは便壷《べんつぼ》に叩きこんだ。手帳を開いてみると、幼稚な字で小遣い銭の出費の明細が書かれてあった。ほとんどが、温泉マークでの休憩代と賭《か》けボーリングの損金や飲食費であった。

ハンド・バッグが無くなったので、朝倉の作業服から不様《ぶざま》なふくらみが消えた。ズボンのバンドに差して上着で隠したアメリカン・ルーガーは、外から見ただけでは分からない。

作業服のチャックを引きあげながら、朝倉は公衆便所から出た。暮早い冬の陽は、もう街の家並みの向こうに沈もうとする気配を見せていた。

朝倉は、雑木林のなかの灌木《かんぼく》の茂みにヘルメットを捨てた。急に空腹感が襲ってきた。しかし、胃を満たす前に、汚水と悪臭を放つ服とズック靴を取り替えたい。

店でそれらを買うだけの金は十分に持っている。しかし、そのために番頭や店員に顔を覚えられたのでは引きあわない。朝倉は公園の柵《さく》をまたぎ越え、住宅街に降りていった。

店に入らなくても、服を入手する方法はいくらでもある。裏通りを三百メーターも行かないうちに、クリーニング屋のモペットが、大谷《おおや》石塀《いしべい》の家の前の電柱に寄せて止まるのを見つけた。

いくところであった。

配達員は、洗濯《せんたく》を終えたワイシャツを抱えて路地のなかに入っていく。

朝倉は足を早めた。モペットのところに着いてみると、配達員はその家の裏木戸をくぐって

モペットの荷台とバスケットを覗《のぞ》くと、シャツやシーツのほかに、背広やズボンも見える。

朝倉は素早く背広とズボンを取り上げ、それを作業服の内側に押しこんだ。角を曲がって立ち去る。

少し離れたところで、盗品を簡単に包んでいる紙を破った。それを手近なゴミ箱に捨てた。

次に朝倉が狙《ねら》ったのは靴であった。それにはアパート——それも、なるべく高級でないアパートが仕事はやりやすい。

商店街と住宅街の境目のあたりに、木造二階建ての、相当に老朽化した大きなアパートがあった。扉を閉じたことが無いような玄関に入ると、管理人室も見当たらない。壁には土足厳禁と貼紙《はりがみ》がしてあって、廊下にはスリッパが散乱している。

玄関と内側の右手に下駄《げた》箱が並び、それからはみだした靴はコンクリートの土間にあふれていた。下駄箱の向かいの壁には郵便受けが並んでいる。

部屋部屋から、赤ん坊の泣き声や夫婦喧嘩《げんか》の怒声が漏れていた。タオルと石ケンを入れた洗面器を抱えた女たちが、騒々しくおしゃべりしながらアパートを出ていった。

朝倉は、ズックの靴を土間の隅《すみ》に脱いで廊下に上がった。やかましい音をたてる階段を登って、二階を一巡して時間を稼《かせ》いでから玄関に戻り、土間にあるうちで一番サイズの大きい革靴

をはいて外に出た。ズック靴はそのままにしておく。誰も朝倉を追ってはこなかった。

急速に陽は落ちて、闇《やみ》が街を包んでいた。朝倉は近くに寺院の墓地を見つけ、そのなかに足を踏み入れた。

墓石のあいだで、盗んできた背広のネームと刺繍《ししゅう》をナイフで外した。作業衣をクリーニング屋のアイロンとノリがきいたグレーの背広とズボンに替える。少々窮屈ではあったが、縫い目が千切《ちぎ》れるほどではない。

ポケットの中身を移し、三浦組の準幹部から奪った拳銃を胸の内ポケットにおさめた。脱ぎ捨てた作業衣とズボンは、墓石の下の納骨室の窖《あなぐら》に突っこむ。軍手も同様にして処分した。

墓地を出た朝倉はタクシーに乗って米浜通りに出た。スキ焼きハウスに入り、日本酒を軽く飲みながら、三人前のスキ焼きを平らげる。まだ二、三人前は食えそうな気がしたが、あんまり胃につめこむと動きが鈍くなるので、やめておいた。

店を出たのが八時過ぎであった。コート無しでは寒さが膚《はだ》を刺すので、なるべく繁盛している洋服屋を択《えら》んで、吊《つる》しのトレンチ・コートを買った。三千円の安物だが、襟《えり》を立てると寒さはいくらか防げるし、顔を隠すのにも役立つ。別の店では、セーム革のドライヴァー用手袋を買った。

共済病院の前にある電話ボックスに入り、朝倉はセーム革の手袋をはめた指で磯川の屋敷の番号を廻した。受話器からは磯川の秘書の植木の声が聞こえた。

「どちら様で？」

朝倉は、いつものように合図の名を口に出した。サイレンの音が近づいてくる。

「俺《おれ》だ。神川だ」

「いま電話を切り替える。ちょっと待ってろ」

植木は横柄《おうへい》な口調になった。磯川の部屋を呼ぶボタンを叩《たた》く音が朝倉の耳にとどく。

しかし、サイレンの音はさらに近づいていた。パトカーのサイレンではなく、救急車のそれだと気がついて体の力を抜いたのは、病院の玄関に白衣の看護婦や当直医が駆け寄るのを見てからであった。

救急車は、血の色をした警告灯を旋回させながら、病院の前庭に突っこんでいった。玄関の前にとまると、白衣の人々が救急車に駆け寄った。サイレンの音は止まった。

「儂《わし》だ。貴様か？」

磯川のわめき声が受話器から流れてきた。

「お元気のようですな。やっぱり風邪《かぜ》のほうが逃げたらしい」

朝倉は愛想よく言った。

「図々《ずうずう》しい奴《やつ》だ。今夜は何を言いたい？　断わっておくが、もう貴様の泣き事は聞かん。これ以上、取り引きの日をのばしてくれと言うんなら、話は無かったことにする」

磯川は言った。

「大丈夫ですよ。今夜で無ければ、いつの日でもいい」

「どうして今夜は駄目《だめ》なんだ」

「うちの組の連中を集めないとならんのでね。取り引きは俺一人がやるが、背中から射《う》たれてはかなわん。手のうちをさらけ出すのは嫌《いや》だが、どうせ先生のほうは大勢連れてくるでしょうからな」

朝倉はさり気なく言った。

「儂を信用しとらんのだな？　貴様を射とうと思えば、背中からでなくても正面からでも十分だ。だが、儂はそんなことはやらん」

磯川は吠《ほ》えるように言った。

「信じたいですな」

「馬鹿が……よし、分かった。取り引きは明日の晩だ」

「結構ですな」

「午前零時」

「それも結構。それで、場所は？」

「この市ではマズい。何といっても、儂はここの公安委員だし、市会議員だからな」

磯川の声に狡猾《こうかつ》な響きがあった。

「そうでしたな。体面というものがある」

朝倉は冷笑する。

「場所は横浜だ。文句を言わさん」

「それで？」

「本牧《ほんもく》だ。間門《まかど》の先から、アメ公の海軍の施設がつながっているあたりを知っとるか？」

「大体のことはね。ただし、外側から見ただけですがね」

朝倉は答えた。

「そこに、ビーチ球場というのがある。ナイター用の照明塔が並んどるから、すぐに分かるだろう」

「見たことがある。その時には、日本の大学生とむこうの高校生が試合してた」

「くだらんことを言うな。ともかく、その野球場の後に崖《がけ》があって、その上に子供の遊び場やバスケット・ボールとかいうもののコートがある。取り引きの現場は、その遊び場だ。分かったか？」

磯川は言った。

「分かった。だけど、日本人がそこに入れるのかな？」

「今は大丈夫だ。その上、これが肝心な点だが、あそこには絶対に日本の警官は入ってこんのだ。用も無いのに、あんなとこを警官がチョロチョロしとったら国際問題になるからな」

磯川は高笑いした。

それから二分ほどして、朝倉は電話を切った。救急車は去っていっている。朝倉は電話ボックスのなかに蹲《うずくま》り、内ポケットからスターム・ルーガーの自動拳銃を取り出した。

その銃身が露出した小口径ブローバック式の拳銃は、ドイツの九ミリ・ルーガーとは何の関係もない。しかし、製造過程と機構の省略化と、日本円にして一万そこそこの安価の割りには性能が優れている。

ビル・ルーガーのデザインしたその自動拳銃は、銃身が円筒型の受筒部に、半永久的に捩《ね》じこまれて固定されている。その受筒は鍛鉄でなくて、打抜き熔接《ようせつ》した安上がりの鉄だ。ほとんどの自動拳銃が遊底を兼ねた銃身と分離しているのに、スターム・ルーガーは小口径自動ライフルのように受筒のなかで遊底がスライドする。

だから、銃身の照星と受筒の照門が連続発射時に位置を狂わさないから、命中率がいいわけだ。そして、硬質ゴムのグリップを銃把《じゅうは》に接着させている四本のネジのほかにはネジは使われていないから、分解するときに道具が要らない。

朝倉は拳銃の銃把から弾倉を抜いた。弾倉に九発つまった二十二口径の小さな弾を全部抜き出して、弾倉がグラグラしてないかを調べる。二十二口径の柔らかい鉛の弾頭とこれも柔らかい薬莢《やっきょう》は、少し乱暴に扱うと密着性を失い、隙間《すきま》から湿気が入って不発を起こしやすいからだ。九発の弾は、レミントン・ハイ・スピードの新鮮な弾であった。朝倉はそれらを弾倉に詰め直し、拳銃の遊底を引いてみる。

薬室の弾は、弾頭がゆるんでいた。朝倉はその不良弾を嚙《か》んでおいて、薬莢から捩じ抜いた。歯型がくいこんで、魚釣りのオモリのようになった鉛の弾頭をポケットにおさめ、朝倉は薬莢の火薬を捨てる。

弾頭を一キロ半もの距離にまで射《う》ちとばし、急所に当てれば人間を殺すことも出来るとは信じがたいほど、二十二口径の火薬は少ない。耳かきに十杯ほどだ。

こぼれ落ちた緑色の火薬は、まだ湿ってはいなかった。この様子なら、薬莢のへりの内側に塗られた雷粉も大丈夫だ。朝倉はその空包を拳銃の薬室に装塡《そうてん》する。レミントン系の雷粉は不誘銹性《ふゆうしょうせい》だから、空包を射っても銃身にほとんど害を及ぼさない。銃把にも弾倉を叩《たた》きこみ、銃に安全装置をかけて、ズボンのバンドに差しこんだ。電話ボックスを出て、そこからあまり遠くない京浜急行の線路に向けて歩いていく。

市立病院のそばで、線路はトンネルにもぐっていた。朝倉はトンネルの近くの線路の柵《さく》にもたれて、電車がやってくるのを待つ。線路の向こうには学校の塀《へい》が見えるが、朝倉のそばに人影は無かった。待つほどもなく、四台編成の上り急行が轟音《ごうおん》をたてて近づいてきた。車内は混んでいない。轟音を凄《すさ》まじく反響させながら、電車はトンネルに吸いこまれていく。

朝倉は、ズボンのバンドから拳銃を抜いて安全装置を外していた。トンネルに反響する電車の轟音にかぶせて、地面に向けてアメリカン・ルーガーの引金を絞る。銃口が赤みがかったオレンジ色の火箭《ひや》と薄い白煙を吐いたが、空包の発火音は、朝倉の耳にだけしか聞こえぬほど電車の轟音に吹き消された。

遊底を引いてみると、薬莢は薬室に残っていた。雷粉の発火力だけの力などで遊底を後退さすだけには及ばなかったのは当然だ。ともかくこれで、この銃の撃発機構には異常が無いことが確かめられたわけだ。薬室から抜いた薬莢の尻《しり》のへりには、撃針の打撃痕《こん》がついている。

薬室は空けたままで遊底を戻《もど》し、朝倉は足早にトンネルの入口のそばから去った。歩きながら、空薬莢《からやっきょう》と潰《つぶ》れた弾頭をドブに叩きこむ。

横須賀公郷《くごう》駅から、京浜急行の普通電車に乗って横浜に向かった。電車のなかでは、駅の売店で買った夕刊を眺《なが》めるが三浦の娘が失踪《しっそう》したという記事はのっていない。それは夕刊の締切り時間から見ても当然として、朝倉の隣の席の青年が肩から吊っているトランジスター・ラジオのニュースも、三浦の娘について一言も触れなかった。

朝倉は賑《にぎ》やかな上大岡の駅で降りた。流しのタクシーに乗りこみ、

「本牧の三渓園《さんけいえん》という市電の停留所までやってくれ」

と言う。

「…………」

中年の運転手は、無言でベレルのタクシーを発車させた。タクシー用のディーゼル・エンジンなので、音の割りには加速がよくない。タクシーは磯子を横切って八幡橋に出た。坂になった橋を渡ると、根岸の市電通りを進んでいく。

間門を抜けるあたりで道はカーヴし、左手に長く米軍関係の鉄筋アパートが続いた。右手には三渓園に入っていく道がある。朝倉は停留所のそばでタクシーから降り、市電通りを歩いていく。

鉄筋アパートの群れが尽きたあたりからナスブ・ビーチと称する家族持ちの高級将校用の官舎が点在する丘のある公園のようなハイツがひろがっている。ナスブ・ビーチにはゲートがあ

ったが、詰所に衛兵は見当たらなかった。

かなり歩いてその長い塀を過ぎると、芝生の校庭が金網の柵のなかに続き、白亜三階建ての海軍附属学校の校舎が見える。このあたりから、市電通りの右側にもシーサイド・パークと称する無数の官舎の集団をへだてる金網がはじまっている。

朝倉はゆっくりと歩いた。学校の前を過ぎると再び校庭になり、その校庭は柵無しにビーチ球場とつながっていた。もっとも柵のかわりのように、ナイター照明灯の鉄塔のヤグラが立っているが、校舎と球場は自由に行き来が出来る。ヤグラには二個ずつのスピーカーのサイレンが口を開いていた。

道路に面した金網の柵は高かった。低い二面の観覧席と電動式のスコア・ボードを持つこの球場の照明塔は、朝倉が数えてみると十基あった。球場の奥に丘が黒々と見えている。

球場の前面の金網は、通りをはさんでシーサイド・クラブの入口と向かいあったあたりで終わっている。しかし、海軍の配給所《コミッサリー》やB・Xを中心とした娯楽施設の一部の一番手前にあるラジオ・テレビの中継局と野球場のあいだに、横手の観覧席やバック・ネット裏に向かう道が入っている。その奥の起伏の激しい丘に、磯川が指図した遊び場があるのだ。

29 交渉

朝倉哲也は散歩でもしているような足どりで、ビーチ球場の横の間道に入っていった。球場の金網の柵には、ところどころに潜《くぐ》り戸がついている。潜り戸には鍵《かぎ》が無かった。

間道の右手には、変電所の白い塀《へい》が続いていた。道の突きあたりの広場の正面奥に〝ニート・ナック・クラブ〟の洒落《しゃれ》た建物が横に長くのびている。

右手の変電所の次が、海軍配給所の勤め人の専用駐車場と倉庫になっていて、左手の球場の奥が会計や両替えの貧弱な建物だ。間道をたまに外車が通ったが、朝倉に注意を払ったりはしなかった。

〝ニート・ナック・クラブ〟と軍関係の建物とのあいだの奥に、後の丘につながる石段が二本ほどあった。朝倉は右手の石段をのぼっていく。急角度で長い石段だ。

石段を登りつめたあたりに、荒廃した神社のようなものがあった。そして、左手に、丘の上の遊び場の二辺を囲む生垣《いけがき》がある。

朝倉はタバコをくわえ、掌でおおってライターの火を移した。生垣の隙間《すきま》から、芝生の遊び場に体をもぐりこませた。

遊び場は千坪ほどある。生垣の蔭で、一夜露に濡《ぬ》れながらペッティングに夢中になっていたロー・ティーンのカップルが、ズボンやスカートを押さえながら、左側のバスケット・ボールのコートのほうにとめてある自転車のほうに走り逃げた。女も男も栗色《くりいろ》の髪を持っていた。

朝倉は、ゆっくりと遊び場を歩き廻った。バスケット・ボールのコートの向こうに、ナスブ・ビーチの高級官舎が点在している。

そして、遊び場の奥は、さらに一段高い崖《がけ》になり、崖の上の台地には樹木や灌木《かんぼく》が密生している。そのさらに奥は、やはり高級官舎のある高台の続きで、そのなかを見事な舗装路が自動車レースのサーキットのように曲がりくねってのぼっている。

ロー・ティーンの男女は、自転車に相乗りして去っていった。その自転車があったバスケット・ボールのコートのあたりまでは車は入れるが、遊び場は一段と高くなっているので、無理しないかぎり車は遊び場に乗り入れられないらしい。

左側の生垣の下には、先ほどの野球場と海軍附属学校の校舎が見えた。その先の市電通りを、行きかう車のヘッド・ライトが交錯している。

朝倉は、タバコを捨てて踏みにじった。遊び場の奥の崖に歩み寄る。灌木の根株につかまりながら、崖の上の台地に這《は》いあがった。

葉を落としたブナの樹と常緑の灌木の入りくんだ台地は、かなりの広さがあった。数人の男が楽に隠れることが出来そうだ。

その雑木林を抜けると、道路が走っていた。朝倉は道路を登っていく。駆けおりてくる車のライトが眩《まばゆ》い。点在する高級官舎は、それぞれが優に数百メーターの間隔を保っていた。

曲がりくねり、幾本かの間道と交差した道路は、ハイツの給水塔がある広場で頂上になっていた。広場の隅《すみ》に、給水モーターの建物がある。

巨大なドラム缶《かん》を重ねたように三重になった給水塔のそばに立つと、左手のかなたに建設中の北埠頭《ふとう》の灯、左手に磯子の海の船の灯が鈍く輝いていた。

朝倉はそれから二時間ほど、ナスブ・ビーチの地形と道路の調査をしてから、ナンバー2のゲートから歩み出る。ゲートにはガードはいなかった。

タクシーを拾い、都内に戻った時には午前零時を過ぎていた。第二京浜が環状七号と立体交差する馬込《まごめ》のあたりでタクシーを乗り替え、環状七号から中原街道を通って雪ヶ谷に着いた。

三浦が隠れている料亭〝根雪〟の近くの商店街は、そのほとんどが表戸を閉じていた。しかし〝根雪〟の灯は消えていない。

朝倉は、料亭から歩いて二分ほど離れたところにある公衆電話ボックスに入った。無論、セーム革の手袋をつけたままだ。

受話器を掛金から外すと、ポケットから出した十円玉の裏表を手袋でこすって指紋を消し、それを投入口の穴に落とす。電話帳で調べておいた〝根雪〟の番号を廻す。

長く待たされて、やっと返事があった。料亭の番頭のものらしい声が、

「〝根雪〟でございます。毎度御贔屓《ごひいき》に……」

と、機械的に言う。

「須藤《すどう》の部屋につないでくれ」

朝倉は、手袋をはめた手で口を押さえるようにし、声を変えながら言った。三浦が組の者から電話で連絡を受けるときには、須藤という名が使われると、福家《ふけ》が言っていた。

「よく、聞こえませんが……」

番頭は答えた。

「須藤の部屋につないでくれ、と言ってるんだ」

「あなたは、どなた様で？　長距離ではないようですな」

「あんたに用は無い。早くつなぐんだ。急用だぜ」

朝倉は声に凄味《すごみ》を加えた。

「分かりましたよ……」

番頭は、自尊心を傷つけられたように不機嫌《ふきげん》な声を出した。電話が切り替えられる音がそれに続いた。

だが、三浦はすぐには返事をしなかった。こっちの様子をうかがっているらしく、圧《お》し殺したような呼吸の音が朝倉の耳に聞こえてくる。

「誰《だれ》だ？」

三十秒ほどして、サンド・ペーパーをこするような中年の男の声が聞こえた。

「三浦さんか？」

朝倉は念を押した。

「誰だ？」

三浦の声に怯《おび》えが混った。

「娘さんを預かった。一言知らせておこうと思ってね」

「貴様は誰だ！　どうして、俺《おれ》がここにいると分かった？」

三浦の声が乱れた。

「あんたの隠れ場所は、娘さんから聞いた。俺が誰かは言う必要が無い」

「貴様、出鱈目《でたらめ》を言うな！　俺の娘を攫《さら》ったのなら、証拠を見せろ。電話口に雪子を呼んでくれ。雪子の声を聞かせてくれ！」

三浦は呻《うめ》くように言った。

「駄目だね。娘さんを人目につく公衆電話まで連れてこられるとでも思ってるのか？」

朝倉は言った。

「娘は……雪子は生きてるのか？」

「ああ。ただし、睡眠薬の効き目で眠り続けてるがね」

「畜生、娘を死なせたりしたら、貴様をなぶり殺しにしてやる！」

三浦は歯を鳴らした。

「御自由に。娘さんは大事な人質ですからね、鄭重《ていちょう》にお世話させていただいてますよ」

「証拠を見せろって言ってるんだ。貴様が雪子を連れてる証拠を……」

「じゃあ、娘さんの運転免許証をお渡ししましょう。待ち伏せされてはかなわんから、一時間後に免許証を置いた場所を教えますよ」

「畜生、いくら欲しいんだ！」

三浦は唸《うな》った。

「三百万。それが、ビタ一文欠けても娘さんの身にお気の毒なことが起こる」

朝倉はふてぶてしい口調で言った。

「そんな金を、急に用意出来るわけが無い！」

「今すぐとは言ってない。明日の……といっても、もう今日になってしまったが、ともかく日曜の午後までに用意しといてくれ。一万円札ではなく五千円札でだ。続きナンバーや新しい紙幣は困る。勿論《もちろん》あんたは警察を呼んだりはしないだろうな」

「サツの手を借りたりはしねえ。それだけは約束する。俺のほうは約束を守るから、貴様も守るんだ。約束を破ったりしたら……」

「草の根をわけても俺を探し出して、なぶり殺しにする、と言いたいんだろう？　分かってるよ、心配するな。じゃあ、一時間ぐらいしたら、免許証の置き場を電話するからな」

朝倉は電話を切ろうとした。

「ま、待て。待ってくれ！　雪子のお守りをしていた連中はどうした？」

三浦はわめいた。

「ああ、あのチンピラか。俺にあんたの娘さんを売って、どっかに高飛びしたよ」

朝倉は言い捨てて電話を切った。

公衆電話ボックスを出た。あたりに人影は無い。朝倉は深く立てたコートの襟《えり》に顎《あご》を埋めるようにし、ポケットに両手を突っこんで歩きだした。

五分ほど歩くと、中学校の横塀に突き当たった。塀の前を、幅四メーターほどの悪臭を放つ黒い流れが、コンクリートで固められた両岸のあいだを走っている。下流に行くと呑川や海老取川に分かれるドブ川だ。学童の安全を守るため、ドブ川の上には、ほとんど三十センチ間隔にコンクリートの柱が渡してあった。

朝倉は、そのドブ川を覗《のぞ》きこむようにして歩いた。中学校の横塀の真ん中のあたりは五メーター幅ほどの柵になり、その奥の校庭に消防水槽《すいそう》があることを示す標識が立っていた。柵の前から五メーター以内の駐車禁止と、水槽は二台の消防車が同時に三十分ずつ吸いあげられるだけの貯水量のあることが書かれている。

柵の前だけは、ドブ川に渡したコンクリートの柱が二メーター以上の幅を持っていた。橋と言ってもいい。

朝倉はその橋を渡った。背広の内ポケットから三浦雪子の運転免許証入れを出す。素手《すで》ではこれまで触れてないから、指紋は残ってない。朝倉は柵のなかに手を突っこみ、校庭の塀の裏側の地面に免許証入れを置いた。

品鶴貨物線のガードのそばで深夜タクシーを拾い、朝倉は上目黒のアパートのほうに戻っていった。目黒橋のそばに公衆電話のボックスがあるのを目にとめてタクシーを捨てる。

約束の時間までまだ間があったが、朝倉は料亭〝根雪〟に公衆電話のダイヤルを廻した。番頭はすぐに、三浦が隠れている離れに電話を切り替えた。

「貴様か！」

呻くような三浦の声が受話器から聞こえた。

「あんまり気を揉《も》ますのも悪いんで、早目に知らせることにした。娘さんの免許証入れは、雪ケ谷中学の消防用水のタンクの横だ……」

朝倉は言い、さらにくわしく位置を教えた。

ろうな？」

「糞《くそ》……分かった。さっそく取りに行かせる。だが、もう一度尋《き》く。雪子は本当に無事なんだろうな？」

三浦の声は悲鳴に近かった。

「その点なら大丈夫だ。傷一つつけていない。それよりも現ナマのほうの用意を頼みますぜ。午後になったら、引き渡しの場所と時刻を指定するからな」

「雪子を電話口に出すことが出来ないんなら、雪子に尋いてくれ。雪子の中学時代の親友の名前と、小学校のとき特に可愛がってくれた先生の名前をだ。今度、貴様が俺に電話してくるとき、その二つを答えられんのなら、雪子は死んでしまって口がきけないものと判断するから。雪子を殺したりしたら、そんなことをやりやがったら……」

三浦の声は震えた。

「くどい」

朝倉は吐き出すように言って電話を切ったが、唇には笑いが浮かんでいた。雪子の首を絞める前に、細かな質問を数多くしておいたことが役に立つ。

その公衆電話のボックスから朝倉のアパートまで、歩いて十分ほどしかかからない。しかし、パトロールの警官は深夜の歩行者に対して警戒心が旺盛《おうせい》だから、朝倉は少しだけ歩いたところでタクシーを拾った。

上目黒のアパートの非常階段を通って二階の自分の部屋に戻ると、食い残しの食料の饐《す》えた匂《にお》いが鼻をついた。

午前二時を過ぎていたが、朝倉は流しを片づけた。眠りによって記憶が消えないように、三浦が尋ねた二つの質問の答えをメモしておき、丸壜《まるびん》に三分の一ほど残っているウイスキーを一気に飲み干した。

疲労した体にアルコールが急速に駆けまわった。体が熱く、氷を張ったように冷えきったベッドに倒れこんでも苦にならない。

タバコを一本吸い終わらぬうちに、快い眠気が襲ってきた。朝倉は火口に唾《つば》を吐いて消した吸殻《すいがら》を投げ捨てると、眠りの波に引きこまれていった……。

喉《のど》の渇きで目が覚めた。反射的にローレックスの腕時計を覗《のぞ》いてみると、午前九時半であった。寒気に胴震いしながらベッドから滑り降り、流しで水を飲む。水は甘かったが、頭痛は無かった。

昨夜の服と安物のコートを羽織り、あるだけの金と印鑑をポケットに入れて、朝倉はアパートを出た。三浦の部下から奪ったアメリカン・ルーガー自動拳銃や雪子の手帳などはベッドのマットと蒲団《ふとん》のあいだに仕舞ってある。

世田谷通りに出た。若林の大衆食堂で学生やトラックの運転手に混って豚汁とクジラのテキと目玉焼きで朝食をとった。世田谷通りに面して並んでいる小さなオートバイ屋を覗いていく。日曜日ではあったが、休業している店は少なかった。そのほとんどが、歩道までを修理場がわりに使っている。

朝倉は、そのなかでも不景気そうな店を択《えら》んで入っていった。大原サイクルという店だ。間口二間《けん》半の店内は煤《すす》けた感じで、売り物の単車は埃《ほこり》をかぶっている。

店主らしい五十男は、二十歳前後の店員と一緒にモペットのミッションを分解していた。コンクリートの土間に蹲《うずくま》ったままの姿勢で、入ってきた朝倉を面倒臭そうに見上げる。

「ここは販売のほうもやってるんだろう？　あんまりくたびれていない中古の単車が買いたいんだ。百二十五ＣＣの奴を……」

朝倉は呟《つぶや》いた。

店主はバネ仕掛けのように立ち上がった。不器用な愛想笑いを浮かべて、

「それなら、ちょうど六十二年型のベンリイがありますよ。まだ一万キロも走ってないから、ちょうど調子が出てきたところで、極上品です」

と、東北訛《なまり》で言いながら、土間に並べられている五、六台の単車より一段と高い台の上に置いてあるホンダ・ベンリイに歩みよる。作業服で油に汚れた手を拭《ふ》いてから、その単車のセルを廻す。アクセル・グリップを廻すと、エンジンが爆音をたてた。

「乗ってみないことにはな。値段はいくら？」

「七万五千です。じゃあ、一つ走り廻ってみますか？」

店主はエンジンを切り、ベンリイを台から押し降ろした。

「頼むよ。ここしばらく単車に乗ったことがないから、まず荷台に乗せてもらおう」

朝倉は言った。学生時代にタクシーの運転手のアルバイトをやっていた頃《ころ》には通勤と通学に

オンボロの陸王を乗り廻していたが、今の会社に入ってからは、ずっと、単車のハンドルを握ったことがない。

「そうですか。今じゃ、単車にかけては日本は世界一なんですがね——」

店主は呟《つぶや》きながら、歩道にベンリィを押し出し、

「十分ほどしたら戻ってくるからな」

と、店員に声をかける。店員は不機嫌《ふきげん》な顔のまま返事をしなかった。仕事を放り出して遊びに出たいのであろう。

車道で店主はエンジンを掛けた。朝倉が荷台にまたがると発車させる。大通りから外れ、住宅街のなかを飛ばしながらしきりに性能について能書きをしゃべった。

店に戻る道は朝倉が運転した。四段ミッションの歯切れのいい加速性と四サイクルによるエンジン・ブレーキの効き目は、能書きを聞かされるだけのことがあった。

店に戻ると朝倉は、

「買った。ただし、七万でだ。そのかわり即金で払う」

と言って、財布を引っ張り出した。

「七万か……仕方ない。勉強しときましょう。実印をお持ちで？」

「ああ」

朝倉は答えた。

それから一時間ほどのち、朝倉は自分のものになった単車で多摩川を越えていた。荷台には、

サービスしてもらった荷箱をつけている。

　世田谷通りは大山街道だ。喜多見から和泉《いずみ》までの悪路も、橋を渡るとほとんど新装になった舗装路が柿生《かきお》の先まで続いている。朝倉はたちまち単車運転のテクニックのカンを取り戻し、スピン・ターンや逆ハンドルを幾度も試みて自信をつけ、また百キロを越すスピードでスラロームを繰り返してみた。

　都内に戻ったときは一時を過ぎていたが、それまでにはホンダの単車を自分の手足のように扱えるようになっていた。朝倉は、馬事公苑《こうえん》のそばの公衆電話のボックスによせて単車をとめた。

　電話ボックスに入り、三浦を呼び出した。無論、手袋をつけた手で口を押さえるようにして声を変えている。

「金は用意した。雪子は無事か？」

　三浦の怒鳴る声が聞こえた。

「さっき、食事を差しあげたところだ。俺は覆面をしてたから、娘さんには俺の顔は見えなかった。いまは、仲間が見張ってる」

　朝倉は言った。

「畜生、やっぱり仲間がいたんだな……この前のとき尋ねたことを雪子にきいてみたろうな？」

「ああ。中学時代の親友は三谷民子、小学校のときの先生は中尾だそうだ」

　朝倉は言った。

と、尋ねた。

「それで、身代金《みのしろきん》の受け渡しの場所は？」

三浦は安堵《あんど》の長い溜息《ためいき》をついた。冷静さを取り戻した声で、

「そうか――」

30　約束の夜

「身代金の受け取り場所か……そうだな、横浜がいいだろう」

朝倉は言った。

「横浜？」

電話を通して聞こえてくる三浦の声が尖《とが》った。

「ああ。横浜の本牧《ほんもく》だ。ビーチ球場というのがある」

「知っている。それで受け渡しの方法は？」

三浦は急《せ》き込《こ》んだ。

「いいか、よく俺《おれ》の言うことを聞いて間違えるなよ。間違えたら娘さんの命取りになる」

朝倉は言った。

「分かってる。早く言え」

「よし。金を持ってくるのは、あんたでなくてもいい。誰《だれ》でもいいが、刑事だけはお断わりだ。

注意しとくが、俺は警察とちょいとばかし関係があるんだ。だから、デカの顔なら大てい知ってる」

朝倉はハッタリを効かせた。

「それで？」

朝倉の言葉を信じるのか信じてないのか三浦は苛立《いらだ》たしげに催促した。

「金は出来るだけ小さなカバンに詰めろ。前に言っておいたように、全部五千円札でだ。続きナンバーや目じるしをつけた札は嫌《いや》だぜ」

「分かってる。球場のどこで渡せばいい？」

「球場のバック・ネット寄りの左翼側スタンド……その下側から三段目だ。零時少し前にそこにカバンを置いてすぐに立ち去るんだ」

朝倉は言った。

「娘は？」

三浦は絞り出すような声で尋ねた。

「心配するな。金を無事に受け取れたら、十二時間内に戻してやる。くどいようだが、この取り引きはサツには内緒だぜ。デカが野球場に張り込んでたりしたら、俺はカバンに手をつけない」

「分かってる。金を置いてくるのは、俺でなくてもいいと言ったな？」

「ああ。あんたは何とか組に追われてるらしいからな。そいつらに、あんたの隠れている場所を教えてやりゃもっとゼニになるところだが、それじゃあんたが気の毒すぎてな。まあ、今夜の取り引きがどうなるかはあんたの考え次第だが、何かの突発事故か邪魔が入るかしてうまくいかなかったら、また電話するよ」

朝倉は言って電話を切った。

電話ボックスから出て気がついたが、緊張していたのと手袋で口を覆《おお》ってしゃべっていたので、鼻の下に汗が吹き出ていた。しかし、その汗も乾ききって土埃《つちぼこり》を交えた寒風にたちまち消えていく。

朝倉は駐《と》めてあったホンダの単車にまたがった。道の反対側を、乗馬服スタイルのG学院附属中学生を乗せた運転手付きのベンツ二二〇が走り過ぎ、馬事公苑のなかに静かに消えていく。

自分の少年時代を思って、朝倉は急に腹がたってきた。高速型のエンジンをかけると、アクセル・グリップを急速に捩《ねじ》った。軽く一万回転に上ったエンジンはヤケ糞《くそ》じみた爆音を轟《とどろ》かせた。道行く人々が振りかえる。

朝倉は単車をスタートさせた。しかしナンバー・プレートのことが気にかかる。左に折れて、農大通りに入っていった。甲州街道に抜けて立川に行ってみる積りだ。舗装された農大通りもすぐに尽き、千歳《ちとせ》船橋から祖師谷《そしがや》大蔵のあたりは、まさに獣道《けものみち》を思わす迷路だ。それに、いたるところ一方通行になっている。

小田急の踏切りを越える。上高井戸から仙川《せんがわ》にかけては、甲州街道の中が狭まってネックとなり、身動きならぬほど車が混雑する事が度々あるので、朝倉はカンを頼りに、まだ畑《はたけ》や雑木林が残っている砂利道を、つつじが丘に抜けた。交番のそばで左折して甲州街道に入る。調布、府中のバイパスは道がよすぎて、制限速度をあまりオーヴァーしないようにアクセルを加減するのが苦痛なほどだ。

国立《くにたち》の街で朝倉は古着屋に入り、整備工用の帽子と白い作業服を買った。作業服はズボンと上っぱりがつながった式のだ。

それを単車の荷箱におさめた。荷箱は二段になっていて、下段には修理工具が入っている。荷箱の蓋《ふた》には鍵《かぎ》がかかった。

国立を過ぎ立川に入って少し行くと、ロータリーのある大きな交差点で、甲州街道は左に折れて多摩川を渡る。交差点を直進するか右折するかすれば、甲州街道から外れて立川の街に入っていけるのだ。朝倉はホンダのハンドルを右に切った。スピードをゆるめる。

道の左右には、自動車屋や単車屋が多い。しかし、路上に置かれている単車は日本ナンバーが多く、それに人通りも多い。朝倉が狙《ねら》っているのは、立川か横田基地ナンバーなのだ。

しかし、左手の検察庁や右手の市役所のスマートな建物の前を過ぎた頃から、米兵相手のけばけばしい装飾の店が多くなりだした。米兵にもオトキチが多いから、ヘルメットをハンドルにぶらさげたスポーツ・タイプの単車がスナック・バーやジャズ喫茶の前に駐《と》まっている。マフラーを外して飛ばしている者もいた。

南武線と中央線のガードをくぐり、ますます横文字だらけの店が増えてきた道を少し行くと、交差点の先に立川基地の正面ゲートがあった。

右手の高松町にも兵隊相手の店がかたまっているが、バーやクラブやヌード・スタジオなどの夜の商売が多い。朝倉は正面ゲート前を左折し、立川駅前のデパート街を右折し、堀を埋め立てたらしい駐車場に沿って基地飛行場のほうに単車を走らせる。

駐車場は無料の市営だ。国立立川病院の前まで続き、かなりの収容力がある。柵《さく》や囲いはついて無く、むろん監視員などはいない。飛行場の先の黒人兵相手の店の並びまで行くまでもなく、その駐車場には何台もの基地ナンバーの単車が無造作《むぞうさ》におかれているのが見えた。

薄笑いを漏らした朝倉は、そのまま車を進める。やがて、店の並びが中断し、右手の麦畑の先に、金網で囲まれた広大な基地飛行場が見えてきた。

横田が戦闘機や爆撃機が多いのに対して、立川にはずんぐりした輸送機が多い。飛行場の奥の白色や橙色《だいだいいろ》の格納庫が遠く小さく横にのびている。道の先には、青梅《おうめ》線の踏切りがある。

そして、道の左手の小さなロータリーの手前に、車置き場の空き地があった。駐まっているのは、ほとんどがオート三輪や小型トラックだ。

朝倉はそこに単車を突っこみ荷箱のなかに入れておいた修理工用の作業服を着込んでベルトを締めた。工具を入れたズック袋を大きな尻《しり》ポケットに突っこむ。

歩道を、腕を組んだ黒人の若い男女が通り過ぎた。二人とも、たくましい腰を持っていた。恋に酔ったような女の顔は上気して光り、動物的な美さえ放射していた。二人とも、朝倉のほうを見向きもしない。

飛行場に降りる輸送機が、高度を下げながら低空旋回しはじめた。朝倉はタバコをくわえ、煙を風に奪わせながら、堀跡の駐車場のほうに戻っていく。傷だらけのHナンバーのシボレー・コルヴェアのあいだに、米軍属の古ぼけたヤマハの単車があった。朝倉は頼まれて嫌々《いやいや》仕事をしているような顔つきで工具袋を広げ、そのヤマハからナンバー・プレートを外しはじめた。誰も不審の目を向けない。

朝倉が上目黒のアパートに戻ってきた時は、三時半を過ぎていた。盗んで、作業服の内側に入れて自分のホンダまで運んできたヤマハの基地ナンバーのプレートは、作業服と共に荷箱のなかに仕舞っている。

アパートの前のちょっとした空き地に単車をとめた朝倉は、府中の米軍払い下げ品屋で買ってきたヘルメットと防埃眼鏡《ゴッグル》をつけていた。

ゴッグルを外し、荷箱の蓋をキーで開いた時、道路をへだてた向かいの花屋から、アパートの持主の原口が出てきた。もう六十に近いが顔色に艶《つや》がある。もとは役人であったそうだ。

「あんたでしたか。外人さんかと思った。そのオートバイを買われたんで?」

と、愛想よく言う。しかし、目は笑っていなかった。

「オートバイと言っても第二種原動機付自転車という奴でしてね。ここに時々置かせてもらえませんか」

朝倉は言った。

「そりゃいいですよ……でもね」

「置き代として、月に千円ずつお払いします。部屋代と一緒にお渡ししましょう」

「そうですか。悪いですね。まあ、ともかく、夜中にはエンジンの音を静かにするようにしてくださいね」

原口の水っぽい瞳が笑いを見せた。店に入っていく客を見つけて、慌《あわ》てて戻っていく。

朝倉は土埃の混った唾を吐き、単車の荷箱から作業服を取り出した。それを持って二階の自分の部屋に入る。

作業服は押入れに仕舞った。安物の背広とコートを脱ぎ、ジーン・パンツとバックスキンのコートに着替える。三浦の部下から奪ったアメリカン・ルーガーの小口径自動拳銃《けんじゅう》をジーパンの右腰のポケットに仕舞って、そのジッパーを引いた。

次に、狭い台所コーナーの米櫃《こめびつ》から、ビニール袋に入れて隠していた愛銃コルト・スーパー自動拳銃と、幾つかの弾箱を取り出す。

コルト・スーパーを手早く分解し、機関部のバネが痛んでないことと、銃腔《じゅうこう》が傷ついていないことを確かめてから、再び組み立てた。弾倉に、三十八口径スーパーの高速実包を九発装塡《そうてん》した。

遊底を引いて薬室に一発送りこみ、撃鉄を中立位置に戻して撃鉄安全をかけ、そのコルトをズボンのベルトに差した。バックスキンのコートで外からは分からない。コートにボタンをかけた。ほかの拳銃についてはそうでもないが、朝倉は何度も山の中で着弾点を調べたこのコルトにだけは自信がある。

ベッドの下にもぐりこみ、埃だらけの古本の山の下に隠してあったボストン・バッグを取り出した。

ボストン・バッグのジッパーを開く。一万円札から千円札に及ぶ千八百万の厚い札束は、バッグのなかで休火山のように眠っていた。

朝倉はバッグのジッパーを閉じた。ポケットには飛び出しナイフと麻紐《あさひも》と懐中電灯を入れる。ゴッグルとヘルメットをかぶってアパートを出たのが四時半だ。半長靴をはいている。

黄昏《たそがれ》が淡い冬の陽《ひ》を押しやっていた。単車の荷箱にボストン・バッグを入れようとしたが少し大きすぎる。それでも無理して押しこんだが、念のために荷箱の蓋《ふた》の上から荷台に麻紐をかけた。

五反田に降り、中原街道から雪ヶ谷に入ったときには、闇《やみ》が濃度を増していた。朝倉はガソリン・スタンドで満タンにし、料亭〝根雪〟のまわりを一周する。

〝根雪〟は臨時休業の札を出していた。そして料亭の庭に入りきれないらしい神奈川ナンバーの車が二台、黒塀《くろべい》に寄せて駐まっている。運転席の若い男たちの殺気だった表情は、どう見ても刑事には見えなかった。

〝根雪〟からあまり遠くない池上本町の路上にとまっている屋台で、焼鳥を三十本ほど食って胃を鎮めた。屋台なら、すぐ手が届く場所に単車を置ける。

屋台のオヤジと無駄話をして胃を落ち着けた。水のコップをさりげなく布巾《ふきん》で拭《ぬぐ》って指紋を消し、再びセーム革の手袋をつけて単車にまたがった。

〝根雪〟のほうに戻ってみる。塀の外の車は一台になっていた。残っている車の運転席の男の背広の襟《えり》に、三浦組のバッジが光った。

朝倉は中原街道に車を戻し、左にハンドルを切って丸子橋を渡った。通行区分帯がはっきりしていて、鈍足のミニカーやスクーターなどと一緒に道の左端を走らないとならない第二京浜よりも、このまま中原街道を六角橋に抜けたほうが走りいい。

六角橋から東神奈川で第二京浜に入った。桜木町から山下新旧公園の横を抜けて小港橋を渡ったのが午後七時過ぎだ。

橋を渡ると、左手の薄汚れた港には、ダルマ船やチャカ船が密集していた。そこを過ぎると左右に巨大な倉庫が並ぶ。

右手の倉庫の先は、団地アパートのような米軍属小児病院と、アーチのついた軍事裁判所だ。裁判所の先で道は大きくカーブし、左手にはS・Pや救急車の詰所の建物などからはじまる広大な臨海公園の住宅施設が続く。

道は市電通りに突き当たった。朝倉はホンダのハンドルを左に切る。左手にはシーサイド・パークの金網が長々と続いているが、右手には三角屋根のボーリング場、カフェテリア、両替所、B・Xなどと一群になった日用品配給所の建物だ。駐車場のあるその一部にはタクシーは入れないから、市電通りに群がって客を待っている。

ビーチ球場は、そのコミッサリー・ストアの一部の先にある。朝倉は球場と海軍附属学校の前を素通りし、ナスブ・ビーチのゲートのなかに単車を突っこませた。衛兵は特別の場合でないと詰所にいない。

ゲートをくぐったところで、主道は左右に分かれている。朝倉は右の道を択び、ギアをサードにして丘の上に登っていく。丘は相当に急勾配《こうばい》で、しばしばギアをセカンドまで落とさなければならなかった。

高級将校の住居が点在するその丘は、登りつめれば給水塔に着く。朝倉は途中で細い脇道《わきみち》にそれ、松林のなかに単車を突っこませた。

丘のなかの主道を通る車のライトが届かない位置で、朝倉は単車をとめてエンジンを切った。荷箱を開き、ボストン・バッグと立川で盗んできた基地ナンバーのプレートを出す。

荷箱の下段にある工具袋から工具を取り出し、自分の車のナンバー・プレートを外して盗品のそれと付け替えた。

午後八時だ。

ゆっくりと小便を終えた朝倉は、工具と白いヘルメットを荷箱に仕舞い、ライトを消してエンジンを切った単車を押して、磯川と約束した遊び場に向けて歩き出した。約束の時間には、まだ四時間ほどある。

しかし、すでに磯川の部下や三浦組が張り込んでいるかも知れない。朝倉は丘の道を通る車のライトが切れる時を択んで歩道を横切った。

遊び場から、二百メーターほど離れた灌木《かんぼく》の群のなかに単車を隠し、朝倉は這《は》うようにして遊び場の背面の崖《がけ》の上の台地に近寄った。その台地は樹木や灌木が密生していて、身を隠すのに楽だ。

途中の脇道には、日本ナンバーの車は見当たらなかった。朝倉は遊び場の崖の上の台地の雑木林にたどりつくと、枝を不注意に折って音をたてぬように気をつけながら、崖のほうに体を移動させていく。

まだ雑木林に人の気配はなかった。朝倉は背後にブナの太い幹をひかえ、前面に常緑の灌木がある窪《くぼ》みを見つけ、そこに腰をおろした。灌木のあいだから、崖の下の遊び場と、さらにその下の球場が見渡せる。

朝倉は待った。

十時を過ぎると、市電通りの車は数を減じ、家々は次々に灯を消していく。日用品配給所の一部も、テレビ中継局を残して暗くなった。

十一時になると、市電通りを時たま通るタクシーのエンジンの響きまでが聞こえるようになった。

そして、丘の主道のほうから朝倉の隠れている雑木林に近づいてくる四、五人の男の足音も……。

朝倉はバックスキンのコートのボタンを外した。右手の手袋を脱いでポケットにおさめ、ズボンに差した三十八口径スーパーの銃把《じゅうは》を握る。

足音は雑木林に入った。騒々しく下生えの枝をへし折りながら、朝倉の右方三十メーターほどのあたりに一団となって止まる。

そのあたりから、圧《お》し殺したような小声と咳声《せきごえ》が聞こえた。朝倉は銃把から右手を離した。刑事なら張込みをもっとスマートにやるだろう。

そのとき、遊び場の右手のバスケット・ボールのコートのほうから、ライトを消した車が四台、デフをぶつけながら縁石を強引《ごういん》に乗りこえ、遊び場の芝生に入ってきた。

四台の車は、球場側の生垣《いけがき》に寄せてとまった。ナンバー・プレートを黒布で包んで隠しているが、そのうちの二台は料亭〝根雪〟の塀に寄せて駐まっていた三浦組の車だ。

予期しないものを見た驚愕《きょうがく》の声が、小さく雑木林のなかから漏れたところを見ると、朝倉の右手に隠れた男たちは磯川の部下らしい。

四台の車のうちの二台から、七、八人の男が降りた。

朝倉の鋭い瞳《ひとみ》は、そのうちのカバンを提げた男が、以前に料亭で見た三浦組の大幹部沢村であることを認めた。あとの男たちは、暗すぎて人相の区別まではつかない。

車から降りた三浦組の男たちは、社《やしろ》の横の石段を通って球場のほうに降りていく。

雑木林のなかの磯川の部下たちは、荒い息を圧し殺している。

車に残った三浦組の男たちの様子はよく分からない。ルーム・ライトは無論消してある。沢村たちは、球場の右翼側の横のゴミ焼場の蔭や、観覧席の下にもぐりこんだようだ。

秘書の植木に小さなバッグを持たせ、左右を二人の用心棒に護《まも》らせた磯川が、主道のほうから悠然《ゆうぜん》と姿を現わしたのは午前零時きっかりであった。

しかし彼等は、遊び場の芝生に黒々と蹲《うずくま》っている四台の車が視界に入ると不安気に崖上の雑木林に視線を走らせた。

雑木林から、フウロウの鳴き声を真似《まね》た声が二度応《こた》えた。磯川たちは足をとめる。バスケットのコートのなかでだ。左手にボストンを提げた朝倉は、ズボンのバンドに差した三十八口径の銃把を握って崖を滑り降りた。

31　ダブル・プレイ

両脇を用心棒に護らせた磯川と秘書の植木は突然、姿を現わした朝倉の影を見て立ちすくんだ。バスケット・ボールのコートのなかでだ。

二人の用心棒は腋《わき》の下に手を突っこみ、肩かけホルスターに収めた拳銃《けんじゅう》を、コートと上着の下で握った。遊び場の芝生の外れの生垣に沿って駐車しているナンバー・プレートを隠した三浦組の四台の車からは、まだ具体的な行動は起こらない。

朝倉は、白バイの目を盗んで高速運転をしている時のように、前方の磯川よりも側面の崖の上に隠れている磯川の部下たちや、背後の三浦組に神経を配りながら、バスケットのコートに歩み寄る。コートと三浦組の車とは、百五十メーター以上は完全に離れている。

磯川の用心棒たちは、歩み寄ってくる朝倉によりも、三浦組の車のほうに視線を据《す》えている。車のなかで、ニッケル鍍金《めっき》した拳銃の銃身が一瞬鈍く光った。

朝倉はゴッグルで目を隠している。下唇《したくちびる》を突き出した磯川と向かいあって立ち、

「あんたのほうに約束を守ってもらうために、俺《おれ》のほうは言っておいた通りに組の者を連れてきた。どうした、先生。何か当てが外れたことでもあるような顔ですな」

と、低く凄味《すごみ》の効いた声で囁《ささや》き、背後の車の三浦組に顎《あご》をしゃくるようにする。無論、暗さと遠さで三浦組の姿はほとんど見えないが、三浦組の連中も朝倉や磯川たちを識別することは困難であろう。

「な、何を言いだすんだ？」

磯川は唸《うな》った。

「なあに、あんたらが下手に俺に手出しをしたら、四方から弾が飛んでくるってことさ。あそこの車のなかにいるのはほんの一部さ。崖の下にも、あんたのとこのチンピラが隠れてる崖の上の雑木林にも、俺の組の拳銃使いがいるんだ」

朝倉はふてぶてしい笑いを見せた。

「畜生……」

磯川と植木が同時に呻《うめ》いた。

「トラブルが起きねえように、崖の上のチンピラたちに立ち去るように合図してくれ。俺んとこの連中は引金を引きたくて、指をムズムズさせているのが多いんだ」

「分かった」

磯川は呟いて、植木に血走った視線を向けた。

怯《おび》えの表情を見せた植木は、フクロウの鳴き声を四度たてる。

崖の上の雑木林のなかで灌木が揺れ、下生えの枯枝が折れる音がした。三浦組の車から物音が聞こえないのは、距離があるからだ。

「のんびり、話し合っとる時間は無い。さっそく取り引きだ。千八百万、耳を揃《そろ》えて持ってきたろうな」

磯川は、精一杯に尊大な声を出した。

「ああ。全部一万円札というわけにはいかなかったが……先生のほうも千二百グラムあるだろうな？」

「大丈夫だ。一ポンド入りの袋二つと二百グラム入りの袋だ。薬量一ポンドは五百グラムだからな」

植木が磯川に替わって口早に言った。

「オーケイ。じゃあ、交換だ。調べて見てくれ。俺の方も、調べる」

朝倉は、手袋をはめた左手で提げた現ナマ入りのボストン・バッグを差し出した。右手は、ズボンに差した拳銃の銃把からまだ離していない。

植木と磯川は、さり気なく素早い目配せを交わした。そして植木は、自分の持っているバッグのジッパーを開き、懐中電灯でそのなかを覗《のぞ》いて見てから、朝倉のボストンを受け取る。

「儂《わし》はあんたを信用しとる。だから、ゼニの枚数を数えたりしない。あんたも儂を信用して、このまま別れるんだ」

朝倉は左手で植木からバッグを受け取ると、磯川が猫撫《ねこな》で声で言った。用心棒たちは、血走った瞳《ひとみ》をいそがしく左右に走らせ、風の音にも神経を昂《たかぶ》らせている。

「取り引きは取り引きだ。中身を調べさせてもらう。あとで悔いの残らないようにな」

朝倉は初めて銃把から右手を離した。ポケットから小型の懐中電灯を取り出し、受け取ったバッグのなかを照らしてみる。厚さ五センチで、三十センチ四方ほどの一ポンド入りビニール袋が、両端を厳重に縛られた上に、弁当箱を風呂敷《ふろしき》で包んだときのように結び合わされて二つ入っている。その上に、同じような包まれ方をしたヘロイン二百グラム入りのビニール袋が乗っていた。

朝倉はその二百グラム入りの中袋を取り上げ、結び目を解こうとした。無論、視線は一瞬ずつしか磯川の用心棒たちから離さない。

磯川の分厚い唇から重い溜息《ためいき》が漏れた。安堵《あんど》の溜息らしい。植木の額《ひたい》には汗の粒が吹き出している。

「こいつは大丈夫そうだな」

朝倉は呟《つぶや》き、一ポンド入りの大袋の一つを取りあげた。

磯川の顔色が蒼《あお》ざめて黄色っぽくなった。

「待て、待ってくれ」

と、呻く。

「どうした？」

朝倉の声は乾いていた。しかし、コメカミに血管がふくれ上がる。

「儂たちはいそいでおる。あんたが調べるのは勝手だが、儂たちには、時間が無い。金のほうはもらって行くから、あんたの方は、明るい所でゆっくりと調べたらどうだ？　儂の屋敷は知ってるんだから、もし文句があるんならいつでも会ってやる。儂は逃げも隠れもせぬ」

磯川は言った。

「そんなにおいそぎなら、手早く済ませましょうかな」

朝倉は懐中電灯をポケットに収め、ビニールの大袋を左手に持ちかえた。それを噛《か》み破ろうとする。

「分かった――」

磯川が喉《のど》から空気が漏れたような声を出し、

「あんたを疑って済まなかった。勘弁してくれ」

と、言った。

「…………？」

朝倉は一ポンド袋を下ろした。

「実は、あんたが儂の手の届かない警視庁本部の囮《おとり》捜査官かと思ってたんだ」

磯川は喘《あえ》ぐように言った。

「馬鹿な……」

「嘘《うそ》じゃない。信じてくれ。だから、わざと……」

「わざと偽《ガ》ネ《セ》タを持ってきたと言うのか。この袋の中身はヘロじゃないな?」

朝倉の唇のまわりは白っぽくなり、ゴッグルの下で細められた瞳は鋼《はがね》のように冷たい。

「悪かった。偽物なら証拠にならんからと思って……もっとも、二百グラム入りのほうだけは本物だ」

磯川は必死に言い逃れしようとして、しどろもどろだ。

もし、俺が本庁の囮捜査官だとしたらその二百グラムだけで捕えることが出来る……と、言ってやろうと思ったが、朝倉は、

「俺が調べなかったら、貴様はゼニを持ち逃げする積りだったんだな。悪かったと言っただけでは済みそうもない。俺が左手を頭の上で振ったら、組の連中が発砲してくることになっている」

と、言い捨てた。

「金は返す。早まらないでくれ」

磯川は、コートのアスファルトに坐りこんだ。肥満した体を折って、手をついた。

「ゼニは返す……か?」

朝倉は冷笑した。

「頼む。あんたの組の大幹部をここに呼んでくれ。その人と話をつけるから」

磯川は、すがりつくような視線で朝倉を見上げた。

「馬鹿なことを言うな。俺が組に傭《やと》われたのは、どこの組織があんたから薬《ヤク》を手にいれたがってるかを知られないためだ。あんたの前に顔を出すくらいなら、連中はあんたを射《う》ち殺すことを択《えら》ぶだろうな」

朝倉は答えた。微塵《みじん》も、動揺を見せない。

「今度は必ず約束を守る。あんたが囮でないことはよく分かった。その二百グラムを持っていってくれ。金は全部返すから」

磯川は唸った。

「今度こそは、ちゃんとしたのを持ってくるんだな。一度は許しても、二度とは許さん」

朝倉は言った。二百グラム入りのビニール袋をジーパンの尻ポケットに押しこみ、植木が震える手で差し出す現ナマ入りのボストンを取り戻す。ブドー糖が入っているらしいバッグは、植木の足許に投げ捨てた。

磯川はノロノロと立ち上がった。威厳など忘れ果てた顔で、

「約束してくれ。儂たちが、ここを安全に立ち去るまで射ちかけてきたりしないと……」

「自分が勝手に俺との約束を破っておきながら、まだ俺に約束させようというのか。まあ、いい。俺のほうも、取り引きが完全に終わるまでは、あんたに死なれるとちょいとばかし弱るからな……さっさと消えな。そして、本物を用意するんだ。また、俺が電話を入れるからな」

朝倉は言った。右手は、再び銃把《じゅうは》に触れている。

「…………」

磯川たちは生唾《なまつば》を呑《の》みこんだ。バッグを拾おうともせず、後じさりしながら遠ざかっていく。朝倉から百メーターも離れると、踵《きびす》を返し、我勝ちのように走り出して、ナスブ・ビーチの主道を駆け逃げていく。主道の脇で息を殺していたらしい部下たちが、そのあとを追った。

磯川たちが走り出すと同時に、朝倉も横に跳んで、崖《がけ》に身をへばりつける。三浦組の車の方に瞳を凝らす。

芝生に腹這《はらば》いになって、バスケットのコートのほうににじり寄ろうとしている二、三人の姿がある。朝倉は左手にボストン・バッグを持ったまま、崖に突き出しているブナの根に右手をのばし、静かに体を引っぱりあげる。余程の視力を持った者でないかぎり、芝生の遊び場の位置から、朝倉の行動は見えない筈《はず》だ。

朝倉は崖の上の雑木林に体を移した。音をたてぬように気を配って、雑木林のなかを後の脇道に抜けた。人影は見当たらない。

朝倉は、単車を置いてあるのと反対側に向けて歩き出す。足音を殺すために、道のコンクリート部分を避け、枯草の残っている土の部分を択んだ。体を低くし右手は拳銃を抜き出している。

やがて雑木林が尽き、次の崖があった。崖の下は、コンクリート・ブロックや土管が転がった、石ころだらけの地面だ。その右上手に樹々の茂みと社《やしろ》が黒く蹲《うずくま》っている。

朝倉は音も立てずに崖を滑り降りた。崖の右手、社の手前には、遊び場の二方を囲んだ生垣の一端がのびている。

崖の下に降りた朝倉は、土管やコンクリート・ブロックのあいだを這いながら社のほうに接近していった。その低地は一メーター先も見透せぬ暗さだ。

左手に持ったボストン・バッグが邪魔であった。朝倉は崩れかけの煉瓦《れんが》の山の蔭で、ボストンの取っ手をズボンのバンドに通した。

樹木に包まれた社の下にたどり着くと石垣を這い登る。社のなかにも、三浦組の男が隠れている予感があった。

朝倉の予感は的中した。神主とていない荒廃した社の、傷だらけの唐獅子《からじし》のうしろで、三浦組の幹部が蹲っている。

その男は、球場のほうと遊び場の芝生に注意を奪われて、背後から石垣を這い登ってきた朝倉に気がつかない。

朝倉は、クモの巣だらけの社の高床の下にもぐりこんだ。高床の下を這って、社の正面の賽《さい》銭箱《せんばこ》の蔭にまわりこむ。

その位置からは、唐獅子のうしろの男と七メーターほどしか距離はない。唐獅子の横にくだる急角度の石段は、ビーチ球場のほうに降りる通路なのだ。

米海軍の会計や両替の建物やゴミの焼却所にさえぎられて、球場のバック・ネットからライト方面にかけては見ることが出来ない。しかし、朝倉が三浦に指定した左翼スタンドの方は、社の位置から十分に見渡せる。

それに右前方になった芝生の遊び場の大部分も見ることが出来た。すでに時刻は午前零時を二十分以上過ぎていた。

遊び場では、車から出てバスケットのコートに集まってきた三、四人の三浦組の男たちが、朝倉を見失って小声で相談しあっている。常人なら、暗さで彼等の姿を捕えることが出来ないが、朝倉は抜群の視力を持っている。

球場のほうに潜んだ三浦組の連中は、うまく隠れたらしくて、朝倉の視力を持ってしても発見出来なかった。球場の先の電車通りを通る車はますます少なくなり、ヘッド・ライトは数分の間隔を置いて路面を舐《な》める。樹々の枝を鳴らす、風の音が耳についた。港のほうからは、哀調を帯びた汽笛が聞こえてくる。朝倉は待つことに心を決めた。

バスケットのコートに集まっていた三浦組の男たちは、生垣に沿って並べた車に戻った。唐獅子の後の幹部は、寒気をこらえようと貧乏ゆすりしながら、タバコがわりにガムを嚙《か》んでいる。

朝倉の体も冷えてきた。肩のあたりが凍りつきそうだ。午前零時を大分過ぎて一時に近づいても、朝倉が球場の左翼スタンドに身代金《みのしろきん》を受取りに現われぬため三浦組の男たちはダレてきて私語を交わしたり、寒さしのぎに柔軟体操をやったりしはじめた。

唐獅子の後の幹部も、掌で炎を覆ってタバコに火をつけた。それを吸い終わると、檻《おり》のなかの山犬のように歩きまわる。

その男が何気なく賽銭箱の前を歩き過ぎようとしたとき、朝倉は音もなく立ち上がった。その男の側頭部を拳銃《けんじゅう》で鋭く一撃した。その打撃には破壊力があった。

男は悲鳴をあげる余裕も無く昏倒《こんとう》した。頭蓋骨《ずがいこつ》が陥没している。朝倉は、その男を社の高床の下に引きずりこんだ。男が身につけていた〇・三八口径スペシャルの銃身の極端に短いスナッブ・ノーズの輪胴式を奪う。ジーン・パンツの右ポケットにそれを仕舞った。

午前一時を少し過ぎた頃、球場から一人の男が出てきた。手に小型のカバンを提げている。三浦組の大幹部沢村だ。カバンのなかには、三百万の身代金が入っている筈《はず》であった。

球場に潜んでいるほかの男たちは、沢村と時間をずらして、遊び場に駐めた車に戻る積りらしい。沢村のあとには人影が続かない。

朝倉は唐獅子のうしろに移った。沢村は興奮から醒《さ》めた顔付きで、重そうに足を運んで石段を登ってくる。石段を登りつめた沢村は、唐獅子の蔭に向けて、

「骨折り損だった。網を張ってるのに気付きやがったらしい」

と、呟く。唐獅子の後の男が朝倉とは知らないのだ。

「待ってたぜ」

圧《お》し殺した声で呟き、朝倉は沢村の前に立った。拳銃の銃口を沢村の胃にくいこませる。

「…………」

沢村の表情が歪《ゆが》んだ。

「じっとしてるんだぜ」

朝倉は命じ、左手で沢村の手から小型のカバンを取り上げる。沢村は化石したように動けな

い。

朝倉はその沢村の睾丸《こうがん》を膝《ひざ》で蹴《け》りあげた。呻いて体を二つに折って苦悶《くもん》する沢村の顎《あご》を、軍用の固い半長靴の靴先で蹴りあげた。沢村は、地響きをたてながら石段を転げ落ちていった。

「何だ！」

「何かあったのか！」

遊び場の車のなかから叫び声があがった。

朝倉は、素早く社の暗がりに体を引っこめていた。石段の下の両替所の建物に灯がついた。守衛が不審に思ったらしい。沢村は石段の下で、叩きつけられた蛙《かえる》のように手足をひろげた格好で動かない。

朝倉は左手にカバンを持ち、石垣を這《は》い降りた。単車を隠してある場所に向けて、足音を殺して歩き出す。三浦組の男たちは、海軍陸上憲兵隊のパトカーのサイレンが吠《ほ》えだすのを怖《おそ》れて動けないらしい。

朝倉は、遊び場の背後の崖上から二百メーターほど離れた灌木《かんぼく》の群のなかに入った。立川基地のBナンバーをつけて、そのなかに隠しておいた単車は消えてはなかった。小型のカバンを開き、その中に懐中電灯を突っこんで点灯してみる。中身は確かに五千円札の束であった。

朝倉はヘルメットをかぶり、ズボンのバンドからボストン・バッグを外して単車の荷箱に詰めた。カバンはバックスキンの半コートの内懐《うちぶところ》に突っこみ、コートのベルトを締める。コルト三十八スーパーの拳銃をズボンのバンドに差し、単車のイグニッションにキーを突っこんだ。

その単車を押して坂道を五、六歩駆け降りると、爆音と共にエンジンが活動しはじめた。

朝倉は単車に跳び乗る。下調べに時間を費したただけあって、このナスブ・ビーチの地理は、明確に朝倉の頭のなかに刻みこまれている。

朝倉は迷わずに、磯子側のゲートに車首を向けた。ホンダの単車は、静まりかえった高級ハイツに、気がひけるほどスポーティーな排気音をたてる。

ゲートを出た朝倉は、根岸の競馬場跡のそばで、盗品のナンバー・プレートを正当なものとつけ替えた。あとは交通パトカーに追われないように、スピードをあまり上げないことに気を配ったらいいだけだ。

32　ライヴァル

翌日の月曜日、朝倉哲也が京橋の会社の経理の部屋に早目に入ると、次長の金子はすでにデスクに着いて給仕に運ばせたお茶を飲んでいた。金子のほかにはまだ人影は無い。

「君、土曜日はどうしたんだね。皆勤記録がストップしてしまった、と部長が残念がっておられたよ」

金子は朝倉に向けて言う。その金子は、温泉マークから家に寄らずに直接会社に出てきたように、ワイシャツの襟《えり》が珍しく埃《ほこり》じみている。喉笛《のどぶえ》の上には不精髭《ぶしょうひげ》の剃《そ》り残しがあった。四十二、三歳の色白で冷たい感じの男だ。

「済みません。頭痛がひどかったもんで……」

朝倉は頭をさげた。いつも会社に着けてくる地味なイージー・オーダーの服をつけている。

「病気じゃ仕方ないが、電話ででも連絡してくれたらよかったな」

金子は呟《つぶや》いた。

「おっしゃる通りです。熱が高くて動けないので、いつもアパートに来るクリーニング屋に、会社に電話をかけてくれと頼んでおいたのですが……以後十分に気をつけます」

「そうか、そうか……じゃあ、クリーニング屋が忘れてしまったんだな。体のほうはもう大丈夫?」

金子は部下思いの面を見せようと笑顔を見せた。目は冷たいままだ。

「はあ、お蔭様で、少しだるいだけです。御心配をお掛けして、申しわけありません」

朝倉は再び頭を深く垂れ、隅《すみ》の自分のデスクに着いた。抽出《ひきだ》しから、片面が鏡になったジッポー型のライターを取り出して、タバコに火をつける。そのライターをデスクに立て、バック・ミラーのように背後の金子を写す。次長の金子と部長の席は奥の大金庫の前に二つだけ並び、係長や主任級を含めた平社員たちのデスクの並びと、かなり間隔を置いている。

金子は、一度ロッカー・ルームに消えた。マックレガーのゴルフ・クラブを一本提げて戻《もど》ってきた。ポケットからボールを出して自分のデスクの前の絨毯《じゅうたん》の床に置き、パターの練習をはじめた。

しかし、その金子にはいつもの才子らしい精気が無かった。苛々《いらいら》を鎮めるためにクラブを振っているかのようにも見えた。

朝倉はタバコの吸殻《すいがら》を灰皿《はいざら》に捨てた。そのとき、部長のデスクにある直通電話のベルが鳴った。その電話は、交換台を通さずに外線とつながっている。

金子は、ボールの上にかぶさるような姿勢で動かなかった。立ち上がった朝倉は部長のデスクに歩き、執拗《しつよう》に鳴りやまぬ受話器を取り上げた。

「お早うございます。東和油脂の経理部でございます」

と、爽《さわ》やかな声を出す。

「お早うございます。金子さんを出してくださらない？」

水商売らしい三十女の、洗練された声が聞こえてきた。

「失礼ですが、どちら様で？」

「晴海《はるみ》荘からの電話だとおっしゃって頂けば、あの方はきっと分かる筈よ」

「そうでしょうか？」

「いいこと。居留守を使ったりなさったら、あとで後悔することになるとお伝えして」

女は、低く柔らかい声をたてて笑った。

「ちょっとお待ちください。捜して参りますから」

朝倉は受話器の送話口を掌で押さえ、

「次長さん」

と、低く呼びかける。

振り向いた金子の顔は硬かった。

「名前をおっしゃらない御婦人からなんですが、次長さんを出してくれと強硬です。晴海荘から電話だと言えば分かるそうで」

朝倉は言った。

金子は、緩慢な動作でクラブをデスクに立て掛け、受話器を朝倉から受け取った。

「君か？　どうしたんだね、こんなに朝早くから？」

と、呻《うめ》くように電話に応じた。額《ひたい》には血管が浮きあがり、頰《ほお》にグリグリが出来ている。デスクに戻っていく朝倉のほうを盗み見るようにしている。

「そんな馬鹿な……計画的だったんだな――」

と、電話に嚙《か》みつくように言っていたが、

「君、ちょっと待ってくれ」

と言って送話口を押さえ、分厚い財布から千円札を取り出した。朝倉を手招きし、

「タバコを切らしたらしい。済まんが買ってきてくれ」

と、千円札をヒラヒラさせる。唇《くちびる》は無理に刻んだ微笑で歪《ゆが》んでいた。

「タバコなら持っていますが」

朝倉は答え、金子の反応を窺《うかが》った。

「いや、ゲルベゾルテでないと駄目《だめ》だ。筋向かいの東欧航空ビルのロビーで売っている筈だ。

それが無かったら、ウエストミンスターでもいいから」

　金子は苛立っていた。

「かしこまりました。少し時間がかかるかも知れませんが」

　朝倉は千円札を受け取った。

「ああ、ゆっくりでいい」

　金子は朝倉に背を向けた。

　経理部の部屋から朝倉が廊下に出ると、金子がドアの所まで追ってきて、朝倉の足音に聞耳をたてる気配がした。朝倉はわざと足音を高くしてエレベーターのほうに歩く。九時の始業時間にはまだ二十分以上もあるので、模造大理石を張った廊下は森閑としているが、あと十分もすれば無数の働き蟻《あり》たちの慌《あわただ》しい足音に満ちて、地鳴りのような響きをたてるのだ。

　朝倉は、エレベーターのそばまで行ってあたりを見廻し、靴を脱いだ。

　足音を殺しながら、経理の部屋の横のロッカー・ルームの前に立つ。経理部所属のその私物入れのロッカーの部屋は、普段は廊下からは出入り出来ない。

　朝倉は、ズボンの裾《すそ》の折り返しにいつも用意している先端を潰《つぶ》した針金を二本取り出した。熟練した指先で鍵孔《かぎあな》に突っこみ、それぞれの先端でタンブラー・プレートのスプリングを圧《お》しながら、シリンダー・タンブラーを廻した。錠は解けた。

　ノブを廻し、ゆっくりとドアを開く。部屋の左右にスチールのロッカーが冷たく整然と並べられ、左隅にグリーンのカーテンで仕切った女子職員用の更衣所がある。ドアを静かに閉じた朝倉は、カーテンをはぐって、その更衣所にもぐりこんだ。更衣所の壁の一面は、経理の部屋と接しているのだ。

更衣所のなかには、大きな姿見があった。その横の棚《たな》には、使い古しの化粧品の壜《びん》が並んでいる。朝倉は、経理の部屋とへだてる壁に耳を圧しつけた。

壁は分厚いが、重量ブロックの上に化学壁を貼《は》っているので、経理の部屋での金子の声が、かすかに聞こえてきた。朝倉は全神経を耳に集中する。

「……分かった。K・デパート屋上の栗鼠《りす》の売り場に十二時半だな……その男の目印しは、胸ポケットに折り畳み式の物差しだな……くどい。分かってる。部下が来ないうちに電話を切る」

金子の呻くような声が終わり、ガシャンと受話器を戻す音と、金子の罵声《ばせい》が続いた。

ただの情事のもつれにしては腑《ふ》に落ちない……と、朝倉の直感に触れるものがあった。朝倉は更衣所から滑るように抜け出し、ドアの内側で靴をはいた。ドアを細目に開いて、廊下の様子を窺《うかが》ってからロッカー・ルームを出た。針金を使ってロックする。

四つ並んだエレベーターの前に来ると、上りと下りの函《はこ》が来た。下りの函はガラ空きだが、上りの函はグレーやブルーの服の男女の第一波を吐き出した。

下りのエレベーターで一階に降りた朝倉は、ビルを出る。ビルのなかに吸いこまれる群のなかに同僚の顔もあったが満員電車で多量のエネルギーを浪費した彼等は、タイム・レコーダーのことだけが念頭にあるらしく、行き違う朝倉のほうに視線を向けようともしない。

歩道に出ると、商店はブラインドを捲《ま》きあげ、ショー・ケースの飾りつけにかかっていた。朝倉は人波にさからって横断歩道を渡り、東欧航空ビルに入る。

ロビーの売店は開いていた。ゲルベゾルテを三箱買いこんだ朝倉は、売店では日本が誇る光学機械やトランジスター電気器具なども扱っているのに気がついた。免税品で、値段はドルとマルクと日本円の三通りに書かれている。

ショー・ケースを眺《なが》めた朝倉は、トランジスターの補聴器や超小型のテープ・レコーダー、それにワイアレス・マイクなどに視線を釘《くぎ》づけにした。

三浦から出させた身代金が手に入ったので、朝倉の財布は暖かい。すぐにでも欲しい品を買いこむことが出来る。しかし、朝倉は用心のために別の店で捜すことにした。

東欧航空ビルを出ると、朝倉は走りながら襟《えり》につけた東和油脂のバッジを外した。あまり走らぬうちに、光明電機という店が開いているのが見つかった。そこは、あらゆるメーカーの製品を扱っているらしい。

「いらっしゃいませ……」

今日一番目の客らしい朝倉に、店員は愛想がよかった。番頭まで出てくる。

その店で、常人の聴力なら百メーター先の囁《ささや》き声まで聞くことが出来るという効能書きの補聴器と、ハイライトのタバコの箱ほどの大きさで一時間の連続録音が可能だというマイクロ・テープレコーダーのデミフォーンを注文した。二つとも同じメーカーの製品で、補聴器とデミフォーンを連結すれば、レシーヴァーで聴きながら録音することも出来るという。

縁起をかついでと言って、番頭は定価の三割を値引きした。ケースに収めたその二つの品を内ポケットに仕舞った朝倉は、東和油脂のある新東洋工業ビルに戻りながら、バッジをもとの位置につけた。

経理の部屋に戻った時は九時を過ぎていた。いつも十時を過ぎないと姿を現わさない部長の小泉をのぞいて、ほとんどの者が顔を揃《そろ》えている。

次長の金子は朝倉が近づいていくと、ほかの部下たちの手前もあってか、露骨に不機嫌《ふきげん》な顔を見せた。

「済みません。遅くなりました。品切れだったもので……」

朝倉は、平べったい三箱のゲルベゾルテの上に釣銭《つりせん》を乗せて差し出した。

「困るね。始業時間までには帰ってこないと」

金子は呟き、早く自分の席に戻れと朝倉に顎《あご》で指示した。

朝倉がデスクに戻ると、

「どうした、君でも病気になることがあるのかい？」

「いや、お見合いだったんだろうよ」

と、同僚たちの野次が飛んだ。朝倉の皆勤記録がストップしたことと、次長の叱咤《しった》を浴びたことで、同僚たちは朝倉に親近感を抱いたらしい。

「恋の病《やまい》さ」

朝倉は気軽に答えて帳簿を拡《ひろ》げた。

また、退屈な作業がはじまるのだ。朝倉たちのつけている帳簿は、税務署と株主向けの帳尻《ちょうじり》合わせで、裏帳簿の作成は後列にいる部長たちの側近の連中だけがやれる仕事だ。

十時半を過ぎて部長の小泉が姿を見せると、金子は小泉に椅子《いす》を寄せて、小声で熱心に囁きはじめた。

朝倉は補聴器を使いたい誘惑をこらえ、ライターの鏡面に写る二人を観察する。コードの無いレシーヴァーがあれば欲しいものだと思う。

小泉は、部屋に入ってきたときからくたびれた表情をしていた。訴えるように話しかける金子に、はじめは面倒臭そうに答えているようであったが、金子の袖《そで》を引っぱって応接室のほうに移った。応接室は、ロッカー・ルームと反対側にある。

補聴器を使えば、応接室での会話は廊下から盗聴出来る。しかし、いまデスクから離れたりすれば、部長の側近の連中に不審がられるに違いなかった。朝倉は気がつくと、焦慮で腋《わき》の下に汗をためていた。

小泉と金子は二十分ほどして戻ってきた。小泉は苦りきった顔であり、金子は蒼《あお》ざめている。

十二時のベルが、スピーカーを通じて流れてきた。部員たちは一斉《いっせい》に立ち上がる。レストランに行かない残留組に、店屋物の注文を尋《き》きはじめた係長の粕谷に、朝倉は、

「まだ体の調子がハッキリしないから、昼飯は抜いときます。散歩でもしたら気分がよくなるでしょうから、外に出てきますよ」

と、言う。

「かわいそうに。早く元気になってくれよ」

係長は朝倉の背を軽く叩《たた》いた。

ビルを出た朝倉は、K……デパートに直行した。デパートは、新東洋ビルから日本橋寄りに三、四分歩いた場所にある。毎週金曜日が定休日だ。

しかし、月曜なので店内はあまり混んでいなかった。朝倉はエスカレーターやエレベーターを避け、階段を登って八階の上にある屋上に向かった。東和油脂のバッジは再び外している。

八階と屋上のあいだの踊り場では、庭造りの道具や犬の鎖と飼料などを扱っていた。そして、コンクリートの庇《ひさし》のついた屋上のペント・ハウスは熱帯魚と小鳥売り場だ。ネオン・テトラが妖《あや》しい光を閃《ひら》めかせ、ローラー・カナリアが珠《たま》を転がすような囀《さえず》り声をたてている。朝倉はそこで、補聴器とデミフォーンをつないで背広の右ポケットに入れた。補聴器のレシーヴァーは耳に差しこむ。補聴器のスイッチを押してヴォリューム調節のリングを廻すと、拡大された音が耳のなかに轟《とどろ》いた。デパートの前を通る車のタイヤの音まではっきりと聞こえる。

朝倉は、一度補聴器のスイッチを切った。レシーヴァーでトランジスター・ラジオの音楽でも聞いているかのような表情で、熱帯魚と小鳥のペント・ハウスから歩み出る。

屋上では、風が乾いた靴泥《くつどろ》の埃《ほこり》を捲きあげていた。ペント・ハウスの隣の壁に沿って、栗鼠《りす》の籠《かご》が二十ほど並んでいる。

一つの籠には五、六匹ずつの縞《しま》栗鼠が住んでいた。悪戯《いたずら》っぽい丸い目の栗鼠たちは、針金で造られた車を廻したり、両手で捧《ささ》げ持ったドングリの皮を手品のように剝《む》いたりしている。ワラで編んだ巣のなかにかたまって丸まり、うたた寝を楽しんでいる連中も多かった。

その栗鼠の売り場の前には、子供連れの中年の女たちが幾組か、可愛いわねと感嘆詞を連発しながら立ちどまっていた。アルバイト学生らしい飼育係りは、椅子に腰を降ろして英語の教科書に視線を落としている。しかし、胸ポケットに物差しを突っこんだ男の姿は見当たらなかった。

栗鼠の売り場と道路をはさんで、ビニール張りの温室があった。ヒーターの助けを借りて熱帯植物を育てているので、温室は人間の背丈ほどの高さを持っている。ビニールは埃に汚れ、内側は水蒸気で曇っているので、温室のなかはぼんやりと見えるが、その向こうの栗鼠の箱の並びは見通せない。温室のまわりに盆栽の鉢《はち》が集められ、ひねこびた松に数千円の値がつけられている。

温室の向こうには、金網に囲まれて一段高くなった犬の運動場があり、その前にベンチが幾列にも並んでいる。

犬の運動場の先には子供用の木馬や滑り台があり、屋上を囲んだ金網の一端の前には、ガラスを張った小犬の飼育箱が並んでいる。屋上の突き当たりには、ホット・ドッグと牛乳とジュースを売るスタンドがあった。冷たい風があるので、ベンチには四、五人しか腰を降ろしていなかった。運動場のなかで哀れっぽく騒ぎたてる七、八匹の犬を眺めている。

朝倉は突き当たりのスタンドでホット・ドッグを三個と牛乳を二本注文した。

ローレックスの腕時計を覗《のぞ》くと十二時十五分だ。

ホット・ドッグは三分ほどで出来上がった。紙皿に乗せられたその昼食を持って、朝倉はベンチに移ろうとした。そのとき、前列のベンチでレイン・コートの襟《えり》を立てていた背の高い男が立ち上がった。コートのジッパーを外し、ズボンのポケットから、折り畳み式の黄色い物差しを背広の胸ポケットに差しこんだ。

その男は二十六、七歳であった。朝倉よりも若い。そして、息を呑《の》むほどの美貌《びぼう》を持っている。朝倉のように鋼鉄の束のような体でなく、青春が匂《にお》うような繊細な痩身《そうしん》であった。

男は、コートの襟をはぐるようにして背広の胸の物差しを目立たせ、温室のむこうに廻りこんでいく。

朝倉は、補聴器のスイッチを入れた。温室から一番近いベンチに腰を降ろす。すべての物音が異様にはっきりと聞こえた。ホット・ドッグと牛乳を大いそぎで胃に送りこんだ朝倉は、ペント・ハウスのほうから栗鼠の売り場に近づく聞き慣れた足音をレシーヴァーから聞いた。金子の靴音だ。

足音は、栗鼠の売り場でとまった。

「あんたかね、私に会いたいというのは？　一体、何の用だ？」

雑多な物音のなかから、金子の虚勢じみた高圧的な声が聞こえた。朝倉は、超小型のテープ・レコーダーであるデミフォーンの録音スイッチを、ポケットのなかで手さぐりで押した。

「買って頂きたいものがあります」

爽《さわ》やかな若い男の声が静かに答えた。

33　決断の時

「買ってもらいたい物だと！」

金子は叫ぶように言った。

「落ち着いてください。立話もなんですから、ベンチにでも移りませんか？　のんびりと犬など眺めるのも、たまにはいいもんですよ」

若い男は、短い笑い声をたてた。

「私はいそがしいんだ」

金子は吐き出すように言った。

「分かってますよ。ですから、話はなるべく簡単に終わらせたいもんですな。もっとも話が早く終わるか長びくかは、あなたのお気持ち次第ですがね」

「君の名前は？　恭子《きようこ》のヒモか？」

金子の声は荒い。

「失礼しました。久保とでも呼んでください」

若い男は呟き、金網を張った犬の運動場の前に並べられたベンチに歩き出す。

補聴器を使って、二人の問答を盗み聞いている朝倉は、ビニール張りの温室に沿って体を移動させ、彼等の視界に入らないようにする。

金子は唇を突き出し、肩をそびやかしながら、久保と名乗った若い男のあとをついていった。自分よりも耳から上ほど背が高い久保のレイン・コートの背を、殺意を感じさせるほど憎悪のこもった瞳《ひとみ》で睨《にら》みつけている。

二人は、ベンチの最前列に並んだ。

「早く用件にかかってくれ。何を売りたいんだ?」

金子は棘々《とげとげ》しく言った。

「まずあなたの買い易い物から出しましょう。F1・2のレンズの絞りを開放にしたら、案外はっきりと撮れましたよ」

久保は呟いた。レイン・コートの下の背広の内ポケットから、幅広の封筒を取り出す。

「見せろ!」

金子は封筒を引ったくった。

「破いてもかまいませんよ。ネガは保存してありますから」

久保は涼しい声で答えた。

「畜生……」

金子は、封筒から数枚の写真を引っぱり出した。それを見て、屈辱で耳朶《みみたぶ》を血の色に染める。

写真のすべてには、金子と一人の女が写っていた。女は、金子が半年がかりで口説き落とし、この一と月ほどはほとんど三日置きにベッドを共にしている、西銀座のバー〝ルナ〟の雇われマダム恭子だ。

写真の二人は一糸もまとっていなかった。そして、からみあった二人のリアルさには、薄暗がりで売っている商品用のものなどはアクロバット体操にしか見えぬほどの迫力がある。

「やっぱし恭子と貴様はグルなんだな。道理であの女は、あの時には明りをつけたがった」

金子は唇の端を震わせた。

「テープも用意してあります。お聞きになりたいのなら、五階にプレイヤーの売り場がありますが」

「馬鹿にするな。売りたいものは、それだけか？　気の毒だが、勝手に取らぬ狸《たぬき》の皮算用でもしていろ。君はそれを新聞にでも売りこむ、と言って私を嚇《おど》す積りだろうが、そんなことは私にとって痛くも痒《かゆ》くもない。まっとうな一流新聞が、そんなものを載せるわけはないし、うちの会社は業界紙との付き合いはうまくやってるんだ。そんなのを載せたりしたら、うちの会社の広告がとれなくなるから、どんな業界紙だって二の足を踏むさ――」

金子は急に劣勢から立ち直ったようだ。内ポケットから角封筒を取り出し、

「さあ、これをくれてやるから、何もかも忘れてしまうんだ。二十万円入っている。ついでに、ネガももらっておこう」

と、高飛車に出る。

「困りましたね。私は恐喝《きょうかつ》者ではない。まして、乞食《こじき》でも無い。くれてやる、と言われても、戴《いただ》くわけにはいきません」

久保の唇が歪んだ。

「勿体《もったい》ぶることは無い。心配するな、警察に言ったりはしないから」

金子は鼻を鳴らした。

「あなたは、僕を誤解していらっしゃるようだ。仕方ありません。言わないで済まそうと思ってましたが……僕は鈴本光明先生に可愛がってもらっている者です」

久保はさり気なく言った。

「何！　もう一度言ってくれ」

「世間では鈴本先生のことを乗っ取り屋だなどと言っていますが、僕はそうは思いません。無能で、私欲ばかり突っぱらせた経営者に会社や株主たちが食いものにされているのを我慢することが出来ない正義の人でしてね」

「…………」

金子は絶句した。

補聴器のレシーヴァーから流れてくる二人の会話に耳を澄ましていた朝倉も生唾《なまつば》を呑んだ。

かつては、兜町《かぶとちょう》の戦後派常勝将軍として名声を欲しいままにした鈴本は、勢いに乗って証券会社を設立してさらに巨利を得た。

S……デパート乗っ取り事件の時には、横山春樹と組んで笑いがとまらぬほどの稼《かせ》ぎをした。T……精糖乗っ取り事件のときも活躍し、それがために、証券法違反で検察庁の取り調べを受けたことと株式が下げ相場に転じたことが重なると、思いきりよく証券会社を解散し、東亜経済研究所の所長におさまった。

しかし、表面から見れば第一線から引いたように見えても、鈴本の経済研究室は数千の会社を賛助会社に抱え、その上、鈴本の指令でどうにでも動く投資家を五千人近く持っていると言われ、今でも乗っ取り事件が起こるたびに鈴本はクローズ・アップされる……。

「僕は、あなたが経理部長と共謀して横領した金額を書きこんだ手帳の一枚一枚を接写した写真を持っています。あなたが恭子の部屋でお眠りになっているあいだに、不作法ではありますがカバンを開いたのでしてね」

久保の口調は、金子を愚弄《ぐろう》するように馬鹿丁寧《ていねい》だ。

「ああ……！」

金子は耐えきれずに呻《うめ》き声をあげた。芝居もどきに頭を抱えこむ。

「会社を危機に陥《おと》しいれながら、あなたは女に溺《おぼ》れている。何も知らされていない善良な株主はどうなるんです？　このことを鈴本先生が聞いたら、さっそく乗り出してこられるでしょうな」

久保は嘆くように言った。

「失礼な態度をとって悪かった。この通りだ。許してくれたまえ」

金子は、膝《ひざ》に両手をついて深く頭を垂れた。

「分かってくだされぱいい事ですよ。そんなことをなされたら僕のほうが恐縮してしまいます

――」

久保は世慣れた風に笑い、

「本来ならば、僕の知ったことを鈴本先生に真っ先にお話ししなければならないわけですが、先生がまた正義感を発揮なされたら、あなたがお気の毒なことになる……僕はこう見えても涙もろいほうでして、人が苦しむのを見ておられなくてね」

と、言う。

「わ、分かっています。この金は一応引っこめることにします。失礼ですが、写真とテープをわざわざ私に一番先にお知らせくださったお礼に、いかほど差しあげればいいでしょうか？」

金子は、卑屈な表情で久保をうかがった。唇は紫色に近くなっている。

「さっきも申し上げましたように、僕はユスリ屋ではありません。ですから、いくら欲しいなどと、はしたない事は言えませんね。でも、あなたと恭子の写真は僕には無用です。仮りに、僕がカメラマンだとすれば、仕事に対する報酬は喜んでお受けしますが……」

「あなたをカメラマンとして認めます。ネガも一緒で、私に報酬を出させてください」

金子は熱心に言った。

「そうですね。僕もロータス・エリートぐらいの車に乗ってみたいな」

久保は呟いた。

「いくらぐらいしますか、その車は？」

「三百万もあれば買えるでしょう」

久保は即答した。

「結構ですな。しかし、今は三百万の金を持っていないのですが……」

「残念です。明日までには出来るでしょう？」

「何としてでも用意します。信用してください。それで、手帳を写した写真の方は？」

金子の声が不安に嗄《しやが》れた。

「それは、ロールス・ロイスといったところでしょう」

「……………？」

「ざっと一千万です。ロールスはもっと高いが……」

「一千万ですか！」

「嫌《いや》だとおっしゃる？」

「ま、待ってください。待って……嫌だとは言ってません。一千万とまとまった金を持ってないんです」

金子は泣き出しそうな声になった。

「あなたなら、そんな金を捻《ひね》り出すのは簡単でしょう。会社の融通手形を一枚書くだけでいいんだ。今までにも、あなたが何べんもやってきたのと同じにね」

「……………」

「無理にそうしろ、とは言ってませんよ。本当に。まあ、僕が写真を鈴木先生に渡したら済むことだから」

久保は、ふてぶてしいまでに落ち着いている。

「待ってください。部長と相談しないことには……いや、部長を説得しますから。こんなことになったのには、部長にも責任があるんだ」

「そうでしたね」

「ともかく、明日まで待ってください。明日の晩に、またお会いさせてください——」

金子はバッタのように頭をさげ、

「これは別にお車代として……」

と言って、二十万円入りの封筒を久保に押しつける。

「これはどうも——」

久保は軽く頭をさげ、

「では、明日の晩七時に、ホテル・ニュー・ジャパンのロビーでお会いしましょう……それから、一つだけ御忠告しておきますが、僕は警察を恐れていません。なぜかと言うと、僕は失うものを持ってないからですよ。それに、警察に捕《つか》まったとすると、僕はあなたに関する資料を提出しなければならない。そうすると、あなたの方が失うものが大きいということになります」

久保は警告した。

「分かっています。ところで、あなたの本名を聞かせてもらえませんか？」

金子は唇を舐《な》めた。

「久保とだけ覚えておけば十分でしょう」

若々しい美貌《びぼう》の男は素っ気なく言い、写真をまとめて内ポケットに入れた。失礼、と優雅に一礼し、屋上のペント・ハウスに入っていく。熱帯魚や小鳥の売り場になっているペント・ハウスのなかに、屋上と八階をつなぐ階段があるのだ。

朝倉は、補聴器のスイッチを切ってレシーヴァーをポケットに戻した。補聴器につないだマイクロ・テープレコーダーであるデミフォーンの録音スイッチも切る。

金子はベンチに腰を降ろし、赤く濁った瞳《ひとみ》で久保の背を睨《にら》みつけていたが、久保がペント・ハウスに消えると、泳ぐように立ち上がってそのあとを追った。

朝倉も敏速に行動を起こした。温室の蔭を出て、ペント・ハウスと反対側にデパートの屋上を走る。突き当たりのホット・ドッグとミルク・スタンドの横に、従業員専用の通用口があるのだ。

そこに近づいたとき、朝倉はわざとズボンのバンドを両手で押さえていた。従業員専用の通用口に駆けこむと、空き罎《びん》の箱を整理していた作業服の従業員が二人、強く咎《とが》める視線を朝倉に向けた。

「お客さん……」

と、そのうちの一人が立ち上がった。

「済まん。急にトイレに行きたくなった。腹くだしらしい」

朝倉は顔をしかめた。

「一番近いトイレは、七階のエレベーターの脇《わき》です」

従業員は表情を柔らげた。

朝倉は短く礼を言い、薄暗い階段を駆け降りた。八階に着くと、これも従業員専用と書かれたスチール・ドアを開いて売り場に足を踏み出す。

八階の一隅《いちぐう》は画廊になっている。そして、売り場には時計、カメラ、貴金属などの小さいが、高価な商品のコーナーが置かれてある。エレベーターのそばの客用の階段に金子はいた。ペン・カメラのショー・ケースを熱心に覗《のぞ》いている振りをしている四十二、三歳の顔の長い男の耳に口早に囁《ささや》き、エスカレーターのほうを指さす。

金子の指が示した場所には、久保のレイン・コートの背があった。顔の長い男はさり気なくショー・ケースを離れ、大股《おおまた》にエスカレーターのほうに近づく。金子は全身の力が抜けたように、ショー・ケースに凭《もた》れかかった。眉間《みけん》を押さえて瞼《まぶた》を閉じる。

朝倉は、金子が瞳《ひとみ》を開いても死角になるように置時計のコーナーに佇《たたず》み、エレベーターを待つ。階段を使っても、エスカレーターを使っても金子に姿を見られる怖れがあった。それよりも、素早くエレベーターに跳びこむほうが安全だ。

しばらく待たされて、エレベーターが上がってきた。八階で行きどまりだから、そこから折り返し運転だ。昇ってきた客が吐き出されるのを待って、朝倉はエレベーターに突進しようとした。

しかし、カメラのショー・ケースに凭れていた金子が、よろめくような足取りでエレベーターに歩みよる。朝倉は、再び置時計の並びの奥に体を引っこませた。

金子が乗りこんだエレベーターは、ドアが閉じた。太いチェーンの音をたてくだっていく。朝倉は躊躇《ちゆうちよ》無く階段に急いだ。万引と間違われて、保安係りに追われないように走りはしない。しかし、七階からは走った。階段を三段跳びに駆け降りる。何度か足を滑らせそうになった。

久保の姿は、一階のライター売り場のそばにあった。十人ほどの男女をあいだに挟《はさ》んで、金子が依頼した顔の長い中年男の姿がある。

その男は鼠色《ねずみいろ》のトレンチ・コートを着て、ゆるやかにベルトを締めていた。刑事にしては靴が瀟洒《しようしや》すぎ、それに踵《かかと》もすりへっていない。何々興信所とか、調査事務所だとかの看板をかかげている私立探偵《たんてい》に見えた。

久保はライター売り場で、カートリッジ式の重いガス・ライターを買った。私立探偵らしい男は、久保から離れ、向かいのネクタイ売り場で蝶《ちよう》タイをひやかしながら、鏡に久保を写している。エレベーターから降りた金子は、そんな二人をわざと見ないようにして、正面玄関から出ていった。ショック状態が直ったらしく、足どりは地についている。

久保は、金子から渡された角封筒から一万円札を出して代金を払った。包装されたガス・ライターを無造作にレイン・コートのポケットに落とし、デパートを歩み出た。

朝倉は腕時計を覗いた。渋いローレックスの針は、一時五分前を示している。すぐに会社に戻らないと、昼休みは終わってしまう。

しかし朝倉は、いまこそ決断の時だと思った。いまに、勤務評定など糞《くそ》くらえ、と言える時が来る。

久保の足は呉服橋に向かった。二十メーターずつほどの間隔を置いて、私立探偵と朝倉がそれを追った。

久保は、尾行されていることを知っているらしい。そのためか、わざとの様に一度も後を振り向かない。ビロードのような眉《まゆ》をかすかに顰《ひそ》めて、淡い冬の陽《ひ》を避ける久保の瞳には濃い睫《まつげ》が深い翳《かげ》を落とし、通りすがりのオフィス街の女たちの足をゆるめさせた。

東亜経済研究所が一階の全部を占める六階建ての光明ビルは、呉服橋の都電停留所を見おろしている。名前からも分かるように、鈴本の所有になっている。

久保は光明ビルに入っていった。それを見て朝倉は、久保が尾行されていることを知っているのは確実だ、と直感した。

久保のあとを追って、私立探偵はビルに入った。朝倉はためらったが、ここで引き返すわけにはいかなかった。

ビルに入ったところが広いロビーだ。ロビーの左の奥に、二階から上に続くエレベーターと階段が見える。

すり切れた絨毯《じゅうたん》が敷かれたロビーには、二十個以上のソファが置かれてあった。ロビーを囲むようにして、ナンバーだけを書いた幾つものドアが見えた。ナンバーは十を数えられた。

スプリングが弱くなったロビーのソファには、黄金の魅力に憑《つ》かれて熱っぽい瞳を底光りさせた人々が、五十人ほどいた。彼等は五分間ずつ時間を区切って、鈴本や研究所の首脳たちと面接を許されるのだ。

無論、高価な相談料を払ってだ。彼等は待たされているあいだも、膝《ひざ》に乗せたカバンの上で利子の計算をしたり、株式新聞を読みふけったりしている。

ロビーの右隅に、受付の娘がいるカウンターがある。入ってきた客は、そこで名前を告げて相談料を払いこむ。

久保は受付の娘を無視して、No.3の部屋に入っていくところであった。受付の娘は、わざとらしい冷たさのなかに、恨みと激情をこめた視線で久保の背を追うが、久保が勝手に部屋に入っていくのをとめようとはしない。

私立探偵は、エレベーターの横の壁にもたれて、尻《しり》ポケットから出した新聞を拡《ひろ》げようとしていた。朝倉は、隅のソファに空いた席を見つけて腰を降ろす。

受付の娘は、レシーヴァー式のインターホーンが鳴るたびに、ソファで待っている人々の名を呼び、何番の部屋に行ったらよいかを小型マイクで指示する。

その娘の声は、かすかに乱れていた。痩《や》せてはいるが、スーツのボタンが千切《ちぎ》れそうに突き出した乳房は、パットのためとは思われない。蒼《あお》みがかった瞳に表情が豊かであった。

十分ほど朝倉はタバコをふかして過ごし、わざとらしく腕時計を見て立ち上がった。ビルを玄関から出て、裏口のほうに廻っていく。

私立探偵は、まだエレベーターの横に立っていた。新聞で顔を隠すようにしている。

34　重役会議

光明ビルの裏口が面した通りは、外堀通りから中央通りに向けての一方通行になっている。道の両側にはパーキング・メーターのネギ坊主が並び、その下には一台の余地もなく車が駐《と》まっていた。あぶれた車がノロノロ通り過ぎては、しばらくして戻ってくる。

朝倉は、ずんぐりした旧式のプリムスの蔭に立ち、光明ビルの裏口にさり気ない視線を向けている。裏口の横に、ビルの地下駐車場に通じる出入口が開いている。裏口には、当ビルに御用のお客様は表口にお廻りください、と書いた立札があった。

あまり長くは待たされなかった。朝倉のカンは当たり、二十分もしないうちに、ビルの裏口から久保が姿を現わした。レイン・コートのジッパーは胸のあたりまで引きあげている。

久保を尾行してきた私立探偵の姿は無い。エレベーターのそばで、久保をまだ待っているのに違いない。朝倉は軽い笑いを唇に走らせ、外堀通りに向けて大股《おおまた》に歩き出した久保を、反対側の歩道からゆっくりと追いはじめた。

そのとき、光明ビルの裏口から、エレベーターのそばで待ちくたびれている筈の私立探偵が姿を出した。朝倉は、それを視線の片隅に捕えて微笑を消した。

私立探偵は歩道の縁に立った。かなり中央通り寄りに駐まっていたパブリカがクラクションをわめきちらしながらスタートし、強引《ごういん》に車の群のなかをすり抜けて私立探偵に近づいた。一時停止すると、運転していた男は助手席に移る。

朝倉は、そのパブリカのライセンス・ナンバーを頭のなかに刻みこんだ。パブリカのハンドルは私立探偵が握った。

久保は外堀通りに出て、左に折れた。私立探偵は丁字路に警官の姿が無いのを見ると、赤信号を無視して外堀通りを左折する。

久保と道の左端をゆっくりと走るパブリカは十五メーターほどの間隔を保った。そして、パブリカから十メーターほど離れて朝倉の順番だ。右手に東京駅が見えている。

タクシーの数は多かったが、空車となると東京駅に戻っていく構内タクシーがほとんどだ。久保がタクシーに乗りこんだら、朝倉はすぐに別のタクシーを摑《つか》まえることは出来そうもない。私立探偵が車を使って尾行しはじめたのも、久保がタクシーを使うことを警戒してであろう。

しかし久保は、背中にも眼を持っているかのようであった。私立探偵のパブリカが東京八重《やえ》洲《す》口の手前の赤信号でひっかかり、前後左右をほとんど十五センチの隙間《すきま》もなく軽四輪やタクシーにふさがれた時、突如として横断歩道を渡り、駅に向かったのだ。

私立探偵はドアを開こうとした。しかし、ドアは横のタクシーにつかえて半開きにもならない。助手席の男は、左側のスバルにドアをぶつけそうになり、声高に都の道路行政を罵《のの》しった。

朝倉はパブリカから、五、六列あとの車のあいだをすり抜けて久保を追った。久保は、駅のなかにある大丸デパートを抜け、人波にとけこみながら国電の改札口に歩いていく。

朝倉は自動販売機で切符を買った。用心のために汽車の入場券も求めた。

久保は、しかしホームには立たなかった。改札口をくぐると、駅のなかを通り抜けて北口から出たのだ。朝倉は人波のなかで久保の後姿を見失わないように神経を集中するあまり、何人かを跳ねとばしたことにも気をとめない。

危うく尻餅《しりもち》をつきそうになった男たちは朝倉を怒鳴りつけようとしたが、朝倉の瞳に光る緊迫感を見て、犯人を追跡中の刑事とでもカン違いしたらしく、口を噤《つぐ》んだ。

駅を出て北口の広場を渡った久保は、巨大な新丸ビルの隣りにある三友銀行ビルに入っていく。そのビルは、新丸ビルと並んでいるから大して大きくは見えないが、それでも九階建てだ。

朝倉は目ばたきをして瞳の強い光を消し、ビルに入っていった。正面出入り口の左右十個のエレベーターがあり、銀行が二階から上を貸してある系列下の商社に通じている。

広い廊下の向かいにはスチールのドアが並んでいた。そして、その真ん中に三友銀行と銀文字で彫られたステインド・グラスの大きなドアがある。

「いらっしゃいませ」

朝倉が銀行のドアを押すと、制服の守衛が二人、深々と頭を垂れた。ドアの内側の銀行自体は広場ほども面積がある。

待合所も広かった。

二流どころの喫茶店など問題にならぬほど、値の張ったソファや肘掛《ひじか》け椅子《いす》が並べられているし、小鳥や熱帯魚のコーナーもついている。

朝倉は待合所のソファに足を運びながら、長くのびた窓口のカウンターを見廻した。久保は、貸し金庫の窓口に立って係員と話を交わしている。

朝倉はソファに坐り、マガジン・ラックから画報雑誌を取り出した。それを膝の上に広げて眺《なが》める振りをする。

久保はカウンターの内側に招き入れられた。係員の案内で、貸し金庫室に通じるドアの奥に消えた。

朝倉はタバコに火をつけた。隅のテーブルに客用にサービスされてある電話機があるのに目をとめ、自分の会社にダイヤルを廻した。

「東和油脂でございます」

交換台の娘の気取ったソプラノが聞こえてきた。

「経理の朝倉だよ。部屋につないでくれないか？」

「ちょっと待ってね」

交換台の娘は、くだけた声になった。しばらくして、

「湯沢だよ。どうしたんだね？」

と尋ねる同僚の声がした。

「どうも、まだ体が本調子でないんだ。昼休みの散歩をしてたら、急に気分が悪くなって病院に寄ってたんだ。これからすぐ戻るから、と部長たちに伝えてくれよな」

朝倉は答えた。

「そいつはお気の毒にな。でも、心配するな。ゆっくりしてろよ。部長も次長もこの部屋には

いないんだ。俺《おれ》たちも、のんびりやってるところだ」

湯沢は言った。眠そうにアクビの音を朝倉に聞かせる。

「二人とも、どうしたんだ？」

「さあ、何のためかは知らないが、緊急重役会議が開かれて、次長も列席してるそうだよ」

湯沢はのんびりした口調で答えた。

電話を切った朝倉は銀行を出た。毎度有り難うございます、と制服の守衛が機械的に頭をさげた。

腕時計を覗《のぞ》いてみると二時近い。朝倉は、会社で開かれているという緊急重役会議のことを考えながら、京橋に戻っていく。これ以上、久保を執拗《しつよう》に尾行すると、久保の警戒心を固くし、逆襲に出られる怖れがある。

緊急重役会議の議題は、久保から金子に要求された金についてであろうことは、朝倉には容易に想像がついた。経理部長の小泉と次長の金子は、居直って、会社から久保に金を払うように要求しているのかも知れない。

久保の示したネタは、小泉と金子が共謀して横領した金のメモだ。しかし二人は、社長をはじめ他の重役連中の横領、特別背任などについても共犯者だ。

つまり、彼等は一つ穴のムジナだ。小泉は、自分の横領金について社長たちがとやかく言うなら、社長たちのやってきた事を鈴本にブチまけてやる、と言って社長たちを震えあがらせているかも知れない。私立探偵からの報告は、久保が鈴本と何らかの関係があることを否定しないであろうから……。

あるいは、小泉と金子は、久保から要求してきた証拠は自分たちの横領金についてのメモでなく、社長たちと共謀して行なった背任、横領についてのメモだと主張し、社長やほかの重役たちも知らぬ顔は出来ない筈だ、と言っているのかも知れない。

京橋の表通りで、朝倉はお碗《わん》を二つ買った。別の店では、強力接着剤のチューブと釣糸《つりいと》を買った。

それらをポケットに押しこみ、朝倉は二丁目にある新東洋工業ビルに戻る。新東洋工業の子会社である東和油脂は、そのビルの五階から七階までを占めているのだ。

七階にある重役会議室の窓々には、ブラインドが降ろされていた。朝倉は、五階の経理の部屋までエレベーターで登った。それから、階段を伝って屋上に出る。

昼休みの時間ではないので、屋上のゴルフ練習場にも運動場にも人影は無かった。朝倉は重役会議室のある部屋の上に来る。

屋上の囲いの鉄柵《てつさく》は、常人の胸にとどくほどの高さであった。しかし、長身の朝倉は鉄柵から上半身を乗り出して、ビルの外壁を見下ろすことが出来る。

重役会議室の窓の横に、かつてクーラーを取りつけていた名残《なご》りの排気孔がある。いまはビル全体が集中暖冷房になっているので、排気孔にはプラスチック板の盲蓋《めくらぶた》がしてある。

朝倉は屋上に蹲《うずくま》り、ポケットから二つのお碗を出した。その二つの底を長い釣糸で結びつけ、速効性の接着剤で糸が外れないようにする。

ブル・ダインというその接着剤は、効能書き通りに、一瞬にして効力を示した。朝倉はハンカチで一つのお碗の指紋を拭《ぬぐ》った。ハンカチを指に巻いて、そのお碗を持ち、そのフチに接着剤をたっぷりつけた。

釣糸を手にし、鉄柵のあいだからそのお碗を吊《つ》りさげた。排気孔の盲蓋のプラスチック板に、接着剤を塗ったそのお碗のフチが接触するように釣糸を操る。ほかのビルから、物好きな連中が観察しているかも知れないから、手早くやらなければならない。

お碗のフチは、うまく盲蓋のプラスチック板に接触した。たちまち接着剤が効果をあらわした。

朝倉は、釣糸でそのお碗とつながったもう一つのお碗をポケットのなかの補聴器にくっつけた。レシーヴァーを耳に差しこんで補聴器のスイッチを入れる。

まず聞こえたのは、下の中央通りを通る車のエンジンの音、都電の警笛、それに津波のような雑沓《ざっとう》の響きであった。朝倉は、会議室で話し声が聞こえぬかと耳を澄ます。

やがて、太い溜息《ためいき》の音が聞こえ、

「やはり、反応を見てからでも遅くはない、と僕は思う。まだ、鈴本が乗り出してくるかどうかは断言出来んからな」

と、唸《うな》るように言う社長の声がレシーヴァーを通じて朝倉の耳に達した。お碗が増幅器のような働きをしているのだ。

朝倉は補聴器と連結したマイクロ・レコーダーのスイッチを入れた。

「賛成ですな、社長の御意見に……それに、鈴本の嚇《おど》しに一度屈したら、あとは骨までしゃぶられるでしょう」

営業部長が呟《つぶや》いた。

それから、再び重苦しい沈黙があった。

沈黙を破って電話のベルが鳴った。

「ああ、そうだ……本当？……しっかりしてくれ……仕方ないな。じゃあ、女の部屋を張るんだ……そう、晴海荘三〇五号の牧恭子だ。奴は必ず女と会う筈だ――」

苛立《いらだ》たしげな金子の声が電話に応《こた》え、卑屈な声になって、

「社長、申しわけありません。興信所の石井からの電話だったのですが、久保を見失ったまま、まだ発見出来ないそうです。鈴本の光明ビルで、久保のことをさり気なく当たって見たそうですが、みんな口が固くて何の収穫も無いそうで……」

と、言う。

「それで、女のところに廻れと言ってたのか。君も大した女に引っかかったもんだな」

監査部長が皮肉な声で言った。社長の従兄弟《いとこ》だ。

「お言葉ですが、部長。あなたも去年、新宿の女のヒモから何百万もの手切れ金を捲《ま》きあげられたじゃありませんか」

金子は逆襲した。

「馬鹿。あれは、あくまでも私と女との問題だった。君のように会社を巻きぞえにしたりはせん――」

監査部長は怒号した。

「まあ、待ちなさい。内輪揉《も》めは困る。肝腎《かんじん》なことは、今後のことを絶対に本社に知られないようにすることなのだ。そんなことになったら、君たちは一斉《いっせい》に首が飛ぶものと覚悟しなければならん。儂《わし》にしたって危い」

社長が呻いた。本社とは、親会社の新東洋工業のことだ。再び沈黙がきた。


「それで、鈴本の反応を見る話に戻りますが、明日、久保に要求の半額を払うより、今夜にでも久保を逆にこっちで嚇《おど》かして、ネガと写真を取り上げたらどうでしょう？　無論、やるのは私たちではない。そういう方面にかけては本職のプロを傭《やと》うんです……バクチだが、はじめから鈴本に屈するよりは……」

五分ほどして、経理部長の小泉が言った。

「誰《だれ》か、いい男を知ってるかね？　信用の置ける……」

社長が尋ねた。

「いま使ってる興信所には、いつも金次第で動く命知らずが二、三人ゴロゴロしてますが、そんなのより所長の石井のほうが本気になれば腕力があります。百万も払ってやれば久保を半殺しにするでしょう。そうしておいてから、久保に治療代として五百万ほど握らせればいいと思いますが」

「なるほど……」

「手形は危険です。手形だと証拠になる。五百万は、ほかの所で割った現金で渡せばいいでしょう。鈴本が乗り出してきたら、そのときはそのときのことで、また対策を立てればいいと思います。メモの写真とネガさえ取り上げてしまえば、鈴本側には、私たちを蹴落《けお》とす何の証拠物件も残らないんじゃないでしょうか」

小泉が言った。

「石井なら、長いあいだうちの会社で使ってやってるから裏切るようなことはしないでしょう」

営業部長が賛成した。

「そうだな。奴の興信所は、うちのお抱えのようなもんだから」

監査部長が答えた。

それから、社長が議長になって決がとられた。

重役連の大半が、石井に実力行使をさすことに賛成した。

「じゃあ、さっそく石井を呼ばないことには……事務所に電話しても、うまく連絡がとれるかな？」

社長が呟いた。

「さあね。張り込み中ですから……でも、特別なことがないかぎり、奴は大体二時間置きに電話で連絡してくることになってますから。さっきのように……」

小泉が説明した。

それから三十分ほど、朝倉は重役会議室の模様を盗聴してから、補聴器とマイクロ・レコーダーであるデミフォーンのスイッチを切った。

レシーヴァーを耳から外し、お碗《わん》を結んだ釣糸を途中で切って、それを鉄柵《てっさく》の基部に結びつけておく。お碗の一つは会議室の外の壁面に残ったわけだが、よほど好奇心の旺盛《おうせい》な者でないとそれに気づかないであろうし、気づいたところで、それが何のためにあるのかは分からない筈だ。

襟《えり》に社員バッジを戻し、朝倉は五階に降りて経理の部屋に戻った。三時半近かった。

経理の部屋に入った朝倉は、わざと眉《まゆ》をしかめ、左手で額《ひたい》を揉んでいた。当然のことだが、部屋の奥に並んだ部長と次長のデスクは空いている。

「どうだね、体の具合いは?」

係長の粕谷が心配気に尋ねた。

「大丈夫、と言いたいんですが、どうも頭痛のほうが消えたりぶり返したりで、どうもはっきりしないんです。さっき電話してから、すぐに戻ってこようと思ったんですが、医者の注射が効いて急に汗がダラダラ出てきて歩けなくなったもんで……済みませんが、今日は早退《はやび》けさせてください」

朝倉は苦しげに言った。

「こじらせてしまうと、あとが大変だよ。早く帰って、ゆっくり寝たまえ」

「有り難うございます。もしかしたら、明日は会社を休ませて頂くかも知れませんが」

朝倉は殊勝らしく視線を落とした。

「気をつけてな」

主任は意味の無い笑いを浮かべた。

会社を出た朝倉はタクシーに乗った。まだラッシュ時になってないから、この時刻なら上目黒のアパートに戻るのに車のほうが電車よりは早い。

世田谷赤堤のほうのアパートに京子が待っている筈であった。

しかし、朝倉は京子を待たせ続けておく積りだ。今夜はいそがしくなりそうだから、いつまで待たせることになるかは分からない。

先ほど、久保が三友銀行の貸し金庫を訪れたことから見て、久保は鈴本の指令のもとに動いているのではない、という確信を朝倉は持ちはじめていた。

久保が、わざとカモフラージュ行動をとっているのでないとすれば、貸し金庫に金子のメモのネガや写真を戻したか新たに預けたかしたものと思われる。

久保が鈴本の使いなら、ネガ類は鈴本に戻した筈だ。

上目黒のアパートに戻った朝倉は、黒っぽい背広とコートに着替え、デミフォーンや補聴器などを移す。

録音したテープは抜いてベッドに突っこんだ。

ソフトも黒っぽいのをかぶった。ズボンのポケットに愛用の三十八口径のスーパー自動拳《けん》銃《じゅう》を突っこみ、机の抽出《ひきだ》しの奥から偽造した警察手帳を取り出して内ポケットに入れた。

放射四号の大通りの店でデミフォーン用のテープを買いこみ、タクシーを乗りついで呉服橋の光明ビルに向かう。車の流れは渋滞がひどくなってきた。

朝倉は、鈴本の東亜経済研究所の退社時間が五時か、それ以後であることを祈った。

35 偽刑事

光明ビルの一階を占めている東亜経済研究所に、朝倉が再び着いたときは、午後五時を少し過ぎていた。

ロビーのソファにはまだ人影が絶えないが、受付の娘は、鈴本の面接時間が終わったことを小型マイクで繰りかえし告げている。ロビーの右隅にあるその受付のカウンターには、石川朱美《あけみ》と書かれた名札が置かれてあった。

朝倉は建物の外に出た。ソフトの庇《ひさし》を下げ、正面出入口の大理石の柱に背をもたせかけてタバコに火をつける。

やがて、ビルから人波が吐き出されはじめた。朝倉はさり気ない視線で、そのなかから東亜経済研究所の受付の朱美を捜す。

朱美は二十分ほどして出てきた。事務的な黒いスーツをフランス・ビロードのヴェルコレックスの服に着替え、キャメルのコートを羽織っている。ハイ・ヒールはマリーのベビー・ドールだ。連れだった、ほかのB・Gたちの服装が惨《みじ》めに見えるほど垢抜《あかぬ》けていた。

朝倉は朱美を追った。朱美は日本橋のほうに歩き、地下鉄の入口で連れのB・Gたちと別れた。銀座に向けて歩き続ける。

日本橋と銀座のあいだには京橋がある。京橋には朝倉の勤め先の東和油脂がある。同僚と顔を合わせる危険を考えて朝倉は口のなかで罵《のの》しった。

しかし朱美は、高島屋の前にある汁粉屋の紺暖簾《こんのれん》をくぐった。〝助六〟という洒落《しゃれ》た構えの店だ。そして、洒落た構えの割りには大きい。

こういった御婦人向けの店に入るのは生まれてはじめてだが、朝倉はためらわずに朱美のあとに続いた。

デコラのテーブルと竹の椅子《いす》を持った客席は三十ほどあった。そのほとんどを女同士の客が占めているが、たまにはアベックもいる。

朱美は、滝を模した壁ぎわのテーブルについた。苔《こけ》とシダを植えつけた滝面には水が流れ落ち、その流れを受けた鹿《しし》おどしが鄙《ひな》びた音をたてて、思い出したように回転する。

朝倉は、その反対側の芭蕉《ばしょう》の鉢《はち》植えの蔭のテーブルに坐った。背後は障子張りになっていて、それに竹の影が写るようになっている。

テーブルの上には、辛子《からし》の小壷《こつぼ》や醬油差《しょうゆさ》しなどと共に、メニューの色紙があった。アン蜜《みつ》、蜜豆、汁粉、大福餅《だいふくもち》……などと、吐き気をもよおす名前が並んでいる。何とか口に運べそうなのは、稲荷鮨《いなりずし》とソーダ水ぐらいのものだ。朝倉は、白い制服のウエイトレスにその二品を注文

りはしなかった。男だけでこの店に来る者もたまにはいるらしく、ウエイトレスは朝倉を不審気に眺《なが》めたりはしなかった。

朱美は白いフィルターのセイラムをふかしながら、放心したような瞳《ひとみ》で煙の行くえを追っている。誰かと待ち合わせているようではなかった。

朝倉のテーブルに注文の品が届けられた。朱美には雑煮《ぞうに》とフルーツ・ポンチだ。朝倉は素早く稲荷鮨を平らげると、ソーダ水を持って朱美の前に移った。

「失礼……」

と、呟いて竹の椅子に腰を降ろした。

朱美は朝倉を黙殺した。

「東亜経済研究所の方ですね？」

朝倉はソーダ水のグラスを朱美のテーブルに置いた。

「それがどうかしましたの？　構わないで欲しいわ」

朱美は尖《とが》った声を出した。

「実は私、目黒署の者です」

朝倉は呟き、偽造した警察手帳を取り出した。貼《は》ってある自分の顔写真の頁《ページ》を開いて朱美に見せ、ゆっくりと手帳を仕舞う。

「わたしが、何か悪いことをしたとでも言いたいの？」

朱美の瞳が冷たくなった。

「いや、御心配なく。ある男のことについて教えていただきたいのです」

朝倉は微笑して見せた。

「研究所のことを尋《き》きたいの？　お断わりしますわ。お話することなんか何もありませんもの。それより、こっちからお尋ねしたいぐらいだわ。もう一人の刑事さんはどうしたの？　刑事さんはいつも二人一組で動いているんでしょう？」

「我々のことまで心配していただかなくても結構ですよ。彼なら、店の前にいます」

朝倉は動揺を隠して、当たり前のような口調で答えた。

「何を尋きたいの？　ある男って誰なのよ？」

朱美の口調が崩れた。

「久保と名乗る男です。本名かも知れない。年は二十七、八。スマートで恐ろしくハンサムな……」

「桜井さんのことね」

朱美は反射的に呟き、慌《あわ》てて口を噤《つぐ》んだ。

「桜井何と言うのかね？　知らないとは言わさないよ。彼を見る君の目付きからしてもね」

朝倉はニヤリとした。

「失礼なことを言わないでください。刑事からそんなことを言われる覚えはないわ」

朱美の瞳は怒りに紫がかった。

「悪かった。勘弁してもらいたい。……それで、桜井君の住所は？」

「知りません。何のために、わたしにそんなことを尋くの？　何の権利があって……？」

「尋くのが私の仕事ですからね。じゃあ、話しましょう。二か月ほど前、五反田で交通事故があった。ヒット・エンド・ラン、つまり轢《ひ》き逃げです。深夜だったので、唯一の目撃者は桜井君だけなのです。ところが、桜井君はどういうわけか警官に本名を告げずに久保と名乗り、住所も偽って立ち去った」

「…………」

「三日ほど前、やっと轢き逃げの容疑者を捕《つか》まえたのですが、そいつは修理工場のオヤジなので、ぶっつけた車は自分で直してしまっている。そこで、どうしても事故の目撃者の証言が必要になってきたのです。私たちは、やっとのことで光明ビルに入る桜井君を発見し、こうやってあなたに頭をさげてお願いしているのです。誤解無いよう申しあげておきますが、桜井君が本名を名乗らなかったことについては、何の法律的な罪もありません。ただ、ちょっと面通しに立ち会って頂いて、犯人を指摘してもらいたいのです。轢き逃げされた方の遺族のためにも……」

朝倉は訥々《とつとつ》として口説いた。

「わたし浪花節《なにわぶし》に興味ありませんの」

朱美の返事はニベも無かった。

「そう冷たいことをおっしゃらずに……桜井君の住所を教えてくださいませんか？」

朱美の顔を殴りつけて、原形をとどめないまでに砕きたい欲望をこらえながら、朝倉はあくまでも下手に出た。

「知らない、と言った筈ですわ」

「桜井君は東亜経済研究所の所員ですか」

「所員名簿をお調べになったらいいでしょ？」

朱美は吐き捨てるように言った。

それから五分間ほど、朝倉は質問を続けた。朱美は何もかも知らぬと言い張り、

「わたし、もう帰らせて頂きます。まさか、あなたはわたしを逮捕するなんて言わないでしょうね？」

と、席を立った。

「分かりました。どうぞ御自由に」

朝倉は立ち上がった。自分の席に戻って伝票を摑《つか》む。

レジで金を払って外に出た。外はすでにネオンの渦《うず》であった。朝倉より先に店を出た朱美は、セドリックのタクシーに乗りこむところであった。

朝倉もニュー・クラウンのタクシーを捕えることが出来た。朝倉はシートに腰を降ろすと、運転手の鼻先に偽造の警察手帳を突きつけ、

「済まん。あの日栄タクシーを尾行してくれ。なかに乗っている女に気付かれないようにな」

と命じて、シートに横になるようにして体を低くする。

「お仕事ですか、御苦労さま」

中年の運転手は、バック・ミラーのなかで笑った。

「頼むよ。少々の交通違反は気にしないでいいから」

朝倉は呟いた。

朱美の乗ったタクシーは神田、飯田橋と通って目白通りを進み、高田本町で右に折れて雑司ケ谷の墓地に向けて住宅街を登っていく。うまい具合いに、朝倉の乗ったタクシーは、途中でパトカーに追われたりはしなかった。

セドリックのタクシーがとまったのは、墓地の手前にある鉄筋五階建てのアパートの前であった。朱美を降ろしたタクシーは立ち去った。

朝倉はアパートの手前百メーターのあたりで、ニュー・クラウンのタクシーをとめさせた。

「御苦労さん。お釣りで一杯やってくれ」

と言って運転手に千円を渡す。

「頑張《がんば》ってください」

運転手は愛想笑いを見せ、車をスタートさせた。朝倉は、葉を落とした樹々や家々の蔭を択《えら》んでアパートに近づく。犬が吠《ほ》えだした。

そのアパートの名前は〝千登世《ちとせ》荘〟と書かれてあった。道路と建物のあいだの空間が車置き場になっている。車置き場の奥に、各部屋の住人の名前を書いた掲示板が立っていた。

アパートは、各階が五単位ずつの続き部屋になっているらしい。アパート自身には玄関が無く、それぞれの階に張り出したコンクリート造りの廊下を通って各部屋の玄関に入るようになっている。建物の左右には、廊下に続く階段がついていた。

車置き場の奥の掲示板に桜井由紀夫《ゆきお》の名前があった。三階のC号だ。朝倉は薄笑いを浮かべ、瞳を挙げてアパートの三階を仰ぎ見た。

三階C号のドアの右手についたインターホーンのボタンを、朱美が思いつめた表情で押し続けている。

朝倉は車置き場に立ち、補聴器のスイッチを入れ、レシーヴァーを耳に差しこんだ。だが、桜井の部屋のインターホーンからの返事は無く、ドアも開かない。

「わたしよ……開けて……大事なことを知らせに来たの……」

朱美は返事の無いインターホーンに囁《ささや》いた。今度はドアを乱打しはじめる。

それでも、桜井の部屋からは反応が無かった。そして、隣のB号のドアが開き、嬰児《えいじ》を抱えた三十過ぎの女が半身を覗《のぞ》かせた。疲れた瞳に憐《あわ》れみをこめて、

「桜井さんなら、この二日ほど留守にしているようですよ」

と、言う。

「どこに行ったか御存知ないでしょうか？」

朱美は尋ねた。

「さあ、知りませんわね」

女は小首を傾《かし》げ、そのついでに赤ん坊に頬《ほお》ずりする。

「どうもお騒がせしました」

朱美は溜息《ためいき》をついた。肩を落とし、足を引きずるようにして階段を降りてくる。三十女は部屋に引っこんだ。

朱美が階段を降り切り、道路に足を向けた時、朝倉は車置き場から歩み出た。補聴器のスイッチを切り、レシーヴァーを外して、

「またお会いしましたね」

と、静かに声をかける。

朱美は化石したように立ち止まった。朝倉が並ぶと、

「犬……けだもの!……」

と、憎しみのすべてを吐きだすような声で罵《ののし》る。朝倉を睨《にら》みつけた瞳は緑色に燃えていた。唾《つば》を吐き出す。

朱美の唾は朝倉の頰に当たった。

コートの袖口《そでぐち》でゆっくりと頰をぬぐった朝倉の唇がまくれあがった。そして、次の瞬間、左の拳《こぶし》が短く鋭く閃《ひらめ》き、朱美の柔らかな鳩尾《みずおち》に叩《たた》きこまれた。

朱美は、喉《のど》から胃が反転して跳び出しそうな表情になった。苦痛の呻《うめ》きを漏らす間もなく、次の瞬間には失神して膝《ひざ》から崩れ落ちようとする。ハンド・バッグが地面に転がった。

朝倉は素早く朱美の腋《わき》の下に腕を差しこみ、その体を支えた。靴先《くつさき》で朱美のハンド・バッグ

を跳《は》ねあげ、左手でそれを摑む。そのバッグはイタリアのグッチイ製であった。

墓地は広大な面積を占めている。

脇道《わきみち》に入った朝倉は朱美を肩にかつぎ、奥に奥にと進んでいった。夏ならばアベックの姿が見られるか知れないが、いまは動くものは風に揺れる樹々の梢《こずえ》だけだ。

まわりを灌木《かんぼく》と石柵《いしさく》で囲まれた巨大な墓碑の裏側で、朝倉は風が吹き寄せた枯葉の溜《たま》りの上に朱美を降ろした。

その墓碑には、大正時代の高名な将軍の名が刻んである。

朱美はまだ失神を続けていた。朝倉は胸のポケットから万年筆型の懐中電灯を取り出し、朱美のハンド・バッグの中身を調べはじめた。

女に特有の品々のほかに、三千円の現金があった。身分証明書と東京駅から四谷までの国電の定期券もある。

記入してある住所を見ると、朱美は四谷若葉町に住んでいるらしい。

ハンド・バッグの口金を閉じようとして、そのなかの鏡入れの裏側がグッチイの細工にしてはゴツゴツしすぎていたことに朝倉は気がついた。再びバッグを開いて、朝倉は入念に点検する。

果たして、鏡入れの裏側に隠しポケットがあった。それを開くと、朱美名義の当座預金通帳が出てきた。K……銀行のものだ。

その通帳の記入は、約十か月ほど前からはじまっていた。

毎月三十万が預金されているが、引き出すほうも激しいので、差し引き残金は二十万ほどしかない。

朱美が小さな呻きを漏らして薄目を開いた。朝倉は預金通帳でその頰を二、三発引っぱたいた。

朱美は立ちあがろうとしてもがいた。コートの裾《すそ》が乱れ、スカートがまくれあがって、内腿《うちもも》の裏まで剝《む》きだしになる。暗くてパンティの色までは判別出来ないが、シームレス・ストッキングのガーターから上の素肌《すはだ》の白さは夜目にも強烈であった。

朝倉は朱美の横に膝をつき、左手でその胸を押さえて朱美が起き上がれないようにした。ブラジャーをしていないらしい朱美の乳房の弾力を楽しむ。

「何するのよ！　署長に言いつけてやる」

朱美は朝倉の手に嚙《か》みつこうとした。

「勝手にしてくれ。俺《おれ》は刑事じゃない。刑事をクビになった男だ」

朝倉はふてぶてしく笑った。

「…………」

朱美の顔を怯《おび》えの表情が包んだ。

「もう上品ぶるのはやめた。俺の質問に答えないと、なぶり殺してやる。そうだなあ、あんたの大事なところに、ナイフでも突っこんでやろうか？」

「やめて、乱暴はやめて！」

「大きな声を出しても無駄《むだ》だ。誰も来やしない。さあ、言うんだ。桜井は東亜経済の所員か？」

朝倉は尋ねた。朱美のコートのボタンを外し、その服の大きく開いた襟許《えりもと》から手を差しこんで乳首を愛撫《あいぶ》する。

「所員というわけではないわ」

「じゃあ、なぜ自由に研究所に出入りしてるんだ？」

「所長の隠し子なの……あの人から聞いたわ」

朱美は答えた。意思とは無関係に、朝倉の掌の下で乳首が勃起《ぼっき》してくる。

「なるほど……」

朝倉は呟いた。

「所長にお小遣いをもらいに来るの……」

「それで、あんたと桜井との関係は？　どうやら、あんたが振られ役を受け持ったようだな」

「あの人は、雑草のように私を踏みにじって去っていったわ。でも、わたしは諦《あきら》めてない。いつかは、あの人は戻ってくる。信じているのよ。そう信じたいわ……」

朱美は体を震わせた。

「泣けてくるな。浪花節に興味が無いって言ったのは誰だったかな――」

朝倉は冷笑し、

「ところで、この金はどこから入ってくるんだ？」

と、預金通帳で朱美の頰を撫《な》でた。

「………」

朱美は答えなかった。

「じゃあ、これを税務署に送ってやろう。連中は喜ぶだろうな」

「言うわ。あの人に去られて……捨てバチになって、所長の世話を受けるようになったの」

「桜井に復讐《ふくしゅう》するためか？」

「違うわ！」

「まあ、何でもいい。俺に関係の無いことだ」

朝倉は冷笑し、通帳を捨てると右手を朱美のスカートのなかに走らせた。朱美の抵抗をあしらう。

朝倉が入ったとき、朱美は抵抗をやめて人形のように動かなかった。しかし、朝倉がそのまま抱え上げて走りまわると、朱美はあまりにも強烈な快感にわめいてしがみついてきた。眉《まゆ》を寄せ、朝倉のシャツを嚙《か》み破りそうになる。

朱美を墓碑に押しつけるようにして朝倉は終わったが、朱美は、それまでに幾度となく麻痺《まひ》するような大波にさらわれていた。朝倉が離れると、枯葉の溜《たま》りに転がったまま、まだ啜《すす》り泣いている。

「いいかい、俺が桜井のことを尋ねたことを忘れてくれ。俺は桜井に会っても、あんたが俺のことを喜んでくれたことも、鈴木所長の世話になっていることもしゃべらない。そんなことを聞くと、桜井があんたを嫌《きら》うだろうからな。だから、あんたも桜井に嫌われたくなかったら、桜井の前では俺のことを一口も言わないことだぜ」

朝倉は優しい声で朱美に囁《ささや》き、素早く身づくろいをした。

36　侵入

電話帳で調べてみると〝晴海荘《はるみ》〟は黎明橋《れいめいばし》を渡った晴海公園の鉄筋アパート群に近く、総合グラウンド寄りにあることが分かった。

団地の外れでタクシーを捨てた朝倉は、歩いて晴海荘に近づく。埋立て地だけあって道は広く、外国の都市に来たような錯覚を覚えるほど区画が整理されている。

風が、タールや重油の匂《にお》いの混った海の潮気をかすかに運んできていた。道の脇には街路樹が生長し、数年前の荒涼とした土埃《つちぼこり》の街の面影は薄れている。

晴海荘は、名前からモルタルと安ペンキの匂いがしたが、着いてみると鉄筋十階建ての、俗に言うデラックス・アパートであった。建物はT字型をなして、どの部屋にも陽《ひ》が当たるように設計されている。

夜の十時であった。しかし、晴海荘の住人たちは夜の蝶《ちょう》が多いらしく、大半の窓の灯は消えている。金子次長の情婦である牧恭子が三〇五号に住んでいることは盗聴によって朝倉は知っているが、建物が単純な矩形《くけい》で無いので、それが三階のどの位置になっているのかは分からない。

アパートのまわりには何台かの車が駐《と》まっていた。久保こと、桜井を追っている興信所が使っているパブリカの姿は無いが、もし興信所の連中が来ているとしても、わざわざ目だつ場所に駐めるわけは無いから、当然であろう。

朝倉はソフトを目深にかぶり直し、一度アパートの玄関ロビーの前を通り過ぎた。玄関ロビーのドアは総ガラスなので、内部の様子がよく覗《のぞ》ける。

ロビーの左手に、管理人室の窓口があった。その窓口のガラスが濃い緑色をしていて不透明に見えるのは、ロビーで寛《くつろ》ぎたい人々に管理人を意識させないためであろう。ソファが三つほど置かれたロビーでは、二組の男女が隅《すみ》に備えつけてあるカラー・テレビを眺《なが》めていた。

エレベーターは、ロビーの突き当たりにある。階段と廊下はロビーの左右だ。朝倉は踵《きびす》を返すとアパートに入る。テレビを眺めている男女は朝倉の知らない顔であったが、彼等も入ってきた朝倉に関心を示さなかった。

階段を通って、朝倉は三階に登った。三〇五号は、西に向けて張り出した一角であった。牧恭子の名札が出ている。

その廊下には人影は無かった。そして、廊下の突き当たりに、非常階段に通じるスチールのドアがある。

朝倉は、その非常扉の閂《かんぬき》を外した。しばしば使用されているらしく、非常扉は錆《さ》びついてなかった。

踊り場に出ると、公団アパートの群の窓々から漏れる光が、無数の宝石のようにまたたいていた。北側の築地、銀座の空は、ネオンを照り返して火事のときのように染まっている。

朝倉は鉄の手摺《てす》りに摑まり、踊り場から身を乗り出した。アパートの外側を観察する。恭子の部屋の左隣の三〇六号の窓からは灯が漏れていなかった。右隣の部屋の窓も暗い。

朝倉は廊下に戻り、非常扉は閉じたが、閂は掛けなかった。自然な足運びで三〇六号の部屋の前に立つ。

その部屋には、女名前の名札が出ていた。郵便受けには夕刊が突っこまれてある。朝倉は、試しにドアの横のブザーを押してみた。もし相手が出てきたところで、何とでも言いわけは作れる。

だが、何度ブザーを押しても返事は無かった。朝倉は薄く笑って、ブザーについた指紋をハンカチで拭《ぬぐ》った。ズボンの裾《すそ》の折り返しから、いつも用意してある先端を潰《つぶ》した針金を取り出す。

アパートや個人住宅の玄関の自動シリンダー錠は、メーカーは色々あっても、基本構造に違いは無い。朝倉は、簡単に三〇六号のドアのロックを解いた。手袋をはめ、静かにドアを開く。

玄関は狭かった。それなのに、下駄《げた》箱や傘立《かさた》てなどもついているので、三人一緒に並ぶと窮屈であろう。

朝倉は電灯のスイッチの位置を覚えておき、素早く玄関のドアを閉じた。部屋のなかは真っ暗になる。

手さぐりでドアの自動錠のポッチを押してロックを掛け、朝倉は電灯のスイッチを入れた。

玄関の奥が八畳ほどの洋風の居間で、玄関のダイニング・キッチンとカーテンで仕切られている。

居間にはスカートが脱ぎ捨てられている。テーブルの灰皿《はいざら》から、口紅のついたタバコの吸殻《すいがら》がこぼれかけていた。仕切りのカーテンが開いたままになっているので、ダイニング・キッチンが見通せるが、汚れた食器や鍋《なべ》は流しからあふれ、床の半分近くを占領していた。

居間の隣の和室には、蒲団《ふとん》が敷きっぱなしになり、丸めた紙が散乱していた。玄関の左手の浴室には、赤黒く汚れたパンティ類が放り出されている。

居間の壁は、隣の恭子の部屋との境いになっている筈《はず》だ。朝倉は、バルコニーに続くフランス窓を細目に開いて逃げ口を用意しておき、部屋の灯《あか》りを消した。フランス窓のカーテンが風にそよぐ。

居間の椅子の一つを壁に寄せ、補聴器のレシーヴァーを耳に差しこんでスイッチを入れた。補聴器を壁に押しつける。

隣の恭子の部屋からは、男が歩き廻る足音が聞こえた。苛立《いらだ》った足音だ。話し声は聞こえない。

しばらくたって、頰をひっぱたくような音と、女の小さな悲鳴が聞こえた。

「よして……乱暴はよしてよ」

と、哀願する女の声がした。恭子らしい。

「うるさい。確かに奴はここに来るんだな？　それにしては遅すぎるじゃないか」

威嚇《いかく》する中年男の声が聞こえた。桜井の声ではない。朝倉は、東和油脂が傭《やと》っている興信所の所長石井の顔を想い浮かべた。

「待っててもしょうがねえ。この女とやらせてくれるんなら話は別だが……」

先ほどの声とは別の、若いヤクザっぽい声が言った。

「抱くときは、クジ引きでどっちが先か決めるか？　それとも、手っとり早くジャンケンにするか？」

石井のらしい声が、ねばっこい口調で言った。

「ジャンケンだ。さあ、所長さんよ。はじめましょうぜ」

ヤクザっぽい、若い声が勢いこんで答えた。


「よしてよ！　わたしは、品物じゃないのよ」

恭子は叫んだ。

「聞いたかよ。品物じゃないのよ、だそうだ。タダなら嫌《いや》で、ゼニを払えばすぐに転がるくせに、偉そうな口をきくじゃねえか」

若い男はせせら笑った。恭子の服を引き千切《ちぎ》る音がした。

「何するのよ」

「分かってるじゃねえか……好きそうな体をしてやがるな。勿体《もったい》ぶることねえじゃねえか」

若い男は言った。体がもつれ合う音と、ソファに体の重みが倒れこむ音が続いた。

「やめてよ！　思いきり悲鳴をあげるから！」

「やってみな。その口から歯を叩《たた》きだしてやる」

若い男は言った。息が荒い。

「順番はジャンケンで決める筈だったぜ――」

石井が制し、恭子に向けて、

「さあ、タダで体を売るのが嫌なら、電話で奴を早くここに呼び寄せるんだ」

と、命じる。

「知らないって言ったでしょう。あの人が、いまどこにいるのか知らないのよ。この気味悪いけだものをどかせて！」

「何だと！」

若い男が吠《ほ》えた。

「知らないって？――」

石井が冷笑し、

「じゃあ、好きなようにしろ。俺たちも好きなようにするから。あんたのことは、この田宮に任すよ。この男は、ちょいとばかし変わっててな。流行の言葉で言えば変質者っていうわけだ。こいつにかかったら、あんたは二度と使いものにはならなくなるかも知らんぜ」

と言う。

「有り難てえ。見張りのほうを頼みますぜ」

田宮と呼ばれた若い男は、上《うわ》ずった声を出した。ナイロンの切れる音がし、絶叫をあげかけた恭子は口をふさがれたらしく、呻《うめ》き声を漏らす。

「早く奴に電話するんだ。もっとも、そのままでは声を出すことが出来ねえだろうから、しゃべりたくなったら、床を三回手で叩くんだ」

石井は言った。嗜虐的《しぎゃくてき》な笑い声をたてる。

恭子はすぐに脅迫に屈した。続けざまに床を叩く音が、補聴器を通じて朝倉の耳に達した。

「しゃべる気になったんだな――」

石井は鼻を鳴らし、

「よし、体を離してやれ」

と、田宮に命じる。

「殺生《せっしょう》な……俺はどうなるんだ！」

田宮は唸《うな》った。

「黙れ。仕事は仕事だ。俺の言うことが聞けねえのなら、聞けるようにしてやる」

石井の声が凄味《すごみ》を帯びた。

「分かったよ。あんたがボスだ。女のことで仲間割れして、殺し合いをやったところでつまらねえ……畜生、それにしても惜しいな」

田宮は恭子から離れたらしい。呼吸の自由を取り戻した女の荒い息づかいが聞こえた。

恭子の息が鎮まってから、石井が猫撫《ねこな》で声を出す。

「なあ、ママさん。もうあんたの色男を呼ぶ決心がついただろうな？」

「分かったわよ。電話すればいいんでしょう。心当たりのところに掛けてみるわ」

恭子の声は捨て鉢《ばち》だ。

「その通り。ただし、俺たちがここにいるってことは、内緒にしてくれよな。電話では話せない重大な事が起きたから、すぐここに来てくれ、とでも言うんだ。余計なことをしゃべったりしたら、このカミソリを使わないとならぬことになる」

石井が言った。

しばらくして、受話器を取り上げる音と、ダイヤルを廻す音がした。電話が通じるごとに、

「恐れいります。そちらに久保という人が伺ってませんでしょうか？」

と、恭子は尋ねている。桜井は恭子にまで本名を教えていないのかも知れなかった。

五度目ほどに、電話の相手から反応があった。恭子は、

「あなた？　早くこっちに来て……電話では話せないことなのよ……」

と、石井に言われた通り甘い声でしゃべる。

恭子が電話を切ると、石井が嗄《しゃが》れた軽い笑い声をたて、

「上出来だったぜ。さあ、奴《やっこ》さんが来るまで大人《おとな》しく坐ってるんだ」

と、言う。

そのとき、朝倉の補聴器はエレベーターの上がってくる音と、それが開閉する音を捕えた。

足音が廊下に響く。

桜井の足音ではありえなかった。女のハイ・ヒールの音と、少年のように軽い足音だ。二つの足音は酔っているらしく乱れていた。朝倉が隠れている部屋の前でとまる。鍵束《かぎたば》が鳴った。

朝倉は素早く行動を起こした。細目に開いておいたフランス窓からバルコニーに這《は》い出た。フランス窓を外側から閉じたとき、玄関の自動錠が外れる音がした。

朝倉はバルコニーに腹這いになった。

頼みの綱は、フランス窓に掛かっているカーテンだ。しかし、それには、わずかではあるが隙間《すきま》があった。

ドアが開き、電灯がついた。高校の制服姿の小柄な青年を抱きかかえるようにして、三十七、八の和服の女が居間のソファによろめきながら近寄る。

女の瞳は酔いに紫色がかっていた。高校生は蒼白《そうはく》な顔で、時々小刻みに震えている。

「怖がることないのよ、坊や。お姉さまが男にしてあげますからね」

高校生を抱えてソファに倒れこんだ女は、彼の顔中を舐《な》めまわしながら、その手を和服の裾《すそ》に誘導した。

朝倉は腹這いになったまま、自分のいるバルコニーを調べた。バルコニーは、居間の隣の和室の前にものびていた。和室とバルコニーは、ガラス戸と障子とによってさえぎられている。

コの字型にバルコニーを囲むコンクリートの手摺《てす》りは、腰の高さぐらいだ。隣の三〇五号のバルコニーとのあいだには二メーターほどの間隔があって、容易には跳び移れないようになっている。平地上と違って地上十数メーターの高さでの二メーターの空間を跳ぶには相当の度胸がいるし、まして音を殺してそれを行なうことは、大変な仕事に見えた。

しかし、両方のバルコニーの下に、支えの張り出しのコンクリートが二十センチほどの幅でアパートの外壁に沿って走っている。それを認めて、朝倉は白い歯を閃《ひらめ》かせた。

三〇六号の続き部屋の居間では、中年女と高校生の火遊びが続いていた。女はますます熱していき、高校生の震えもとまって性急に女に応《こた》えている。

アパートの庭に人影が絶えているのを見とどけてから、朝倉はコンクリートの手摺りをまたいだ。

手摺りの下に沿った張り出しに足をかけ、両手の掌でアパートの外壁に吸いつくようにする。徐々に、体を隣の三〇五号のバルコニーのほうに移動させていく。

建物の下を、誰かが通りかかったかどうかを見おろす余裕はまったく無かった。心臓が喉《のど》から絞り出されそうに縮みあがる。

やっと左手が、隣のバルコニーの手摺りを捕えた。安堵《あんど》のあまり、朝倉は足を滑らせそうになった。

体をねじ向け、朝倉は右手でも手摺りを摑んだ。そうなると、あとは楽なもので、次の瞬間には隣のバルコニーに身を移し終えた。

ここでも、朝倉は腹這《はらば》いになった。頭の上は和室のガラス戸だ。障子も閉じられ、和室の灯は消えている。

和室の先に、居間とバルコニーを遮《さえぎ》るフランス窓が見えるから、三〇五号は三〇六号室と同じ間取りらしい。

朝倉は、和室と洋風の居間との境いまで這った。めくれたカーテンのわずかな隙間から、居間のかなりの部分が覗けた。

ほとんど全裸に近いほど着ているものを破られた恭子は、ソファの上で両胸を押さえ、玄関のドアの内側の脇《わき》で長いナイフを握って息を殺している石井に、ギラギラと憎悪に光る牝猫《めすねこ》のような瞳を向けている。

恭子は二十五、六の成熟しきった体を持つ女だ。皮膚に何条かのミミズ腫《ば》れがついているのは、田宮の仕業であろう。クレオパトラ風に刈った髪は唾《つば》でよごれていた。

その田宮は、長い前髪を狭い額《ひたい》に垂らした不健康な感じの男であった。皮膚は蒼白《あおじろ》いというより黄色っぽい。

恭子の背後に立った田宮は、左手で彼女の首を軽く摑《つか》み、右手の西洋カミソリの刃を出したり引っこめたりしていた。

そして、時々カミソリの背で恭子の背を撫《な》で、恭子が体を痙攣《けいれん》さすのを楽しんでいる。恭子が悲鳴をあげようとすると、喉にかけた左手に力をこめる。玄関のドアから、恭子のソファは死角に位置している。

石井も田宮も、桜井を待って声をたてない。

十分ほどしてエレベーターでなく階段を登ってくる足音が聞こえ、玄関のドアに鍵が差しこまれた。ドアの内側の横手で、石井が乾いた唇を舐《な》めた。

ドアが静かに開いた。桜井の長身が入ってきた。

「動くな。下手に動くと、こいつが背中から胸に突き抜けるぜ」

石井は長いナイフを桜井の背に突きつけ、足で蹴《け》って玄関のドアを閉じた。

「あんた！」

恭子が立ち上がろうとした。

「静かにしてろ！」

田宮は恭子をソファに押さえつけ、西洋カミソリの刃を喉に当てた。

「俺を尾行《つけ》てたのは、あんた達だったんだな」

桜井は言った。秀麗な顔はほとんど表情を変えてない。

朝倉は、玄関のドアが開いた途端から、補聴器と結んだデミフォーンのスイッチを入れて、録音テープを回転させていた。

「こんな所に突っ立って、腰が抜けやがったのか——」

石井は、桜井を居間の中央部に追いたてた。桜井の前に廻って顔を合わせると、ふてぶてしい笑いを見せ、

「いいか、若造。手を引くんだ。金子さんは、この女は貴様にくれてやるとおっしゃっている。命が惜しかったら、あんまり欲をかかぬことだ。分かったか？」

と、威嚇《いかく》する。

「どうも、あんまりよく意味が通じないが……」

桜井は微笑した。

「黙れ！　フィルムやテープはどこに仕舞ってある？」

「自分で捜したらいいだろう。もっとも、この部屋を捜しても、くたびれ損になっただろうけどな」

「俺は、なるべくなら血を見ねえで済ませたいんだ。もっとも、そこにいる男は血を見ないことには安眠出来ねえ性質《たち》だがな……ここに五百万用意してきた。フィルムとテープをよこしたら、これをくれてやる。これを受け取ったら、何もかも忘れてしまうことだ。貴様にとって損な取り引きじゃないだろう」

石井は、ねばっこい口調で言った。バッグを肘《ひじ》掛《か》け椅子《いす》の横に置いてジッパーを足で開いて、内側の札束を見せびらかす。

「約束はたった五百万じゃなかった」

桜井の声は冷たい。

「分かった。仕方ねえ。貴様が、そんなに物分かりが悪いとは知らなかった。貴様には不具になってもらう。まず、そのハンサム面《づら》を台無しにしてやろうか」

石井は桜井の喉首を摑み、その顔にナイフを走らせようとした。

37　ピンハネ

ナイフを振るった石井に対する桜井の動きは、覗《のぞ》いている朝倉が思わず嘆声をあげかけたほど素早かった。

ナイフを持った石井の右手首を摑むと同時に、体を沈め気味にして膝《ひざ》で思いきり石井の睾丸《こうがん》を蹴《け》りあげたのだ。

ナイフを離した石井は、下腹部を両手で抱えこんで尻餅《しりもち》をついた。あまりの苦痛に紫色がかった口から舌を突きだし、酸素不足の金魚のように喘《あえ》いでいる。舌を嚙《か》んだらしく、血の粒が吹きあがってくる。

ナイフは桜井の手に移っていた。

「そいつを捨てろ！　捨てねえと、女の喉笛を搔《か》き切る！」

ソファに押さえつけた恭子の喉に西洋カミソリの刃を当てた田宮が、引きつった顔を桜井に向けてわめいた。完全に追いつめられた者の表情であった。

「やるんなら、やってみろ。その女が生きようと死のうと、俺には痛くも痒《かゆ》くも無い」

桜井は素っ気なく言った。

「あ、あなた……」

恭子が、押し潰《つぶ》されたような声を出した。

「き、貴様、それでも人間か？」

狼狽《ろうばい》した田宮は、急にヒューマニズムを振りかざした。

「助けて……」

恭子は小さな悲鳴をあげる。

「君は俺を裏切って、俺をここに誘《おび》き寄せた。それなのに、よくもそんな事が言えるな」

桜井は答えた。

「畜生……」

田宮が、恭子の喉からカミソリを外して立ち上がった。カミソリを振りまわしながら、桜井に突進してこようとする。

桜井の手から、ナイフが一本の銀の糸のように飛んだ。吸いこまれるように田宮の右肩に突き刺さる。

後に跳ばされた田宮の体は、ソファを軸として半回転した。床に叩きつけられた勢いで、鎖《さ》骨《こつ》の上の筋肉の束の隙間を貫いたナイフの刃先が、居間の堅木の床にくいこんだ。

床に縫いつけられた格好になった田宮は、ショックで心臓が縮みあがったらしく、悲鳴をあげることも出来ない。そうでなくても、蒼い顔はますます血の気《け》を失い、冷たい汗が額や鼻の下に浮かんでくる。痴《ち》呆《ほう》のように口を開いて涎《よだれ》を垂らしている。

ナイフが深く刺さった傷からは、ほとんど血が出てなかった。刃が太い血管を避けたのと、傷のまわりの筋肉が収縮したためであろう。

恭子は失神していた。石井は背を丸め、喉の奥に逆流してくる血で咳《せき》こんでいる。

桜井は倒れたままの体を硬直させている田宮の手から、西洋カミソリをもぎ取った。その刃を畳んで飾り棚《だな》に置き、石井の顎《あご》の下に靴先を差しこんで、その顔を仰向《あおむ》かせ、

「あんたを飼っている猿廻《さるまわ》しに言ってやってくれ。俺を見くびる前に、二度も三度も考え直した方が利口だ、とな。今夜のことを鈴本先生が聞いたら、腹を抱えて笑うだろうよ」

と言う。

「…………」

石井は唸ったが、声にはならなかった。

「あんたが今夜運んできた五百万は一応受け取っておくぜ。ただし、こいつは約束の金の内金としてだ。残金は、あと二日内に渡してくれるように伝えておいてもらいたい。分かったろうな？」

「分かった」

石井は、聞きとりにくい声でいった。血はとまりかけていたが、そのかわり、腐った肝臓のような色に舌が腫《は》れあがってきている。

「あんたは話せるよ」

桜井は石井の顎から靴先を外した。

ガックリと顎を垂れた石井の服を十分に調べて、ほかに凶器を持っていないことを確かめる。

背広の裾《すそ》の隠しポケットに入っていた石井の身分証明書を取り出しそれを開き、

「中央秘密興信所所長か。今夜は儲《もう》けそこなって気の毒だったな。今度いつか、俺が楽に稼《かせ》げる仕事を廻してやるよ」

と呟く。身分証明書を、石井の隠しポケットに戻した。

「油断してたからだ……今度はこう簡単にやられたりしねえ」

石井は血の混った唾を床に吐いた。

「行儀の悪い奴だ。それだから、いつまでたっても大物になれんのだ」

桜井は石井の脇腹を蹴《け》った。再び咳こんで、唾に胆汁を交えだした石井を放っておき、桜井は田宮のほうに廻る。

冷たい汗にまみれた田宮は、浅く速い呼吸をしていた。瞳孔《どうこう》は焦点を失っている。医学的に見ても、初期のショック症状だ。なるべくなら毛布などで包んで保温に気をくばり、安静にさせないとならない。

そのことを知ってか知らずか、桜井はポケットからハンカチを出し、それで田宮の肩のナイフの柄を包んでから、力をこめて引っぱった。

ナイフの刃先は堅木の床から抜けた。しかし、田宮の肩を貫いている部分には筋肉が捲《ま》きつきだしたらしく抜けない。

桜井は田宮の半身を起こさせ、左手で続けざまに軽く田宮の頬をひっぱたいた。田宮の頭はグラグラ揺れる。

一分ほどかかって、やっと田宮の瞳に焦点が甦《よみがえ》った。恐怖の叫びをあげかけて開いた田宮の

口に、桜井は丸めたハンカチを押しこみ、

「さあ、パトカーがやってこないうちに出て行くんだ。貴様たちのことは、警察には黙っといてやる。もっとも、警察にしゃべったりしたら、俺のほうも困ったことになるがな」

と、自嘲《じちょう》を帯びた笑いを走らせた。

「………」

田宮は両手でナイフを握り、固く瞼《まぶた》を閉じた悲痛な表情でそれを抜こうとした。苦痛の唸《うな》りをあげて手を離す。

「そいつは医者に任しとくんだ。あんたもそんな商売をしているんなら、モグリの医者の一人や二人は知っているだろう。いま無理してそいつを抜いたら、血が吹き出てきて止まらなくなるぜ」

桜井は呟き、田宮を強引《ごういん》に立たせた。石井の襟《えり》を摑《つか》んで、これも立たせる。二人ともよろめき、抱きあうようにしてやっと立っていることが出来た。

桜井は、自分のコートの下から絹のスカーフを外し、それを田宮の肩に掛けて、ナイフの柄を隠すようにした。

「お帰りは非常階段から願おう。あんたたちにしても、その格好をあんまり人に見られたくないだろうし、あんたたちと顔を合わせた御婦人が引きつけでも起こしたら気の毒だからな……それから、さっきも言ったように、この金は内金として有り難く頂戴《ちょうだい》しておくよ。領収書は出せないけどな」

と呟いて、肘掛け椅子の横に石井が置いてあった、札束のつまったバッグを軽く蹴った。

石井と田宮は一歩ごとに低く呻き、互いに抱きあうようにして部屋から出ていった。玄関ポーチのドアを細目に開いて、二人が非常階段に続くスチールのドアの奥に消えるのを見守っていた桜井は、部屋に戻ると、ソファの上で気絶を続けている恭子の前に立った。

拷問《ごうもん》に会った恭子は、ほとんど全裸に近いほど身につけていた物を破られている。桜井はその恭子を冷たく見おろしながら、タバコに火をつけ、深く煙を吸った。

ところどころに爪跡《つめあと》やミミズ腫れがついた恭子の白蟻《しろあり》のような皮膚には、静脈《じょうみゃく》が蒼《あお》く哀《かな》しげに透《す》けて見えた。

桜井は、短くなったタバコを入念に灰皿で揉《も》み消した。冷たい瞳の光を消し、ソファの前に跪《ひざま》ずいて恭子を揺すった。それでも恭子が意識を取り戻さないのを見て、その頰を軽く数回平手打ちした。

恭子は瞼を開いた。瞳に光が甦った。その瞳から涙が零《こぼ》れ落ちると、肩を震わせて啜《すす》り泣きはじめた。

両手で顔を隠し、恭子は俯《うつむ》けになった。ソファのカヴァーに嚙《か》みついて啜り泣きを圧《お》し殺そうとするが、うまくいかない。

桜井は母に甘える駄々《だだ》っ子のような表情をし、裸の恭子の背に頰を押し当てた。

「さっきのこと、怒ってるの？」

と、泣きだしそうな声で言って、恭子の首筋に唇を寄せた。

「…………」

恭子は声をあげて、しゃくり上げはじめた。

「怒ってないでしょう？　さっきは、ああ言うほかに仕方がなかったんだ。御免ね。僕が君のためには死んでもいいと思っている本心を奴等に聞かせたりしたら、これから先も奴等は僕のことをさぐるために君を何度でも傷つける。だけど、僕がああ言って突っぱねたから、これからは君は苛《いじ》められずに済む筈《はず》だよ」

桜井は、恭子の耳や髪に唇を走らせながら熱っぽく囁《ささや》いた。盗み聞きしている朝倉が舌を捲くほど、その桜井の演技は見事であった。

「本当？」

恭子は突然、嘘《うそ》のように泣きやんだ。

「いいんだ。僕を信じてくれないんなら」

桜井は拗《す》ねた。立ち上がろうとする。

「待って――」

恭子は、もがくようにして仰向けになった。桜井の首を両腕で抱えて引き寄せ、

「本当なのね……幸福よ。さっき、あんたにあんなことを言われたときは、そのまま死んでしまいたかった」

と、喉をつまらせて譫言《うわごと》のように叫び、桜井の端麗な顔に涙をこすりつける。

「もう、何も言わないで……」

桜井は恭子の胸の谷間に顔を埋めた。

ベランダの暗がりに腹這いになっている朝倉は、補聴器とそれにつないだマイクロ・レコーダー、デミフォーンのスイッチを切った。レシーヴァーを耳から外し、後向きに這って隣の三〇六号寄りにさがっていく。

コンクリートの手摺りをまたぎ、先ほどと同じようにして三〇六号のベランダに体を移した。今度は墜落の恐怖よりも、桜井に物音を聞かれないように努力する苦労のほうが大きかった。

三〇六号のベランダに移ることが出来ると、朝倉は冷たいコンクリートに汗まみれの頬を押しつけ、荒い息を鎮めた。夜気は零度近くにまで落ちこみ、急激に汗を奪っていった。

三〇六号の居間には電灯が消え、年増女と高校生の痴態は見えない。そして、二人の汚《きたな》らしい呻《うめ》きが居間の隣の和室のほうから聞こえてくる。

朝倉は居間のフランス窓を試してみた。朝倉がその部屋を出たときのままで、鍵《かぎ》はかけられていない。

静かにフランス窓を開いた朝倉は、乱れた居間に這《は》いこんだ。匍匐《ほふく》したまま、玄関ポーチに進んでいった。

玄関のドアは自動シリンダー錠だから、ロックされていても内側からは廻すだけで錠が解ける。

朝倉は、薄い手袋をはめた手に細心の注意をこめて、静かにノブを廻した。しかし、バネの音は消せなかった。

和室のほうから聞こえる呻きが一瞬止まったようだ。朝倉は唇を歪《ゆが》めて笑う。見つかったら彼等を昏倒《こんとう》させるほかない。

だが、和室の物音は再びはじまった。朝倉は握りしめている拳《こぶし》を解き、音を殺してドアを開いた。

廊下に人影は無かった。石井たちが出ていったらしい非常階段の扉が細目に開いている。朝倉は、一度廊下の外れまで歩いてそのスチールのドアを閉じ、自動エレベーターを運転してロビーに降りた。


晴海荘を出た朝倉哲也は、黎明橋のそばでタクシーを拾った。

「飯田橋にやってくれ」

と言って目をつぶる。午後十時近かった。

タクシーは旧型のプリンス・スカイラインであった。大分くたびれていて、デフが朝倉の尻《しり》の下を突きあげる。

ひどいノッキングの音と、風船から空気の漏れるようなスカイライン特有の排気音をたてて、タクシーは日比谷、大手町、九段下のコースをたどって飯田橋に着いた。

飯田橋で、朝倉は別のタクシーに乗りかえた。雑司ケ谷の墓地に近い鬼子母神《きしもじん》のそばで、そのタクシーを捨てる。

夜が早い住宅街をひかえた商店は、もう表戸を閉じかけていた。朝倉は墓地の近くにある千登世荘に歩いていく。その三階に桜井のアジトがあるのだ。

鉄筋五階建てのそのアパートからは、赤ん坊の泣き声がかすかに聞こえていた。アパートの正面には、スチールのドアが並ぶだけで盗難予防のために窓が無いから、桜井の部屋に灯がついているかどうかは前からは見えない。

朝倉は建物の左翼の階段を登った。このアパートは、建物自身の出入口とか玄関などは無く、それぞれの部屋に入るのには、建物から張りだした各階の廊下を使う。

桜井の部屋は三階のC号だ。補聴器をドアに当てて室内の様子をうかがってから、朝倉はズボンの裾《すそ》の折り返しから、先端を潰《つぶ》した針金を取り出した。

それをドア・ハンドルの鍵孔《かぎあな》に突っこむために上体を屈《かが》める前に、朝倉は何気なく仰向《あおむ》いた。その朝倉の顔の筋肉に素早い痙攣《けいれん》が走った。

ドアの上端から枠木《わくぎ》にかけて、透明な一本の接着テープが貼《は》ってあった。誰《だれ》かがドアを開いて部屋に侵入すればテープの一端が外れ、外出から戻った桜井は、侵入者があったことを知る仕掛けになっているのだ。ドアの内側に貼っているのなら、朝倉は部屋のなかから貼り直すことが出来る。しかし、ドアの外側ではお手上げだ。

朝倉は針金をズボンの裾に仕舞った。階段を降り、アパートの裏手に廻ってみる。

そこは、細かく仕切られた花壇になっていた。アパートの裏側が南に面しているので、二階から上には出窓が続き部屋の数だけ張りだしている。裏側には非常階段は無かった。しかし、朝倉は諦《あきら》めない。再び建物の表側に戻ると、階段を屋上まで登っていく。

屋上は鉄柵《てっさく》に囲まれ、テレビのアンテナが林立していた。屋上の左半分は洗濯《せんたく》物の乾燥場に使われているらしく、細いロープが何列にも張ってある。

朝倉は、そのうちの数本を択んで強度を試してみた。一番丈夫そうな一本の要所要所に結び目を作る。

そのロープを、桜井の部屋の上と見当をつけた鉄柵の支柱に渡した。ロープの両端をアパートの外壁に沿って静かに垂らし、それを伝って朝倉は滑り降りる。

二十貫の体重を支えて朝倉の筋肉はふくれあがり、上着の袖《そで》が裂けそうだ。ロープは今にも切れそうに張りつめた。

桜井の部屋の出窓のサッシに足がかかったとき、朝倉は左手をロープから離し、窓に鍵がかかっているかどうかを手さぐりした。

用心深く、桜井は窓に閂《かんぬき》をかけている。朝倉は、いつもの先端を潰した針金を窓の隙間《すきま》に突っこんで、その閂を外さなければならなかった。ロープを握った右手が痺《しび》れてくる。

窓は開いた。朝倉は部屋のなかに体を移すと、ロープの一端を引っぱり、ロープを部屋にたぐりこむ。窓を閉じた。

部屋は暗いが、朝倉は夜目がきく。その部屋は寝室になっていて、ベッドが置かれてある。

朝倉はベッドに倒れこんで右腕を揉《も》んだ。背中の筋肉も痛んだ。

しかし、十分もベッドに横になっていると背中の痛みは消えた。右腕も自由に動くようになる。朝倉はロープを丸めて、ベッドの下に突っこんだ。

隣の部屋に移ってみる。そこは居間を兼ねたダイニング・キッチンで、左手の奥に玄関ポーチのドアが見える。

部屋を捜しても、桜井が盗まれては困る品を残してあるとは思えなかったが、朝倉は万年筆型の懐中電灯をつけて、二つの部屋を調べる。

やはり徒労であった。寝室にもダイニング・キッチンにも、簡単な家具と服や下着が数着あるだけだ。それと、最小限の食器や鍋《なべ》などだ。

朝倉はドアの内側の横手に蹲《うずく》まって、暗闇《くらやみ》のなかで桜井を待つ。こんな時間には銀行の貸金庫は開かないから、朝倉の計算では、桜井は札束の詰まったバッグを持ってこの部屋に戻ってくる筈であった。

廊下の足音がドアの前にとまり、しばらく間を置いてドアの自動錠に鍵が差しこまれる音がしたのは、午前零時過ぎであった。

朝倉は、コルト三十八口径スーパーの自動拳銃《けんじゅう》を抜いていた。立ち上がり、ドアの横の壁に身を寄せて息を殺す。

ドアが開き、バッグを左手に提げた桜井が入ってきた。右手は鍵束を弄《もてあそ》んでいる。

その桜井の頭部に、朝倉は拳銃の銃身部を叩《たた》きつけた。完全に不意をつかれた桜井は、自分から転がりながらその打撃をよけようとしたが、朝倉のスピードのほうがわずかに早かった。

銃身部は、鈍い音をたてて桜井の肩の付け根に激突した。膝《ひざ》をついた桜井は横転する。朝倉は、念のために桜井の頭部を拳銃で殴りつけて気を失わせた。

ドアを閉じ、電灯をつけた。バッグを開いてみると、思った通り札束がつまったままだった。これを頂いていったところで、桜井が警察に訴えることは出来ない。

意外に重い桜井の体を寝室に運びこみ、朝倉は電灯を消した。バッグを左手に提げ、内側から玄関の自動錠のロック・ボタンを押しておいて、朝倉は静かに部屋を歩み出た。

38 京子

新宿歌舞伎町にある深夜喫茶〝ベル〟は、客へのサービスとして、テーブルに電話を運んできてくれる。朝倉は、半年ほどまえにその店で友人と待ち合わせたことがあった。

日本女子大の寄宿舎のそばからタクシーに乗った朝倉は、歌舞伎町にやるようにと、運転手に命じた。タクシーのなかで、朝倉は奪ったバッグを膝の上に抱えている。

目白通りを千歳橋をくだって環状五号の明治通りに入り、新宿三光町で右折してから歌舞伎町の通りにタクシーが入っていったのは、午前零時半を過ぎていた。

街は、まだ眠りにつく気配を見せていなかった。零時前と違っているのは、若いサラリーマンや学生のアベックが減って、そのかわりに一目で愚連隊と知れる男たちやキャッチ・ガール、それに水商売の女を連れた中年男などが多い。銀座のバーは早く仕舞うので、高級な女たちはそれから赤坂、六本木方面に流れ、そうでないのが新宿や池袋にまわってくる。

コマ劇場に近い深夜喫茶〝ベル〟は、まだ潰《つぶ》れてなかった。タクシーを捨てた朝倉は、バッグを提げて薄暗い店内に入って行く。

朝倉がドアを押すと、幾列ものボックスには、女給の言うことを真《ま》に受けてバーやクラブの閉じるまでの時間を待ちくたびれているらしい男たちの、黄色っぽく濁った瞳《ひとみ》が一瞬戸口に向き直り、すぐに興味を失って視線を戻《もど》した。

待ちくたびれて、居眠りをしている酔っ払いもいる。ボーイは、客が瞼《まぶた》を閉じるごとに音も無く近づいて、その肩を揺する。

朝倉は甘ったるい声の女が、湿気の多い流行歌を絞りだしているハイ・ファイのそばのボックスに腰を降ろし、

「コーヒー。それと、電話を掛けたいんだが……」

と、ボーイに言う。

「承知しました」

ボーイはくたびれた表情で答えた。注文のコーヒーと共に電話機を提げてきた。テーブルに乱暴に受話器を置き、コードをプラグに差しこむ。

そのコーヒーは、香りと濁り具合いからすると、インスタントに毛が生えた程度であった。

朝倉は、カップには口をつけずに受話器を取り上げる。まだ薄い手袋を外してなかった。

「何番におつなぎしますか？」

交換台の女の金属的な声が応じた。

「手間を取らせて悪いが、市外電話を頼みたい。横須賀の××番だ」

朝倉は磯川の電話番号を言った。

「電話を一度切って待っててください」

「頼むよ」

朝倉は言われた通りにした。

東京と横須賀は直通になっている筈だが、なかなか相手が出ないらしく、二分ほど待って、やっとテーブルの上の受話器が鳴った。

「横須賀が出ました」

交換台の女の面倒臭そうな声が、受話器を取り上げた朝倉の耳に聞こえた。続いて、

「こちらは磯川先生の秘書の者ですが……どなた様でしょうか。東京からと申しますと？」

と言う、植木の不審気な声が聞こえてきた。

「俺《おれ》だ。忘れてはいないだろうな」

朝倉は言った。左手は空いた耳を押さえている。

「あ、あの時……」

「ちょっと、こっちに戻ってる。奴《やっこ》さんを出してくれ」

「先生は、いまお休みになられたところだ」

「起こせ。そうでないと、永久に目が覚めなくする。あんたもな」

朝倉は短い笑い声をたてた。

「待て。ちょっと待ってくれ。いま先生をお呼びしてみる」

植木は言った。

しばらくして、勿体《もったい》つけた磯川の声が聞こえてきた。

「このあいだは失礼したな」

「こちらこそ――」

朝倉は皮肉に応じ、

「約束のものは用意出来たでしょうな？」

と、尋ねる。

「いつでも用意出来るさ。だがね、儂《わし》は何も危い橋を渡ってまで、あんたと付き合う必要は無いと思うようになった」

「なるほど」

「はっきり言うとじゃね。このあいだの話は無かったことにしてもらいたいんだよ。儂はあんたがいなくても、いや、いない方が順調にやっていける。もっとも、あんたは儂がいないと困ったことになるらしいが……」

磯川は哄笑《こうしょう》した。

「…………」

朝倉の瞳が怒りに充血した。

「何とか言ったらどうだね？」

磯川は、朝倉を愚弄《ぐろう》して楽しんでいるようであった。

「俺が蒼《あお》くなって口がきけなくなった、とでも思ってるのか？　気の毒にな。俺は、あんたの頭の弱さに呆《あき》れ返って物も言えないのさ」

朝倉はしかし、冷静な声を出した。

「何だと」

「俺はな、あんたのほうから頭をさげてくるように仕向ける方法を幾つも知っている。さしずめ、そのうちのどれをまず試してみようかな」

「やれるもんなら、やってみろ。儂には県警のバックがあるんだ！」

磯川はわめいた。明らかに動揺を示していた。

「ああ、分かったよ。近日中にまた電話を入れるから、それまでには必ず例のものを用意しておけ。取りこみ中だから電話に出られない、なんてあんたが言わずに済むようになることを祈るよ」

朝倉は電話を切った。

それから十分ほどして、朝倉は店を出た。唾液《だえき》を採取される万が一の危険を考慮に入れて、コーヒーにはついに口をつけなかった。

タクシーを拾って上目黒のアパートに戻った。疲労が一時に押しよせてきたが、休むわけにはいかない。

札束のつまったバッグや補聴器などを押入れの蒲団《ふとん》のあいだに隠す。そうしながら朝倉は、この部屋にコソ泥でも入ったりしたらどうなるか、と不安になった。

アジトとして借りた世田谷のアパートには京子が自由に出入り出来るから、実際上は、大してアジトの用をなさないと言ってもいい。少なくとも、そこに自分以外に知られたくない物を隠すには不適当だ。京子の媾曳《あいび》き専用になっている。

朝倉はヘロインの中袋から三グラムほど小出ししてルーデ・サックに入れ、再びアパートを出た。ホンダ百二十五ＣＣの単車は、アパートの玄関脇の空き地で埃《ほこり》をかぶっている。


世田谷赤堤のアパート〝赤松荘〟に着いたときは、午前二時近かった。まわりの高級住宅街にはまったく人通りは無く、犬さえも道をうろついていなかった。朝倉の乗ったタクシーのライトを受けて、塀《へい》の上に蹲《うずくま》っている猫《ねこ》の瞳がグリーンに燃えるぐらいのことだ。

二階の、二〇五号のドアを朝倉は開いた。ドア・チェインに引っぱられて、ドアは細開きでとまった。

玄関奥の、八畳の洋室には灯がついていた。テーブルには鮨桶《すしおけ》と魔法壜《まほうびん》が並び、京子は待ちくたびれたらしく、ソファの上で体を丸めて眠っている。壁ぎわでは、キャビネ型のヴァーラーの石油ストーブが青い炎を静かにあげていた。

朝倉は、万年筆をドアの隙間《すきま》に差しこみ、内側のチェインを持ちあげて外した。部屋に入り、ドアを閉じる。

京子はまだ目を覚まさなかった。朝倉は絨毯《じゅうたん》の上にひざまずき、京子の喉《のど》に唇を当てた。右腕は京子の腰に巻きつけている。

反射的に半身を起こそうとした京子は、朝倉を認めて枕《まくら》がわりに置いたクッションに頭を落とし、仰向けになって朝倉を見つめた。大粒の涙が目尻《めじり》からこぼれる。

「御免ね。どうしたの？」

朝倉は再び京子に顔を寄せた。

「待ったわ……もう、あなたは戻ってこないのかと思ったわ……戻ってきたのね？」

「馬鹿だな。泣くやつがあるか。俺はこの通り、ここに帰ってきたじゃないか。君が待っているから、早く早くと気が急《せ》いたんだが、教授会館で出張報告の司会をやらされて、それから主任教授のお宅で夜食を付き合わされたんでとうとう今まで抜け出せなかったんだ」

朝倉は京子の涙を吸った。

「夕御飯も食べないで待ってたのよ」

京子は呟《つぶや》いた。

「御免ね。だけど、もう君を淋《さび》しがらせたりはしないよ。夜食はごく軽くで切りあげてきたから、これから本式の夜食だ……。いや、じっとしておいで。僕がお茶を入れてやる」

朝倉は笑顔を見せて立ち上がった。魔法壜の湯を急須《きゅうす》に移した。湯呑《ゆの》みにお茶を注ぎ、鮨桶の蓋《ふた》をのける。

五人前ほどの鮨が並べられていた。朝倉は、再びソファとテーブルのあいだに膝をつき、

「何がいい？」

と、京子に尋ねる。

「ウニ……」

京子は、ソファに横になったまま甘えた声を出した。涙を拭《ぬぐ》って大きく口を開く。朝倉は、その口に望みのものを運んでやった。

京子は鮨を十個ほど食うと、もう沢山《たくさん》だ、と言ったが、朝倉は残りの四人前分ほどを一気に平らげた。考えてみると、朝は缶詰《かんづめ》のスープをブッかけたクラッカー、昼はホット・ドッグと牛乳、そして晩飯は二個の稲荷鮨《いなりずし》、と今日はロクなものを口にしてなかった。

京子は、ソファの上で体を起こしてお茶を啜《すす》っていた。京子と並んでタバコに火をつけた朝倉に、

「素敵なプレゼントがあるのよ。当てて見てごらんなさい」

と、微笑する。

「何だろう？」

「あなたの欲しがっていたものよ」

京子はじらすように囁《ささや》いた。

「車か？」

朝倉の瞳が輝いた。

「当たったわ――」

京子は朝倉の首に両手を巻きつけ、体の重みを預けた。朝倉の瞳を見つめて、

「トライアンフでしょう。あなたの欲しがっていたのは？」

と言う。

「そうなんだ。TR4だ」

朝倉は、少年のような胸のときめきを覚えた。

「よかったわ。そのTRフォアとかいう車よ」

「本当か？」

「トライアンフにも、いろいろなモデルがあるのね。ヴィテスとかヘラルドとかスピットファイアなんてモデルがあって、どれがあなたの気に入るか考えてたの。そしたら、あなたが百七十万て言った値段を思い出したの。それでTRフォアに決めたわ。色は黒なの。悪かったかしら」

「上出来だ。目立たなくていい——」

朝倉は本音をはき、

「それ、ハード・トップ付き？」

と尋ねる。ハード・トップが付いてなく、ホロだけのソフト・トップ・モデルだとすると、自分でそれを買い足そうと思う。

「ハード・トップって？」

京子は小首をかしげた。

「重いプラスチックの屋根だよ。それをつけると、クーペのように見える。無論、脱着式だから、用の無いときは取り外してオープンで走り、ホロを張ったり出来る」

「あの事ね。ホロやオープンにしたままだと、ガラの悪い場所に駐車したらイタズラされて困るってあなたが言ってたわね。ですから、その屋根付きにしたわ。十万円ほど高くなってしまったけど……」

京子は軽い溜息《ためいき》をついた。


「君は何でも僕の心を見透しだな。有り難う」

朝倉は骨が砕けるほど強く京子を抱きしめ彼女の鼻に自分のそれをこすりつけた。

スポーツ・カーをただブッ飛ばすだけなら、オープンにして走らせるのが最高だ。第一、運転しながら腸《はらわた》にしみ通る豪快な排気音の微妙な変化を聞きわけられる。それがハード・トップやホロをつけると、運転席で聞く排気音は途端に色褪《いろあ》せる。

しかし、黒のTR４にハード・トップをつければ、夜だと外観上は乗用車とほとんど変わりがない。つまり、朝倉がそれを使って犯行をおこなっても、目立つ車でないということだ。よほどの車好きでないと、ただの乗用車と見間違えるかも知れない。

乗用車とスポーツ・カーをへだてるものは、スタイルや最高速度の差ではない。加速性と操縦性の差だ。ドライヴァーの意思に忠実なのがすぐれたスポーツ・カーなのだ。しかし、一般の人はオープン・カーがスポーツ・カーであるぐらいとしか思っていない。格好はどうであろうが、オープン・カーとスポーツ・カーは別物なのだ……。

「苦しいわ。力をゆるめて……」

京子は喘《あえ》いだ。

「悪かったな。つい夢中になって——」

朝倉は腕の力を抜き、

「だけど、どうやって車を買う金を？」

と、眉《まゆ》を曇らせて見せる。

「大丈夫よ。心配しないで。パパから出させたようなものよ」

「小泉という爺《じい》さんからか？」

「そうなの。土曜日にパパが来たとき、ダイアのブローチをねだったの。そして、日曜日になってパパが帰っていってから、買った店にそのダイアを持っていったの」

「………」

「そういうことは、よくあることらしくて、五分引きですぐに引き取ってくれたわ。そのかわり、本物そっくりの模造品を三万円で買わされたけど、今度パパがダイアを見せてみろと言ったとき、それを見せたらいいもん……」

京子は笑った。

「君は美人なだけでなく、頭のほうも素晴しいんだね」

「そんなことないわ……ともかく、そうやって作ったお金を持って、すぐ赤坂の外車屋が並んでいるところに行ったの。トライアンフのディーラーの店はすぐに見つかったわ……でも、車を買うのも大変ね。印鑑証明だとか車庫証明だとか、アタマに来てしまったわ」

「そうなんだよ」

「日曜でしょう。だから、お役所は開《あ》いてないし、仕方ないから、今日は朝からディーラーのところのセールスの人と一緒に区役所の出張所に行ってきたわ。早ければ、明日あたり警察からマンションの駐車場を確認に来て、二、三日のうちにナンバーが下りて車が届けられるそうよ。そんな具合いで一応わたしの名義にしておいたんですけど、いつでもあなたの名義に変えてちょうだい」

京子は朝倉の胸に顔を埋めた。

「いいんだよ。名義は君のままでいい。もし僕の名義に移すとすれば、また手続きが面倒臭いし――」

朝倉は頭を振り、

「そうだ。僕のほうにも君にプレゼントがある。あの薬、少しだがまた持ってきてあげたよ」

と、内ポケットからゴムのサックに入れて首を縛った、三グラムほどのヘロインを出した。

「待ってたわ」

京子の物憂気《ものうげ》な優雅さが消え、引ったくるようにそれを取った。

「この前のは、もう無くなったの？」

朝倉は尋ねた。

「ううん。でも、無くなってしまったら大変だと思って、大事に使ってるの。これだけあったら、大分保《も》つわね」

京子は瞳《ひとみ》を光らせていた。ソファの隅《すみ》に投げ出してあったハンド・バッグを開き、純銀のシガレット・ケースを取り出した。ゴムのサックは、ハンド・バッグのなかのポケットに入れる。

京子はシガレット・ケースから、形の崩れたマルボーロを抜いて唇にくわえた。朝倉がライターの火を移してやる。

京子は深く吸いこんだ煙を吐いた。ヘロインの混った煙だ。京子の瞳が潤んでくる。

「パパが気がついたわ」

京子は煙と共に、気《け》だるげな声を出した。

「…………?」

朝倉は鋭く京子の瞳を見つめる。

「この薬入りのタバコのことよ。自分にも吸わせてみろ、と言うの、仕方がないから好きなようにさせたわ」

「パパさんは怒ったか?」

「ううん。怒ったりはしない。そのかわり、どこでこの薬を手に入れるのか尋《き》いたわ」

京子はソファの背に頭を乗せ、テーブルに脚を投げ出して体をのばした。

「僕のことを言ったりはしなかったろうな?」

「知られると困る?」

京子はからかうように言った。

「ああ。君だって分かってる筈だ。奴は金で君を買っている。だけど、君はそんな安い女じゃない。奴は、もっと高い代償を払わないとならないんだ」

朝倉の瞳が硬い光を帯びてきた。

「怒らないで……冗談よ。でも、パパが薬のことを嗅《か》ぎつけたのは本当よ。わたし、どうしてそんなことを尋くの、と言ってやったわ」

「そしたら？」

「疲れたとき、これがあると体をごまかすことが出来るから、自分も手に入れたいからルートを教えてくれ、と言ってたわ。仕方がないから、わたし、ボーリング場に売りに来る人があるけど、よほどのなじみの者にしか売ってくれない、と答えといたわ」

京子は歌うように言った。吸殻《すいがら》を捨てると、麻薬の快感に身をまかされながら瞼《まぶた》を閉じる。

39　FNモーゼル

翌朝四時――朝倉哲也はベッドから脱《ぬ》け出た。京子は、毛布を顔の上にまで引きあげて眠りこけている。隣の洋間ではヴァーラーの石油ストーブがまだ燃えているが、寝室にしている和室の空気は冷えていた。
朝倉は洋間で服をつけた。メモ用紙に――眠れないので、ちょっと外を散歩してくる――と走り書きしたが、筆跡を残すことを怖《おそ》れる。

メモ用紙を千切《ちぎ》って灰皿で燃やし、寝室に戻った。蛍光灯《けいこうとう》の豆ランプの光を頼りに、鏡台の鏡に口紅でメモ用紙に書いたことを書く。これならば、京子が拭《ふ》き消さなかったとしても自分で消せばいい。

アパートの外廊に出ると、夜は暗かった。まだ夜明けのきざしは見えない。朝倉は足音を殺して階段を降りていった。寒気が肌を刺し、吐く息が灰色に闇《やみ》に散る。

タクシーを拾えなかったら小田急線の始発電車に乗りこむ積りで、朝倉は豪徳寺のほうに降りていった。寝静まった住宅街に、犬の吠《ほ》え声が合唱する。

経堂に通じるバス通りで、派手な黄色に塗ったタクシーのとまっているのが見えた。スモール・ランプをつけ、右のフラッシャーを出して〝追い越せ〟の合図をしている。追突を避けるための合図だ。

冷えきった夜気のために、エンジンの排気は白煙のように見えた。朝倉がそのクラウンのタクシーに近づいて見ると、思った通り運転手は前のシートに横になって居眠りをしていた。

朝倉は蒸気の露で曇った車窓のガラスをノックした。運転手は、ハンドルに体をぶつけながら起き上がり、額を揉《も》んだ。車窓を開くと、ヒーターで暖められた濁った空気が流れ出る。

「悪いな。乗せてくれる？」

朝倉は尋ねた。

「どこまで？」

若い運転手は大アクビをした。ドブ臭い息を朝倉に吐きつける。

「目黒だ」

「じゃあ、また一稼《かせ》ぎするか」

運転手は後のシートに坐った。窓を開いて、汚れた暖かい空気を逃がす。

「朝帰りですか、旦那《だんな》」

スタートさせながら、運転手はタバコのヤニで茶色く染まった歯をむき出した。

「そんなところさ」

朝倉は当たらず触《さわ》らずの返事をした。

「若いのに、いい御身分ですな。でもね、女は怖いよ。旦那も気をつけてください」

運転手は唇を歪《ゆが》めた。

「君だって若いんだろう。変なことを言うじゃないか」

「いやね。一時過ぎに、新宿から女給を祖師谷のアパートに運んだんですよ。部屋でメーター代を払うと言うんで、付いていった。お茶でも飲まない、ってんでノコノコ上がりこんだ。そしたら、女の奴、俺《おれ》の目の前で寝巻きに着替えやがった」

「…………」

「畜生、いい体をしてやがったな。つい味な気分になって、俺が押さえこみにかかったら、隣の部屋から亭主《ていしゅ》という野郎が入ってきやがって、俺の水上げ袋から五千円を抜きとりやがった。仕方ねえ。ガッポリとエントツで稼がねえことには営業所に戻れねえ。まずチュウで馬力をつけようと屋台に首を突っこんだのが第二の失敗で、旦那に起こされるまで白河夜船でさ……畜生、いくらこっちがワッパ雲助だったたって舐《な》めた真似《まね》をしやがって。今度、あの女を見つけたら……」

運転手は派手なゲップの音をたてながら、汚らしい言葉でまくしたてた。メーターは倒さず、空車札を出したままだ。

かつて、大学時代にはアルバイトとしてタクシーのハンドルを握っていた朝倉は、このようなタイプの運転手をよく知っている。営業車が深夜の酔っ払い運転の取締りの対象とならないことをいいことに、アルコールで勢いをつけているタクシーは少なくない。

この運転手がエントツで稼ごうとしていることは、朝倉にとって都合がよかった。エントツならば、走ったコースを運転日報に書かないから、朝倉は上目黒のアパートのそばまで安心して乗っていける。

愚痴をこぼしながら、運転手はタクシーを乱暴に飛ばした。横断歩道の赤信号は無視する。十五分ほどで上目黒の朝倉のアパートに車をとめると、

「いけねえ、話に夢中になってメーターを倒すのを忘れちまった。いつもは、いくらぐらいです？」

と、わざとらしく車内灯をつけて見せた。

「知らんな。今夜がはじめてだから」

「五百円にしときますよ。いいでしょう？」

運転手は押しつけがましく言った。

「しょうがないな」

朝倉は、五百円札を投げだしてタクシーから降りた。タクシーの会社と運転手の名前は頭に刻みこんでおいた。

タクシーは逃げるように去っていった。朝倉は少し歩いてアパートに着くと、裏手の非常階段を通って自分の部屋に戻る。

乱雑な部屋のなかで、朝倉は革ジャンパーと作業ズボンに着替えた。ヘルメットをかぶり、防埃眼鏡《ゴッグル》をつける。

アメリカン・ルーガーの小口径自動拳銃《けんじゅう》をジャンパーの内ポケットに突っこみ、靴下《くつした》と万年筆型懐中電灯、ドライヴァーなどを外側のポケットに捩《ね》じこんだ。

今まで着ていた服と毛布を抱えて、朝倉は部屋を出た。アパートの玄関から出て、玄関脇の置き場に置いてある自分のホンダ・ベンリイの荷箱に、毛布と服を入れた。

単車を押してアパートから遠ざかった。大橋のほうにくだる坂まで来ると、エンジンにキーを入れ、ギアをセカンドに入れて、単車を押して走る。

エンジンが爆音を発して甦《よみがえ》った。朝倉は素早く単車に飛び乗り、ギアをローに落としてゆっくりと走らせる。放射四号の大通りに降りた頃には、エンジンは大分暖まってきた。

朝倉の乗った単車が渋谷に着いた時は、夜はまだ朝に一隅《いちぐう》もゆずってなかった。冷えきった夜気は、襟《えり》を立てた革ジャンパーの隙間《すきま》から朝倉の体を嚙《か》みつく。

丸進銃砲火薬店は渋谷宇田川町にある。渋谷水道道路に面したパレス座の横の通りを、五十メーターほど入ったあたりだ。裏通りだが、そのために駐車禁止でないから、かえって丸進銃砲店は繁盛している。

朝倉はその銃砲店から五、六十メーター離れた空き地に単車をとめた。荷箱を開き、そこに入れてあるズボンの裾《すそ》の折り返しから先端を潰《つぶ》した針金を数本取り出して、作業ズボンのポケットに移した。毛布を抱えて単車を離れる。

空き地の隅に、小石が積まれてあった。朝倉はそれをジャンパーのポケットから出した靴下の先に詰め、結び目をつくった。靴下の後部を握って重く振ってみると、棍棒《こんぼう》代わりの手頃な重さだ。

丸進銃砲店の正面には鎧戸《よろいど》が降りていた。ショー・ウインドーに飾られている銃器、弾薬、猟具のたぐいは片付けられ、内側から鉄格子《てつごうし》の戸とカーテンが閉じられていた。

しかし、正面鎧戸をはさんでショー・ウインドーと反対の左側には、小さな潜《くぐ》り戸が見える。薄い手袋をはめた朝倉は、その潜り戸に近づいた。

潜り戸の錠は、先端を潰した針金で簡単に開いた。音をたてぬように気をつかって潜り戸を開いた朝倉は、左手に石をつめた靴下をぶら提げ、背を丸めて潜り戸をくぐった。

店は十五坪ほどある。銃砲店としては広いほうだが、奥に長かった。天井に嵌《は》めこまれた蛍光灯は消され、入口の近くの壁についた小さな蛍光灯だけが鈍い光を放っている。

そのショー・ルームの左右の飾り棚《だな》には、ガラス戸でさえぎられて、数十丁ずつの空気銃、散弾銃、それにライフル銃が並んでいた。飾り棚の下面には、手詰め装弾の器具や猟具、猟服、それに拳銃関係の品が置いてある。

床には接客用のテーブルやソファ、肘掛《ひじか》け椅子《いす》などが適当に散らばっている。ショー・ルームの奥がカウンターになり、その奥に上客用の応接室や作業場などがある。カウンターの横に階段があるが、それに続いた二階には、店員たちが寝泊まりしているのだ。

朝倉は、ライフルの棚に近づいて一丁ずつを目で調べていく。貿易自由化で小口径ライフルは豊富に並び、値も安くなっているが、大口径ライフルはまだ品薄だ。

それでも、二四三ウインチェスターから三七五ホーランド・マグナムに至る大口径ライフルは棚に三十丁ほどあった。

飾り棚のガラス戸を開いた朝倉は、そのなかから、弾薬の一番入手しやすい三〇―〇六口径のライフルの列に手をのばす。

ボッシュ・アンド・ロームの最大八倍のズームの望遠照準鏡のついたFNモーゼルのボルト・アクション銃に手がいった。

朝倉はそれを棚から外し、遊底を抜いて銃口を蛍光灯に向け、銃腔《じゅうこう》を覗《のぞ》いてみる。新品らしく、ライフルの旋条は崩れてなかった。

朝倉は遊底止めを押しながら、静かに遊底を受筒に嵌《は》めこんだ。

その銃をソファの上に置き、朝倉は弾薬を物色しにかかった。弾薬の大部分は、奥の金属ロッカーや郊外の火薬庫に仕舞ってあるのだが、見本用の二十発入りの紙箱が、カウンターの右手のショー・ケースのなかに積まれてあった。

朝倉はそのなかから、ウインチェスターの赤と黄色の箱を五つポケットに捩《ね》じこんだ。重い。弾はすべて、百八十グレインのシルヴァー・チップであった。

銃を毛布に包んだ。ショー・ケースから組立て式の洗矢とクリーニング・オイルの小缶《しょうかん》、それに六十倍の接眼レンズのついたプロミナーの望遠鏡を無断借用し、朝倉は足音を殺して潜り戸のほうに後じさりしていった。

二階からは誰も降りてこなかった。朝倉は、ようやく東の空が蒼《あお》みを帯びてきた早朝の屋外に出ると、単車を駐《と》めてある空き地に向けてゆっくりと歩いた。

途中で、不要になった石を靴下から捨てた。空き地に着くと、単車の荷箱のなかにクリーニング・オイルの缶や望遠鏡や三脚などを詰めこむ。

ポケットから出したドライヴァーで、FNモーゼルの銃床を外した。これで、鉄部と木部の二つに分かれた銃は、再び毛布に包むと目立たぬ長さになった。

荷箱の上に、その毛布の包みを縛りつけ、朝倉は単車をスタートさせた。渋谷水道道路に出たところで、牛乳配達の少年とすれ違う。

交番の巡査に呼びとめられることも無く、朝倉は世田谷赤堤の〝赤松荘〟の近くにたどりついた。昇ろうとする朝陽《あさひ》の光の矢が、東方の雲に茜色《あかねいろ》の縞《しま》模様を描いている。

〝赤松荘〟から百五十メーターほど離れたところに、同じような高級アパート〝松風荘〟がある。

朝倉はその〝松風荘〟の前の空き地に単車をとめた。空き地にはアパートの住人や訪ねて来た人々の車が駐まっているから、朝倉の単車がそこにあるとしても気にとめる者は少ないであろう。

単車の荷箱を開き、朝倉は素早く背広に着替えた。脱いだジャンパーや作業ズボンは、ヘルメットやゴッグルと共に荷箱に仕舞って錠をかけた。無論、弾箱は背広のポケットに移しておいた。

二つに分解して毛布に包んだライフル、それに監的用の望遠鏡スポッティング・スコープや三脚などを抱えて、朝倉は〝赤松荘〟に歩いていった。京子が目を覚ましてないことを祈った。

「あなた？……あなたなのね？」

朝倉の祈りも空《むな》しく、玄関のドアを開くと、寝室から京子の声がはね返ってきた。

「御免よ、心細かった？」

朝倉は答え、素早く洋間を見廻す。靴を脱いで上がると、抱えていた品物をソファの下に突っこんだ。石油ストーブは、まだ消えていない。

朝倉が体を起こしたとき、寝室のドアが開いた。スリップの上に毛布を巻きつけた京子が姿を見せた。裸足《はだし》だ。瞳が涙に曇っている。

朝倉は大股《おおまた》に京子に近づいた。軽々と京子を抱きあげる。

「馬鹿、バカ……京子をほっといて、どこに行ってたの？」

京子は足をバタバタさせ、細い拳《こぶし》で朝倉の分厚い胸を叩《たた》いた。

「僕をほっといて、君が先に眠ってしまったんで……散歩でもしたら疲れが出て眠たくなるかと思ったんだ。鏡台を見ただろう?」

朝倉は京子の耳に唇を寄せて言った。

「本当?」

「こんな短い時間に、浮気なんかしてこられないよ。嘘《うそ》だと思ったら、嗅《か》いでみてもいいよ」

「……………」

「さあ、風邪《かぜ》を引くよ。夜はまだ明けてない」

朝倉は、寝室のほうに京子を運んでいく。

「いい夢を見せてくれる?」

麻薬に犯されてはいたが、京子はまだ欲望を失っていないようであった。朝倉は、その京子を優しくベッドに置いた。

それから京子が示した激しい反応は、演技ではなさそうであった。終わると、朝倉は一度に疲労感に襲われ、泥の眠りに落ちた。

昨夜の鮨桶を取りに来た出前持ちの声で、朝倉は目を覚ました。反射的に腕時計を覗《のぞ》くと十時過ぎだ。短い眠りのために筋肉が硬《こわ》ばっている。頭も痛む。

出前持ちが帰っていき、薄化粧した京子が寝室に入ってきた。スウェーターにエプロンをつけている。強いコーヒーの匂いが寝室に流れこんできて、朝倉の意識をはっきりとさせた。

脱ぎ捨てたままであった服は、洋服ダンスに京子が仕舞ったのか、ベッドのそばには見当たらない。そしてポケットに入れてあった弾箱は、サイド・テーブルの上に積まれている。

本名が記入された運転免許証も京子に見られたのではないか？……朝倉の心を不安の悪寒《おかん》が横切ったが、免許証は単車の箱に入れた革ジャンパーの内ポケットにあることを思い出し、弱々しく微笑した。

「お早う、お寝坊さん」

京子はカーテンを開いて部屋に冬の陽を入れ、朝倉に体を投げかけた。

「いつ見ても綺麗《きれい》だね、ベイビイ・スィート……」

朝倉は京子の首に両腕を廻した。

「あら、髪が駄目《だめ》になるわ——」

京子は、笑いながら朝倉の鼻に素早いキスを与えて立ち上がった。洋服ダンスからガウンを出してベッドに置くと、

「若殿様、御食事の用意が出来ております……」

と、おどけた身振りでダイニング・キッチンのほうを示す。

「苦しゅうないぞ」

朝倉も笑いながらベッドから降りた。素早くガウンをまとい、タバコに火をつける。煙が苦かった。

隣の洋間は片付けられていた。寝る前に朝倉がソファの下に隠してあったライフルの毛布包

みやスポッティング・スコープなどは、ソファの端に移されている。

朝倉は軽い舌打ちをして小さな浴室に入り、凍るような冷水で体を拭《ふ》いた。それから目の荒いタオルで力まかせに皮膚をこすると、体が暖まってくる。

狭いダイニング・キッチンでは、コーヒーのパーコレーターが煮えたっていた。トースターやベーコン・エッグなどもテーブルに並んでいる。

京子は、ジューサーに生野菜とオレンジを放りこんでいた。

その京子は、美しくはあるが、夜の神秘的な翳《かげ》は無い。

朝倉はテーブルについた。

コーヒーを注いでブラックのまま口に運ぶ。舌が焦げそうな熱さだが、そのせいか筋肉の硬《こわ》ばりがほぐれていくような気がする。

「怒らないわ。言って、夜中にどこに行ってたの？」

ジューサーのスイッチを切りながら、京子が言った。微笑を消してない。

「バレたか。でも、思い違いをしないでくれ。友達と会ったんだ。無論、男だよ」

朝倉は頭を掻《か》いて見せた。

「誤解はしてないわ。夜中に鉄砲なんか持って歩く女の人なんていないでしょうからね」

「夜中にベルが鳴ったんで目を覚ました。君はよく眠ってたから、僕が玄関に出て見たんだ。誰が来たのかと思ったら、吉田って言う高校の時からの友達でね。こいつが好きなんだな、猟が。だけど、奴の奥さんは中々のガッチリ者で、猟なんか贅沢《ぜいたく》な遊びだと思ってて、そんなことに使う金があったら家計のほうに廻してくれと強硬なんだ。ところが、吉田の奴、昨日掘り出し物の銃を見つけてまた買ってしまった。家に持って帰ったら大騒ぎになるから、僕に預かっといてくれ、と言うんだよ」

「…………」

「嫌《いや》とは言えないだろう。それに、奴と押し問答なんかしてたら、奴は図々《ずうずう》しく上がりこんで君のことを嗅《か》ぎつけてしまう。だから、すぐに奴を送って経堂まで行ったんだよ。君が余計な心配で可愛い頭を悩ますのは見ておられないから、さっきはああ言ったんだが……なに、うまく理屈をつけて、銃は二、三日のうちに奴に引き取ってもらうよ」

朝倉は答えた。

京子は納得《なっとく》したようであった。

朝食が始まった。京子はアンケートに答える映画女優のようにトースト二枚とジュースしか摂《と》らなかったが、朝倉は一斤近くのパンとバターとチーズを半ポンドずつ、それに京子の分のベーコン・エッグも平らげた。

「羨《うらや》ましいわ。でも、あたし、昔は沢山《たくさん》食べられたのよ」

麻薬入りのタバコに火をつけた京子は呟《つぶや》いた。

「僕は君の昔を知らない。君も僕の過去を知らないけど……」

「生まれたのは浜松なの。高校を出て、すぐミス静岡なんかになったのが躓《つまず》きのはじめだったのね。映画プロデューサーという触れこみのペテン師に騙《だま》されて東京に連れてこられたわ。その男は、銀座のクラブにわたしを売って仕度金を手にした途端に消えた。それからはお定まりのコースよ。いまのパパは三番目のパトロンなの。どう、嫌になった？」

「自分を哀れむのはよせよ。僕も弱い男だ。でも、君と僕の人生は、やっと始まったばかりなんだよ」

朝倉は、沈痛な眼差《まなざ》しで京子の瞳を覗《のぞ》きこんで見せた。

40　試行錯誤

京子とは下北沢の駅で別れた。午前十時なので、ラッシュ・アワーは終わってない。

京子は、そのまま小田急線で新宿に向かった。朝倉はH……大のある杉並に向かう井の頭線のホームに一度移り、少し待ってからホームを出て改札口を抜けた。

狭くゴミゴミした商店街のなかのスポーツ用品店で、手提げバッグとチャックで密閉出来る箱型のゴルフ・バッグを買った。

ゴルフ・バッグは、地味な色の人造革で出来ている。このなかに分解したライフルを入れて運べば目立たない。

そのスポーツ用品店の店先に赤電話があった。朝倉は東和油脂にダイヤルを廻した。会社の交換嬢に、経理部につないでくれ、と言う。

「お早うございます。経理の湯沢です」

同僚の声が聞こえた。

「僕だよ、分かるだろう？」

朝倉はハンカチを鼻に当ててカゼ声を出す。

「なんだ、君か？」

「部長はまだ来てないだろうが、次長ならいるだろう？　悪いが、電話口にお呼びしてくれないか？」

「次長もいないんだよ。また重役会議の席に呼ばれてるらしい。何か話でも？」

湯沢は言った。

「うん、どうもカゼをこじらせちまったんで、会社を休ませてもらおうかと思ってね」

「分かった。分かった。伝えとくよ。ここにいたって、大した仕事は無いんだ。俺も休みたくなったよ――」

湯沢は暢気《のんき》な声で答え、

「まあ、早く元気になってくれよな。会社のホープさん」

朝倉は苦笑いし、ハンカチで拭いて受話器を戻した。

駅に戻った。朝刊を買って下りの小田急線に乗りこむ。朝刊を拡《ひろ》げたが、丸進銃砲店に盗難があった記事は、時間的に見て載っている筈が無かった。

豪徳寺の駅で降りた。一方通行になっている商店街を横切り、玉電山下の踏切りを渡って、住宅街のなかをアパート〝赤松荘〟に歩いていく。

途中で、経堂に通じるバス通りを横切った。その十字路に交番があるが、交番の巡査は無論朝倉に反応を示さない。

十五分ほど歩いて、やっとアパートに着いた。二つに分解したFNモーゼルの三〇—〇六口径ライフルをソファの上から取り上げて、ゴルフ・バッグに入れる。プロミナーの着弾観測用の望遠鏡スポッティング・スコープは手提げバッグに入れた。弾薬の箱をポケットに突っこむ。

その二つのバッグを持って、百五十メーターほど離れた〝松風荘〟に行った。その高級アパートの前の空き地に、朝倉はホンダ・ベンリイの単車を駐《と》めてあるのだ。

二つのバッグを荷箱の上に括《くく》りつけ、朝倉は背広のまま単車にまたがった。〝松風荘〟の住人の姿は見えない。

ゆっくりと単車を走らせ、着替えをする場所をさがした。左の上北沢寄りに折れると、畑《はたけ》や雑木林が残っている。

雑木林のなかで、単車の荷箱に押しこんでおいた革ジャンパーと作業ズボンに着替えた。ヘルメットとゴッグルもつける。背広は荷箱に入れた。

それから、二時間後、二つのバッグを提げた朝倉の姿は、柿生《かきお》と玉川学園の中間のあたりに位置する鶴川《つるかわ》の丘陵地帯にあった。低い山と湿地の谷が連続するコジュケイの猟場だ。だが、ウイーク・デイのせいか銃声は聞こえない。

山道跡が切れるところまで単車を入れ、それから単車を灌木《かんぼく》の茂みに隠して幾つもの丘と谷を横切ったのだ。そして丘にはさまれた低地を一面にカヤの枯葉が覆った谷間で、朝倉は射撃練習に絶好の場所を見つけた。こうまで人里を離れると、採餌《さいじ》の関係でかえって鳥影は薄いから、ハンターたちの足跡は見当たらない。

その谷の幅は三百メーターほどあった。レンジ・ファインダーがあれば正確な距離が分かるが、朝倉は自分の視力に自信を持っている。

こちらの側の丘の中段に、直径二メーターもある丸テーブルのような巨木の切り株を中心にした棚地《たなち》が張りだし、その向かいの丘には、平べったい大きな岩が幾つも見える。

朝倉は、切り株のまわりの棚地に降りた。ゴルフ・バッグを開いて二つに分解したライフルを取り出した。

銃身部とそれにつながった機関部を銃床に嵌《は》めこみ、ドライヴァーを使ってネジでとめる。銃床凹《おう》部《ぶ》の銃身を包む部分には、グラス・ベッティングと称する特殊ガラス繊維が敷いてあるから、発射時には銃身は自由に震動して着弾の散らばりを少なくする筈だ。

機関部の受筒上に埋めたマウントから、脱着することが出来る二½～八倍のヴァリアブルのズーム式望遠照準鏡《スコープサイト》を、朝倉は決してマウントベースから外さない。スコープ・サイトの取付けは非常に微妙なので、外して付けるごとに狙点《そてん》が変わってくるのだ。経理部とはいえ、火薬会社に勤めている朝倉は、銃砲関係の専門書を数多く読んで、そのことを知っている。

つぎに朝倉は、プロミナーの六十倍の接眼レンズをつけた監的用望遠鏡に三脚をつけ、向かいの丘の平べったい岩のうちの真ん中の岩に焦点を合わせた。その岩のアバタのような凹《くぼ》みを、狭い視野の六十倍の接眼レンズの視野におさめる。

銃を執って巨木の切り株の上に腹這《はらば》いになった朝倉は、スコープ・サイトの絞りリングを一杯の八倍に開いた。負い革を左の肘《ひじ》と手首に捲きつけて、寝射《ねう》ちの構えをとる。

岩の凹《くぼ》みに狙《ねら》いをつけた。だが、呼吸をとめても、脈搏《みゃくはく》のたびにスコープ・サイトの十字のなかで目標物は躍りまわった。引金が何トンもの重さに感じられて、タイミングよく引金を絞ることは出来ない。我慢出来ずに引金を絞って空射《からう》ちすると、撃針が虚を打ったときには目標物はスコープの視野の隅に逃げている。

それでも、二時間ほど空射ちの練習をするうちに一、二秒のあいだ目標物をスコープの十字の中心にとめておくことが出来るようになった。ジョン・ブローニングのパテントでブローニング銃を主に生産しているベルギーのFN社、すなわちベルギー国営兵器廠《しょう》がボルト・アクション小銃中、もっとも信頼度の高いドイツのモーゼルのパテントで世に送っているこの銃は、空射ちで撃針が痛むようなことは滅多にない。

十分ほど仰向《あおむ》けに引っくり返って体と眼を休めてから、朝倉は再び寝射ちの構えをとり、はじめて薬室に弾を送りこんだ。凹頭《おうとう》にアルミ合金の円錘《えんすい》形のキャップをはめたシルヴァー・チップ弾だ。

十分に狙いこんで引金を絞る。発射の反動で銃床が肩にくいこみ、蹴《け》とばされたように銃身がはねあがる。衝撃波でスコープのなかが空白になった。

だが照準中にも閉じない朝倉の左眼は、目標の左下六十センチのあたりの岩面から白煙が噴きあがるのを認めた。着弾が岩を抉《えぐ》って、岩粉を吹きあげさせたのだ。

朝倉は、もう一度ライフル・スコープを通して覗《のぞ》いてみる。六十倍のスポッティング・スコープを覗いてみても、やはり弾痕《だんこん》は左下方に外《はず》れていた。

朝倉は続いて慎重に五発射ってみた。はじめの一発より少し上に、その五発は約十五センチのグルーピングを示してまとまっている。

やはり、照準鏡が合ってないのだ。はじめの一発は、銃身が冷えていたせいで狂いが大きく出たが、次の五発を直径十五センチの円内にまとめたのは、朝倉の天賦の能力を物語っている。実猟銃で射撃専用銃ではないのだから、たとえばFNモーゼルを万力《まんりき》で固定して発射しても、三百メーターの射程距離での集弾力は七、八センチよりは小さくならないであろう。

銃についたボッシュ・アンド・ロームのライフル・スコープ胴鏡部の上と右にある小さな調節リングは、一刻みごとに四分の一インチずつ着弾点を移動出来る。朝倉は、ピチッ、ピチッという クリック音で聞きわけながら、十字のクロス・ヘアの照準線を右上にあげていった。

そうやって試射をくりかえし、ついに弾が目標物を中心とした十センチの円内に集弾するまでになったときには、朝倉は三十発の弾を使っていた。もう四時近い。

朝倉は幾度となく深呼吸してから、体のそばに散らばった空薬莢《からやっきょう》を拾った。再び銃を二つに分解してゴルフ・バッグに仕舞い、ジャンパーのポケットからアメリカン・ルーガーの自動拳銃を取り出した。

五メーター先の小石から試射していき、二十五メーターほど先の茶碗《ちゃわん》大の土塊《つちくれ》にさえも命中させることが出来るようになったとき、陽が急激に丘のむこうに落ちていった。朝倉は帰り仕度をはじめる。上目黒のアパートに着いたのが六時過ぎであった。単車から降ろした荷物を自分の部屋に運びこみ、それから階下に降りて、郵便受けにたまっている新聞を持って戻る。

今日の夕刊も混っていた。渋谷の丸進銃砲店からライフル一丁と弾薬が盗まれた記事は、社会面の隅に小さく出ていた。

冷蔵庫を開けたが、缶詰《かんづめ》はもう残っていなかった。乾涸《ひから》びたパンさえも残ってない。

朝倉は背広に着替え、アメリカン・ルーガーの自動拳銃をズボンのベルトに差しこんだ。コートを羽織り、そのポケットにお碗と補聴器とデミフォーンなどを突っこむ。

社員証を靴の敷き革の下に入れて、朝倉はアパートを出た。朝から何も食っていないので、少し頭痛がする。

放射四号の通りで、公衆電話のボックスに入った。東和油脂にダイヤルを廻す。

「新東洋工業ビルですが……」

夜警のものらしい声が答えた。

朝倉は、口のなかにハンカチを突っこんで声を変えた。

「日本油脂新聞の者ですが、東和油脂につないでもらいたい。社長のお宅に電話したら、まだ戻っておられない、ということでね……」

と、カマをかけてみる。

「少々、お待ちください」

夜警は答えた。

しばらくして、馬鹿丁寧《ていねい》な声が替わった。

「秘書課の者ですが、どなたに御用でございましょうか？」

「社長に会いたい」

「ただいま会議中でございます。わたくしが、社長にかわりまして御用件をお聞きいたしたいと存じますが」

「お宅の会社が村山に新工場を建てるという情報があるので、社長に確かめたかったんだが、会議中なら仕方がない。いつ頃《ごろ》終わりそうかね？」

「さあ、そこまでは分かりませんでして……」

「じゃあ、また電話するよ」

朝倉は電話を切った。

会議中であることさえ知ることが出来れば、あとは秘書に用は無い。

公衆電話のボックスを出ると、朝倉はその近くのスーパー・マーケットでパンを半斤とソーセージを五百グラム、それに缶入りのジュースを数本買った。タクシーを呼びとめて乗りこみ、京橋に行くように命じると、車内で夕食をはじめた。

京橋の地下鉄昇降口のそばで、朝倉はタクシーから降りた。歩道では、腕を組んだ恋人たちが息で曇るガラスを拭《ぬぐ》いながら、店々のショー・ウインドーを覗きこんでいる。

朝倉は裏通りに廻り、路端にあるゴミ箱代わりのポリバケツのなかに、紙袋に入れたジュースの空き缶を捨てた。

新東洋工業ビルの裏塀《うらべい》は、高いコンクリート塀だ。裏門は、レール式の鉄柵《てっさく》が閉じている。裏庭は、ビルの地下にある専用駐車場に出入りする車の待ち合わせ場所になっているが、いまは一台の車の姿も見えない。地下駐車場に通じる出入口の部屋の窓から、灯が漏れていた。そこが、夜警の詰め所になっているのだ。

朝倉は、ビルの裏側から左手の路地に廻りこんだ。塀の奥のビルの横側の外壁に沿って非常階段が屋上まで走り、各階の踊り場に赤いバルブが鈍く光っている。路地の幅は一メーターほどであった。路地の反対側は合成繊維メーカーのビルになり、やはりコンクリートの塀がそびえている。だが、その塀に沿って立っている電柱が朝倉の頼りなのだ。

裏通りにも人影は少なくはなかったが、薄暗い路地の中まで覗いていく暇人はいない。朝倉は靴を脱ぐとコートのポケットに突っこみ、素早く電柱をよじ登った。

電柱から繊維会社側の塀の上に移った。ついで、新東洋工業側のビルの塀に跳び移る。勢いをつけて跳びすぎ、バランスを失って、朝倉は新東洋工業ビルのコンクリートの庭に転げ落ちそうになった。

危く塀の内側にぶらさがった。塀の高さは四メーターほどだ。一杯に手足をのばすと、朝倉は三メーター近くにのびるから、わずかな物音をたてただけで着地することが出来た。薄い手袋をつけ、足音を殺して非常階段を登っていく。もし夜警に見つかったら——顔を見られた場合には、社員証を見せて忘れ物を取りに来たと言い逃れ、まだ顔を見られてない場合には昏倒《こんとう》させて逃げる積りだ。

ビルの七階の上にある屋上にたどり着くまでのあいだを何時間にも感じたが、実際には五分程度のものであったろう。

屋上を腹這《はらば》いになって横切った朝倉は、重役会議室の窓の上に当たる位置にとまった。

この前に重役会議室の模様を盗聴したときに使った釣糸《つりいと》は、屋上の縁に沿った鉄柵の一本の基部に結ばれたままになっていた。ひっそりと風に震えていた。

朝倉はその釣糸の端を鉄柵から解いて、ポケットから出したお碗《わん》の高台に捲《ま》きつけて縛った。補聴器のスイッチを入れ、それをお碗の飲み口に当てた。レシーヴァーを耳に差しこむ。

補聴器自体のたてるかすかな騒音が耳に入るが、会議室からの音は聞こえない。

三分ほど待ったが、まだ聞こえない。朝倉はレシーヴァーを耳から外し、補聴器を屋上の床に置いた。もしかすると、集音器の役目をしているもう一つのお碗が外れてしまったのかも知れない。

鉄柵の上から半身を乗りだし、朝倉は、視線で釣糸をたどった。重役会議室の排気孔の盲蓋《めくらぶた》に接着剤ではりつけたお碗は外されてないし、釣糸も途中で切れてはなかった。朝倉は再び屋上に腹這いになった。補聴器のレシーヴァーを耳に戻す。社長たちは帰ってしまったのか？

やっと声が聞こえたのは、それから五分ほどたってからであった。社長の声で、

「さあ、さあ、みんなクヨクヨしてもどうもならん。明日は明日の風が吹くさ。いつまでもこんな会議をしてもどうにもならんし、第一、新東洋工業さんにあやしまれる。今夜はこれで解

散ということにして、みんな明日にそなえて英気を養うことだな」

と、うんざりしたように言う。

賛成の声や車の用意を命じる声、椅子《いす》を動かす音が入り混った。朝倉は軽い舌打ちをして、無駄とは思いながらさらに耳に神経を集中した。屋上に着くのが遅すぎたのだ。やはり、骨折り損であった。やがて、重役室からは足音が廊下のほうに去っていく。朝倉は補聴器のスイッチを切った。

ビルの裏庭のほうで、エンジンの響きが合唱しはじめた。朝倉は再び手許のお碗から釣糸を外して鉄柵の基部に結び、補聴器とお碗をポケットに仕舞って、ビルの裏手に当たる方に這っていく。

やがて、社長や重役たちを乗せたグロテスクなほど大きいキャデラックやクライスラーが、次々に地下駐車場から出て裏通りを去っていった。朝倉は怒りに燃える瞳でそれを見送る。震えがくるほどの怒りが鎮まると、今度はどうやって無事にビルを出ることが出来るかについて、朝倉は頭を絞った。非常階段を降りても、塀を乗り越える手段に困る。夜警が見張っている裏門を彼等に気付かれずに開くことも出来そうにない。やはり、ビルのなかから外に抜けるほかない。

朝倉は、屋上の左右にある出入口の一つに近寄った。コンクリートの小屋のような出入口についたスチールのドアには、錠がかかっていた。ズボンの裾《すそ》の折り返しに隠してある針金でその錠を開いた。階段に入ると内側から静かにドアを閉じ、今度は錠をかける。

その作業に五分以上かかった。鈍い照明の階段を朝倉は降りていく。七階の廊下には、まだタバコの煙がかすかに漂っていた。下の階から、一人だけのものではない靴音《くつおと》が聞こえる。朝倉は咄嗟《とっさ》に階段のそばのトイレに跳びこんだ。靴をはいてない足に濡《ぬ》れたタイルが気持ち悪いが、そんなことに構っていられない。

靴音は、二人で一組になっている夜警のものであった。夜警たちは野球のストーブ・リーグやマージャンの話をしながら、七階の各部屋の鍵《かぎ》を試して歩いている。朝倉は大便のコンパートメントのなかに身を隠した。

靴音は七階を一巡したが、何も盗《と》られるものを置いてないトイレにまでは入ってこなかった。冗談を言いあいながら、夜警たちは階段を降りていく。それから十分ほど待って、朝倉も階段を降りた。一階のトイレの窓から表に抜け出た。

靴をはき、タクシーを拾って、京子の住んでいる参宮橋のマンションに急がせる。いよいよ京子に役に立ってもらう時が来たようだ。

41　狙《そ》撃《げき》

京子が住む参宮マンションの丘の下に〝ピエトロ〟というイタリア料理の店がある。朝倉は、その店で京子と待ち合わせたことがあることを思い出し、店の前でタクシーを捨てた。

店内はこの前のときのように薄暗く、テーブルやブースではキャンティの壜《びん》の上でローソクの炎が揺れている。

ボーイが、朝倉を空いたテーブルに案内した。奥の左側の席だ。朝倉はスパゲッティを注文しておき、

「電話を借りるよ」

と、立ち上がった。

「どうぞ。レジのそばにございます」

ボーイは頭をさげた。

客は、アベックばかりのようであった。南欧系の男と日本の女のカップルが半分ほどいる。

朝倉はレジスターのカウンターの受話器を取り上げ、マンションの京子の部屋に電話を入れた。

「だあれ？」

京子の物憂《ものう》げな声が聞こえた。

「宝石屋です」

朝倉は合図の言葉を口にした。

「あなたなのね？」

「そう、僕だよ。爺《じい》さんはいないの？」

朝倉は尋ねた。

「今夜来るって電話があったわ。でも、なぜ？」

「会って話したいことがある。ちょっとの間でいいから出てきてくれないか。いま〝ピエトロ〟にいるんだ」

「行く。待っててね」

京子は弾《はず》んだ声で答えた。

「じゃあ……」

朝倉は電話を切り、カウンターに十円玉を置いてテーブルに戻った。ボーイにシェリー酒を注文する。

香ばしいスパゲッティの皿《さら》が運ばれたとほとんど同時に、京子が入ってきた。シールスキンのコートを羽織っている。

女たちの羨望《せんぼう》と嫉妬《しっと》の視線が、その毛皮のコートに集中した。朝倉はライターの炎を長くのばして、京子の注意をひく。

京子は、ボーイに声をかけて朝倉のテーブルにやってきた。

急いで来たらしく、革のサンダルを突っかけている。

「心配になってきたわ。お話があるって、何か悪いこと？」

京子は腰を降ろすとすぐに、喘《あえ》ぐように言った。眉《まゆ》を曇らせている。

「心配しなくてもいいよ。お願いがあって来たんだ」

「…………」

「その前に何か食べる？」

朝倉は、テーブルのそばに立っているボーイのほうに視線を走らせた。

「シャーベットぐらいしか入らないわ」

京子は呟いた。朝倉はボーイにシャーベットとシェリー酒のお代わりを頼んだ。まだ手をつけてないスパゲッティの皿を押しのけ、テーブルの上で京子の手を取った。両方の拳《こぶし》で京子の手を包みながら、

「僕には君にまだ話してなかったことがあるんだ」

と囁《ささや》き、京子の瞳《ひとみ》を覗《のぞ》きこむ。

「………?」

京子の瞳の光が不安に揺らいだ。

「実は、僕はアルバイトをやってるんだ」

「まあ、どんな深刻なことかと思ったら、そんなことで悩んでるの?」

京子の表情がほぐれた。

「まあ、聞いてくれ。僕のアルバイトは、うちの大学の経済学部の教授をしている評論家のもとで資料集めをすることだ。つまり、体《てい》のいい下働きだよ」

「そのアルバイトをやめたいの?」

京子は笑った。

「そうじゃない。金だけのことなら、そんな仕事よりもっと割のいい仕事がいくらでもある。だけど、なるべく早く僕が助教授になるには、大学の色んな方面に義理立てしないとならない

んだよ」

「分かるわ」

「その教授に、何かの拍子に、僕は君のパトロン——つまり、東和油脂の経理部長の小泉氏——とかなり親しい知り合いだ、と口を滑らせてしまったんだ。まったく今になってみると、どうして自分がそんな口から出まかせを言ったんだか想像もつかんのだが」

「…………」

京子は、返答に困ったときのような表情をした。

「ところが、教授は本気にしてしまったんだ。ぜひ東和油脂の内幕を小泉氏から聞きだしてくれ、というのだ……そのことを原稿に書いて、僕や小泉氏に迷惑を掛けるようなことは絶対にしない。ただ、最近の経済情勢を知るのに、その情報がぜひとも必要だ、と教授は言うんだよ。そうまで言われて、まさか、僕が小泉氏と知り合いだと言ったのは冗談でした、と白状出来るか？」

朝倉は苦悩の表情を見せた。

ボーイが注文の品を運んできた。それを置いてボーイが立ち去ると、朝倉は、

「僕は知らなかったが、東和油脂っていう会社は、経理部次長の横領か何かをタネに、乗っ取り屋のような奴《やつ》に嚇《おど》かされてるらしい」

と、心配気に言う。

「まあ！」

京子は眉を吊《つ》りあげた。

「経理部次長の横領ぐらいのことで、どうして会社が恐喝《きょうかつ》されるのかと言うと、会社の役員連中がみんなグルになって横領をやってるらしいんだ。無論、君のパパさんの小泉部長もね」

「…………」

「もっとも、給料だけでは君を買い占めることは出来るわけはないが」

「わたしのせいだと言うの？」

京子の瞼《まぶた》が、かすかに赤みがかった。

「馬鹿な。僕は株主じゃないから、誰が会社の金を懐《ふところ》に捩《ね》じこもうと知ったことじゃない。ただ、実状を知りたいだけなんだよ。乗っ取り屋の手先から、どの程度、東和油脂が嚇《おど》されているのかを、君から小泉に聞いてもらいたいんだ。そうでないと、僕はいつまでたっても助教授になれないかも知れない」

朝倉は唇《くちびる》を嚙《か》み、左手の掌に右の拳《こぶし》を叩《たた》きつけた。


京子が溜息《ためいき》を漏らした。

朝倉は二杯目のシェリーを一息に飲み干し、

「僕の頼みをオーケーしてくれるだろうね？」

と、瞳に母性本能をくすぐる捨て犬のような表情をこめて京子を見つめる。

「あなたには、どうしても嫌《いや》とは言えないわ」

京子は泣きだしそうな声で呟いた。

「承知してくれるんだね……済まない」

朝倉は、再び京子の手を取ってそれに唇を当てた。その左の掌を唇で撫《な》でまわし、指をくわえて噛むようにする。瞼を閉じた京子は、テーブルに肘《ひじ》をついて体を支えた。

「無論、僕から頼まれたってことは小泉に内緒にしてくれよ。近頃、心配事があるようだがどうかしたの、と小泉に言って、君はあくまでも何も知らなかったようにして、うまく小泉がしゃべるように仕向けるんだ」

朝倉は静かな口調で言った。

京子は催眠術にかかったように頷《うなず》いた。朝倉は、

「もし、小泉があの薬を今夜も欲しがるようだったら、自由にやってもいいよ。君の分は心配ない。また友人が分けてくれることになってるんだ」

と、麻薬のことを付け加える。

「本当？」

京子は、夢から醒《さ》めたように瞳を見開いた。

「ああ。今度は、少なくとも半月分はもらえる約束になってるんだ」

「安心したわ……そう、そう、言い忘れたわ。今日、警察からマンションの車庫を確認に来たわ。セールスの人をせかしたら、明日かあさってはナンバーが取れそうだ、って言ってた……」

京子は、トライアンフTR４のことを言って微笑する。

「待ち遠しいな。車が届いたら、二人でいろんなところに行こうね」

朝倉は声を弾ませた。

京子は、プラチナにダイアを埋めたインターナショナルの腕時計を覗いた。

「遅くなってしまったわ。パパがもう着いて待ってるかも知れない。京子、タバコを買いにちょっと出るって置き手紙をして出てきたのよ」

「じゃあ、さっきのこと頼むよ……そうだ、世田谷のアパートには管理人の部屋にしか電話が無いから、あす僕のほうから電話をかける。それから落ち合おう」

朝倉は言った。

「ええ。なんとかやってみるわ」

京子は立ち上がった。

「見送らないよ。小泉が捜しに出てるかも知れないから……」

「お休みなさい。早く、あなたと二人だけの生活が出来るように頑張《がんば》るわ」

「お休み、ベイビー・ドール……」

朝倉も立ち上がり、京子の耳に軽く唇を当てた。ゲランの香水の匂いがした。

京子が店を出ていくと、朝倉は冷えかけたスパゲッティを平らげた。溶けかけた京子のシャーベットには手をつけなかった。

スパゲッティが胃に落ち着くのを待ってから、朝倉は店を出た。タクシーを拾って上目黒のアパートに戻る。

再び革ジャンパーと作業ズボン姿になった朝倉が、三つに分解してゴルフ・バッグに入れたFNモーゼル小銃を提げてアパートを出たのは、午後十時近くであった。革ジャンパーの内ポケットには、着弾修正を済ませたアメリカン・ルーガーの自動拳銃を忍ばせている。

ゴルフ・バッグを荷箱にくくりつけ、朝倉は単車をスタートさせた。無論、ヘルメットとゴッグルで顔を隠している。

黒いゴッグルは、夜間用を兼ねているので、サン・グラスのように、夜は使いものにならないようなことはなかった。朝倉は中原街道を通って横浜に向かう。燃料タンクにはまだ五リッターほどガソリンが残っているから、二百キロやそこいらは、まだ無給油で走れる。

綱島で左に折れ、畑と工場と丘の入りくんだ道を抜け、坂をくだって大陸橋のそばで第二京浜に入った。

横浜に入ると青木橋で左折し、桜木町を抜けてから右折し、伊勢佐木町のほうに単車を向けた。

伊勢佐木銀座の入口の橋をくぐるドブ川沿いは、路上駐車場の観があった。白ナンバーやスクーターなどが無数に縦列駐車している。十一時に近いが、ドブ川に映るネオンはまだ消えそうにない。

朝倉は、公衆便所のそばに単車をとめた。ゴルフ・バッグを外してヘルメットとゴッグルを荷箱に仕舞い、かわりにドライヴァーとニッパーと電線を取り出してポケットに収めた。駐車している車を物色しながら、ドブ川に沿って歩いていく。

橋から百五十メーターほど右手に、プリンスのグロリアとスカイラインにはさまれて駐《と》まっている栗色《くりいろ》のパブリカが朝倉の注意を引いた。トヨタ系にしては珍しい切れのいいハンドルと、ロールの少ない小柄なボディは、路地から路地に逃げまわるのに都合がいい。

朝倉はゴルフ・バッグを地面に降ろし、悠然《ゆうぜん》としたポーズで川面《かわも》に放尿《ほうにょう》しながら、あたりをうかがう。

そのパブリカは神奈川ナンバーだ。だが、この町の住人のものではないような感じがした。持主は、伊勢佐木銀座で飲んでいるのだろう。

朝倉は作業ズボンの深いライター・ポケットに移しておいた、先端を潰《つぶ》した針金を使ってパブリカの運転席のドアのロックを解いた。

ゴルフ・バッグを持って運転席にもぐりこむと、ローに入れてあるギアをニュートラルに戻した。ピースの箱の銀紙でコヨリを作る。

チョークを引いておき、ダッシュ板の裏に薄い手袋をはめた手を突っこんで、イグニッション・スイッチの内側の三極に銀紙のコヨリを捲《ま》きつける。

轟然《ごうぜん》とまではいかなくて、空冷にしては頼りないほどの低音をたててエンジンは始動した。

朝倉はゴルフ・バッグをリア・シートに移すと、ハンドル・チェンジのシフト・レヴァーを手前上のローよりさらに上に持ちあげて、手前に引いてバックに入れた。後じさりに路上駐車場から出した。

八幡橋から横須賀街道を、朝倉はパブリカを進めていく。パトカーにつけられないように、六十キロぐらいの中速でゆっくりと走る。そのそばを小型トラックやオート三輪が、エンジンの金切り声をあげて追い越していく。

京子が注文しているトライアンフが届いたら、楽に百六、七十キロで飛ばせるのだ……そう思うと、朝倉は追い越され続けても腹は立たない。

しかし、今夜のように犯行に使うには、やはり目立つスポーツ・カーよりも、外観はパブリカからブルーバードまでのクラスで、実際はエンジンからサスペンションやギアなどを徹底的に改造した車が欲しい。

その夢の車は例えば外観は平凡なブルーバードだ。ボディも傷ついて塗装も色褪《いろあ》せている。ただ、重心を低くとるためと硬いサスペンションのために、標準より車体の沈んでいるぐらいが外観上の相違だ。注意して見れば、全輪に装備されたディスク・ブレーキが分かるかも知れない。

しかし、ボンネットを開けば、四キャブレター・ダブル・オーヴァヘッド・カムシャフトの一・七リッター百六十馬力の芸術的なエンジンが鈍く光り、わざとゆっくり走っているのを、グロテスクなほど大きな米国車やメッキだらけの国産二リッター〝デラックス〟車が馬鹿にして抜きにかかると、アクセルを一杯に踏みこめばロー七十五、セカンド百四十、サード二百十、トップ二百五十キロまで一気に引っぱれ、ゼロ発進して四百メーターを走り切るまで十二秒を切る凄《すさ》まじい加速力で、バリバリッと轟音だけを残してたちまち見えなくなってしまう……。

強烈な破壊力を秘めた銃器、圧倒的に早い車――それらは力のシンボルであり、力への憧憬《どうけい》だ。しかし、それだけのことではない。素晴しいメカニズム、精巧な機械は現代の宗教なのだ。

気がつくと、朝倉はパブリカのスピードを九十に上げていた。朝倉はヒール・アンド・トウのテクニック――ブレーキを踵《かかと》で踏みながら、ギアを抜いてニュートラルに戻し、踵はブレーキを踏んだまま靴先でアクセルを空ぶかししながら、ギアをサードに落とす素早いダブル・クラッチ用法――で、一瞬にしてスピードを六十に下げた。

追浜、田浦の街を抜け、幾つものトンネルをくぐった。最後のトンネルを過ぎた。右手にあるブロードウェイ・ホテルの先から塚山公園のほうに入っていく。

国道をそれると、人影は無かった。右手に公園の森が続いている。公園の脇《わき》を抜けてそのまま行けば、磯川の屋敷にぶつかるのだ。

朝倉は、薄暗い公園の脇道で何回もハンドルを切り返して、車首を横須賀街道に向けた。車をとめる。

イグニッション・スイッチの裏側から、銀紙のコヨリを外してエンジンを切った。ゴルフ・バッグを左肩から吊《つ》って車から降りた。

磯川の屋敷は公園よりも高台にあるから、その位置からは高いコンクリート塀《べい》と樹々の梢《こずえ》が、黒いシルエットのようにかすかに見えるだけだ。

手袋をつけているから、朝倉の指紋は車に残ってない。車から離れた朝倉は、公園の低い石《いし》柵《さく》をまたぎ越えた。

石柵のそばの電柱に、公園の管理事務所や磯川の屋敷に通じる電話線が張ってあるのを目にとめる。朝倉はゴルフ・バッグを灌木《かんぼく》の蔭に置き、電柱をよじ登った。

電話線に手がとどく所まで登ると、用意してきたニッパーで、その電柱を支えとしているすべての電話線を切断した。電話線は風を切ってたれさがる。

電柱から降りた朝倉は、ゴルフ・バッグを再び肩から吊るし、公園の樹々のなかでも群を抜いて高い古杉の木に向けて歩いていった。途中、ところどころに青白く光る常夜灯のスイッチを切っていく。

目的の杉の木は、直径二メーター近かった。天然記念物の立札が根元にある。その木にゴルフ・バッグを背負ったまま登るのは大仕事であったが、朝倉は息を切らしながらも、それをやりとげた。

梢に近い枝にまたがった。風で幹は絶えず揺れていたが、そこからは磯川の屋敷は一望のもとに見おろせた。

屋敷の前庭の雑木林、英国風の二階建ての母屋《おもや》、裏庭の広い芝生《しばふ》と裏門のほうの竹藪《たけやぶ》……それらが、ひっそりと静まりかえっている。母屋までの距離は、約四百メーターほどであった。

母屋の二階の窓口から、灯が漏れている。朝倉は梢近くの幹に背をもたせかけ、ゴルフ・バッグから分解したライフルを取り出し、素早く組み立てた。

風と距離を計算して右に二クリック、上に七クリックほど望遠照準鏡のクロス・ヘアを移動させた。朝倉は五発の三〇―〇六弾を装塡《そうてん》してから遊底を閉じ、薬室に一発を送りこむ。

スコープを通して、母屋の二階の窓を覗《のぞ》いてみる。右端の窓のカーテンに人影が写っていた。朝倉は背中を幹に圧《お》しつけておき、その窓を狙《ねら》って引金を絞った。銃口からほとばしった閃《せん》光《こう》が闇《やみ》を切り裂き、銃声は数キロ四方に反響しながら轟々《ごうごう》と吠《ほ》えた。反動で、朝倉はまたがっている枝から転げ落ちそうになった。

(「蘇える金狼　完結篇」に続く)

解説

森村誠一

——強烈な破壊力を秘めた銃器、圧倒的に速い車、それらは力のシンボルであり、力への憧《どう》憬《けい》だ。しかし、それだけのことではない。素晴しいメカニズム、精巧な機械は現代の宗教なのだ——。

本書の終りの部分で、主人公「朝倉」の心理に仮託して述べているように、大藪春彦氏の小説には、鋼鉄の機械（車と銃）の鈍い輝きと、それらの高速の移動によって断ち割られた空間のうなりがある。

氏の小説の中では、機械はすでに人格をあたえられている。それはものすごく男っぽい人格であり、これら鋼鉄の機械と一体となった主人公が、既成の矛盾《むじゅん》と独占資本に挑戦《ちょうせん》していく。

大藪氏の小説の全編に流れるものは、社会に絶望し、その底辺に突き落とされた者の、現実社会の矛盾に対する激しい反発と、たぎりたつような怒りである。

主人公は、常に徒手空拳《くうけん》である。頼るものは、自分自身以外にない。人間を頼ることの虚《むな》しさと危険をよく知っているのである。

ここで主人公は、機械と結婚する。実際、氏ほど、機械を愛情こめて描き、またそれを描き得る作家はないだろう。

本編でも、ガンとカーに武装した一匹狼《おおかみ》、朝倉が、巨大資本に挑戦する。

「朝倉は絶望には慣れている。希望を砕かれたときの苦杯を舐《な》めるよりは、はじめから何も期待しないほうがましだと思っていた」といみじくも言ったように、氏の小説の主人公は、絶望と挫折《ざせつ》の底から立ち上がっていくのである。絶望と挫折に対する復讐《ふくしゅう》が、大藪作品のモチーフであると言えるだろう。

凶暴な破壊力と殺傷力を秘めたガン。死にたわむれるための速力の限界を鋼鉄のメカニズムの中に結晶したカー。これはまさに、夢を奪われた男の復讐の武器として比類ない。

資本金十五億の「東和油脂」経理部につとめる朝倉は、会社では常にひかえめな微笑を絶やさない上司の信頼の厚いまじめ社員である。

だが、それは、彼の壮大な野望を隠すための仮面である。彼の会社は、上役がそれぞれ私利を貪《むさぼ》り、腐敗しきっている。彼はそれらの上役を、「会社という熟《う》れきった果物のなかに巣食っている蛆虫《うじむし》」と見ていた。

朝倉は、その上役どもになり代って、自分が会社を食いものにできる立ち場に立とうとしている。その野望を達成するために、まじめ社員の仮面の下で、二年間月給のほとんどすべてを体力の養成と特殊技術を身につけるために費してきたのである。

そして挑戦の時はきた。二年間鉄筋の檻《おり》の中の飼育に耐えた彼が、知恵と力のかぎりを傾けて、どのように巨大資本と戦っていくか。

生きるということは、単に品物が置かれているような、物理的な存在ではない。生きていることの激しい感触がなければならない。大藪作品には、その感触が、射《う》ちつづける熱い銃身のように伝わってくる。本編は、多数の大藪作品の中でも、特にその熱感が強い。

これは、コンベアベルトに乗せられた規格的仕掛品のように、自分の行く末を正確に読み取れるサラリーマンを主人公にして、その〝植物〟的な生活からの脱出行に強い共感をおぼえるからであろう。

大藪ハードボイルドというと、暴力讃美の血なまぐさいアクション小説と誤解されるむきもあるが、氏の作品の底流にあるものは、夢を奪われた者の怒りと、それを奪回するための闘争であり、大衆がただ生きていく（植物的に生存する）ためだけに、ささやかな夢すら捨てなければならない社会の仕組みに対する反発なのである。

氏の小説にはほんの一握りの気取った読者のための、〝文学サロン小説〟のような「なにを言っているのかわからない」作品は、一つもない。なにを言っているのか、必ずわかる。たとえガンやカーを知らぬ者にも、引き金を絞ったときの手応《てごた》え、硝煙のにおい、ペーヴメントを這《は》うタイヤの感触が、肌《はだ》にふれるようにわかるのである。主人公の挫折感や怒りや悲しみが、組織《ピラミッド》の底辺にうごめくサラリーマンや、進路を模索している若者に共感をもって迫るのだ。

暴力讃美とかテロのムードなどと論難する前に、「ピンとくる小説」なのである。

本編の主人公、朝倉も、『野獣死すべし』の「伊達邦彦」のパターンに属するものとおもうが、大藪作品を語るとき、『汚れた英雄』と、そのヒーロー「北野晶夫」を省くことはできない。これは、十年間にわたって書きつづけた二千五百枚に達する氏の最大長編であるが、「大藪春彦のすべて」がこの作品の中に投入されていると言ってもさしつかえない。

これは北野晶夫という十九歳の少年が、スピードレーサーになって、青春をスピードの極限への挑戦に捧《ささ》げる大河小説である。氏はこの作品において、闘争の中に燃焼しつくした青春を描いた。青春をただ一点に凝集して、ひたすらおのれのかかげた目標に向かって集中攻撃をかけていく若者の姿に、読者は、なにものかに賭《か》けた人間の凄《すさま》じさと、「生きる」ということの意味を、見せつけられ、おもい知らされるだろう。

「この作品を書いているあいだに色々なことがあった。自分自身死にかけたこともあるし、二男が生まれて死にかけたこともあった。ひどいカゼをひいて、汗にまみれながら最終章を書いた」とその後書きで作者は言っているように、全編に充《み》ちた人間の生命の燃焼力に圧倒される。

伊達邦彦も、朝倉も、衣川恭介（凶銃ワルサーP38）も、西城秀夫（狼《おおかみ》シリーズ）も、北野晶夫の分身のように感じられる。

『汚れた英雄』に展開される闘いは、大藪諸作品に多く見られる、政治権力や資本家に対するものではなく、おおむね、自分自身との闘いである。

「その途端に死ぬのが、恐《こわ》くなってきた。――澄みきっていた心は大きく揺らいだ。コーナーに突っこんでいくとき迷いが生まれた」

「五〇Rのコーナーでは、車体を大きく内側に倒し、内側に大きく腰をひねって片膝《かたひざ》を開き、ほとんどスピードを落とさずにアウト・イン・アウトと抜けていく。上体は倒したままだ。そしてカーヴを抜けると、目にもとまらぬ早さで腰をもとに戻《もど》す。二サイクル・エンジンでは死を考えていてはできないテクニックだ」

このような描写が全編いたるところに盛られている。そして栄光と同時に訪れた死。そこに作者は、可能性の限界を追う人間が、ついにその限界に達したときの虚しさを描こうとしたのであろうか。

大藪氏のホットな銃身から射ち出される弾丸には、必ずターゲットがある。目的に浴びせる集中射撃。射ちつくして、的が四散した後は、主人公はもはや生きていくことができない。

「朝倉は、――その窓を狙《ねら》って引金を絞った。銃口からほとばしった閃光《せんこう》が闇《やみ》を切り裂き、銃声は数キロ四方に反響しながら轟々《ごうごう》と吠《ほ》えた」

本書の巻末で、朝倉はいよいよ巨大な獲物《えもの》を射程距離に引き寄せた。果たして彼の孤独な挑戦の結果はどうなるか？

朝倉に託されたうっくつした現代人の闘いを見まもっていきたい。

本書は、一九七四年三月に刊行された角川文庫『蘇える金狼　野望篇』を底本としています。

本書中には、発狂、トルコ風呂、気狂い、ニグロ、狂う、盲《めくら》、痴呆、不具など、現在では使うべきではない差別語、並びに、今日の人権意識に照らして不適切と思われる語句や表現がありますが、執筆当時の時代背景を考慮しそのままといたしました。

（編集部）

蘇《よみが》える金狼《きんろう》

野望篇《やぼうへん》

大藪春彦《おおやぶはるひこ》

昭和49年 3月10日　初版発行
平成31年 3月25日　改版初版発行
令和7年 2月5日　改版9版発行

発行者●山下直久

発行●株式会社KADOKAWA
〒102-8177　東京都千代田区富士見2-13-3
電話　0570-002-301(ナビダイヤル)

角川文庫 21512

印刷所●株式会社KADOKAWA
製本所●株式会社KADOKAWA

表紙画●和田三造

ISBN 978-4-04-107928-7　C0193

角川文庫発刊に際して

角川源義

第二次世界大戦の敗北は、軍事力の敗北であった以上に、私たちの若い文化力の敗退であった。私たちの文化が戦争に対して如何に無力であり、単なるあだ花に過ぎなかったかを、私たちは身を以て体験し痛感した。西洋近代文化の摂取にとって、明治以後八十年の歳月は決して短かすぎたとは言えない。にもかかわらず、近代文化の伝統を確立し、自由な批判と柔軟な良識に富む文化層として自らを形成することに私たちは失敗して来た。そしてこれは、各層への文化の普及滲透を任務とする出版人の責任でもあった。

一九四五年以来、私たちは再び振出しに戻り、第一歩から踏み出すことを余儀なくされた。これは大きな不幸ではあるが、反面、これまでの混沌・未熟・歪曲の中にあった我が国の文化に秩序と確たる基礎を齎らすためには絶好の機会でもある。角川書店は、このような祖国の文化的危機にあたり、微力をも顧みず再建の礎石たるべき抱負と決意とをもって出発したが、ここに創立以来の念願を果すべく角川文庫を発刊する。これまで刊行されたあらゆる全集叢書文庫類の長所と短所とを検討し、古今東西の不朽の典籍を、良心的編集のもとに、廉価に、そして書架にふさわしい美本として、多くのひとびとに提供しようとする。しかし私たちは徒らに百科全書的な知識のジレッタントを作ることを目的とせず、あくまで祖国の文化に秩序と再建への道を示し、この文庫を角川書店の栄ある事業として、今後永久に継続発展せしめ、学芸と教養との殿堂として大成せんことを期したい。多くの読書子の愛情ある忠言と支持とによって、この希望と抱負とを完遂せしめられんことを願う。

一九四九年五月三日

角川文庫ベストセラー

解放者 特殊捜査班カルテット2　大沢在昌

十字架の王女 特殊捜査班カルテット3　大沢在昌

標的はひとり 新装版　大沢在昌

眠たい奴ら 新装版　大沢在昌

ジャングルの儀式 新装版　大沢在昌

特殊捜査班が訪れた薬物依存症患者更生施設が、何者かに襲撃された。一方、警視正クチナワは若者を集めたゲリライベント「解放区」と、破壊工作を繰り返す一団に目をつける。捜査のうちに見えてきた黒幕とは？

国際的組織を率いる藤堂と、暴力組織〝本社〟の銃撃戦に巻きこまれ、消息を絶ったカスミ。助からなかったのか、父の下で犯罪者として生きると決めたのか。行方を追う捜査班は、ある議定書の存在に行き着く。

かつて極秘機関に所属し、国家の指令で標的を消していた男、加瀬。心に傷を抱え組織を離脱した加瀬に来た〝最後〟の依頼は、一級のテロリスト・成毛を殺す事だった。緊張感溢れるハードボイルド・サスペンス。

破門寸前の経済やくざ高見は逃げ込んだ温泉街で警察嫌いの刑事月岡と出会う。同じ女に惚れた2人は、政治家、観光業者を巻き込む巨大宗教団体の跡目争いの渦中へ……はぐれ者コンビによる一気読みサスペンス。

ハワイから日本へ来た青年・桐生傀の目的は一つ、父を殺した花木達治への復讐。赤いジャガーを操る美女に導かれ花木を見つけた傀は、権力に守られた真の敵を知り、戦いという名のジャングルに身を投じる！

角川文庫ベストセラー

繚乱　黒川博行

大阪府警を追われたかつてのマル暴担コンビ、堀内と伊達。競売専門の不動産会社で働く伊達は、調査中の敷地900坪の巨大パチンコ店に金の匂いを嗅ぎつけると、堀内を誘って一攫千金の大勝負を仕掛けるが!?

燻《くすぶ》り　黒川博行

あかん、役者がちがう——。パチンコ店を強請る2人組、拳銃を運ぶチンピラ、仮釈放中にも盗みに手を染める小悪党。関西を舞台に、一攫千金を狙っては燻り続ける男たちを描いた、出色の犯罪小説集。

破門　黒川博行

映画製作への出資金を持ち逃げされたヤクザの桑原と建設コンサルタントの二宮。失踪したプロデューサーを追い、桑原は本家筋の構成員を病院送りにしてしまう。組同士の込みあいをふたりは切り抜けられるのか。

二度のお別れ　黒川博行

三協銀行新大阪支店で強盗事件が発生。犯人は約400万円を奪い、客の1人を拳銃で撃った後、彼を人質に逃走した。大阪府警捜査一課は捜査を開始するが、犯人から人質の身代金として1億円の要求があり——。

スリーパー　楡　周平

殺人罪で米国の刑務所に服役する由良は、任務と引き替えに出獄、CIAのスリーパー（秘密工作員）となる。海外で活動する由良のもとに、沖縄でのミサイルテロの情報が……著者渾身の国際謀略長編！

角川文庫ベストセラー

Cの福音　楡　周平

商社マンの長男としてロンドンで生まれ、フィラデルフィアで天涯孤独になった朝倉恭介。彼が作り上げたのは、コンピュータを駆使したコカイン密輸の完璧なシステムだった。著者の記念碑的デビュー作。

クーデター　楡　周平

日本海沿岸の原発を謎の武装軍団が狙う。米原潜の頭上でロシア船が爆発。東京では米国大使館と警視庁に同時多発テロ。日本を襲う未曾有の危機。〝朝倉恭介vs川瀬雅彦〟シリーズ第2弾！

猛禽の宴　楡　周平

NYマフィアのボスを後ろ盾にコカイン・ビジネスで成功してきた朝倉恭介。だがマフィア間の抗争で闇ルートが危機に瀕し、恭介の血は沸き立つ。〝朝倉恭介vs川瀬雅彦〟シリーズ第3弾！

クラッシュ　楡　周平

天才女性プログラマー・キャサリンは、インターネットに陵辱され、ネット社会への復讐を誓った。凶暴なウィルス「エボラ」が、全世界を未曾有の恐怖に陥れる。地球規模のサイバー・テロを描く。

ターゲット　楡　周平

アメリカの滅亡を企む「北」が在日米軍基地に仕掛けたのは、恐るべき未知の生物兵器だった。クアラルンプールでCIAに嵌められ、一度きりのミッションを背負わされた朝倉恭介は最強のテロリストたちと闘う。

角川文庫ベストセラー

朝倉恭介　楡　周平

悪のヒーロー、朝倉恭介が作り上げたコカイン密輸の完璧なシステムがついに白日の下に。警察からもCIAからも追われる恭介。そして訪れた川瀬雅彦との対決。"朝倉恭介vs川瀬雅彦"シリーズ最終巻。

不夜城　馳　星周

アジア屈指の歓楽街・新宿歌舞伎町の中国人黒社会を器用に生き抜く劉健一。だが、上海マフィアのボスの片腕を殺し逃亡していたかつての相棒・呉富春が町に戻り、事態は変わった——。衝撃のデビュー作!!

鎮魂歌《レクイエム》 不夜城II　馳　星周

新宿の街を震撼させたチャイナマフィア同士の抗争から2年、北京の大物が狙撃され、再び新宿中国系裏社会は不穏な空気に包まれた!『不夜城』の2年後を描いた、傑作ロマン・ノワール!

夜光虫　馳　星周

プロ野球界のヒーロー加倉昭彦は栄光に彩られた人生を送るはずだった。しかし、肩の故障が彼を襲う。引退、事業の失敗、莫大な借金……諦めきれない加倉は台湾に渡り、八百長野球に手を染めた。

虚の王　馳　星周

兄貴分の命令で、高校生がつくった売春組織の存在を探っていた覚醒剤の売人・新田隆弘。組織を仕切る渡辺栄司は色白の優男。だが隆弘が栄司の異質な狂気に触れたとき、破滅への扉が開かれた——。